Regine Kölpin

Die Lebens-pflückerin

KBV

1. Auflage März 2012
2. Auflage Oktober 2012
3. Auflage Mai 2015
4. Auflage Mai 2018

www.kbv-verlag.de
E-Mail: info@kbv-verlag.de
Telefon: 0 65 93 - 998 96-0
Fax: 0 65 93 - 998 96-20
Umschlaggestaltung: Ralf Kramp
unter Verwendung von: »Sant' Agatha« von Orazio Riminaldi
Karte Umschlaginnenseiten: Ostfriesland um 1600
gezeichnet von Ubbo Emmius
Redaktion: Nicola Härms, Rheinbach
Druck: CPI books, Ebner & Spiegel GmbH, Ulm
Printed in Germany
ISBN 978-3-942446-39-6

Mai 1545

Herrlichkeit Gödens – Ostfriesland

Das Donnern der Hufe kam näher. Der Klang trieb sich drohend in den beginnenden Morgen und ließ das Herz der Hebamme Hiske Aalken schneller schlagen.

Sie befand sich in der Gegend um Schortens, hatte am Nachmittag zuvor die Stadtmauern von Jever verlassen. Nun war es dunkel, und auch wenn die Nacht bereits auf dem Rückzug war und sich am Horizont der erste Lichtstreif zeigte, fühlte sie sich nicht besonders wohl in ihrer Haut. Überall um sie herum knackte es, hin und wieder ertönte der Schrei einer Eule.

Und nun gesellte sich dieser bedrohliche Hufschlag dazu. Hiske blickte sich um, nur wenige niedrige Büsche boten hier Schutz. Über den Wiesen verharrten Nebelschwaden, die die Nacht wie mit Schleiern schmückten und die Szenerie gespenstisch erscheinen ließen.

Hiske vermutete, dass es Reiter waren, die Fräulein Maria aus Jever losgeschickt hatte, weil man ihre Flucht aus der Stadt bemerkt hatte.

Sie wandte sich um, suchte nach einem Versteck. Ein Stück voraus erkannte sie einen Busch mit ausladenden Zweigen. Es war die einzige Möglichkeit weit und breit, sich zu verbergen. Hiske lief ein wenig schneller, auch wenn sie schon sehr müde und jeder Schritt eine Qual war. Es konnte nicht mehr weit bis Schortens sein, doch auch dort war sie noch lange nicht in Sicherheit. Ihr Ziel war die Herrlichkeit Gödens, sie hoffte, dass es keine großflächigen Überschwemmungen mehr gab und die Wege nicht zu schlammig waren.

Kaum hatte sie sich hinter dem Busch verschanzt, hörte sie das Schlagen der Schwertscheiden an den Stiefeln ihrer Verfolger, das sich mit dem Klappern der Hufe zu einem unheilvollen Geräusch vermischte. Die Männer zügelten die Rösser und bohrten ihre Augen in den Nebel. Hiske drückte sich ins Gras, dessen Nässe sich augenblicklich in ihre Kleider fraß und sie frösteln ließ. Sie wagte kaum zu atmen. Auf keinen Fall durften die Männer sie finden. Sie wollte nicht nach Jever zurück, das wäre ihr sicherer Tod. Sie wollte kein Feuer an ihrer Haut fühlen, nicht den Geruch einatmen müssen, der sich seit dem Tod ihrer Freundin in ihre Nase gepflanzt hatte.

»War da nicht eben wer? Ich dachte, ich hätte jemanden gehört.«

Der Reiter, ein Mann von dicklicher Gestalt, wandte den Kopf, stellte sich in den Bügeln auf und suchte den Horizont ab.

»Und mir schien, ich hätte jemanden gesehen, ein Weib«, bestätigte der andere, dessen Stimme einem Bellen glich. »Sie könnte uns gehört und sich irgendwo versteckt haben.«

Sein Kumpan ließ sich in den Sattel zurückfallen. »Wenn sie die ist, die wir suchen, und sie ist, was man ihr nachsagt, hat sie starke Verbündete. Alle dunklen Mächte sind auf ihrer Seite.«

Hiske duckte sich immer mehr auf den Boden, fürchtete, dass allein ihr lauter Herzschlag sie verraten könne.

»Mir ist nicht wohl«, schnaufte der Reiter mit der heiseren Stimme. »Sie ist eine Toversche, eine Hexe, und schon mal vom Teufel befreit worden. Gut, dass das Weib, das sich für sie verbürgt hat, längst in der Hölle schmort. Das wird den anderen eine Warnung sein.«

Der Dicke grunzte. »Was ist, wenn wir sie jetzt fassen, und dann kommt ihr dieser Abkömmling von Ottern, Würmern und Kröten zu Hilfe geeilt? Hier ist keiner, der uns helfen könnte.« Er griff nach den Zügeln.

»Wie recht du hast«, bekam er zur Antwort. »Lass uns verschwinden, es ist mir hier nicht geheuer. Und je länger ich darüber nachdenke, desto unheimlicher wird es.«

Sie nickten sich kurz zu und wendeten die Pferde. Der aufgeweichte Boden spritzte unter den Hufen auf, als die beiden Reiter ein rasches Tempo anschlugen.

Hiske verharrte noch eine Weile, bis das Hufgetrappel nicht mehr zu hören war. Sie tastete sich mit den Füßen auf den aufgeweichten Weg zurück, beschleunigte ihren Schritt und umrundete schon bald die Schortenser Kirche. Vor ihr lag das beschwerlichste Stück ihres Weges, das Silland. Der Winter war lang und hart gewesen, hatte bis vor Kurzem das gesamte Land dort in eine Eisfläche verwandelt. Nun war es vermutlich nass, vielleicht musste sie große Umwege gehen, um Dykhusen zu erreichen.

Kaum hatte sie Schortens hinter sich gelassen, wurden die Wege auch schon schlechter, sie sank bis zum Knöchel ein, das Gehen war eine Tortur. Doch wie gering war dies alles gegen das, was sie in Jever erwartet hätte.

Noch dazu schoben sich die Wolken immer wieder vor den Mond und nahmen ihr die Sicht. Sie war dankbar, dass sich das Morgenlicht von Osten her immer mehr ausbreitete und die Nacht bald verdrängen würde. Schließlich gelang es Hiske, sich zum alten Deich vorzuarbeiten und auf seiner Krone weiterzulaufen, was ihr das Fortkommen erheblich erleichterte.

Man hatte ihr gesagt, dass die Herrlichkeit Gödens erst kurz vor Dykhusen begann. Erst dort würde sie sich nicht mehr im Einflussbereich von Fräulein Maria befinden. Die Angst verlieh Hiske ungeahnte Kräfte.

Sie sehnte sich nach einer warmen Suppe, nach einer Bettstatt, in die sie sich einfach fallen lassen konnte. Mit diesem Ziel vor Augen lief es sich besser. Bald war sie frei. Musste nicht mehr um ihr Leben zittern. In der Herrlichkeit Gödens unterstand sie Hebrich von Knyphausen, der Witwe des Häuptlings Haro von Oldersum und Gödens. Hiske hoffte nur, dass die Gerüchte stimmten, die sie in den letzten Jahren auf dem Markt von Jever aufgeschnappt hatte. In der abgelegenen und nur schwer zugänglichen Herrlichkeit gab es Zuflucht und Schutz, vor allem für Andersdenkende und Andersgläubige. Eine andere Wahl als hierherzuflüchten, hatte Hiske ohnehin nicht. Wo sollte sie auch sonst hin? Diesen Landstrich konnte man nur schwer erreichen, aber auch ebenso schwer wieder verlassen.

Hiske ruckelte ihren Beutel auf dem Rücken zurecht, wickelte den anderen, in dem sich die Utensilien befanden, die sie als Hebamme brauchte, fest um das Handgelenk und marschierte weiter. Noch durfte sie sich keine Pause erlauben, noch war sie zu weit von ihrem sicheren Ziel entfernt.

Trotz ihrer schweren Glieder lief sie jetzt etwas schneller. Die Reiter Fräulein Marias waren zwar umgekehrt, aber niemand wusste, ob sie sich nicht doch wieder anders besannen und sich auch in diese morastige Gegend wagen würden.

Der Zorn der Regentin würde auf sie niederprasseln, wenn sie unverrichteter Dinge zurückkamen. Hiske wusste nicht, was für die Männer schlimmer war: ihre Furcht, ihr, der Hexe, der Zauberin, der Toverschen, zu begegnen oder die Reaktion des Fräuleins, das nicht gerade gnädig mit ihren Leuten umging.

Hiske sollte in Jever zum zweiten Mal in ihrem Leben als Zauberin angeklagt werden. Erst am Vormittag war ihr zu Ohren gekommen, dass man sie holen würde, weil sie gemeinsam mit Gesche Glieders einen Baum gemolken haben sollte. Dieses Gerücht hatte sich das letzte halbe Jahr hartnäckig gehalten und war immer stärker ausgeschmückt worden, auch als man ihre Freundin längst verbrannt hatte.

Es hatte Wochen gedauert, bis die Wunden von den Stricken und Ketten von der letzten Verhaftung, als man ihr vorgeworfen hatte, Milch verzaubert und ein Kind totgehext zu haben, verheilt waren. Die Narben würden ihre Füße und Hände ein Leben lang entstellen. Wäre sie nicht freigekauft worden, hätte sie ihr Leben bei der Hexenprobe an der Toverschen Graft in Jever lassen müssen. Aber die Frau, die sich für sie eingesetzt hatte, war längst den Folterungen erlegen; ihr Mut hatte sie das Leben gekostet. Remmer von Seediek hatte mit ihrem Tod ein Exempel statuiert – keiner würde es mehr wagen, sich für eine angeklagte Toversche einzusetzen. Nein, sie durfte nicht rasten, sie musste weiterziehen. Hiske atmete tief ein, beschleunigte ihren Schritt. Glücklicherweise lichtete sich der Morgennebel zusehends, sodass sie den Weg besser erkennen konnte. Dafür wurde der Boden jetzt auch auf dem Deich immer schlammiger, teilweise sank sie wieder knöcheltief ein und musste ihre Füße mühsam aus dem Matsch ziehen. Doch sie ging weiter. Immer Richtung Süden. Sie hatte es bald geschafft.

An seinen Händen klebte Blut. Es war noch warm, und er wusste nicht, wie es dort hingekommen war. Die ganze Nacht war der Knabe herumgeschlichen, hatte nicht schlafen können, weil die Kälte sich durch seinen Körper fraß. Er durfte keine Sekunde innehalten, dann hätte sich die bleierne Müdigkeit seiner bemächtigt und ihn mit sich in den Schlaf gezogen. Er kannte diese Nächte der Ruhelosigkeit, diese Nächte, in denen er die Wahl hatte, zu schlafen und zu sterben oder wach zu bleiben wie eine Eule und das Geschehen der Nacht mit höchster Wachsamkeit zu verfolgen. Die Menschen waren unterwegs gewesen, wie so oft. Das war gut, weil er seinen Hunger stillen konnte, wenn er sich zu ihren verlassenen Wagen schlich. Doch letzte Nacht waren sie rasch zurückgekommen, er hatte keine Zeit gehabt. Ein entlaufenes Huhn hatte ihm dann als Nahrung gedient. Roh, er hatte kein Feuer. Wenn man Hunger hatte, war es egal, man aß, was es gab, und wenn es das Gras am Wegesrand war.

Das Weib hatte letzte Nacht auch nichts für ihn gehabt, er hatte sie gar nicht gesehen. Manchmal war sie da, manchmal nicht. Als er vor der zugesperrten Scheune gestanden hatte, war er weitergelaufen. Schlaf würde er am Tag finden, wenn die Sonne das Land erwärmte oder er Schutz hinter einem Holzstapel fand, der ihn vor dem Wind schützte.

Er wandte sich zum Schwarzen Brack, der großen Meeresbucht, deren gegenüberliegendes Ufer man nur bei guter Sicht erkennen konnte.

Die Leute aus der Wagenstadt taten seltsame Dinge in der letzten Zeit. Morgen für Morgen verließen sie die Burg und bauten Wälle an den Ufern des Meeres. Dahinter wurde es immer trockener, und sie kamen Tag für Tag ein Stück voran. Der Knabe hatte Furcht, dass sie das Meer verdrängen würden, dass es sich bald für immer zurückzog und nicht wiederkam. Vielleicht würde es böse sein, wenn sie es einsperrten. So stand er am Saum der See, schaute, ob sie da war. Sie kam und ging, blieb immer gleich lange weg. Das wusste er genau.

Manchmal leckte das Meer mit seiner dunklen Zunge am Grund dieser Wälle, so als schaue es, ob es einen Ausweg gab und es sich weiter ins Landesinnere ergießen durfte. Die Menschen waren dumm, hatten Furcht, wenn das Meer sich zu weit ins Land wagte. Der Knabe nicht. Er sah zum Himmel.

Am Firmament tummelten sich noch alle Sterne, blinkten und schienen ihm zuzuwinken. Die Nacht war noch lange nicht vorbei. Der Knabe wusch sich das Blut von den Händen, reinigte sein Messer und wischte beides an der zerfetzten Hose ab. Als er einen letzten Blick auf das Schwarze Brack warf, sah er ein Segel. Es würde also wieder ein Schiff kommen, vielleicht Menschen und komische Dinge bringen, dann wieder wegfahren. Er wollte so gern einmal mit, aber die Menschen mit den müden Gesichtern machten ihm Angst. Wie er überhaupt große Angst vor allen Menschen hatte. Es war besser, wenn er unsichtbar blieb. Das eine Weib fütterte ihn, so wie ihre Katzen, die Kuh und das Schwein. Der Knabe reckte die Nase in die Luft und schlich weiter durch die Nacht. Leise, unauffällig und so, als gäbe es ihn nicht.

Hinrich Krechting schlief nur selten eine ganze Nacht durch. Und auch dieses Mal war er aufgewacht. Ein Schrei hatte ihn aus seinen Träumen gerissen. Er war abgrundtief, laut und verzweifelt gewesen. Krechting war sich nicht sicher, ob er ihn wirklich vernommen oder es sich nur eingebildet hatte, denn solche Schreie quälten ihn immer und immer wieder.

Der Morgen nahte, schon bald musste er sich zum Vieh und den Bienenstöcken aufmachen. Seine Frau Elske lag ruhig neben ihm.

Hinrich wagte kaum zu atmen, wartete eine Zeit lang darauf, ob sich das Geräusch wiederholte. Doch es blieb ruhig, sicher hatte ihm wieder einer seiner Träume einen Streich gespielt.

In den langen Nächten, in denen das angrenzende Moorland und das Schwarze Brack schliefen, quälte er sich. Er, der die Geschicke in der Herrlichkeit Gödens lenkte, der als Jurist die rechte Hand der Häuptlingsfrau Hebrich von Knyphausen war, lag grübelnd wach, ließ zu, dass diese Zweifel ihn anfielen. Zweifel, ob er das Richtige tat, Zweifel, ob seine Entscheidungen allen zu ihrem Besten gereichten. Doch er musste diese Geißel tragen, es gab keinen anderen Weg. Schon bald würde der Prediger Rothmann kommen, ganz sicher. Er konnte ihn hier nicht alleinlassen mit all den Problemen. Hinrich tat sein Bestes, hatte alles gemacht, um den Weg zu ebnen. Doch nun brauchte er Rothmann, seine Kraft und Unterstützung. Ein letztes Mal horchte er in den Morgen, dann ließ er seinen massigen Körper zurück in das Kissen fallen. Er lag schon lange nicht mehr auf Strohsäcken.

Hinrich drehte sich auf die Seite, schloss kurz die Augen, riss sie dann aber wieder auf, weil er die Bilder, die vor seinen Augen tanzten und ihm einen Schlag nach dem anderen verpassten, nur schwer ertragen konnte.

Nach einer Weile stand er auf, stellte sich ans Fenster und betrachtete den Mond, der immer wieder von Wolkenfetzen bedeckt wurde. Er wirkte jedoch nicht malerisch schön, sondern auf eigenartige Weise bedrohlich, auch wenn das Morgenlicht immer mehr Aufmerksamkeit einforderte.

Hinrich verließ die Kammer und ging in die Küche. Im Ofen glühte noch ein Rest Asche, dennoch war es kalt und klamm im Haus. Hinrich hatte bewusst in der Laterne keine Kerze angezündet. Er bewegte sich lieber im Dunkeln, wollte niemanden aufwecken. Die Magd schlief neben dem Feuer auf der Bank, sie war wohl zu müde gewesen, um sich noch in ihre kleine Kammer neben der Küche zu schleppen. Hinrich schenkte sich einen Becher Dünnbier ein und schaute, ob noch ein Stück Käse in der Vorratskammer lag. Seit die Holländer an der Burg waren, gab es wesentlich mehr Auswahl an Lebensmitteln und Dingen für den täglichen Bedarf. Es kamen mehr und mehr Flüchtlinge, und Hebrich von Knyphausen nahm die neuen Untertanen gern und großzügig auf.

Es wurde immer enger auf dem Burghof, die angegliederte Wagenstadt würde bald nicht mehr auf das Gelände passen. Er musste eine Lösung für das Problem finden.

Es hämmerte hinter seiner Stirn. Lösung ... Lösung ... Er musste immer für irgendetwas eine Lösung finden.

Hinrich schob sich das Käsestück in den Mund. Es schmeckte köstlich, der Käser verstand sein Handwerk. Noch während er kaute, ging er wieder zum Fenster und schaute hinaus. Die Äste der wenigen Bäume tanzten im leichten Wind auf und nieder, es wirkte beinahe, als winkten sie ihm zu, er möge hinauskommen. Raus in den frühen Morgen, dorthin, wo er den Schrei gehört hatte. Hinrich strich sich über die müden Augen. Er wurde wirklich langsam etwas wirr. Er sollte schlafen gehen, schließlich musste er einen klaren Kopf behalten. Bestimmt hatte nur der Wirt der benachbarten *Krocht* einen Gast lautstark vor die Tür gesetzt.

Hinrich leerte den Becher Bier in einem Zug, rülpste und wollte eben wieder zurück in die Kammer gehen, als er aus dem Augenwinkel einen Schatten wahrnahm. Er konnte nicht erkennen, um wen es sich handelte. Nur dass die Gestalt in ein dunkles Tuch gehüllt war und gebückt in der Dunkelheit verschwand. Kurz darauf war ihm, als schaue ihm eine Fratze direkt ins Gesicht.

Hinrich legte seinen Kopf an die Scheibe, dabei kitzelte ihn sein Bart. Elske war hinter ihren Mann getreten, fasste ihn bei der Hand und zog ihn sacht ins Schlafgemach zurück. Er ließ sich von ihr führen, ließ zu, dass sie ihn zudeckte und mit dem Handrücken über sein Gesicht strich. »Schlaf«, sagte sie. »Rothmann wird schon kommen. Warte nur, er wird kommen.«

Dankbar drückte Hinrich die Hand seiner Frau. Wann hatte er das letzte Mal bei ihr gelegen? Es war lange her, die Pflicht fraß ihn auf.

»Rothmann wird kommen«, wiederholte Elske. »Und nun schlaf noch etwas, die Nacht ist bald herum. Die Bienen warten noch nicht, und das Vieh auch nicht.«

Sie rückte ihre Haube zurecht und legte sich auf die Seite. Es dauerte nicht lange, bis er an ihren gleichmäßigen Atemzügen hörte, dass sie wieder fest eingeschlafen war. Hinrich starrte noch eine lange Zeit gegen die Decke und fiel dann in einen unruhigen Schlaf.

Der Knabe rieb sich die müden Füße, verharrte an einer Narbe an seiner rechten Fessel. Wenn das Wetter umschlug, schmerzte sie.

Am Horizont zeigte sich das erste Licht des Tages, malte ein sanftes Rot an den Himmel. Er war weit gelaufen heute, hatte außer dem Huhn nichts weiter zu essen gefunden. Sein Bauch krampfte, es war nicht gut, Tiere ohne Feuer zu essen. Nun saß er versteckt im Gras, versuchte sich klein zu machen. Das war schwierig, denn er war von großer und kräftiger Statur, fast so groß wie der Mann mit der lauten Stimme und dem Bart, zu dem die Menschen hier aufblickten. So wäre er auch gern gewesen, doch er konnte nur krächzen, und seine Arme und Beine waren zu lang und ungelenk.

Er sah immer wieder zum Hof, hoffte, dass das Weib kam. Manchmal schöpfte sie etwas Rahm ab, sah sich aufmerksam um, ob es auch keiner bemerkte, und stellte ihm eine irdene Schale an die Stallecke.

Der Knabe hörte etwas, sah die Katzen aus allen Ecken heranschießen. Sie verteilte die Milch, stellte eine Schale etwas erhöht auf das Sims und sah sich wie immer ängstlich um. Fast so, als habe sie Angst, ihm tatsächlich zu begegnen. Der Knabe wusste nicht, ob sie ihn erwartete, freute sich aber jedes Mal, wenn sie an ihn dachte und er sein Almosen abholte. Manchmal zog sie noch einen Kanten Brot aus dem Ärmel und legte ihn neben die Schale. Auch jetzt hatte er Glück.

Der Knabe wartete einen Augenblick, glitt dann mit einer Geschmeidigkeit, die es mit der der Hofkatzen durchaus aufnehmen konnte, zum Sims und steckte das Stück Brot ein. Danach schlürfte er die Schale leer und fuhr noch einmal mit der Zunge über ihren Boden, genoss den sahnigen Geschmack, den er vielleicht erst morgen oder auch erst, wenn die Sonne ein paarmal aufgegangen war, wieder kosten konnte.

Kaum hatte er die Schale geleert, sie wieder abgestellt und sich verkrochen, erschien die Frau, wischte sie mit dem Zipfel ihrer Schürze sauber und nahm sie mit hinein. Das Weib sah immer ein bisschen traurig aus. Und so, als habe sie große Furcht vor dem Leben. Furcht, die auch der Knabe kannte. Er blieb in seiner Deckung, immer das Haus im Auge. Erst als er in Sicherheit war, holte er das Stück Brot aus dem Ärmel, es war noch warm. Gierig biss er davon ab.

Gleich würde er sich einen Augenblick hinlegen, der Holzstapel am Feld lag bereits im hellen Schein der Morgensonne. Der Junge könnte ein paar Stunden in der Wärme einnicken. Die Männer bauten den Wall, die Weiber waren mit ihrer Arbeit beschäftigt. Es war ein guter Zeitpunkt.

Als sich der Knabe jedoch mit dem Kopf an den Stapel lehnte, kamen ihm die seltsamen Bilder der Nacht wieder vor Augen. Jetzt, wo er satt war, begannen sie durch seinen Kopf zu tanzen, gaukelten ihm eine wilde Szenerie vor, die er nicht in die richtige Reihenfolge bekam und die er nicht verstand. Weil er so viele Dinge nicht verstand. Er wusste nicht, was die Leute miteinander redeten, weil kaum jemand je mit ihm ein Wort gewechselt hatte. Er hatte oft versucht, die Worte zu verstehen, die sie miteinander tauschten, doch es war ihm bislang nur gelungen, ein paar Bedeutungen zu begreifen. Es war aber auch unwichtig. Er hatte nur noch drei Dinge, die ihn berührten. Er musste auf das Meer aufpassen, und er musste essen und sicher schlafen. Der Knabe fasste sich an den Kopf, legte ihn dann zwischen die Knie und versuchte, die Bilder zu ordnen.

Es war eine merkwürdige Nacht gewesen. Der Himmel war mit Sternen übersät, und doch hatte irgendjemand immer wieder weiße Schleier darübergelegt. Wie Fäden hatten sie sich gezogen.

Er war am Abend noch am Lager gewesen. Es waren Menschen dort, die von der Burg verschluckt und kurze Zeit später wieder ausgespuckt wurden. Der Knabe hatte Angst vor dem großen Gemäuer. Es hatte dicke Steine und war gefährlich, weil alle Stimmen im Hof widerhallten. Er näherte sich ihm nur bis zu einem gewissen Radius, wagte sich nie in dessen Mauern. Zu mächtig war die Furcht, dass sie ihn umschlossen und zerquetschten. Er schlich sich meist von der anderen Seite heran, wo die Wagenstadt lag. Wenn die Leute für einen Augenblick in den Löchern der Burg verschwunden waren, konnte er dorthin und wieder ein Stück Brot oder Käse finden. Hin und wieder etwas Schinken. Wenn ihn aber jemand sah, wurde er mit Steinen beworfen, bis er wieder unsichtbar war.

Als alle weg waren, hatte jemand Liebe gemacht. Das klang gut, wie das leise Grummeln einer Kuh. Manchmal auch wie das Brüllen. Ganz oft kam es aus dem Wagen des Weibes, die so schön wie eine Blume war und deren rötliches Haar der Farbe des Sonnenaufgangs glich. Auch sie warf mit Steinen nach ihm. Wie alle anderen. Er hatte nicht gesehen, wer aus dem Wagen gehuscht war, als die Geräusche verstummt waren. Er hatte weitergewollt, nachsehen, ob das Meer noch immer nicht beleidigt war. In diesem Moment hatte er etwas gehört.

Der Knabe hämmerte jetzt mit dem Kopf auf seine Knie. Was hatte er nur gehört, was gesehen? Er wusste es nicht, nur, dass es schlimm gewesen war. Und nicht in sein Bild passte.

Ein Mensch huschte immer wieder an seinem inneren Auge vorbei. Es war ein Mann. Der böse Mann. Der sehr böse Mann. Der, der immer schimpfte und der ganz viel Liebe machte und wo das eine Weib immer weinte und schrie, wenn er nach Hause kam. Er schlug sie auch. Er war böse. Der Knabe mochte ihn nicht, dachte oft, dass der Mann weggehen sollte. Er hatte auch begonnen, das Meer zu zähmen. Er und der, den es sich schon geholt hatte. Sie wehrte sich, die See, er hatte es immer gewusst. Es war noch nicht zu Ende.

Als er dem bösen Mann mal in der Wagenburg über den Weg gelaufen war, hatte der nach ihm getreten.

Der Knabe schlug noch immer mit dem Kopf auf seine Knie. Der böse Mann hatte in der Nacht plötzlich dagelegen. Und es hatte etwas aus ihm herausgehangen. Es war warm gewesen. Und glitschig.

Der Knabe hatte vergessen, was geschehen war. Es war mit dem Morgenwind aufs Schwarze Brack hinausgeweht. Aufs Meer, das diese dummen Menschen bändigen wollten, wie den Tanzbär, der einmal auf dem Schiff mitgereist war. Das Hämmern in seinem Kopf wurde weniger, verebbte schließlich. Der Knabe wurde ruhiger. Alles war aufs Meer hinausgeschwommen, alles war gut.

2. Kapitel

Die Straßen Amsterdams lagen verlassen da, noch lärmte kein Pferdefuhrwerk durch die morgendlichen Gassen.

Rothmann wartete. Gleich würde der junge Holländer zu ihm kommen und wissen wollen, ob er ihn begleitete. Die Zukunft lag nicht in dieser Stadt, die mehr Wasser als Wege hatte. Ein Land, in dem Männer wie er wie Wild abgeknallt wurden.

Er aber wollte frei sein, predigen, wann immer er wollte und was immer er wollte. Er wollte das Neue Jerusalem in seinem Leben noch aufsteigen sehen. Wollte die Kinder durch geschmückte Straßen tanzen lassen ohne Furcht, am nächsten Tag nichts mehr zu essen zu haben, und ohne ihnen mitteilen zu müssen, dass ihre Väter nicht wiederkommen würden. Er wollte Glück und Unbeschwertheit in den Augen seiner Glaubensbrüder sehen. Nicht die Schwerter des Bischofs, die sich ohne Skrupel in die Leiber seiner Mitbrüder bohrten.

Diese Zeit würde kommen, ganz sicher. Er konnte nur nicht mehr sagen, wann und wo. Ihr Scheitern, ihre Niederlage waren zu groß gewesen. Und auch danach hatten sie es nicht verstanden, stärker als die Mächte des Kaisers und der Kirche mit all ihren Bischöfen und Predigern zu sein.

Vielleicht war es an der Zeit, sich zu seinen Glaubensbrüdern zu gesellen, vielleicht war jetzt genau der richtige Zeitpunkt. Er war müde, seine Knochen erlaubten ihm nicht mehr, so geschmeidig zu sein, wie er sein musste, wenn er nicht scheitern wollte.

Es war verlockend, jetzt nach Ostfriesland zu reisen und sesshaft zu werden, es genau dort noch einmal zu versuchen.

So lange, bis der Graf einlenkte und sie wieder zu sich ließ, sie unterstützte. Er würde nicht lange vor dem Bischof kuschen, das konnte gar nicht sein.

Auch wenn die Reise an das Schwarze Brack alles andere als ein Spaziergang sein würde, so gab es an ihrem Ende doch ein Ziel, das erstrebenswert war.

Rothmanns Gedanken schwankten hin und her, waren unstet wie das Flackern der Kerze auf seinem Tisch. Im Laufe des Morgens würde der Arzt hier sein, von ihm erwarten, dass er wusste, was er tun wollte. Rothmann hörte die Kirchturmglocke zur vollen Stunde schlagen. Er hatte noch fast eine Stunde Zeit, wollte bis dahin das Für und Wider abwägen.

Kurz bevor die Zeit um war, hatte er seinen Entschluss gefasst. Er würde nicht nach Ostfriesland gehen. Eine Stimme in ihm sagte, dass die Zeit noch nicht reif dafür war. Er musste noch mehr Menschen erreichen, egal, wie leistungsfähig er noch war – oder eben nicht. Es war feige, war zu früh, schon jetzt aufzugeben. Er wollte nichts unversucht lassen, noch vielen Menschen die Botschaft zu überbringen. Die Botschaft des alleinigen Glaubens, die Botschaft des ewigen Glücks.

Rothmann nahm ein Blatt Papier, tunkte den Federkiel in die Tinte und zog die Spitze mit kräftigen Strichen über das Blatt. Er wusste genau, was er schreiben musste, damit seine Brüder die Hoffnung nicht verloren, damit sie daran glauben konnten, dass es weiterging. Es bedurfte nur weniger Sätze, er hatte die ganze letzte Stunde darüber nachgesonnen.

»Ihr schlaft noch immer nicht, Herr Johannes?« Sein Diener steckte den Kopf zur Tür hinein. Hier hieß Rothmann Johannes, in der nächsten Stadt würde er sich David, dann Josef nennen. Er hatte schon viele Bibelnamen durch. Rothmann winkte ab, merkte, wie müde seine Bewegung war. Der Diener zog sich augenblicklich zurück, schloss die Tür so leise, dass es kaum zu hören war.

Rothmann sog die kühle Luft des Zimmers ein, warf einen Blick durch die Butzenscheiben nach draußen. Dort sah es aus, als spielten die Wolken miteinander Fangen. Einen Sommer würde er sicher noch haben. Im Herbst konnte er darüber nachdenken, sich niederzulassen. Schon während er den Brief versiegelte, wusste er, dass er seine Glaubensbrüder aus alten Tagen, die in der Herrlichkeit auf ihn warteten, als sei er der Messias persönlich, sehr enttäuschen würde, wenn er ihnen nur diese Epistel als Zeichen geben würde. Doch er hatte keine Wahl.

Jan Valkensteyn war schon früh auf den Beinen. Sein Mitreisender, der ehemalige, schon recht betagte Mönch Garbrand, schnarchte auf seinem Strohsack.

Der junge Arzt sah aus dem Fenster. Amsterdam schlief noch, die Sonne war noch nicht aufgegangen, aber er musste jetzt gehen, wenn er ihn erwischen wollte. Ein Mann wie er wartete nicht gern, und er würde sicher ungehalten sein, wenn Jan zu spät kam. Er durfte keine Zeit verlieren. Jan sprang in seine Beinkleider, schlüpfte aus der Tür und glitt lautlos wie ein Schatten in die Dämmerung. Er wusste nicht, was ihn erwartete, wusste nur, dass er sich auf eine Reise begeben und den großen Prediger begleiten sollte. Jan Valkensteyn war der lebendige Schutzschild.

Der Morgen war kühl, beim Ausatmen zeigten sich kleine weiße Wolken vor seinem Mund. Jan schlich sich im Schutz der Häuser durch die Straßen. Er wollte nicht gesehen werden, seine Mission war geheim. Und gefährlich, es könnte ihn den Kopf kosten, wenn man von dem Zusammentreffen erfuhr. Menschen wie er und der Mann, den er treffen wollte, wurden überall in Europa verfolgt, durften ermordet werden, ohne dass es Konsequenzen hatte. Sie waren *vogelfrey*.

Hin und wieder erwachte Jan des Nachts, weil es sich in seinem Kopf so anfühlte, als ob dort mehrere Ochsengespanne hindurchpolterten. Er wusste in diesen Augenblicken nicht, ob es wirklich recht war, was er tat, ob der eingeschlagene Weg tatsächlich zum Ziel führte.

Das Gespräch gleich würde wichtig sein. Jan hatte den Erzählungen Garbrands gelauscht, gehört, was in England los war. Das war alles nicht das, was er sich unter der neuen Religion vorgestellt hatte.

Jans Gedanken drehten sich im Kreis.

Er beschleunigte seinen Schritt. Die Tritte hallten auf dem Pflaster, schienen sich zu vervielfachen. An jeder Ecke sah er sich um, ob ihn niemand verfolgte. Er schrak jedes Mal zusammen, wenn er glaubte, hinter sich eine Bewegung wahrzunehmen. Doch es war immer nur der Wind, der durch die Gassen pfiff und ihn erschreckte.

Schließlich kam er am verabredeten Treffpunkt an. Er pfiff das Lied, das sie abgesprochen hatten. Es tat sich lange nichts, bis das Tor geöffnet wurde und er in die dunkle Lücke hineingleiten konnte. Es war bei dem schlechten Licht unmöglich, etwas zu erkennen. Jan hörte nur eine heisere Stimme, die ihm zuraunte: »Er kommt nicht, zu groß ist die Gefahr. Aber ich soll Euch etwas geben.«

»Wieso kommt er nicht? Wenn er sagt, er kommt, dann kommt er auch.« Er drehte sich blitzschnell um, griff den Wächter am Kragen und drückte ihn mit dem Rücken gegen die Wand. »Was habt Ihr mit ihm gemacht?«

Der Wächter wand sich unter Jans Griff. »Er ist nicht hier, hat nur durch einen Boten einen Brief kommen lassen«, japste er. »Lasst mich los, und Ihr werdet schon sehen!«

Jan lockerte den Griff abrupt, war froh, dem schlechten Atem des Wächters entfliehen zu können. Der Mann schüttelte sich. »Seid froh, dass ich Euch was übergeben muss! Sonst würde es Euch jetzt schlecht ergehen.«

Dann hörte Jan etwas rascheln, als der Wächter zwei Papierrollen aus dem Ärmel hervorzog. »Hier, und jetzt geht!«, zischte er, während er Jan einen Brief in die Hand drückte. »Lasst keine unnütze Zeit verstreichen. Er sagt, das wäre Euer sicherer Tod.« Jan hörte, wie der Wächter seinen Atem ziehend einsog. »Und das soll ich Euch auch noch geben.«

Jan nahm die beiden Papierstücke an sich und wurde unversehens wieder zurück in die Gasse gestoßen. »Wieso kann er all das sagen, wenn er doch gar nicht hier ist?«, murmelte Jan, aber da quietschte das Tor bereits hinter ihm, und er hatte keine Möglichkeit mehr, von dem Mann dahinter noch etwas zu erfahren, wobei der vermutlich ohnehin nicht besonders mitteilsam gewesen wäre, egal, was er wusste.

Jan steckte den versiegelten Brief in den Ärmel, umklammerte das andere Papier und hastete zurück in die Herberge. Was tat er sich an? Doch die Bezahlung war gut, so konnte er sich eine neue Existenz aufbauen, die Vergangenheit hinter sich lassen und seinen Forschungen nachgehen. Dafür galt es, Opfer zu bringen.

Garbrand schnarchte immer noch, er schien sein Verschwinden gar nicht bemerkt zu haben. Jan stellte sich ans Fenster, um das Morgenlicht zu nutzen, und las die dahingekritzelten Zeilen.

Verlasst Holland sofort! Ihr seid hier nicht sicher, man hat Wind von uns bekommen. Haltet Euch nach Nordost, Richtung Emden. Dort stehen Knorren bereit, die Euch in die Jade und zum Schwarzen Brack bringen. In der Herrlichkeit Gödens findet Ihr Schutz und andere Gleichgesinnte. Verliert keine Zeit und richtet Krechting aus, dass ich bald kommen werde. Bald, wenn es die Zeit erlaubt.

Die Sonne war gerade aufgegangen und wärmte die taufeuchte Erde mit ihren Strahlen. Melchior Dudernixen musste den Mann nicht umdrehen. Er lag auf dem Rücken, die Augen aufgerissen. Auch ohne den Blick weiter nach unten schweifen zu lassen, war eindeutig, dass der Mann tot war.

Als der Bader es aber doch wagte, die Augen bis zum Bauch des Toten wandern zu lassen, war es selbst für einen abgebrühten Mann wie ihn schwer, die Fassung zu bewahren. Das, was er dort sah, übertraf an Grausamkeit alles, was ihm bislang unter die Augen gekommen war.

Ein paar der Umstehenden, die die Neugierde hergetrieben hatte, kämpften bereits mit dem Würgereiz, eine Frau konnte sich nicht mehr beherrschen und erleichterte sich hinter dem Wagen der Marketenderin.

»Wer tut so etwas?«, hörte Dudernixen eine Stimme, doch sie schien von weither zu kommen.

Der Bader trat einen Schritt zurück. Er hatte vorher nicht bemerkt, dass er in einer Lache von bereits getrocknetem Blut stand, das sich tief in den weichen Boden gefressen hatte und seine Zehen benetzte.

Er bückte sich und öffnete das mit Blut getränkte Wams. Auf den Mann musste mehrfach wie von Sinnen eingestochen worden sein. Dudernixen taxierte alle Umstehenden, die unter den Blicken des Baders den Kopf senkten.

»Lasst den Landrichter holen!«, befahl er.

Zwei der Leute boten sich an, nach Gödens zu Wolter Schemering zu gehen, um ihn von dem Mord in Kenntnis zu setzen. Es wurden Stimmen laut, dass man auch Krechting Bescheid geben müsse.

Dudernixen betrachtete den Toten noch eine Weile, während sich die Menge in Mutmaßungen über den Grund des Mordes verlor. Die Identität des Toten hingegen war eindeutig: Es gab keinen Zweifel, dass es sich um Cornelius von Ascheburg handelte.

Wann war er umgekommen? Nach der Zusammenkunft am gestrigen Abend waren alle rasch nach Hause gegangen, Krechting hatte Rothmanns baldige Ankunft angekündigt. Was nur hatte Cornelius nachts noch im Lager zu schaffen gehabt? Er lebte mit seiner jungen Frau Tyde auf einer ihm von Hebrich zugewiesenen großen Hofstelle in Hebrichhausen, weit genug weg vom Gestank und der Enge auf dem Burghof.

Cornelius von Ascheburg war nicht überall beliebt, hatte aber Durchsetzungsvermögen und den Weitblick, der über den Becher des wässrigen Bieres und das Stück Brot oder den Teller Suppe am Morgen hinausging. Hin und wieder hatte Dudernixen ihn bei Anneke, der Marketenderin gesehen, doch es stand ihm nicht zu, die Sache zu verfolgen, auch wenn ein verheirateter Mann bei einer Duuvke so gar nichts zu suchen hatte. Es war besser, wenn er darüber schwieg, denn Anneke machte keinen Unterschied, ob sie einen Lokator wie von Ascheburg in ihr Lager ließ oder einen knollennasigen Bader wie ihn. Schließlich besuchte auch er sie hin und wieder, denn seine Frau Magda war im Bett kalt und nur selten willig. Von Ascheburg aber war für die Menschen zu wichtig, als dass Krechting ihn daran gehindert hätte, zu Anneke zu gehen. Überhaupt urteilte der nie über die fleischlichen Gelüste der Menschen, ihm schien nichts fremd zu sein.

Dudernixen sah sich um, konnte die Marketenderin aber nirgendwo entdecken. Annekes Anblick brachte einen Mann schnell dazu, dass sich zwischen seinen Lenden etwas regte. Ihre Brüste waren klein, aber fest und glichen wohlgeformten Äpfeln. Sie hatte einen runden Hintern und einen kleinen Bauchansatz, der jedoch überhaupt nicht störte. Die ebenmäßigen Zähne, die Perlen glichen, und das lange rötliche Haar, das sich in leichten Wellen über den Rücken kringelte, machten diesen kleinen Makel mehr als wett. Annekes Haut war weich und feinporig, und wann immer er zu ihr ging, roch sie nach Rosen. Dudernixen atmete tief ein. Er stand vor einer grässlich zugerichteten Leiche, und seine Gedanken waren mit sinnlichen Freuden beschäftigt. Er musste sich zusammenreißen.

»Was ist hier geschehen?« Eine Frauenstimme riss den Bader aus seinen Gedanken. Vor ihm stand ein junges Weib, das ein Bündel auf dem Rücken trug und eines um die Hand gewickelt hatte. Sie hatte ein schmutziges Kleid an, schwarz mit dunklem Grün. Sowohl das Gewand als auch das Gesicht der Frau waren schlammverkrustet, ihre Schuhe als solche kaum noch zu erkennen. Das dunkle Haar hatte sie unter der Kapuze eines schwarzen Umhanges verborgen, doch kringelten sich ein paar widerspenstige Locken darunter hervor. Dudernixen blieb sofort an ihren Augen hängen, deren Farbe sich zu einem unnatürlichen Blau aus der Tiefe eines Sees und dem Grün der Marschwiesen mischte. Er hatte eine solche Farbe in seinem ganzen Leben noch nicht gesehen. Der Blick wirkte keck und lebendig, obwohl die Frau große Strapazen hinter sich zu haben schien, so müde wie sie aussah. Er musterte sie ein zweites Mal. Sie war eine außergewöhnliche Frau. Nicht von klassischer Schönheit, dazu war sie zu klein und ihr Haar zu dunkel. Sie erinnerte ihn an die Weiber, die er in Holland gesehen hatte und die aus dem Süden kamen. Sie hatten allesamt etwas Wildes an sich. Er musterte die junge Frau, und sogleich warnte ihn eine innere Stimme vor ihr. Er fragte sich, ob sie nicht auch eine von den Südländischen war, denn sie konnte eigentlich nicht von hier sein, dazu war ihre Haut zu dunkel. Und dennoch – ihre Sprache hatte einen so deutlich friesischen Einschlag, dass eigentlich kein Zweifel daran bestand, wo ihre Heimat war.

Der Bader wies mit der Hand auf den Toten. »Der da ist ermordet worden.«

Dies hatte die junge Frau inzwischen selbst erkannt und war bereits ein paar Schritte zurückgewichen.

»Wer seid Ihr?«, fragte Dudernixen und musterte sie erneut von oben bis unten.

»Ich bin Hiske Aalken, Hebamme aus Jever. Ich bin eben hier angekommen und suche nach einer Bleibe.«

Der Bader runzelte die Stirn. Es wunderte ihn nicht mehr, dass er das Weib misstrauisch betrachtet hatte. Hebammen haftete stets etwas Unwirkliches an, nicht selten waren sie in der Lage, Dinge zu tun, die normalen Sterblichen fremd waren. Er wollte mehr über sie wissen, trotz seines Argwohns faszinierte sie ihn, während sie ihn gleichzeitig abstieß.

Doch die Hebamme verabschiedete sich rasch mit einem Kopfnicken und verschwand in den Burghof. Dudernixen sah ihr nach. Augenscheinlich eine Spur zu lange, denn der Käsemeister war hinter ihn getreten und schlug ihm derb auf die Schulter. »Ein neues Weib, was?«

Dudernixen sog die Luft ein. Hoffentlich würde die Hebamme nicht bleiben, war nur auf der Durchreise. Für sie war hier kein Platz, Anneke konnte die Kinder auf die Welt holen. Die Marketenderin war vor einiger Zeit eingesprungen, als die alte Geburtshelferin verstorben war. Wozu war eine richtige Hebamme notwendig? Wenn es Gott gefiel, würde er die Kinder zu sich nehmen, daran konnte auch dieses Weib nichts ändern.

Weil die Leute aber auch gern Rat bei diesen Heilfrauen suchten, würde Hiske Aalken ihm wohl ein paar Kranke streitig machen, die er bislang immer gegen Bier, Brot oder guten Käse nach seinen Methoden betreut hatte. Hin und wieder fiel auch mal eine Münze, ein Schap, ab. Er wollte das nicht teilen, dafür gab es hier nicht genug zu tun, auch wenn das Lager Tag für Tag wuchs, da immer mehr Menschen aus Holland und Oldersum kamen.

»Hebamme«, wiederholte er leise für sich. »Mit solchen Augen.« Die waren ihm zu wissend, hatten eine Schläue, die einem Weib nicht zustand. Frauen waren nun mal dumm.

Dudernixen grinste. Wenn sie blieb und nicht spurte, würde er ihr schon beibringen, zu was eine Frau einzig gut war. Da wäre sie nicht die Erste. Und wenn sie es nicht verstand, hatte er andere Mittel und Wege. Dann gnade ihr Gott.

Der Bader wurde abgelenkt, als sich Lärm erhob. Die neugierige Menge teilte sich und bildete eine Gasse, durch die Hinrich Krechting wie ein wütender Stier stob. Ihm folgte der Landrichter Wolter Schemering, der wegen seiner schmächtigen Figur, aber auch wegen seines noch jungen Alters an die Gewaltigkeit seines Onkels nicht herankam.

»Was ist hier los?«, dröhnte dessen Stimme auch schon laut über den Burghof. Hinrich blieb vor dem Toten stehen. Sein Gesicht verlor in Sekundenschnelle alle Farbe. Er sagte nichts, machte auf dem Absatz kehrt und überließ das Mordopfer seinem Neffen.

»Soll ich Euch ein Bett besorgen?«, fragte eine dünne Stimme, die zu einer kräftigen Frau mit einer stark nach unten gebogenen Nase gehörte. Sie hatte ihr aschblondes Haar nachlässig unter die Haube verbannt und wirkte nicht, als achte sie sehr auf ihr Äußeres, obwohl sie beileibe nicht ungepflegt aussah. »Ich bin Adele Stausand«, erklärte sie, als Hiske nicht gleich antwortete. »Ich habe eine kleine Hofstelle, eine Kate auf dem Weg nach Hebrichhausen, an der alten *Olden Krocht* vorbei.«

Hiske sah die Frau an. »Ihr bietet mir eine Bettstatt? Hier gibt es genug andere, die es nötig hätten.«

Das Weib nickte. »Ich will aber nicht jeden bei mir wohnen haben. Habe von Eurer Notlage gehört. Ihr seid Hebamme, das macht Euch vertrauenswürdig. Ich bin allein, kann Euch eine Bettstatt und eine Kammer bieten. Alles sauber, und ich will nicht viel dafür.«

Hiske überlegte nicht lange und schlug sofort in die dargebotene Hand ein, selbst wenn sie noch nicht sagen konnte, wo sie die Bezahlung für die Kammer hernehmen sollte. Eben spielte ein Gaukler ein Lied auf seiner Schalmei. Der Tag nahm einen besseren Verlauf, als Hiske angenommen hatte.

»Wer hat Euch denn in den Burghof gelassen?«, fragte die Frau, deren Gesicht merklich weicher geworden war, nachdem Hiske ihr Angebot angenommen hatte.

»Das Tor stand offen, und die Wachen waren nirgendwo zu sehen.«

Adele lachte. »Manchmal geben sie nicht gut acht. Aber wer sollte hier auch schon diese unwirtliche Gegend überfallen, wo man erst Land gewinnen muss, damit man überhaupt leben kann. Wer kommt schon freiwillig in dieses Sumpfloch?«

Hiske zuckte mit den Schultern. »Es gibt immer Gründe. Ich möchte auf jeden Fall vorerst bleiben.« Sie sah sich um. »Bin ja wohl nicht die Einzige. All diese Menschen sehen nicht aus, als seien sie hier schon sesshaft.«

Wie zur Bestätigung schrie einer der Männer aus dem Wagen, zu was für einem Saustall der Burghof verkommen war und dass es an der Zeit war, endlich etwas zu unternehmen. Die Menschen im Lager waren zwar durch den Mord aufgeschreckt, doch gingen alle bereits wieder ihrem Tagwerk nach, als sei nichts geschehen. Die Lebendigkeit glich einem Bienenstock. Überall wurden Feuer geschürt, überall hingen Kessel darüber, aus denen es dampfte. Hin und wieder waberte eine Schwade mit Essensgeruch zu Hiske. Sie bemerkte erst jetzt, wie hungrig sie war.

Adele aber rümpfte die Nase. »Die da oben müssen sich bald was einfallen lassen, es wird von Woche zu Woche enger. Und schmutziger. Der Kerl von eben hat recht.«

»Wer sind die vielen Menschen, die hier leben?«, fragte Hiske.

Rund um Jever hatte sie solch ein Lager, das einer Wagenstadt ähnelte, nie gesehen. Dazu kamen die vielen Menschen, die in den Stallungen hausten. Die Zustände erschienen der Hebamme mehr als schlecht, die Hygiene ließ überall im Lager zu wünschen übrig.

»Die meisten kommen aus Holland. Die anderen aus Oldersum und ein paar aus Westfalen.« Westfalen betonte Adele auf eine Weise, als sei es etwas ganz Besonderes, von dort in die Herrlichkeit zu kommen.

»Warum wollen sie hier leben?«

»Sie warten auf bessere Zeiten, wissen im Kaiserreich sonst nicht, wohin.«

Hiske sah sie fragend an, und Adele quetschte sich das Wort »Flüchtlinge« heraus.

Hiske betrachtete die Menschen. Ein Mann war gerade dabei, den Unrat zusammenzufegen und auf eine Schubkarre zu laden, andere fegten ihre Wagen aus, wieder andere boten Waren feil, die sie in die Auslagen der Wagen gelegt hatten. Viel war es nicht, aber Hiske war doch überrascht über das Angebot.

»Wir haben alles, was man braucht«, erklärte Adele. »Käse, frisches Brot, einen Stellmacher, einen Schmied, Leinenweber, Fischer … Zu darben brauchen wir nicht, aber seht selbst …«

Trotz des frühen Morgens waberte ein penetranter Gestank aus Bier, Käse, gegerbtem Leder und verbranntem Holz über das Lager. Und ganz eindeutig mischte sich auch der Geruch nach Exkrementen darunter, vermutlich vom gemeinschaftlichen Abtritt. Wie mochte es wohl erst im Sommer werden, wenn die Sonne diese Dunstglocke noch aufheizte? Ganz eindeutig lebten hier viel zu viele Menschen auf zu engem Raum.

Hiske hob das Gesicht und sog eine frische Brise ein, die vom Meer herüberwehte. Es roch nach Schlick, ein bisschen fischig. Die Luft schien mit Salz geschwängert und war auf jeden Fall angenehmer als dieser Gestank hier. Die hiesigen Zustände waren sogar schlimmer als in den dunkelsten Ecken Jevers, wie der Petersilienstraße, wo sich das fahrende Volk mit dem Scharfrichter und den Huren die Häuserzeilen teilte.

Hiske wunderte sich, dass die Regentin solche Zustände in ihrem Hof ertrug, und sie fragte sich, was die Menschen getrieben haben mochte, sich freiwillig in diese Einöde zu begeben. Sie selbst hatte einen Grund, für sie bestand in Jever Gefahr für Leib und Leben. Was aber trieb diese Menschen aus Holland und anderen Landesteilen, wo es ihnen bestimmt besser gegangen war, hierher? Flüchtlinge, hatte Adele gesagt. Es waren aber so viele. Warum hatten sie aus ihrer Heimat fortgemusst? Soweit Hiske wusste, war dieses Gebiet nur in trockenen Sommermonaten von der Landseite aus zu erreichen, wenn die umliegenden Moore trocken fielen. Ansonsten blieb nur der beschwerliche und lange Weg mit Knorren über das Meer. Irgendetwas war seltsam hier, sie konnte nur nicht sagen, was genau es war.

Hiske beobachtete, wie man den Toten, den man in einen Sack gewickelt hatte, auf einem Karren abtransportierte. Wolter Schemering folgte dem kleinen Zug. Er sah nachdenklich aus, betroffen. Entweder, weil er den Toten sehr gut kannte oder weil er Schwierigkeiten befürchtete; das war nicht eindeutig zu sagen.

»Nun ist er tot, der von Ascheburg«, riss Adele sie aus ihren Betrachtungen. »Ich habe ihm viel zu verdanken.«

»Was meint Ihr damit?«, fragte Hiske.

»Sag einfach du. Ich bin Adele.« Die Frau streckte ihr die Hand entgegen.

»Hiske.« Sie nahm Adeles Hand. Es war nur gut, wenn sie jemanden hier kannte, und vielleicht trafen sich genau in diesem Augenblick zwei verlorene Seelen. Denn je länger Hiske Adele betrachtete, desto sicherer war sie, dass diese Frau bislang kein leichtes Leben gehabt hatte. Ihr ganzes Wesen drückte Niedergeschlagenheit aus, ihre Augen blickten unstet und tieftraurig. Ihr so hart wirkendes Gesicht, was vor allem von den hohen Wangenknochen und der heruntergebogenen Nase sowie der übermäßig blassen Haut herrührte, täuschte darüber hinweg. Mit der Zeit würde sie sicher herausfinden, was genau Adele Stausand so betrübte.

»Du sagtest eben, du hast von Ascheburg viel zu verdanken?«, hakte sie nach.

»Ich durfte nach dem Tod meines Mannes auf der Hofstelle bleiben, das ist nicht üblich. Nur Elske Krechting hat dasselbe Recht. Von Ascheburg hat mir damals sehr geholfen.«

Hiske umfasste Adeles Unterarm und streichelte mit dem Zeigefinger leicht darüber. »Was ist mit deinem Mann passiert?«

»Das Meer hat ihn mitgenommen.« Adele machte eine Pause, und nun verstand Hiske den Schmerz, der in ihren Augen lag. Sie spürte, dass Adele nicht weiter darüber sprechen wollte, und wechselte das Thema. »Ich muss mich doch irgendwo melden. Weiß ja noch nicht, ob ich bleiben kann.«

Adele nickte. »Kannst du bei dem da machen.« Sie deutete auf Hinrich Krechting, der gerade aus der Burg trat und sein Wams schwungvoll mit einem Mantel umschlang. Der Mann wirkte, im Gegensatz zu den meisten hier, gut betucht und strahlte eine Macht aus, der sich auch Hiske nicht entziehen konnte. Sie zögerte kurz, erinnerte der Mann sie doch an Remmer von Seediek, ihren Peiniger aus Jever. Krechting war von massiger Gestalt, und seine dunkle und kräftige Stimme hatte sie ja eben bei dem Toten schon vernommen. Er schien hier verantwortlich zu sein, denn wenn er in Erscheinung trat, duckten sich die Menschen unwillkürlich zur Seite, blickten ehrfurchtsvoll zu ihm auf.

Doch wenn sie bleiben wollte, blieb ihr nichts anderes übrig, als ihm die Wahrheit zu sagen und sich gut mit ihm zu stellen. Also trat sie entschlossen auf den Mann zu, der sie gleichgültig ansah und sich an ihr vorbeischieben wollte. Hiske stellte sich ihm jedoch so in den Weg, dass er nicht umhin konnte, sie zu bemerken.

»Was willst du, Weib?« Krechtings Stimme dröhnte, als spreche er in ein leeres Fass, und gleichzeitig füllte sie den Burghof, sodass für den Augenblick alles zu verstummen schien.

»Ich bin Hiske Aalken, Hebamme aus Jever.«

Krechting musterte sie und blieb an ihren eigentümlichen Augen hängen. Sofort wurde sein Gesicht weicher, so als habe er darin etwas entdeckt, was ihm gefiel. Er sah sie fragend an. »Aus Jever? Warum bist du da fortgegangen?«

Hiske war wütend, wie Krechting sie behandelte. Seine Art, mit ihr zu sprechen, zollte von keinem großen Respekt. Doch sie hielt sich zurück, es war besser, diesen Mann an ihrer Seite zu wissen. Menschen wie er demonstrierten ihre Macht eben gern durch solche Kleinigkeiten. Hiske sammelte sich, nahm ihren ganzen Mut zusammen und sah Krechting fest in die Augen. »Ich war als Toversche angeklagt, bin freigesprochen worden, und nun hat man mich erneut der Zauberei bezichtigt. Ich suche eine Zuflucht.«

Hinrich Krechting zog Hiske augenblicklich vom Hof in den Eingang der Burg und von dort hinter eine Tür, die er nachdrücklich schloss. Sie sah sich ängstlich um, doch außer einem großen Sekretär, der sich an die weiße Wand schmiegte, war der Raum fast leer. Einzig ein Gemälde der Burg war an der linken Seite aufgehängt.

Inmitten der Burgmauern schien sich in Krechting eine Wandlung zu vollziehen. Hiske spürte, dass er sie nun anders ansah. Das zeigte sich auch in seinen nachfolgenden Worten, die ihr nun den nötigen Respekt zuteilwerden ließen. »Ihr seid eine Toversche, eine Zauberin, und sucht hier Zuflucht? Was wirft man Euch genau vor?« Auch wenn Krechting jetzt flüsterte, so hallte seine Stimme dennoch von den Wänden und der hohen Decke wider.

»Ich soll einen Baum gemolken haben, nachdem ich mit dem Bösen im Bunde war. Dem Teufel sollen Flammen aus dem Mund geschlagen sein, als ich mich mit ihm und meiner Freundin Gesche Glieders auf der Wiese getroffen habe.«

Krechting begann zu lachen. Es klang boshaft und eine Spur hämisch. »Die Jeveraner! Die Papisten ... Was denen nicht so einfällt.«

Hiske zitterten die Knie. Es war mutig, vielleicht dumm, so ehrlich zu sein, aber wenn sie eine Zuflucht wollte, hatte sie keine andere Chance, als ihre Notlage wahrheitsgetreu zu schildern. Es würde vermutlich sowieso irgendwann herauskommen. Das Leben war, wie es war.

Jever und Ostfriesland, zu dem die Herrlichkeit Gödens gehörte, hegten keine Freundschaft füreinander. Hebrich von Knyphausen und Krechting würden im besten Fall kein Interesse daran haben, sie an Fräulein Maria auszuliefern. »Ich bin aber keine Zauberin, keine Hexe. Ich bin Hebamme und Heilerin. Ich kenne den Teufel nicht.«

Krechting nickte. Sein Blick ruhte schon wieder eine Spur zu lange auf ihr, sodass es Hiske durch Mark und Bein ging. Der Mann war ihr unheimlich, und gleichzeitig besaß er eine Anziehungskraft, der man sich nur schwer entziehen konnte.

»Ihr könnt bleiben. Wir können eine Heilkundige brauchen. Anneke ist Marketenderin, sie taugt nicht zur Hebamme für die vielen Frauen, die hier niederkommen. Wir werden ja immer mehr. Sucht Euch einen Platz zum Schlafen, ich lasse bekannt geben, wo die Weiber Euch finden, wenn sie in Not sind.« Er zögerte. »Aber sagt keinem, warum Ihr hier seid. Besser, das weiß niemand. Manchmal haben die Wände Ohren, und nicht immer sind die Menschen sich wohlgesonnen. Ihr seid eine Hebamme, die es hierher verschlagen hat, das muss reichen. Euch wird keiner weiter fragen, bei uns redet man nicht viel über gestern. Weil es für alle besser ist.« Er machte eine Pause. »Fragen hören auch wir nicht gern.«

Krechting wandte sich zur Tür. »Entschuldigt mich, aber mein bester Freund ist heute getötet worden, ich muss ein wenig allein sein und nachdenken, wie ich den Mörder finde, damit ich ihm jedes Stück Fleisch eigenhändig aus dem Körper brennen kann.« Den letzten Satz hatte Krechting bereits wieder so laut gesprochen, dass er sicher draußen zu hören war. Und nichts war mehr von der weichen Seite zu erkennen, die er eben für einen Augenblick gezeigt hatte.

Hiske machte einen Schritt auf Krechting zu. »Trotzdem muss ich doch wissen, wer die Leute da draußen sind.«

Krechting blieb in der geöffneten Tür stehen, drehte nur den Kopf über die Schulter. »Ich sagte: nicht fragen. Manche Dinge nimmt man besser einfach so hin.« Er verharrte kurz. »Noch etwas: Egal, was mit den Kindern ist, die du auf die Welt holst – du wirst sie nicht taufen! Niemals!«

Kapitel 3

Adele war froh, dass Hiske bei ihr einziehen wollte. Krechting würde sie schon nicht fortschicken. Seit die alte Hulda gestorben war, hatten sie keine Hebamme mehr, und er konnte froh sein, wenn die schwangeren und niederkommenden Frauen besser versorgt waren.

Hiske war Adele sympathisch, sie würde ihr sicher Halt geben können und ihre schwarzen Gedanken aufhellen. Außerdem war es besser, sie gab die freie Kammer freiwillig her. Nun, wo von Ascheburg tot war und sie nicht mehr schützte, würde man ihr rasch einen der Neuankömmlinge unterschieben wollen, da wusste sie lieber, wen sie sich ins Haus holte.

Die Hebamme umgab eine besondere Aura, die auch Krechting nicht verborgen geblieben war. Adele hatte seinen Blick gesehen. Ihr Anführer mochte sein wie er war, an fehlender Menschenkenntnis litt er nicht, sonst wäre er nicht da, wo er jetzt war. Genau wie sein untrüglicher Instinkt Gefahren gegenüber sie letztlich aus dem sterbenden Münster herausgeholt hatte. Allerdings hatte Adele in der letzten Zeit immer häufiger das Gefühl, dass er längst nicht mehr alles so im Griff hatte, wie er es seinen Untertanen suggerieren wollte.

Adele trat in die Kammer, die sie der Hebamme zugedacht hatte. Sie war klein, doch es befand sich eine ordentliche Bettstatt darin, und sie konnte noch einen Tisch mit Hockern hineinstellen. Für die Herrlichkeit war das schon ein beträchtlicher Luxus, einzig Krechting, Schemering und Hebrich von Knyphausen hatten ein anderes Leben. Und bis gestern Cornelius von Ascheburg, fügte sie in Gedanken hinzu.

Sie machte sich an die Arbeit, die Kammer für die Hebamme vorzubereiten, schüttelte das Strohkissen auf, scheuerte den bereitgestellten Tisch mit Sand. Bald würde auch sie nicht mehr allein sein müssen, bald würde sich ihr Leben ändern, und alles wäre gut.

Der Knabe hatte nur kurz geschlafen. Er wollte zum Meer, wie jeden Morgen. Er musste kontrollieren, ob alles seine Ordnung hatte, musste nachsehen, wie weit die Menschen mit dem Wall gekommen waren. So füllte er seinen einsamen Tag aus. Wie immer war er von großer Furcht geprägt, das Wasser könne endgültig nicht wiederkommen. Er hatte davon geträumt, dass es eines Tages so war. Ein großer Damm würde sich zwischen die Ufer schieben und das Meer für immer aus seiner Heimat vertreiben. Die Menschen waren schuld, wenn es dazu kam.

Er musste sie aufhalten, irgendwie. Manchmal hatte er schon das Messer gezückt, wenn er sich zum Brack aufmachte. Fest mit der Hand umklammert, schlich er sich an die Männer heran. Doch obwohl er groß und kräftig war, wagte er es nicht, es wirklich zu benutzen. Es waren zu viele.

Vor das Auge des Knaben schob sich erneut das Bild dieser Nacht. Der bleiche Mann war der gewesen, der das Meer bändigen wollte. Er hatte mit hohlen Augen in den Himmel gestarrt, und da war dieses klebrige Etwas gewesen, das so seltsam gerochen hatte. Die Hand des Knaben fuhr augenblicklich zum Schaft des Messers, das genau dort steckte, wo es hingehörte. Es war gut, dass der Mann den anderen nun nicht mehr befehlen konnte, weiterzumachen. Vielleicht würde der Knabe jetzt aufhören können zu träumen, dass das Meer verschwand.

Der Mann atmete nicht mehr, und wer das nicht tat, konnte auch keine Dämme bauen.

Trotzdem mochte der Knabe nicht mehr an den Mann denken. Er hatte etwas gesehen, was er nicht hatte sehen wollen, und wenn er daran dachte, drehte sich sein Magen um, und es schmerzte in seinem Kopf. Er musste sich sofort hinsetzen, die Hände an die Ohren pressen und sich selbst hin und her wiegen.

Wichtig war einzig, dass das Meer blieb. Das Meer, die Wellen, das Wasser …

Hiske wollte nach ihrer Unterredung mit Krechting Adele suchen, aber sie war unauffindbar. Stattdessen traf sie auf die Marketenderin Anneke, die ihr etwas Brot mit Käse und einen Becher Dünnbier gab, das abscheulich morastig schmeckte.

Nun tranken sie ihre Suppe aus irdenen Schüsseln. Hiske hatte unter dem Rock ihren eigenen Löffel versteckt, wollte aber Anneke nicht beschämen und ließ ihn, wo er war.

»Viel haben wir auch nicht, aber wir geben gern ab«, sagte Anneke eben. »Das Bier schmeckt dünn und fad, da bist du sicher ein besseres gewöhnt. Wir brauen es aus einem Rest Brot und Wasser, denn Letzteres kannst du hier unvergoren nicht genießen.«

Hiske nahm einen Schluck, es kostete sie nach ihrem ersten Eindruck wirklich Überwindung, aber sie musste sich wohl oder übel daran gewöhnen. Es gab schließlich nichts anderes.

»Wo willst du bleiben?«, fragte Anneke. Doch statt die Antwort abzuwarten, redete sie gleich weiter: »Der Stall ist voll, die Wagenburg auch. Sie wollen bald was ändern, habe ich gehört. Die Häuptlingsfrau will das in ihrem Hof nicht mehr länger dulden. Sie spricht von einer Siedlung, die am neuen Deich rund um das Siel entstehen soll.«

Hiske sah sich um. »Schlecht wäre es sicher nicht, die Zustände sind nicht die besten hier. Um nicht zu sagen: Sie sind unhaltbar.«

»Wohl wahr.« Anneke blickte ebenfalls über das Lager. »Zuerst war es nicht so übel, aber jetzt ... täglich wird es schlimmer, und mit jeder Schiffsladung kommen neue Menschen. Dann jetzt noch der Tote. Mich graust es hier.«

Hiske pflichtete ihr bei. »Es ist sehr freundlich, dass die Häuptlingswitwe sie alle aufnimmt, vor allem, wo die Leute direkt bei ihr auf der Burg untergebracht sind und sie so auch unter den Zuständen leidet. Man sagt, ihr seid Flüchtlinge?«

Anneke wechselte sofort das Thema. »Du musst dir eine eigene Unterkunft suchen. Ich kann dich auch schlecht mit in den Wagen nehmen ...«, sie stockte, »ich empfange ... heimlich ...«

Hiske winkte ab. »Ist gut. Musst nicht weiterreden. Vorne die Waren und hinten eben das. Mir brauchst du nichts vorzumachen.«

Anneke nickte erleichtert. »Auch hier nehmen sich die Männer, was sie brauchen. Und ich bekomme etwas Käse und Brot dazu. Manchmal sogar einen Schap. Mir geht es ganz gut damit.«

Hiske setzte die Suppenschüssel noch einmal an. Dabei fiel ihr Blick auf ihr Kleid, das völlig verschmutzt war. Sie musste sich dringend waschen und umkleiden. »Danke übrigens, dass du dir Sorgen um meine Unterbringung machst, aber ich habe bereits eine Unterkunft. Adele Stausand hat mir eine Bleibe angeboten.« Sie trank ihre Suppe aus und stand auf. »Ich mache mich jetzt auf zu ihr. In welche Richtung muss ich gehen?«

»Adele lebt kurz vor Hebrichhausen in der roten Kate. An der *Olden Krochtwarft* vorbei, wo Krechting wohnt, dann in die Marsch rein, bis auf der linken Seite eine Hofstelle kommt. Kannst du nicht verfehlen«, sagte Anneke. Sie zupfte ihr Kleid und ihr Haar zurecht, steckte den Reif hinein. Ihr Arbeitstag begann, Mord hin oder her.

Hiske drehte sich noch einmal um. »Kanntest du den Toten eigentlich?«

»Wir kennen uns alle hier.«

»Ich meine näher.« Hiske hob die Brauen, und die Marketenderin verstand, was die Hebamme meinte.

»Er kam öfters. Hat aber nie viel geredet, nur hochgeschreckt ist er im Schlaf oft. Hat was von Blut geredet und vom Neuen Jerusalem. Wenn er dann aufgewacht ist, hat er geguckt, ob ich fest schlafe, so als wenn er Angst hätte, dass ich etwas gehört haben könnte.« Anneke kicherte, schlug sich dann auf den Mund, als habe sie schon zu viel gesagt. Ihre Stimme wurde ernst. »Hab mich immer schlafend gestellt. Geht mich ja auch nichts an. Wir reden hier nicht über das, was war. Ist besser. Jeder hat seine Vergangenheit, und jetzt ist jetzt.«

Hiske schaute die Marketenderin noch einmal kurz an. »Wer seid ihr, Anneke? Ihr alle hier?«

Sie erhielt keine Antwort.

Hiske klopfte an Adeles Tür, die rasch geöffnet wurde, so als habe Adele bereits auf die Hebamme gewartet. »Habe dir deine Kammer schon gerichtet«, sagte sie.

Hiske konnte gar nicht so schnell gucken, wie sie in einen Raum geschoben wurde, der zwar klein, aber wider Erwarten hell, freundlich und sehr sauber war. Darin befand sich ein Tisch mit zwei dreibeinigen Hockern davor, eine Bettstatt, die in die Wand eingelassen und mit einem Vorhang versehen war. An der Wand stand ein weiterer kleiner Tisch, darauf ein Federkiel mit einem Tintenfass. Darüber war ein Regal angebracht, auf dem mehrere leere Behälter standen.

Adele strahlte Hiske an. »Ich dachte, du brauchst nicht nur ein Bett, sondern auch einen Tisch, an dem du mit den Frauen, die zu dir kommen, sitzen kannst. Und natürlich einen Sekretär. Das da«, sie zeigte auf das Regal, »sind Behälter für deine Kräuter und das, was man als Heilkundige so braucht. Ich habe auch noch einen Garten. Der Boden ist zwar schwer, aber du kannst meinen Kräutergarten mitnutzen. Da stehen schon etliche Pflanzen; wenn du magst, kannst du noch welche dazu anbauen.«

Hiske sah den flehenden Blick Adeles und die stumme Bitte zu bleiben. Der Frau war sehr gelegen daran, dass sie hier einzog, und auch Hiske empfand große Sympathie für Adele Stausand.

»Ich möchte auch keinen einzigen Schap für diese Kammer. Hilf mir mit deinen Kräutern, wenn ich krank bin. Ich habe oft ein Reißen in den Gliedern oder einen merkwürdigen Schmerz im Hals. Der Rest wird sich finden.«

»Das ist nicht viel für das, was ich bekomme.«

»Lass gut sein, bin froh, wenn du hier bist.«

Hiske wusste nicht, was sie darauf erwidern sollte. So sagte sie einfach nur: »Danke«.

Adele wirkte, als habe sie noch etwas auf dem Herzen. Sie zupfte an ihrer Haube herum, zog eine Haarsträhne darunter hervor. Dann strich sie über die Schürze.

Hiske sah sie fragend an.

»Eine schlimme Sache mit dem Tod von Cornelius«, sagte Adele schließlich. Ihr Blick wirkte dabei auf eigenartige Weise berührt, obgleich sie den Anschein erwecken wollte, dass es sie kalt ließ.

»Das ist schon komisch, irgendwo hinzukommen, und das Erste, was man mitbekommt, ist ein Mord«, bestätigte Hiske. »Wo ist da Gott?«

»Du bist nicht gläubig?«

»Die Wahrheit ist, dass ich es nicht weiß«, antwortete Hiske. »Es gibt so viele Dinge, die man hört, von allem stimmt etwas und dann auch wieder nicht. Verstehst du?«

Adele nickte. »Wenn man den Falschen zuhört, kann man das Falsche aufschnappen und glauben, es sei richtig«, gab sie zur Antwort, wirkte aber abgelenkt, weil eine Gestalt auf den Hof eilte. Es war eine Frau, deren Gesicht gezeichnet war von tiefster Verzweiflung. Adeles Miene verdunkelte sich für einen Moment, es schien fast, als fühle sie den Schmerz der Frau körperlich mit. »Es ist Tyde«, sagte sie und ging zu Tür.

Adele führte die Besucherin in die Küche und drückte sie auf die Bank, wo Tyde in haltloses Schluchzen ausbrach. »Wer tut so etwas?« Die Worte wirkten abgehackt.

Adele reichte der blonden Frau einen Krug Bier, den diese jedoch nicht anrührte. Aus den einzelnen Satzteilen, die Hiske aufschnappte, reimte sie sich zusammen, dass Tyde die Witwe Cornelius von Ascheburgs war.

»Und ich trage sein Kind unter dem Herzen«, weinte sie weiter. Schau!« Tyde lüftete ihren Rock, und die beiden anderen Frauen konnten den schon leicht gewölbten Leib sehen. Tyde stand nicht mehr zu Beginn ihrer Schwangerschaft, hatte aber doch noch ein paar Monate vor sich.

»Ich wusste gar nicht, dass von Ascheburg Vater wird.« Adele zog die Brauen hoch. »Warum kommt Ihr zu mir? Ich bin eine arme Witwe.«

»Ihr seid allein, ich bin allein«, gab Tyde zurück. Ihre Stimme war dünn, es wirkte, als habe die Trauer ihr sämtliche Kraft genommen.

Hiske ging zu der Frau hinüber und strich ihr über den Unterarm, der für eine Schwangere viel zu dünn war. »Ich bin Hebamme. Wenn Ihr mögt, könnt Ihr immer zu mir kommen, ich betreue Euch und Euren Wurm. So Gott will, werde ich alles in meiner Macht Stehende tun, damit Euch beiden kein Unheil geschieht.«

Erst jetzt schien Tyde Hiske wahrzunehmen, ihr Blick war aber alles andere als freundlich. »Ihr wohnt jetzt hier?« Sie sah zu Adele. »Ich hatte gehofft, bei Euch Unterschlupf zu finden mit dem Kind. Krechting wird mich in der nächsten Woche vom Hof jagen, ich kann ihn ja allein nicht bewirtschaften, und die Pacht lief nur, solange mein Mann lebte.« Sie hielt inne. »Ich bin eben keine von Euch, so habe ich trotz meiner Ehe mit Cornelius nicht die Privilegien wie Ihr. Wenn Ihr keinen Platz für mich habt, muss ich ins Lager. Irgendwo im Stall in einer Ecke schlafen.«

Hiske wollte der Schwangeren eben ihre Kammer zur Verfügung stellen, als Adele die Hand hob und ihr zu schweigen gebot.

»Fürs Erste könnt Ihr hier wohnen, ich hab noch eine Abseite, die voller Gerümpel steht und in die Ihr erst einmal einziehen könnt. Es kann nur vorübergehend sein. Ich kann Euch nicht durchbringen. Krechting wird Euch Arbeit in der Burg verschaffen müssen. Er kümmert sich um alles, seid gewiss.«

Obwohl es durchaus ein freundliches Angebot war, spürte Hiske doch den Unwillen, der diese Sätze begleitete.

Tyde nickte. »Ich hole mein Zeug.« Sie verließ den Hof mit gebeugtem Oberkörper.

»Armes Ding«, sagte Hiske.

»Das Leben meint es nicht mit allen Menschen gleich gut.« Adele stemmte die Arme in die Seiten. »Hunger? Ich habe Graupen gemacht.«

Anneke Hollander war froh, dass Hiske sich zu Adele aufgemacht hatte. Es war gut, wenn die Neue nicht zu viel mitbekam und wenn sie nicht hörte, was im Lager gesprochen wurde. Misstrauen war in Zeiten wie diesen immer angebracht.

Sie selbst hatte große Furcht, würde die nächsten Wochen bestimmt nicht gut schlafen können. Cornelius von Ascheburg war oft zu ihr gekommen, aber er war kein Mann, der sich ausschließlich mit seiner Ehefrau und einer Duuvke vergnügte. Cornelius von Ascheburg war um nichts besser gewesen als die Kirchenmänner, die nach außen Moral und Anstand predigten und dann doch während der Beichte oft nichts Besseres zu tun hatten, als den Frauen unter die Röcke zu greifen, und gleichzeitig für die Erlassung der Sünden deren Hand an ihr Gemächt führten, bis sie befriedigt waren. Anneke hatte es oft genug von den Frauen gehört, die erst später zu ihnen gestoßen waren und bis dahin dem katholischen Glauben angehört hatten. Klar, dass gerade die Frauen die neue Lehre vorzogen. Man konnte nichts wiedergutmachen, Gott allein entschied, wem er verzieh, dazu musste man es keinem Pfaffen besorgen.

Doch von Ascheburg war nicht anders gewesen als die. Er hatte sich immer genommen, was er wollte. Vier Frauen hatten sich in Münster in seiner Bettstatt abgewechselt. Hier im Lager bestieg von Ascheburg ebenfalls, wen er wollte, hatte seine Gewohnheit, was das betraf, nicht abgelegt. Auch nicht, als er Tyde bereits geehelicht hatte. Da er ein gut aussehender Mann war, bereitete es ihm kaum Mühe, Weiber zu finden, die sich zu ihm legten. Vor allem, nachdem sie festgestellt hatten, was für ein unglaublich guter Liebhaber er war. Das musste sogar Anneke zugeben, sie hatte Vergleiche genug.

Es war wirklich besser, wenn die Hebamme nicht alles wusste. Noch war nicht klar, ob man ihr trauen konnte. Die ersten Stimmen wurden schon laut, dass sie eine Spionin aus Jever sein konnte, und Dudernixen hielt nicht damit hinter dem Berg, dass sie immerhin genau dann in der Burg aufgetaucht war, als man von Ascheburg gefunden hatte.

Anneke schloss die Augen. Sicher würde gleich einer kommen, für den sie den Rock lüften und die Beine spreizen konnte. Für ein gutes Stück Käse mit Brot und Bier lohnte es sich allemal, auch wenn sie ihren Magen danach oftmals hinter ihrem Wagen erleichterte. So war das Leben.

Kapitel 4

Garbrand hatte dem Wein ein bisschen zu viel zugesprochen. Er sah nicht mehr nur einen Arzt, er sah zwei, hin und wieder sogar drei.

Jan Valkensteyn würde nicht gerade glücklich darüber sein, dass er so unpässlich war, aber seit der alte Mönch sein Heimatland hatte verlassen müssen, kam es immer häufiger vor, dass er nicht aufhören konnte zu trinken. Meist gab es nur Bier, aber hin und wieder tischte Jan Valkensteyn auch guten Wein auf, der nicht zu verachten war. Wenn er mal dem einen, mal dem anderen Gesöff richtig gut zugesprochen hatte, war die Welt schön leicht und voller Farbe. Das Leben war für eine kurze Zeit wieder lebenswert.

Garbrand war aus England geflohen, nachdem Heinrich der VIII. sein Kloster geräumt und alle Mönche auf die Straße gesetzt hatte. Ein Armenhaus hatten sie aus dem Land gemacht. Keiner scherte sich um die armen Teufel, die nun kein Dach mehr über dem Kopf hatten. Und dabei ging es nicht nur um die Mönche, sondern auch um die Siechenden und Verkrüppelten und um die Irren, die sonst niemand haben wollte. Sie hatten danach keine Bleibe mehr gehabt und waren nach und nach an den Wegrändern verreckt, weil sich kein Mensch mehr um sie kümmerte. In London sprach man davon, eine Anstalt bauen zu wollen, doch geschehen war nichts. Nur für die Reichen gab es ein Haus, in dem sie ein paar arme Seelen für viel Geld zurücklassen konnten.

Garbrand war in seinem Land nun ein Geächteter, es war gefährlich, sich als Mönch zu erkennen zu geben, und so war er schließlich über den Kanal geflohen und nach Holland gekommen, wo Jan Valkensteyn ihn in Amsterdam aufgegabelt hatte. Völlig verwahrlost, dem Bier verfallen und verlaust an Stellen, die er niemandem hätte preisgeben wollen. Nach gründlicher Rasur war er die Viecher los. Jan Valkensteyn betrachtete den Mönch mit Argwohn, hin und wieder erkannte Garbrand das an seinem Gesichtsausdruck, aber er verlor kein Wort darüber, sondern hatte sogar gesagt, dass der Mönch bei ihm bleiben könne. Garbrand hatte nie etwas über Jans Gesinnung herausfinden können. Er gab nicht preis, ob er sich der römisch-katholischen Kirche zugehörig fühlte oder doch eher den Reformierten, was allerdings in diesen Zeiten ein Wagnis war. Seit Karl V. die Edikte gegen den Protestantismus verfasst hatte, wehte auch in Holland ein schärferer Wind.

Garbrand fürchtete sich, schwieg, wenn über die Religionen gesprochen wurde. Er hatte zu viel Blut, zu viele aufgeschlitzte Kehlen gesehen, als dass er noch willens war, ein Wagnis einzugehen. Er hatte seine Klosterkleidung abgelegt, damit ihn keiner erkannte. Ursprünglich hatte er nach Coelln gewollt, doch dann hatte ihn der Mut verlassen, und bei Jan Valkensteyn war es sehr bequem. Er war ein Mann, der sich kümmerte, egal, woran seine Mitmenschen glaubten. Ob ans Fegefeuer, an die Wandlung von Blut in Wein oder daran, dass die Welt bald unterging. Jan Valkensteyn war einfach Arzt und ein Mensch.

Doch Jan hatte auch merkwürdige Ansichten. Erst kürzlich hatte Garbrand in einem Gespräch mitbekommen, dass Jan die Viersäftelehre mit Argwohn betrachtete und dass er Tote aufschneiden wolle, weil noch zu viele Dinge unerforscht seien. Das würde die Kirche nie dulden, das war Sünde. Also schloss der Mönch, dass Jan Valkensteyn kein Katholik war. Doch Garbrand würde seinen einzigen Freund bestimmt nicht verraten, sollte er doch aufschlitzen, wen er wollte.

Jan Valkensteyn hatte an renommierten Universitäten, auch in Pisa, studiert und schleppte Bücher mit sich herum, die Garbrand als gläubiger Mensch nicht einmal in die Hand nehmen wollte. Aufgeschnittene Körperteile waren darin abgebildet, nackte Menschen. Immer wenn Jan Zeit hatte, blätterte er in den Schriften herum, nickte mit dem Kopf und flüsterte so etwas wie, Vesalius habe recht, Paré habe ein Wunder vollbracht oder Girolamo Fracastoro sei ein Segen für die Menschheit.

Garbrand verließ dann regelmäßig das Zimmer, es war besser, er bekam von diesem Tun nicht mehr mit als nötig, dann musste er sich selbst weniger beichten und sich weniger Buße aufladen. Er musste schon so viele Rosenkränze beten, damit sein Alkoholgenuss gesühnt war. Doch das war für Garbrand erträglich, und so sprach er weiter gern dem Wein zu. Nur wenn er trank, hörte er die Engel singen, dann war Friede, weil ihn die schrecklichen Bilder nicht quälten, die ihn seit seiner Flucht aus England verfolgten.

»Seid Ihr schon wieder betrunken?« Jan war in die Kammer des Gasthauses getreten und starrte in die glasigen Augen des Mönches, stieß mit dem Fuß gegen einen umgefallenen Krug, der noch vor gar nicht so langer Zeit bis zum Rand mit Wein gefüllt gewesen war.

»Wir brauchen morgen einen klaren Kopf. Das wird keine Lustreise. Wir müssen mit dem Schiff reisen. Also seht zu, dass Ihr nüchtern werdet!«

Garbrand nickte. »Wo genau zieht es Euch hin?«

»Wir fahren nach Ostfriesland.«

Garbrand zuckte zurück. Schlimmer hätte es nicht kommen können. Er hatte für möglich gehalten, aber nicht, dass er je in seinem Leben in dieses unwirtliche Land musste. Es würde eine beschwerliche Reise werden. Genau deshalb war es richtig, dass er ein bisschen mehr getrunken hatte, als gut für ihn war, damit er all das ertragen konnte.

Jan erklärte ihm, was auf sie zukam, und schien nicht einmal in Erwägung zu ziehen, dass der Mönch ihn nicht begleiten würde. »Wir stechen von Amsterdam aus in See. Von dort geht es nach Emden und dann unterhalb der Inseln in die Jade und ins Schwarze Brack.«

»Können wir nicht übers Land reisen?«, fragte Garbrand.

Jan schüttelte entschieden den Kopf. »Das ist um diese Zeit fast unmöglich. Wenn wir Pech haben, müssten wir schon bald umkehren, weil die Moore noch zu feucht sind. Außerdem dauert es zu Land länger. Wir können nicht mehr warten.«

Garbrand nahm einen weiteren Schluck Wein, wagte nicht nachzufragen, warum Jan ausgerechnet dorthin wollte. Vielleicht brauchten die Menschen dort einen studierten Arzt oder er erhoffte sich, in diesem abgelegenen Stück der Welt seinen Forschungen intensiver nachgehen zu können. Es gab sonst keinen Grund, dass er Amsterdam verließ, wo es doch auch hier so viele kranke Menschen gab, die auf seine Hilfe hofften.

»Habe ich mich klar ausgedrückt?«, unterbrach Jan Garbrands Gedanken. »Es ist ein Risiko, wenn einer wie Ihr mitkommt, aber wenn wir vorsichtig sind, kann Euch nichts geschehen.« In Jans Blick lag große Sorge. »Ich muss noch einmal weg. Wartet nicht auf mich.«

»Wohin?«

Jan winkte ab. »Besser, Ihr wisst es nicht.« Damit verschwand der Arzt und hinterließ einen Duft von Kräutern und anderen geheimnisvollen Mitteln, mit denen er praktizierte und von denen er dem Mönch nichts erzählen wollte.

Garbrand war ohnehin zu träge nachzuhaken. Er griff nach dem Krug, den er hinter dem Kopfteil der Bettstatt versteckt hatte, nahm einen weiteren Schluck Rotwein, ließ ihn im Gaumen kreisen, genoss den herben Geschmack. So etwas würde es in diesem abgelegenen Landstrich bestimmt nicht geben. Garbrand schüttelte sich, er verspürte nur wenig Lust, die Stadt zu verlassen.

Ob er hierbleiben oder sogar doch nach Coelln reisen sollte, wo er bestimmt ein neues Kloster finden würde? Aber dann würde er Jan Valkensteyn nie wiedersehen. Eine Vorstellung, die ihm unerträglich war. Jan war für ihn mehr als sein Beschützer. Er ließ diesen Gedanken nur selten zu, denn er würde es sich nie wirklich eingestehen, dass er sein Herz an den Arzt verloren hatte. Er empfand eine Zuneigung zu ihm, die jenseits aller Moral war, und mit solch sündigen Gedanken konnte er in kein Kloster mehr eintreten. Er würde Jan Valkensteyn folgen, wo immer der auch hinging. Auch in die Einöde, in ein Gefängnis der besonderen Art.

Garbrand fragte sich, wohin Jan heute Abend noch einmal gegangen war. Zuerst dachte er an eine Frau, aber Jan benahm sich im Beisein der Weiber nicht so, als habe er vor, sein Herz an eine zu verlieren. Er war hochgewachsen, schlank, stets gut gekleidet. Seine breiten Schultern gaben Schutz, seine Hüften waren dagegen schmal und doch kräftig genug, dass er nicht als Schwächling durchging. Jan Valkensteyn hätte die Auswahl an Frauen gehabt, doch schien er immun gegen alle Reize zu sein. Nur einmal hatte er eine über Nacht mit ins Haus gebracht, und Garbrand hatte die Lust der beiden vernommen, sich selbst in ihrer Rolle gesehen und war nach seiner Befriedigung ruhig eingeschlafen. Die Frau war nie wieder aufgetaucht, und Jan schwieg sich über das Ganze aus. Wahrscheinlich war es eine Hure gewesen, mit der er sich vergnügt hatte.

Den jungen Arzt umgab eine Unruhe und Trauer, die Garbrand nicht zu deuten wusste. Doch er kannte Jan Valkensteyn mittlerweile zu gut, um nicht erkennen zu können, dass er eine große Last auf seinen Schultern trug, die ihn in Augenblicken, in denen er sich unbeobachtet fühlte, förmlich niederdrückte. Seine Augen schimmerten dann wie ein Meer, das die Küstenlinie missachtete und sich einfach ins Land ergoss. Garbrand hatte schon zu viele Menschen gesehen, die unter der Last oder Schuld des Lebens zusammengebrochen waren. Er war ganz sicher, dass es in Jan brodelte und sein Leben deshalb eine Flucht war, er sich bewusst der Gefahr aussetzte, weil er längst alles verloren hatte, wofür es sich zu leben lohnte. Vielleicht war auch das der Grund, warum er fortwollte.

Morgen früh verlasse ich die wirkliche Welt mit unbekanntem Ziel. Seit man mich aus dem Kloster geworfen hat, habe ich kein Zuhause mehr. Es ist egal, wo ich bin. Hauptsache, er ist in meiner Nähe, dachte Garbrand noch, als ihm der Weinkrug aus der Hand fiel, den Boden badete und er in einen traumlosen Schlaf fiel.

»Los, raus!«

Garbrand fragte sich eben, wie lange er schon geschlafen hatte, der Turmuhr nach konnte es nur eine kurze Zeit gewesen sein.

»Wir müssen weg!

Garbrand hielt sich den Schädel. »Kann nicht!«

»Dann seid Ihr ein toter Mann. Also kommt, wir dürfen keine Zeit verlieren. Kann es Euch nicht erklären, aber los jetzt, ich konnte den Schiffer überzeugen, schon jetzt abzulegen.«

Als Garbrand sich nicht rührte, riss Jan ihn hoch. »Es gab einen Toten, und es kann sein, dass man mir nun den Mord in die Schuhe schiebt.«

Garbrand raffte seine Sachen zusammen, und kurze Zeit später wurden sie vom Nebel Amsterdams verschluckt.

Dudernixen, der Landrichter Schemering und Hinrich Krechting standen schon früh am Morgen im Keller der Gödenser Burg vor dem aufgebahrten Leichnam von Ascheburgs. Jemand hatte ihn notdürftig gesäubert, der Bauch war mit grobem Sackleinen abgedeckt, was den fauligen Darmgeruch jedoch nicht überdecken konnte. Es stank bestialisch.

Krechting hielt sich ein feuchtes Tuch vor den Mund, hoffte vermutlich, sich so zumindest etwas vor dem Gestank zu schützen. Dudernixen blieb erst im Eingang des Kellers stehen, um sich daran zu gewöhnen. Kerzen flackerten unruhig an den Wänden, malten bizarre Schatten daran. Zusammen mit dem Geruch entstand eine gruselige Atmosphäre, die durch das Flüstern der Männer noch verstärkt wurde. Keiner wagte es, in Anwesenheit des Toten laut zu sprechen.

Als sich die drei gesammelt hatten, zog der Landrichter das Sackleinen von dem Toten. Er war noch vollständig bekleidet, aber aus dem aufgeschlitzten Hemd, das er trug, hingen Fetzen seiner Gedärme. Jemand musste sich mit seinem Dolch oder Messer im Leib des Mannes ausgetobt haben. Abschließend hatte man ihn ausgeweidet und die Reste aus der Körperhöhle hängen lassen.

Krechting wandte sich schon nach kurzer Zeit ab, und auch Schemering kämpfte mit dem Würgereiz. »Deckt ihn ab!«, befahl Krechting. »Wir haben genug gesehen.«

Schemering warf das Leinen wieder über den Leichnam und nickte dem Totengräber zu, der sich in der Ecke des Kellers verborgen gehalten hatte. Dann verließen die drei Männer den Raum so rasch es ging. Noch beim Herauseilen warf Krechting sein Tuch, das er vor die Nase gehalten hatte, in die Ecke.

»Das war ein grausamer Mord«, sagte Schemering, als sie kurze Zeit später in seinem Amtsraum beisammen saßen. »Oder gibt es andere Meinungen?«

Dudernixen und Krechting schüttelten den Kopf.

»Die Frage ist: warum von Ascheburg?« Der Bader kratzte sich am Kopf.

Krechting nickte zustimmend, schwieg aber.

»Der Täter hat eine Spur von bloßem Hass hinterlassen. Aber warum?«, wandte Schemering ein. »Wer zum Teufel hasst den Mann, der die Herrlichkeit mit uns zusammen zu Reichtum und Wohlstand bringen sollte? Er war ein rechtschaffener Mann, der viel für die Leute hier getan hat.«

Krechting schwieg noch immer, schien nicht willens, sich an der Diskussion zu beteiligen. Dudernixen musterte die beiden. Irgendwie hatte er das Gefühl, dass sie wussten, in welcher Richtung die Lösung lag, es aber vor ihm, dem einfachen Bader, nicht aussprechen wollten.

»Es muss ein kräftiger Mensch gewesen sein«, gab Schemering zu bedenken.

»Wenn er von Ascheburg zuerst von hinten angegriffen, ihm das Messer oder den Dolch in den Rücken gerammt und den Rest erledigt hat, als von Ascheburg wehrlos auf dem Boden lag, kann es auch eine kleine oder schwache Person gewesen sein, die sich nur den Augenblick der Überraschung zunutze gemacht hat.« Dudernixen hatte sich die ganze Nacht Gedanken über den Tathergang gemacht. Er konnte genau sagen, wie die einzelnen Verletzungen aussahen, hatte sich ausgemalt, wie sie dem Opfer zugefügt worden sein konnten.

»Gab es denn einen Stich in den Rücken?« Jetzt meldete sich Krechting das erste Mal zu Wort, und er wirkte lange nicht mehr so abwesend wie vorher.

Dudernixen zuckte mit den Schultern, blickte auf den Burghof, den der Totengräber eben mit von Ascheburg in der Karre durchquerte.

Schemering riss das Fenster auf. »Stehen bleiben!« Der Totengräber hob den Kopf und stellte die Karre augenblicklich ab.

Der Landrichter hastete, gefolgt von den beiden anderen Männern, auf den Hof hinunter. Um den neugierigen Blicken der Menschen im Hof zu entgehen, schoben sie den Ermordeten in den Stall. Der Totengräber hatte die Leiche auf dem Rücken liegend in die Karre gewuchtet, sodass sie sie aufrichten mussten, um den oberen Rücken freilegen zu können.

Dudernixen zeigte auf einen Einstich zwischen den Schulterblättern, der schon fast verschlossen schien, sich aber bei der Berührung spreizen ließ. »Der hat ihn außer Gefecht gesetzt«, erklärte er, schlug das Tuch wieder herunter und ließ den Totengräber seine Arbeit tun.

»Also können wir über die Kraft und die Statur des Täters nicht viel sagen«, sagte Schemering.

»So ist es.« Dudernixen nickte. »Eigentlich gar nichts.«

Krechting maß die Höhe des Einstiches. Cornelius von Ascheburg war kein sehr großer Mann gewesen, selbst eine schmächtige Person hätte ihn ohne Weiteres von hinten mit einem Überraschungsangriff niederstrecken können.

»Ich habe in der Nacht den Todesschrei meines Freundes gehört«, sagte Krechting in die nachfolgende Stille hinein. »Und ich habe jemanden gesehen. In einen dunklen Umhang gehüllt.«

»Von Ascheburg wird nicht mehr viel geschrien haben«, grinste Dudernixen. »Der war sofort hin. Spätestens nachdem man ihn aufgeschlitzt hat.« Er wollte noch mehr sagen, verschluckte aber die Worte, als er das wütende Gesicht Krechtings sah.

»Ich meine«, druckste der Bader, »wenn da wer geschrien hätte in der Nacht, dann müsste das doch im Lager auch jemand gehört haben. Immerhin ist von Ascheburg genau da ermordet worden. Es hat aber keiner etwas gehört, ich habe bereits Erkundigungen eingeholt.«

Krechting hatte die Lippen zusammengepresst, auf seiner Stirn zeigten sich winzige Schweißperlen.

Dudernixen erhob sich. »Wenn ich mal zu bedenken geben darf: Es gibt nicht viele Menschen in dieser Gegend. Wir leben alle auf engstem Raum, haben alle ein Ziel, eine Richtung, deshalb sind wir hier. Cornelius von Ascheburg war einer von uns, einer, dem wir vertraut haben, den wir achteten. Wer soll ihn so gehasst haben? Ich möchte nur daran erinnern, dass in der Nacht seines Todes dieses Weib aus Jever bei uns aufgetaucht ist. Eine Hebamme. Wer weiß, ob sie nicht geschickt wurde? Wir sind dort verhasst, das wisst ihr. Unsere Religion ist ein Schimpfwort im Jeverland. Wir sollten das im Auge behalten.«

Damit empfahl der Bader sich und verließ die Amtsstube. Die erste böse Saat gegen die Hebamme war gesät.

Hinrich Krechting war nach der Leichenschau schnell in seinem Hof neben der *Olden Krocht* verschwunden. Er musste am Nachmittag zu Hebrich, sie würde den Mord melden müssen, denn die Verurteilung des Mörders fiel nicht mehr in die Gödenser Gerichtsbarkeit. Auch wenn sie in Altgödens aus Wut über die Fremdbestimmung einen Galgen errichtet hatten, so war es ihnen versagt, Menschen dem Scharfrichter und dessen Urteil zu übergeben.

Er zögerte jedoch noch, der Häuptlingswitwe die Ergebnisse der Leichenschau mitzuteilen. Er hatte sie gestern vom Tod des Lokators in Kenntnis gesetzt. Hebrich war müde gewesen, die Anspannung stand ihr deutlich ins Gesicht geschrieben. »Kommt morgen Nachmittag wieder«, hatte sie abgewinkt.

Krechting seufzte. Er war sich sicher, dass der Tod seines Freundes mit ihm zu tun hatte. Vielleicht mit dem Besuch, auf den er hoffte. Rothmann war in Hamburg gesehen worden, später in Groningen. Vielleicht war er auf dem Weg, um seine Glaubensbrüder endlich zu unterstützen. Vielleicht, nein, bestimmt würde er mit dem nächsten Schiff aus Emden kommen. Mit Rothmanns Hilfe würde Graf Anton von Oldenburg ihnen erneut Zuflucht gewähren, denn mit Bischof Waldeck von Münster konnte der Frieden nicht lange gut gehen. Und für seine Intrige gegen Waldeck würde er ihn, Hinrich Krechting, mit all seinem Mut und seinem Wissen brauchen. Oldenburg konnte neben Gödens das Neue Jerusalem werden. Seine ganze Kraft, sein ganzes Wirken hatte er genau darauf ausgerichtet. Nur deshalb harrte er in der ostfriesischen Einöde aus.

Wenn Graf Anton nicht hinter mir stehen würde, hätte er mich damals nicht im Kloster von Rastede versteckt, sondern mit Schimpf und Schande ins Kaiserreich gejagt und meinen Tod billigend in Kauf genommen, dachte Krechting. Ich, der *Vogelfreye*.

Hinrich rieb sich die Stirn, als könne er so die wilden Gedanken in seinem Kopf bändigen. Er musste nur weiter ausharren. Er konnte Hebrich von Knyphausen hier in Gödens mit Rat und Tat zur Seite stehen, sie brauchte ihn und Wolter Schemering.

Dass Gräfin Anna mit der Herrlichkeit Gödens den Vergleich ausgehandelt hatte und sie endlich das Schwarze Brack eindeichen konnten, bedeutete für Hebrich einen echten Lichtblick für die Zukunft. Eine Siedlung am neuen Siel wolle sie bauen, hatte sie gesagt. Wenn erst der Deich fertig sei. Sie habe Land und nur wenige Untertanen, alle Flüchtlinge könnten bleiben. Von der Handelssiedlung aus könnten sie ihre Waren in alle Himmelsrichtungen streuen. Mit dem neuen Siel würden sich weitere Manufakturen aus dem ganzen Reich ansiedeln. Handwerk, das nicht mit den Holländern ans Schwarze Brack gekommen war. Diese Pläne stammten von Krechting, er hatte Hebrich davon berichtet. Wenn sie erst das Neue Jerusalem errichtet hatten, brauchten sie gute Handelsbeziehungen, Stärke, um gegen Karl V. bestehen zu können. Krechting hatte seine Überlegungen in diese Richtung formuliert, wohl wissend, dass es am Ende so wirken musste, als sei es einzig Hebrichs Idee gewesen. Sie war, obwohl sie die Regentschaft nur so lange innehatte, bis ihre Kinder regierungsfähig waren, eine selbstbewusste Herrin, die auch den Männern gegenüber so stark auftrat, dass kaum jemand ihr zu widersprechen wagte. Hinrich war so ziemlich der Einzige. Er, ihr engster Berater. Selbst Wolter, den sie als Landrichter eingesetzt hatte, vertraute sie nicht in dem gleichen Maße.

Es war aber auch umgekehrt so, dass er auf ihren Rat hörte. Hinrich erinnerte sich noch sehr gut an das fürstliche Essen, zu dem sie ihn und Wolter schon bald nach seiner Ankunft 1540 eingeladen hatte. Die *Olde Krochtwarft* hatte sie ihm auf Wolters Anraten auf Lebenszeit verpachtet, etwas, was in der Herrlichkeit unüblich war. Lediglich Adele durfte bislang auf unbestimmte Zeit weiter in der roten Kate leben. Sollte auch er, Krechting, vor seiner Frau sterben, durfte Elske ebenfalls auf ihrer Hofstatt bleiben.

Noch während Hebrich ihm bei dem Mahl damals Schaffleisch mit Zwiebeln und ein Stück gebratenes Huhn mit Zwetschgen auf den Zinnteller gelegt hatte, hatte sie das Gespräch auf seine Zeit in Rastede und das Zusammentreffen mit Hardenberg gelenkt. Mit dem Reformer hatte er viele Nächte durch diskutiert, seinen Glauben verteidigt, aber auch andere Blickwinkel zugelassen.

»Er ist ein Reformierter. Ein guter Mann. Könnt Ihr damit leben?« Sie hatte ihm in die blauen Augen gesehen. »Es ist wichtig für uns alle, was Ihr darstellt.« Dabei war ein Lächeln über ihr Gesicht geglitten. »Die Gedanken sind frei, Krechting. Überlegt es Euch. Es erleichtert viele Dinge.« Danach hatte sie ohne Überleitung von etwas anderem gesprochen und hatte dieses Thema nie wieder angeschnitten.

Seitdem befand sich seine Seele in einer Art Schwebezustand. Sie wandte sich mal nach rechts, mal nach links, wusste einfach nicht mehr, wohin sie gehörte. Trotz seiner Körperfülle glaubte er, eine Handbreit über dem Boden zu schweben. Immer wieder sagte er sich, er habe keine Wahl, seine Zeit war noch nicht gekommen, er müsse in dieser Einöde auf bessere Zeiten warten. So lange, bis Gott ein Zeichen gab. Die wahre Zeit würde bald anbrechen, er war ganz sicher. Rothmann würde bald kommen. Von Ascheburgs Tod änderte nichts. Er würde sich nicht aufhalten lassen. Hinrich Krechting gab niemals auf.

Hebrich von Knyphausen saß in ihrem Sessel, eine Stickarbeit in den Händen und den Blick auf das Schwarze Brack gerichtet, als Krechting eintrat.

»Herrin, ich komme wegen des Todes von Ascheburgs. Wir haben heute Morgen die Leichenschau durchgeführt.«

Hebrich deutete auf einen leeren Stuhl, wies Krechting mit einer Handbewegung an, sich darauf niederzulassen. Mit der anderen Hand griff sie nach einer kleinen Glocke, um mit einem leisen Läuten das Dienstmädchen hereinzurufen. »Bier bitte – zwei Becher.«

Krechting wartete darauf, dass die Häuptlingswitwe ihm das Wort erteilte, doch sie schien es damit alles andere als eilig zu haben. Sie nahm zunächst die Stickerei wieder auf und wartete, bis das Bier serviert war. Erst dann sah sie

Krechting an, nickte ihm zu und legte die Handarbeit auf das kleine Tischchen zurück. In dem Augenblick wandelte sich ihr Gesichtsausdruck, sie war plötzlich ganz die Herrscherin, die sich um die Angelegenheiten der Herrlichkeit zu kümmern hatte. »Bitte!«, forderte sie Krechting auf, und er wiederholte die Ergebnisse ihrer Untersuchung.

»Ihr seid unvorsichtig, geht nicht sorgsam mit meinem Vertrauen um. Sonst wäre das nicht geschehen.« Hebrichs Stimme hatte von Wort zu Wort an Schärfe zugenommen.

»Wir sind vorsichtig«, hob Krechting an.

Doch er verstummte sofort, als Hebrichs Arm in die Höhe schoss. »Nein, Krechting. Ich habe Euch gesehen, wie Ihr mit den anderen in der Nacht in den Keller gegangen seid. Ich weiß, was Ihr dort tut. Das ist gegen die Abmachung. Ihr seht, was dabei herauskommt.« Hebrich holte kurz Luft. »Ich hätte Euch für überlegter gehalten.«

Krechting suchte nach Ausflüchten, er durfte es sich mit Hebrich nicht verderben. Das wäre für die Bewegung fatal. Er hatte es geschafft, die Täufer und Mennoniten zusammenzubringen, Letztere überhaupt ins Land zu holen. Sie hatten eine Vision, eine gute Vision der Zukunft. Um sich abzusichern, war er zum reformierten Glauben übergetreten, ganz wie Hebrich es gewünscht hatte, obwohl es seine Seele zerriss. Sicher wussten die Menschen im Lager, dass es nicht seiner Gesinnung entsprach, sonst hätte er kaum die nächtlichen Zusammenkünfte organisieren können. Wichtig war nur, dass die Leute in Dykhusen und die Obrigkeiten von Kirche und Staat nicht misstrauisch wurden. Das allein war entscheidend. Dafür hätte Hinrich alles getan, denn nur so bestand überhaupt ein Weg, ihre Vision Wirklichkeit werden zu lassen. Er hatte ein Opfer für alle gebracht, nicht mehr und nicht weniger. Das machte er sich Nacht für Nacht klar.

»Jemand aus der Gruppe hat Euch verraten oder er gehört ihr nicht an, sondern tut nur so«, begann Hebrich. »Es sieht aus wie ein Racheakt, sonst wäre der Täter nicht mit solcher Grausamkeit vorgegangen.«

Krechting nickte, genau das hatten sie auch vermutet.

»Gräfin Anna besteht auf einer eindeutigen Abgrenzung zu den Mennoniten und Katholiken, das wisst Ihr.« Hebrich nahm einen Schluck Bier, der ihr aber sichtlich nicht mundete. Sie stellte den Becher rasch wieder ab. »Sie will eine einheitliche Kirchenordnung, dazu hat sie a Lasco ins Land geholt. Er arbeitet daran, die Aktivitäten der Täufer einzuschränken, genau wie den Katholizismus.« Sie hielt kurz inne. »Von Euch weiß er nichts, ich habe Euch mit dem reformierten Glauben hier eine geistige Zuflucht gegeben, bürge mit meinem Leben für das Eure. Ich kann solche Scherereien nicht gebrauchen.«

Hebrich sprang auf, ungeachtet der Tatsache, dass ihre Stickerei zu Boden fiel und der Becher auf dem Tisch tanzte, weil sie mit dem Knie gegen den Tisch gestoßen war. »Und Ihr dankt es mir so, Hinrich Krechting! Ich kann Euch nicht schützen, wenn Ihr Euch dermaßen gegen mich stellt!« Hebrich hieb im Stehen mit der Faust auf den Tisch. »Ich kann es nicht! Wie soll ich das vor Gräfin Anna vertreten? Sie müsste sich gegen den Kaiser stellen, um mich zu schützen. Ihr seid im ganzen Land *Vogelfreye*. Gräfin Anna wird sich nie mit dem Kaiser überwerfen, niemals! Auch wenn sie seine entschiedene Hausmacht mit allen einseitigen konfessionellen Ausrichtungen ablehnt, so erkennt sie seine herausragende Position doch an.«

»Gräfin Anna sollte sich für einen Glauben entscheiden und nur den in ganz Ostfriesland zulassen«, wagte Krechting einzuwenden, doch wieder gebot Hebrich ihm zu schweigen.

»Sie muss erst die Vereinheitlichung mit a Lasco durchsetzen, zuvor ist an solches gar nicht zu denken, und das wisst Ihr.«

Krechting musste seiner Herrin recht geben. In der Theorie sah immer alles einfacher aus als in der Umsetzung.

»Gräfin Anna propagiert ja die Reform«, hob Hebrich erneut an, »auch wenn sie sich nach außen hin neutral verhält. Aber dieses Treiben«, ihre Stimme überschlug sich, »dieses Treiben hier, Krechting, gefährdet die ganze Herrlichkeit!« Sie ließ sich schwer atmend auf ihren Stuhl zurückfallen, legte die Stickerei wortlos wieder auf den Tisch und bemühte sich sichtlich, ihre Fassung zurückzugewinnen.

»Johannes a Lasco will die Täufer aber doch nicht vertreiben«, sagte Krechting. »Ich kenne seine Haltung. Er will Abgrenzung, weil wir uns seinen Einheitstheorien nicht beugen. Aber er würde uns nie schaden. Abgrenzung«, setzte er noch einmal nach, »Abgrenzung, sonst nichts.«

»Ich glaube nicht, dass Gräfin Anna auch nur einen Hauch von Kenntnis über all das hier hat. Dann aber Gnade mir Gott, wenn sie von Eurem nächtlichen Treiben im Burgkeller erfährt und dass anschließend einer von Euch auf diese Weise umgekommen ist! Ich will keine Toten mehr in der Herrlichkeit, und schon gar nicht wegen des Glaubens. Unsere Aufgabe liegt im Bau des Siels, des Deiches und der neuen Siedlung, damit wir hier zu Wohlstand gelangen und unsere Herrlichkeit, ja, ganz Ostfriesland, zu anderem Ansehen im Reich kommen lassen können.« Sie sah dem Juristen fest ins Auge. »Ihr müsst Münster vergessen. Ihr reizt einen Löwen, wenn Ihr mit dem Treiben nicht aufhört, wenn Ihr keine eindeutige Position bezieht, Krechting. Der Tod von Ascheburgs kann der Beginn gewesen sein, und das wisst Ihr selbst.«

Aber Rothmann ist auf dem Weg, ging es Hinrich durch den Kopf. Er konnte doch jetzt nicht aufgeben, so kurz vor dem Erreichen des Ziels. Rothmann würde kommen, seine flammenden Reden halten, die Täufer neu organisieren, sie überzeugen, ihnen den echten und wahren Weg zeigen! Gräfin Anna würde sich beugen, er war sich sicher. Krechting lagen diese Worte auf der Zungenspitze, sie drohten der Witwe entgegenzuspringen. Doch er schwieg. Ohne Hebrich von Knyphausen hatte er keine Möglichkeit, auch nur den kleinsten Schritt in diese Richtung zu wagen. Er würde in den Abgrund stürzen. Bislang hatte er noch immer gedacht, die Herrin stünde hinter den Mennoniten und ihm. Doch nun wirkte sie kompromisslos, fast so, als habe sie Angst, dass alles zusammenbrechen könnte.

Für die Häuptlingswitwe schien das Gespräch ohnehin beendet zu sein, sie griff nach dem Stickzeug, das sie zu sich auf den Schoß zog, und tätigte bereits die ersten Stiche. Doch dann legte sie die Stickarbeit für einen Augenblick zurück auf die Knie und sah Krechting lange schweigend an. Hinter ihrer Stirn arbeitete es angestrengt, das war unübersehbar. Schließlich holte sie tief Luft, begann dann sehr überlegt zu sprechen. »Es gibt nur einen Weg, ganz deutlich zu zeigen, wie Eure Gesinnung ist, Krechting. Ich habe schon mit Dr. Westerburg, dem Pfarrer, gesprochen. Ihr werdet vom heutigen Tag an nicht nur dem reformierten Glauben angehören, sondern gleichzeitig Armen- und Kirchenvorstand dieser Kirche sein!«

Krechting prallte zurück, als habe die Witwe ihm ins Gesicht geschlagen. Sie dagegen wirkte, als habe sie sein Entsetzen nicht bemerkt. »Ihr werdet Euch für die reformierten Belange einsetzen und Euch in der Kirche um die Einhaltung der Ordnung und die Versorgung der Armen kümmern. Ich werde noch heute eine Epistel an Gräfin Anna verfassen, in der ich erkläre, dass Ihr Euch als Verantwortlicher für das

hatte sich zuerst sogar geweigert, auch nur einen Fuß auf die Planken zu setzen. Es erschien ihm zu unsicher, mit einem Boot zu fahren, das keinen Kiel hatte und auf der Wasseroberfläche lag wie ein leicht gebogenes Brett. Der kleinste Sturm konnte es zum Kentern bringen.

»Es muss auf diese Art gebaut sein, sonst kann es nicht im flachen Wasser fahren, sie müssen die Gezeiten voll ausnutzen. Außerdem ist es so möglich, mit dem Schiff sämtliche Häfen anzulaufen, auch wenn sie nur seichte Zufahrten haben.« Jan war unendlich geduldig gewesen und hatte schließlich erreicht, dass Garbrand nicht zurück in die Stadt gegangen war. Warum der Arzt sich so viel Mühe mit ihm, der gescheiterten Existenz, gab, wusste der Mönch nicht.

Jetzt sah Garbrand sich wieder sehr misstrauisch um. Achtern gab es erhöhte Plattformen, worunter sie ihre Schlafmatten aufgehängt hatten. Meist fuhren sie unter Segeln, doch auch drei Riemenpaare sorgten für das richtige Manövrieren. Das Schiff war mit verschiedenen Waren beladen. Tuche, Wolle, Butter, Salz, Bier, Käse und Getreide lagen gestapelt im zentralen Frachtraum, der fast die Hälfte des Schiffes einnahm. Die Waren sollten nach Emden verschifft werden.

Dort würden Garbrand und Jan auf ein anderes Boot umsteigen und weiter an der Küste entlang bis in die Jade und schließlich ins Schwarze Brack schiffen. Eine lange und beschwerliche Reise, an Gefahren nicht zu unterschätzen. Garbrand fürchtete sich vor einem Sturm oder davor, dass sie nicht mit der aufkommenden Flut vom Schlick aufsteigen würden, sondern das Meer sie einfach überspülen würde.

Jan hatte die Augen zusammengekniffen, die Hände ineinandergefaltet und knetete die Finger. Er hatte Garbrand auf seine Bemerkung noch keine Antwort gegeben, und der erwartete eigentlich auch keine. Jan war so, er kannte das schon. Doch jetzt drehte sich der Arzt zu dem Mönch um und sah ihm in die Augen. »Warum folgt Ihr mir wirklich? Wohin wir jetzt reisen, sind Leute wie Ihr nicht gern gesehen, das habe ich Euch schon gesagt. Es kann zu einer großen Gefahr werden.«

Garbrand schwieg, wusste nicht, was er darauf antworten sollte. Jan hatte ihn mehrfach gewarnt, aber die Gefahr an ihrem Ziel hatte er stets geringer eingeschätzt als die dieser unsäglichen Schiffsreise. Er rang mit sich, welche Antwort er Jan geben sollte. Die Wahrheit konnte dazu führen, dass er ihn mit Schimpf und Schande davonjagte und ihn in Emden seinem Schicksal überließ. Dort aber waren die papsttreuen Kirchenmänner alles andere als gern gesehen, er hatte sogar davon gehört, dass man sie komplett aus der Stadt vertrieben haben sollte. Es wimmelte dort von Anhängern der reformierten Kirche, und sogar Mennoniten, die in Holland verfolgt wurden, waren dort zu Hunderten versammelt. Er musste sich Jans Schutz weiter anvertrauen, und dazu gehörte, dass er über seine wahren Beweggründe schwieg.

»Ich habe keine Heimat mehr, Ihr seid mein einziger Freund«, antwortete Garbrand stattdessen.

Jan schlug ihm auf die Schulter. »Ihr seid ein treuer Mann, auch wenn ich Mönchen gegenüber bislang anders eingestellt war, ihnen keinen Fingerbreit über den Weg getraut habe.«

Garbrand sah, dass es in ihm arbeitete. »Ich würde mein Leben für Euch geben«, sagte er zu Jan. »Und ich weiß, dass Ihr ein Geheimnis mit Euch herumschleppt.«

Der Arzt hielt Garbrand die Hand hin. »Ich bin Jan. Ich vertraue dir wie kaum einem anderen Menschen. Um dich nicht in Gefahr zu bringen, ist es besser, wenn du nicht alles weißt. Aber du hast recht. Ich trage eine Botschaft bei mir, die ich sicher ans Ziel bringen muss, denn davon hängt das Lebensglück vieler Menschen ab.«

Garbrand seufzte. In welche Richtung Jan Valkensteyns Botschaft ging, konnte er sich zusammenreimen. Eigentlich hatte er genug Tote in seinem Leben gesehen, die der verschiedensten Überzeugungen wegen ihr Leben lassen mussten. Eigentlich wollte er nur seine Ruhe. Und doch würde er Jan folgen, solange es irgendwie ging.

Rothmann war mit seiner Entscheidung nicht glücklich, war unsicher, ob er nicht doch einen Fehler begangen hatte. Er fühlte sich alt, gebrechlich, kaum jemand glaubte ihn noch am Leben. Ihm waren Gerüchte zu Ohren gekommen. Es gab Menschen, die wussten, auf welchem Weg er dem Massaker in Münster entronnen war. Doch es war ihm gelungen, seine Spur zu verwischen. Nur Eingeweihte wie Krechting, von Ascheburg und Schemering konnten ihn finden, nur wenige waren auserwählt, ihn ein Stück weit auf seinem Weg zu begleiten. Seine Beschützer überlebten immer nur eine Station seiner Reise, und auch der junge Arzt würde eine Rückkehr nach Amsterdam nicht überstehen. Zu groß war die Gefahr, dass er ihn verraten konnte. Sollte er die Entscheidung treffen, seinen Fuß wieder auf den Boden außerhalb der Herrlichkeit Gödens zu setzen, würde er bei Flut von Bord gehen oder in einer schmalen Gasse an Land den Tod finden. Rothmann hinterfragte nie, wie seine Mitwisser diese Erde verlassen hatten, er hätte es nicht ertragen. Doch sie starben für die Sache, dafür mussten Opfer gebracht werden. Jan van Leyden war auch nicht zimperlich gewesen, und in seinem Sinne wollte er agieren. Viele der Anhänger begehrten den Märtyrertod und rissen sich darum, ihn, Rothmann, eine Weile zu beschützen.

Er würde das Versteckspiel nicht mehr lange durchhalten, musste nun sehen, wie er sich bei Kräften hielt, damit er schließlich doch in Ostfriesland bei seinen einzigen Freunden sterben durfte.

Magda Dudernixen hatte ihr Lager seit Tagen nicht verlassen. Sie war viel zu müde, zu schwach, sie konnte das Leben im Augenblick nicht ertragen. Cornelius von Ascheburg gab es in dieser Welt also nicht mehr. Ein seltsames, ein merkwürdiges Gefühl, das sie nicht einordnen konnte. Sie schwankte beständig zwischen grausamer Trauer und großer Erleichterung. Auf jeden Fall war sie derart durcheinander, dass sie sich im Augenblick nicht in der Lage sah, am normalen Alltagsleben teilzunehmen. Also täuschte sie ein Unwohlsein vor, das ihr jeder abnahm, denn Magda war sonst nicht kleinzukriegen. Sie war eine Frau, die zupacken konnte. Etwas rundlich, aber wohl anzusehen. Sie redete ein bisschen zu viel, vor allem über ihre Mitmenschen, dennoch genoss sie im Lager große Akzeptanz. Denn war jemand in Schwierigkeiten, war es nicht selten Magda Dudernixen, die sich der Sache annahm und sie meist auch lösen konnte. Nun war sie, die starke, unfehlbare Magda, gestrauchelt. Hatte sich an einem Mann festgehalten, der wirkte wie der Stamm einer Eiche, sich ihr gegenüber aber verhalten hatte wie ein dünner Ast, der schon bei leichtem Windhauch abknickte. Cornelius von Ascheburg.

So lag sie seit Tagen in ihrer Bettstatt im Wagen, mit mehreren Decken und Fellen zugedeckt, denn sie war von einer derart großen inneren Kälte ergriffen, dass sie glaubte, von innen her zu erfrieren. Immer wieder durchlief sie ein Zittern, und jedes Mal glaubte sie, ein Stück mehr von sich zu verlieren. Der letzte Anblick des Mannes, der ihr die schönsten, aber auch schrecklichsten Stunden ihres Lebens geschenkt hatte, machte ihr Angst. Sie wusste nicht, ob es ein Fluch oder Segen war, dass er abgeschlachtet dort gelegen hatte.

Es gab keinen Menschen, den sie gleichzeitig mehr geliebt und gehasst hatte als ihn. Nach dem sie sich verzehrt und dem sie trotzdem liebend gern den Dolch in den Leib gestoßen hätte. Auch jetzt, wo sein Herz nicht mehr schlug, konnte sie ihm nicht vergeben. Und sich selbst erst recht nicht.

Sie roch ihn noch überall an sich, fühlte seine fleischigen Hände an ihrem Körper, spürte seine Nässe aus sich heraustropfen. Sie schämte sich für die Gefühle, die sie dabei gehabt hatte. Diese Mischung aus Abscheu und Gier, die sie keine Nacht mehr schlafen ließ. Sie wehrte sich gegen die Sehnsucht, die sie bei jedem Gedanken an den Mann anfiel. Gedanken, die sie nicht zulassen durfte. Und doch war da dieses unstillbare Verlangen, das sie beherrschte und das sich nach jeder Erfüllung in Ekel gegenüber dem Mann und sich selbst verwandelte. Magda war nicht mehr sie selbst gewesen, nachdem sie sich von Ascheburg einmal hingegeben hatte, obwohl sie wusste, dass sie nicht die Einzige war, obwohl sie wusste, dass sie gegen eines der Gebote Gottes verstieß.

Männer hatten stets ihr Leben gelenkt, auch wenn ihr zwischendurch mal gesagt worden war, dass sie über sich selbst bestimmen könne. Sie hätte sich sogar scheiden lassen dürfen. Hier in Gödens, so hatte sie geglaubt, würde alles besser und ruhiger werden. Doch dann war von Ascheburg in ihr Leben getreten.

Ihre Begierde nach diesem Mann war verderblich. Sie hatte oft überlegt, wie sie Cornelius loswerden konnte. Sie hatte sich gewunden, um sich aus seiner Macht zu befreien. Doch die Sehnsucht nach seinem Körper war so stark, dass sie sie jede Sekunde des Tages beschäftigte. Selbst wenn sie glaubte, sie könne ihn vergessen, würde nie wieder einen Gedanken an ihn verschwenden, war er doch allgegenwärtig, saß stets in einer Kammer ihres Herzens. Cornelius von Ascheburg war nie verschwunden. Auch jetzt nicht, wo seine Seele den Körper verlassen hatte.

Magda hasste ihn dafür, dass er ihr »Nein« mit einem Lächeln abgetan und sich an ihr befriedigt hatte, wie er es auch mit der Marketenderin, der Duuvke Anneke, tat.

Einmal hatte sie ein Messer unter dem Rock versteckt gehabt, das sie ihm in den Bauch rammen wollte, wenn er sie wieder einfach nahm. Doch sie hatte ihn auch da nicht von sich stoßen können. Wie sollte er ihr glauben, dass sie ihn nicht wollte, wenn ihr Körper doch eine völlig andere Sprache sprach?

Nun war er tot. Erstochen, ausgeweidet, und sie war froh darüber. Sie gönnte ihm jede Sekunde der Qual, jeden Schmerz, der ihn bei seinem Todeskampf gepeinigt hatte. Auf der einen Seite. Auf der anderen aber blutete ihr Herz, konnte nicht aufhören zu weinen, sehnte sich nach seinem Atem an ihrem Ohr, seinen leisen Befehlen, die ihr sagten, was sie zu tun hatte, damit ihr Körper die Antwort gab, nach der beide lechzten.

Es gab Momente, da sehnte sie sich nach ihrer eigenen Hilflosigkeit ihm gegenüber, nach ihrer völligen Unterwerfung, danach, die Verantwortung abzugeben und doch gleichzeitig solche starken Gefühle zu empfinden.

Nun würde sie wieder ausschließlich für Melchior die Beine spreizen müssen. Sie hatten es immer nur in der Dunkelheit getan, den Rock oder das Nachthemd hochgeschoben. Magda wusste nicht, was geschehen wäre, wenn ihr Mann der Sache mit Cornelius gewahr geworden wäre. Sie hatte in Gedanken die Rutenstriche auf Rücken und Gesäß oft körperlich gefühlt. Es war auch nicht ausgeschlossen, dass er ihr ein Messer ins Herz gerammt hätte. Vielleicht hätte er auch Cornelius abgestochen. Melchior war keiner, der lange fackelte, wenn es nicht so lief, wie er es sich vorstellte. Aber er hatte von ihr und Cornelius nichts mitbekommen. Ganz bestimmt nicht.

Magda lehnte ihren Kopf gegen die Plane. Ein feiner Luftzug kühlte ihr erhitztes Gesicht. Sie war nun frei und doch gleichzeitig gefangen in ihrer Sehnsucht, die nun nie wieder gestillt werden würde.

Es klopfte an Hiskes Tür, und sie schreckte hoch. Seit sie in jener Nacht in Jever zu der toten Tyabbe Benen gerufen und sie danach der Hexerei angeklagt worden war, dauerte es stets einen Augenblick, ehe sie realisierte, dass sie wirklich nur zu einer Geburt geholt wurde und ihr nichts Böses drohte.

Vor ihrer Kammer stand Adele, das Nachthemd schlotterte ihr um die Beine, die Haube war verrutscht. »Du sollst zu Maria Coevorden ins Lager eilen. Sie kommt nieder!«

Hiske schnappte sich ihren Beutel, in dem sie Kräuter, Essenzen und allerlei Utensilien aufbewahrte, die sie für eine Geburt brauchte. Sie zog ihr Kleid über, raffte die Röcke und eilte über den nassen Weg zum Burghof.

Schon von Weitem vernahm sie den Schrei einer Frau. Ganz eindeutig war das Maria. Die Wachen ließen sie ohne Schwierigkeiten passieren. Hiske schaute sich um, sah, dass in einem der Wagen eine Lampe brannte. Sie schob die Plane beiseite und sah ein junges Weib, das sie mit angstgeweiteten Augen ansah. »Das Kind kommt«, sagte sie nur, dann verzerrte sich ihr Gesicht, und sie stieß erneut einen markerschütternden Schrei aus, der auch in anderen Wagen und in den Stallungen die Mitbewohner weckte. »Mein Mann ist noch unterwegs!«

»Bleib ganz ruhig. Ich helfe dir«, sagte Hiske, kletterte in den Wagen und wühlte in ihrer Tasche. Sie holte ein paar Kräuter heraus, die sie Maria zu kauen gab. »Das wird dir helfen.« Hiske nutzte den Gebärenden gegenüber immer das vertrauliche »Du«, solange sie nicht in einem Herrscherhaus tätig sein würde, doch das war ihr bislang noch nicht passiert.

»Mich zerreißt es«, stieß Maria aus. »Das stehe ich nicht durch.«

Hiske legte ihre Hand auf den Bauch der Frau. Er war angespannt und hart, die nächste Wehe rollte heran und schien Maria unter ihrer Wucht zu begraben. Die Hebamme tastete sie ab, es würde nicht mehr lange dauern, bis das Kind kam, die Geburt war schon weiter vorangeschritten, als sie geglaubt hatte.

»Ich habe den Schmerz schon seit Stunden, aber jetzt halte ich es nicht mehr aus!«, wimmerte Maria und begann gleich darauf wieder zu brüllen.

Hiske redete beruhigend auf sie ein, und trotz der gewaltigen Schmerzen der Wehen entspannte sich die junge Frau in den Wehenpausen; so kam die Geburt jetzt gut voran. »Wie machst du das?«, flüsterte die Frau und gab sich Hiskes führenden Händen hin.

Kurze Zeit später wurde die Plane beiseitegerissen, und Marias Ehemann stand mit dem Bader Dudernixen im Wagen. Sie blickten die Hebamme völlig entgeistert an, und Hiske wurde das Gefühl nicht los, dass das nicht an ihrer Arbeit lag. Dudernixens Blick strahlte Feindseligkeit aus, der von Coevorden eher große Anspannung. Ihm stand die

Furcht um sein Weib ins Gesicht geschrieben, es war sein erstes Kind.

Hiske wies mit dem Kopf nach draußen, hoffte so, die beiden rasch aus dem Wagen lotsen zu können. Männer hatten bei einer Geburt nichts verloren. »Das hier ist Frauensache. Krechting hat angeordnet, dass ich von nun an für die Gebärenden zuständig bin.« Sie fixierte Coevorden. Er war einer der Deicharbeiter. »Dein Kind kommt schon gesund raus! Also, schert euch weg!«

Hiske wandte sich wieder Maria zu, die sich ihrem Schicksal nunmehr ergeben hatte und die nächste Wehe mit stoischer Ruhe über sich ergehen ließ. Sie kniff lediglich die Lippen zusammen und ließ die Luft dazwischen herausströmen.

Dudernixen zischte der Hebamme zu: »Und wehe, du taufst das Balg, wenn was schiefgeht. Dann bist du tot!« Er verließ zusammen mit Coevorden den Wagen. Allein der Art, wie er aus dem Wagen stapfte, nach zu urteilen, war er sehr wütend.

Hiske war erschrocken zusammengezuckt. Sie sollte dem Kind also wirklich die Nottaufe verweigern? Das Erste, was sie als junge Hebamme beigebracht bekommen hatte, war, wie sie taufen musste, bevor ein Kind diese Erde gleich wieder verließ. Hier verbot man es ihr, drohte ihr sogar. Auch Krechting hatte ihr ja bereits am Tag ihrer Ankunft klargemacht, was er in dieser Hinsicht von ihr erwartete.

Hiske wandte sich wieder der Gebärenden zu. Dann würde sie eben nicht taufen, zumal es nicht aussah, als sei es notwendig, die Geburt nahm einen normalen Verlauf.

»Wo waren die Männer, Maria?«, fragte sie die Frau. »Es ist Nacht, du kommst nieder, und dein Mann ist einfach verschwunden.«

»Kann ich dir nicht sagen.« Maria machte eine Pause. »Es ist schon jemand gestorben, ich …« Sie brach ab, weil sie eine neue Wehe übermannte. Danach war aus Maria nichts mehr herauszubekommen.

Hiske versuchte sich ganz auf die Geburt zu konzentrieren, doch die Worte Marias fraßen sich durch ihren Kopf. »Kann ich dir nicht sagen, es ist schon jemand gestorben.« Irgendetwas in diesem Lager war seltsam, geheimnisvoll. In Hiske drängte sich ein Verdacht auf, den zu Ende zu denken sie aber nicht wagte.

Wehe folgte nun auf Wehe, bis Maria bereit war, das Kind zu gebären. Es war ein Junge. Er suchte sofort nach der Brust und begann zu saugen. Doch die Nachgeburt kam nicht. Die junge Frau begann immer stärker zu bluten. Wie ein Meer breitete sich die rote Lache um sie herum aus und versickerte in den bereitgelegten Leinen. Maria wurde zusehends blasser und schwächer. Wenn Hiske nichts unternahm, starb ihr das Weib unter den Händen weg. Das war nicht nur schlimm für die Gebärende, das Kind und die Familie, auch für die Hebamme wäre es ein denkbar schlechter Einstand. Es würde Wasser auf Dudernixens Mühlen sein. Er schien förmlich darauf zu lauern, dass sie einen Fehler machte. Bei ihrer Ankunft hier hatte Hiske seine begehrlichen Blicke wahrgenommen, doch mit jeder weiteren Begegnung waren sie in einen Hass, gepaart mit einer nicht einzuordnenden Furcht, gemündet.

Anneke hatte ihr erzählt, dass er Krechting drängte, sie zurück nach Jever oder fort über das Schwarze Brack in eine ungewisse Zukunft zu schicken. Als einzigen Grund konnte Hiske sich nur vorstellen, dass er ihr die Arbeit neidete und fürchtete, auch andere könnten eher ihren als seinen Rat einholen, wenn sie ein Gebrechen plagte.

Die Blutung nahm zu, Hiske hatte keine Wahl. Sie zog ihren Ärmel hoch bis zur Schulter, ballte die Hand zu einer

Faust und steckte sie tief in den Geburtskanal. Maria bäumte sich vor Schmerzen auf, als die Hebamme gleichzeitig mit der anderen Hand von außen auf die Bauchdecke presste und die Gebärmutter aufrichtete, indem sie die Faust von innen dagegendrückte. Maria schrie, wehrte sich, doch Hiske ließ sich in ihrem Tun nicht beirren. Es war die einzige Möglichkeit, die Frau zu retten, die Nachgeburt musste auf dem schnellsten Weg hinaus. Kurz bevor Hiske die Kräfte verließen, setzte bei Maria eine starke Wehe ein, und schließlich glitt der Hebamme der Mutterkuchen unversehrt entgegen.

Kurz darauf verlor Maria das Bewusstsein. Hiske legte die Beine der Frau hoch, holte dann eine kleine Flasche mit Hirtentäschelsud heraus, den sie bei Geburten immer dabeihatte. Hirtentäschel war gut, ließ die Blutung versiegen. Mit den hochgelegten Beinen kam Maria rasch wieder zu sich und war in der Lage, Schluck für Schluck von dem Gebräu zu trinken. Ihr Haar war schweißnass, die Haut fühlte sich feucht-kalt an. Die Gefahr war noch nicht gebannt.

Der Bader und Coevorden hatten den Schrei des Kindes natürlich vernommen, standen nun vor dem Wagen und hatten die Plane beiseitegeschoben. Sie starrten auf die geschwächte Frau, die in ihrem Blut schwamm.

»Weg mit euch!«, herrschte Hiske die Männer an. »Noch einmal: Das hier ist Frauensache!«

»Du bringst das Weib um!«, zischte Dudernixen, ließ die Plane aber zurückfallen. »Wenn das geschieht, Hiske Aalken, dann ist das dein Verderben.«

Hiske hörte, wie er im Weggehen lautstark forderte, dieses Weib möglichst schnell von der Burg wegzuschicken, doch sie ignorierte ihr Herzklopfen und konzentrierte sich wieder auf Maria, deren Lider zu flackern begannen. »Mein Kind«, flüsterte sie.

Hiske fühlte den Puls, der noch immer viel zu rasch schlug. Sie nahm frische Tücher, steckte den Kopf aus dem Wagen und bat Anneke, ihr einen Kübel mit eiskaltem Wasser aus dem Brunnen zu holen. »Aber rasch!«

Diese reagierte sofort, und in kürzester Zeit stand ein Wasserkübel vor Hiske. Die Hebamme hatte den kleinen Jungen vorhin vorsichtig in ein Tuch gewickelt und beiseitegelegt. Er schlief satt und zufrieden. Sie wrang das nasse Leinen aus, legte es auf den Bauch der Mutter und beträufelte es ebenfalls mit dem Hirtentäschelsud. Mit etwas Glück würde sich die Blutung durch all diese Maßnahmen stabilisieren.

Hiske hockte neben Maria, lauschte auf deren Atemzüge, die sich nach und nach beruhigten. Schließlich schien sie fest zu schlafen, und als die Hebamme das Leinen betrachtete, das sie zwischen Marias Beine gelegt hatte, war die Blutung tatsächlich weniger geworden. Maria Coevorden war außer Lebensgefahr. Vorsichtig nahm Hiske den Säugling hoch, der leise vor sich hin maunzte. Sie legte ihn Maria in die Arme.

Diese schlug die Augen auf. »Danke«, flüsterte sie. »Ohne dich hätte ich es nicht überlebt.« Sie schnüffelte an ihrem Säugling.

Hiske wartete noch eine Zeit, sah Weib und Kind zu. Als der Junge an der Brust zu saugen begann und in Marias Gesicht wieder Farbe zurückgekehrt war, raffte sie schließlich ihre Sachen zusammen. Sie hatte das Bedürfnis, sich von Blut und Schweiß zu reinigen. »Ich gehe, Maria, werde aber später noch einmal vorbeischauen. Und ich sehe auch die nächste Zeit jeden Tag nach dir.«

Kaum hatte Hiske den Wagen verlassen, als auch schon Coevorden um die Ecke schoss, wieder Dudernixen im Schlepp. »Lebt sie?«

Hiske nickte. »Natürlich lebt sie. Und ich habe weder getauft noch sonst etwas getan, was Euch widerstreben könnte, Bader. Ich habe lediglich meine Arbeit gemacht.«

»Dein Glück, Weib, sonst hätte es dich den Kopf gekostet«, raunte Dudernixen ihr zu. Er stampfte zu seinem Wagen davon.

Hiske wusch sich Hände und Arme. Das Wasser im Kübel war noch immer eiskalt. Danach eilte sie nach Hause, doch auf halbem Weg blieb sie stehen. Sie glaubte ein Geräusch gehört zu haben, einen raschen Atem, doch jetzt war nichts mehr zu hören. »Ist da wer?«, rief sie in die kalte Nacht hinein, doch niemand antwortete. Lediglich ein Kauz begann seinen schaurigen Ruf über das Land zu schreien. Hiske lief weiter, und jetzt war sie ganz sicher, dass jemand ihr folgte. Blieb sie stehen, verhielt auch der zweite Schritt, lief sie weiter, war es, als verdoppelten sich ihre Füße.

Hiskes Herz klopfte schneller. Wer war ihr Verfolger? Einer aus dem Lager, der ihr lediglich Angst machen wollte, damit sie aus der Herrlichkeit wieder verschwand? Oder wollte man ihr wirklich etwas antun, weil alle wussten, dass sie sich nicht so leicht einschüchtern ließ?

Hiske blieb stehen, weil sich ihr der Atem vor lauter Panik abschnürte, ihr den Hals verengte. Noch während sie nach Luft rang, schoss ihr durch den Kopf, dass ihr Verfolger auch von Ascheburgs Mörder sein konnte. Sie lebte in einer ihr fremden Welt, in der, nachdem sie einen Fuß auf diesen Boden gesetzt hatte, ein Mord geschehen war. Sie wandte vorsichtig den Kopf, drehte sich dann blitzschnell um und sah eine große, kräftige Gestalt zum Graben hin verschwinden.

Kapitel 6

Sie war neu hier. Der Knabe kannte fast jedes Gesicht. Nun schob das erste Morgenlicht die Nacht beiseite. Eigentlich müsste er sich einen Platz zum Schlafen suchen, doch wie gebannt schaute er auf die Frau, die er schon auf dem Weg hierher verfolgt hatte.

Der Knabe freute sich über das erste Morgenrot, das sich am Horizont zeigte. Die Deicharbeiter brachen eben zu ihrer Arbeitsstätte auf, sie kamen viel zu schnell voran. Wie jede Nacht hatte der Knabe auf die Bucht hinausgestarrt, es war Ebbe gewesen, das Watt hatte sich vor seinen Füßen ausgebreitet und ihn mit seinem immerwährenden leisen Knacken gelockt. Es wollte, dass er es betrat, bis zum Wasser lief und irgendwo an der Grenze zum Himmel von ihm auf den Arm genommen wurde. Er sollte auf seiner Gischt zum Land zurückgetragen werden. Das Meer würde immer gut zu ihm sein, weil er es beschützte. Es nicht in Grenzen zwang, damit es sich für immer an die Ufer hielt. Das Meer war das Zuhause, das er sonst nicht hatte.

Danach war er durch das Dunkel gelaufen, Meile für Meile, wie jede Nacht. Hatte dem Wolkenspiel am Himmel und dem Mond zugesehen, der jeden Tag ein bisschen anders aussah. Aber nur für eine gewisse Zeit, dann wiederholte sich seine Form. Der Knabe überprüfte auch das jede Nacht, denn so ordnete er seine Welt. Eine Welt, die ihm nie jemand richtig erklärt hatte. Das Meer kam und ging, der helle Ball am Nachthimmel wurde rund, nahm wieder ab, verschwand und kam zurück. Die Blätter an den Ästen waren erst von zartem Grün und klein, weich, wurden dann dunkler, kräftiger und schließlich hart und bunt. Sie fielen ab, der Baum stand nackt da, obwohl es kalt war, und erst wenn es wärmer wurde, schmückte ihn erneut das Grün. Der Knabe schloss daraus, dass ein Baum nicht fror, denn sonst wären die Blätter im Winter und nicht im Sommer da.

Die Welt um ihn herum war nicht immer gut zu ihm, aber interessant. Wenn ein Mensch im Lager starb, kam kurz darauf ein neuer Mensch aus dem Bauch einer Frau. Das hatte er oft genug beobachtet. Das Leben war eine Wiederholung. Und doch war in der einen Nacht etwas geschehen, was den Ablauf störte. Wieder griff er nach seinem Messer. Die Klinge war sauber, es klebte kein Blut mehr daran, obwohl er nach seinem Besuch am Meer noch einen Hasen gefangen und ihm das Fell über die Ohren gezogen hatte. Es war ihm sogar gelungen, ein kleines Feuer zu entfachen, damit er den Hasen darüber braten und sich an der Glut wärmen konnte. Das Feuer hatte aber nicht lange genug gebrannt, um ihn die Nacht überstehen zu lassen. Also war er mit großen Schritten weitergetrabt, hatte die Luft in sich aufgesogen und den rufenden Kauz nachgemacht, der ihm geantwortet hatte. Die Nachtvögel kannten ihn, er war einer von ihnen, ein Geschöpf der Dunkelheit.

Er war so anders als die anderen Menschen, als die Kinder, die im Lager herumtollten. Sie spielten miteinander, lachten, und da waren Weiber, die ihnen immer etwas zu essen hinstellten. Die Kinder waren auch viel kleiner als er. Und sie gehörten alle irgendwo hin.

Für ihn ließ nicht einmal das Weib die Scheune mehr offen, sie hatte ihm auch seit drei Tagen keine Milch mehr hingestellt. Er war immer wieder zu dem Haus geschlichen, doch die Fenster waren geschlossen, die Vorhänge zugezogen. Und er verstand nicht, was die Menschen sagten, kannte die

Worte nicht, die aus ihren Mündern flossen. Wenn ihn mal eines der Kinder sah, schrie es auf und rannte weg. Vor einiger Zeit hatte er mal mitspielen wollen, doch sie mochten ihn nicht. Sie hatten mit ihren Fingern auf ihn gezeigt, ein paar der Größeren sogar nach ihm gespuckt. Die Kleinen weinten, jammerten, und schließlich war ein großer Mann gekommen mit einer dicken Knollennase und ganz vielen Erhebungen im Gesicht. Da war der Knabe geflohen so schnell es ging, denn sonst wäre der Knüppel über seinen Rücken getanzt.

Gegen Morgen war er noch einmal in Richtung Burg gelaufen und hatte sich ins Lager geschlichen. Da hatte er die unbekannte Frau gesehen. Sie hatte ein Kind aus dem Bauch einer anderen Frau geholt. Obwohl die Frau verschwitzt war und Blut an ihrer Schürze klebte, umgab sie etwas Sauberes.

Er war der Frau gefolgt, war neugierig, wo sie hingehörte. Nun stand sie im Garten neben dem kleinen Haus. Sie hatte sich vornübergebeugt und zupfte in Gedanken vertieft an den Kräutern herum, die noch darauf warteten, ihre ganze Pracht zu entfalten. Die Frau hatte sich nur auf dem Burghof notdürftig von der Geburt gereinigt, ihr Kleid und ihre Schürze waren von braunen Flecken übersät. Nun richtete sie sich langsam auf und blickte ihm in die Augen.

Hinrich Krechting grübelte. Er war seit von Ascheburgs Tod nicht mehr in der Lage, seinen Pflichten so nachzukommen wie es vonnöten war. Immer wieder schob sich die Gestalt vor sein inneres Auge, die er in der besagten Nacht gesehen hatte. Sie war in einen dunklen Umhang gehüllt gewesen, das war nicht ungewöhnlich, fast jeder besaß so etwas. Aber die Haltung der Person hatte etwas Eigenartiges gehabt. Es war eine Mischung gewesen aus Furcht und gleichzeitiger Genugtuung. Warum sich Hinrich so dessen sicher war, wusste er nicht.

Hinrich fühlte sich müde und durch von Ascheburgs Tod selbst angreifbar. Es war, als habe man mit dem Mord auch ihn und seine Ideale verletzt und als würde die Heilung zu lange dauern. Vielleicht viel zu lange. So lange, bis er selbst zum Ziel des nächsten Angriffs wurde.

Wer aus dem Lager war so voller Hass, dass er es wagte, einen der Ihren anzugreifen, ja, zu töten? Hinrich fragte sich, ob derjenige weitermachen würde oder ob ihm von Ascheburgs Tod genügte. Es konnte, es durfte einfach keiner von ihnen sein. Er ging die Gemeindeglieder der reformierten Kirche durch. Aber auch hier wollte kein Gesicht haften bleiben, das zu einer solchen Tat fähig war.

Hinrich schloss die Augen, konzentrierte sich auf den Menschen, der in der Mordnacht an seinem Haus vorbeigehuscht war. Ja, er war sich nun ganz sicher, dass es sich nicht um ein Trugbild oder Hirngespinst handelte. Es war ganz eindeutig, was die Körperhaltung der Gestalt geprägt hatte. Nicht die Angst war vorherrschend gewesen, sondern die Genugtuung. Dieses: »Ich werde es euch allen zeigen.«

»Ich sehe schon Gespenster«, murmelte er. »Ich habe doch nur einen Schatten gesehen, wie soll dieser kurze Moment so etwas bewirken?« Er öffnete die Augen wieder, versuchte, dem Tag ins Gesicht zu blicken, doch er wurde das Bild nicht los, und wenn er ehrlich zu sich war, musste er eingestehen, dass er Angst um sein Leben hatte. Denn wer nicht davor zurückschreckte, von Ascheburg das Leben zu nehmen, würde auch bei ihm, dem Anführer, nicht Halt machen. Es war nur eine Frage der Zeit. Nur deshalb wurde er das Bild der nächtlichen Gestalt nicht los, weil er jeden Abend befürchtete, es könne sein letzter sein. Wäre doch nur Rothmann schon da.

Jan Valkensteyn taxierte den Himmel. Sie würden Emden bald erreicht haben. Die erste Etappe war geschafft und das Ziel wegen der günstigen Winde wesentlich schneller als geplant erreicht worden.

In der Seehafenstadt musste er das andere Schiff finden, das ihn unterhalb der Ostfriesischen Inseln in die Jade schippern würde. Da das neue Siel in Gödens noch nicht fertig war und es nur die anderen, eher bedeutungslosen kleineren Häfen gab, waren es nicht allzu viele Reisende, die sich auf den beschwerlichen Weg dorthin machten, denn auch der Handel mit der Region war nicht gerade gewinnbringend. Wie abgelegen dieser Landstrich war, zeigte sich auch daran, dass es Monate gedauert hatte, bis er die Nachricht von Krechting erhalten hatte. Sie rechneten damit, dass dieser Johannes oder wie immer er in Wirklichkeit hieß mitkommen würde. Der Mann musste für die Menschen in der Herrlichkeit große Bedeutung haben. Man hatte ihn, Jan Valkensteyn, zwar für wichtig genug erachtet, ihn zu begleiten oder zumindest die Depesche zu überbringen, aber nicht für vertrauenswürdig genug, ihm die ganze Wahrheit zu sagen.

Nach Amsterdam konnte Jan jedenfalls nicht mehr zurück. Er hatte Garbrand nur angedeutet, was wirklich geschehen war. Sie hatten den Wächter kurz nach seinem Zusammentreffen mit ihm mit aufgeschlitzter Kehle gefunden. Zwar wusste keiner, dass Jan sich mit Johannes hatte treffen wollen oder dass er einen Brief von ihm bei sich trug, aber wie oft hatten doch die Wände Ohren. Er würde es nicht wagen, in die Stadt zurückzukehren, zumal man sein heimliches Verschwinden mit Sicherheit in Zusammenhang mit dem Mord an dem Wächter bringen würde. Man geriet zu schnell in Verdacht, wenn es den Menschen in den Kram passte. Im Übrigen war sich Jan inzwischen sicher, dass jeder, der zu viel über diesen Johannes wusste, letztendlich dem Tod geweiht war, sodass es für ihn ein doppeltes Risiko bedeuten würde, nach Amsterdam zurückzukehren. Es war richtig gewesen, so überstürzt abzureisen.

Die Mannschaft holte die Segel ein, die Ruderer setzten sich an die Riemenpaare und lenkten das Schiff in Richtung Emden. Morgen früh würde Jan Valkensteyn zum ersten Mal in seinem Leben einen Fuß auf ostfriesischen Boden setzen. Ob er dort sicherer war, wussten die Sterne oder Gott allein.

Hiske starrte den Jungen an, der auf den ersten Blick kräftig, fast bedrohlich wirkte. Doch ein Blick in seine Augen sagte ihr, dass sie es mit einem Kind zu tun hatte, das die Welt, in der es sich bewegte, gar nicht verstand.

»Komm her!«, forderte sie den Knaben auf. Der bewegte sich jedoch nicht von der Stelle, tastete nur mit der Hand zu seiner Tasche, aus der er mit einer blitzschnellen Bewegung ein Messer zog, das er fest mit beiden Händen umklammerte und drohend vor sich hielt. Hiske wich einen Schritt zurück, fing sich dann aber und lächelte den Jungen an. Er war ein Kind, auch wenn er wirkte wie ein junger Bulle.

»Ich tu dir nichts. Wer bist du?«

Der Junge schüttelte den Kopf, schien aber verunsichert, weil sie ihn nicht anbrüllte, sondern mit einer weichen, vertrauenerweckenden Stimme mit ihm sprach. Es machte auf Hiske den Eindruck, als sei er es nicht gewohnt, dass ein Mensch freundlich mit ihm umging, ja, dass er überhaupt wahrgenommen wurde. So kräftig sein Körper auch war, seine Augen, seine Miene und Gestik zeigten einen völlig verunsicherten und verängstigten kleinen Menschen.

»Wer bist du?«, wiederholte sie, deutete auf sich und sagte: »Hiske. Ich bin Hiske.« Dabei lächelte sie.

Der Knabe kam jedoch nicht näher. Sein Blick wanderte unstet hin und her, als konzentriere er sich nicht nur auf sie, sondern taxiere auch alles andere, was um ihn herum geschah. Er wirkte wie gehetztes Wild, das immer auf der Hut sein musste, so als ob er die Umwelt ständig in ihrer Ganzheit zu erfassen schien, unfähig, einen Teil herauszukristallisieren.

»Ich tu dir nichts, ich will dir helfen.« Hiske machte einen Schritt auf den Knaben zu. Dessen Nasenflügel weiteten sich augenblicklich, auch die Augen vergrößerten sich. Noch immer sah er aus, als würde er sofort das Weite suchen, wenn etwas Unvorhergesehenes geschah.

Hiske machte noch einen Schritt auf ihn zu, streckte ihm ihre Hand entgegen. Er wurde ruhiger, schien nicht mehr ganz so auf der Hut. Stück für Stück ließ er das Messer sinken. Dann rutschte ihm ein verunglücktes Lächeln übers Gesicht, doch anscheinend hatte er nur wenig Übung damit.

»Hast du Hunger?«, fragte Hiske, doch es war eindeutig, dass dieses seltsame Kind kein Wort von dem verstand, was sie ihm sagte.

Die Hebamme hatte in Jever einmal ein Mädchen kennengelernt, das völlig vernachlässigt und mit sehr wenig menschlicher Ansprache aufgewachsen war. Sie konnte die Welt nur verstehen, wenn sie aus einzelnen Worten neue zusammensetzte. Der Gebrauch der normalen Sprache war ihr zunächst verwehrt geblieben. Vielleicht gelang es ihr, den Jungen auf ähnlichem Weg zu erreichen. Hiske überlegte. Sie rieb sich über den Bauch, zeigte auf den Mund und sagte: »Bauchfreude. Bauchfreude.« Dann pflückte sie einen Stiel ihrer Kräuter ab und steckte ihn in den Mund. »Bauchfreude«, wiederholte sie.

Das hatte der Junge verstanden, und wie durch ein Wunder griff er das Wort auf und sprach es nach. Es klang noch etwas verunglückt, doch Hiske vermutete, dass es das erste Wort seines Lebens war, das er bewusst aussprach.

»Warte!«, wies sie ihn an, merkte aber, dass er das nicht verstand. Sie setzte sich hin, umschlang ihre Knie mit den Armen und überlegte kurz. Ein leichter Wind strich durch ihr volles schwarzes Haar. Der Knabe hatte es auch bemerkt, sah der Böe nach.

»Windgucken«, sagte Hiske, deutete der Bewegung hinterher, und seltsamerweise schien er auch das zu verstehen. Jedenfalls setzte er sich hin, wiederholte das Wort und ließ Hiske ohne Problem in Richtung Haus gehen.

Sie nahm zwei Äpfel, auch wenn sie schrumpelig waren, da sie schon den Winter in der Miete überdauert hatten, schnappte sich ein Stück Brot und etwas gebratenes Fleisch, wühlte dann in der Kiste, die in der Diele stand, und fand tatsächlich noch ein Paar Beinkleider und einen Umhang. Sie rollte alles zusammen, füllte einen kleinen Krug mit Milch und umrundete das Haus erneut. Sie vermutete nun, dass er es gewesen war, der sie auf dem Nachhauseweg verfolgt hatte.

»Bauchfreude«, wiederholte sie.

Der Knabe stürzte sich auf die Köstlichkeiten und schlang einen Teil in großen Bissen herunter. Das zeigte Hiske, wie groß sein Hunger sein musste, und auch, dass er es gewohnt war, seine Mahlzeiten in großer Eile herunterstürzen zu müssen, weil er nur von dem lebte, was der Tag für ihn abwarf oder was er sich heimlich ergattert hatte.

»Wer bist du?«, fragte sie erneut.

Der Junge sah sie mit großen Augen an.

»Ich bin Hiske.« Sie deutete erneut auf sich und danach auf den Knaben. »Und du?«

Der Junge schüttelte den Kopf, stopfte sich das letzte Stück Brot in den Mund. Dabei zuckte er mit den Schultern, lächelte unbeholfen. Hiske überlegte wieder kurz. Der Junge hatte also keinen Namen. Nie hatte es jemand für nötig befunden, ihm einen zu geben.

»Ich nenne dich den Wortsammler, anders verstehst du es ja doch nicht, und du musst noch viele sammeln, damit du mit mir reden kannst!« Hiske griff nach der Hand des Knaben. »Wortsammler. Du bist ein Wortsammler.«

Der Junge wiederholte: »Wo...Wort...« Doch er konnte es nicht vollenden, weil Stimmen auf dem Weg ertönten. Der Knabe riss den Kopf herum, in seinen Augen entstand ein hektisches Flackern, das an eine Kerze im Windhauch erinnerte. Er verschwand so unauffällig, wie er gekommen war.

Adele Stausand stand am Küchentisch und knetete ein Brot. Sie hatte sich von der Aufnahme der Hebamme in ihrem Haus mehr versprochen, hatte gehofft, sie würde ihr die Einsamkeit, die dunklen Bilder ein wenig vertreiben. Doch man konnte im Leben vor nichts davonlaufen. Gerade war Hiske nur kurz ins Haus gekommen, gleich darauf aber wieder im Kräutergarten verschwunden. Bislang hatte Adele ihn gehegt und gepflegt, doch nun war sie froh, dass Hiske es übernahm. Ihr selbst fehlte einfach die Kraft.

Von dem Augenblick, als die Flut ihren Mann mit ins unendliche Meer gerissen hatte, war klar gewesen, dass es ihr nicht vergönnt war, ein normales Leben jenseits der drückenden Erinnerungen zu führen. Adele vermisste ihren Gatten. Er war gut zu ihr gewesen, auch wenn sie ihn nie hatte lieben können, denn dazu war sie einfach nicht in der Lage. Liebe schmerzte, Liebe war nichts, das sie sich erhalten konnte. Es war nur etwas für andere.

Nun war sie allein in ihrem kleinen Häuschen, hätte Cornelius dankbar sein müssen, dass er sich bei Hebrich dafür eingesetzt hatte, dass sie die kleine Hofstelle nicht verlassen musste. Sie hatte sie auch nur behalten dürfen, weil die Verhältnisse an der Burg zu der Zeit noch nicht so katastrophal gewesen waren und niemand auch nur im Traum daran gedacht hatte, was für eine Aufwertung ein Haus wie dieses bedeutete. Es war sicher nur eine Frage der Zeit, bis man sie von der Hofstelle jagte. Adele hatte ihre Kuh, Hühner und das Schwein, dazu einen Garten, das reichte zum Leben. Sie baute ihr Gemüse selbst an und bot es teilweise im Lager feil. So kam sie über die Runden, weil sie auch backen konnte und kaum Dinge eintauschen musste.

Nun hatte sie Hiske in die kleine Kammer einquartiert und ein wenig auf Gesellschaft gehofft, aber die Hebamme war sehr zurückhaltend. Doch selbst wenn sie ihr ein kleines bisschen mehr Gesellschafterin gewesen wäre, es hätte die finsteren Gedanken wohl nicht verdrängt.

Die Tür ging auf, und Tyde schaute herein. Sie trug ein Bündel auf dem Rücken. »Ich wohne ab heute auf der Burg. Krechting hat mir eine Stellung bei der Herrin verschafft, ich kann als ihre Zofe arbeiten.« Über Tydes Gesicht huschte ein Lächeln. »Das ist mehr, als ich erwartet habe. Nun muss mein Kind nicht in irgendeinem Stall im Schmutz zur Welt kommen, sondern hat die schützenden Mauern der Burg um sich herum.«

Adele nickte ihr zu. »Das sind gute Neuigkeiten, Tyde. Viel Glück.«

Adele war froh, dass Tyde verschwand, sie hatte zu dem Weib von Ascheburgs nie ein gutes Verhältnis gehabt. Sie war einfach keine von ihnen, hatte nicht das erlebt, was sie alle in Münster vereint hatte. Die Holländer gehörten wenigstens auch ihrem Glauben an, doch Tyde war eben von hier. Sie bemühte sich nicht einmal, dazuzugehören. Zwar versuchte sie mehr schlecht als recht sich anzupassen, aber allein der Sprache wegen blieb sie fremd. Sie sprach ein singendes und lang gezogenes Deutsch, ähnlich wie Hiske es tat. Tyde haftete noch etwas anderes an, das sie fremd erscheinen ließ. Vielleicht, weil sie von Ascheburgs Frau war. Der Mann, der neben Krechting und Schemering die Menschen in ihrem Denken und Handeln so lenkte, dass sie funktionierten wie ein Mühlrad, das einmal zum Laufen gekommen war. Doch nun war ein Zahnrad herausgebrochen, und sie mussten es finden, denn sonst würde sich das Rad verkeilen und stehen bleiben. Noch lief es bloß unruhig.

Krechtings und Schemerings Weiber mochte Adele ebenfalls nicht. Sie waren schon in Münster ihr gegenüber herablassend aufgetreten, fühlten sich schon dort als etwas Besseres. Adele hatte es immer gewundert, warum man sie überhaupt mit aus der Stadt hatte fliehen lassen und sie nicht, wie all die anderen, den Mannen des Bischofs von Waldeck zum Fraße hatte vorwerfen lassen. Sie knetete den Brotteig heftiger, als ihr all die Gedanken im Kopf herumtanzten. Immer wieder versuchte sie die Bilder zu vergessen, doch der Geruch von Blut und verbranntem Fleisch, die Schreie derer, die in den Gassen abgeschlachtet wurden wie Vieh, waren nicht zu tilgen. Es gab sogar Momente, wo sie dachte, Jan van Leyden, Knipperdolling und Krechtings Bruder Bernd hätten ihr grausames Schicksal verdient, letztlich waren sie es, die sie alle in diese Lage gebracht hatten. Doch so etwas durfte man nicht denken, sie mussten hier zusammenhalten, an ihr neues Reich glauben. An die Ankunft des Erretters, daran, dass er noch lebte und sie es mit seiner Hilfe schafften, die alte Ordnung wiederherzustellen. Sonst würden sie es in diesem Flecken Einsamkeit, umgeben von Meer und Moor, nicht ertragen. Das Schicksal hatte es noch gut mit ihr gemeint, und doch flüsterten ihr Stimmen zu, dass sie die größte aller Sünden begangen hatte, weil auch sie eine Mörderin war. Auch sie hatte zugestochen, Klingen in die fetten Leiber gejagt. Kindern die Väter, Frauen die Männer und Müttern die Söhne genommen. Doch hatte sie keine Wahl gehabt, sie musste doch überleben, musste rauskommen aus der Hölle. Wie die anderen auch. Sie oder ich, dachte sie jedes Mal. Nur deshalb hatten es Krechting, sein Neffe und von Ascheburg hierhergeschafft.

Nun aber war alles gut, nun nahm das Leben seinen Lauf, und es würde bald besser werden. Sie selbst musste dafür sorgen, und sie war auf einem guten Weg.

Wieder öffnete sich die Tür, aber dieses Mal sah Hiske herein. Sie trug ein Körbchen, das mit den ersten Kräutern gefüllt war, die sie eben geerntet hatte. Viele waren es noch nicht, aber es war ja noch früh im Jahr. Bald würde es anders aussehen. An ihrem Kleid klebte noch das Blut der Geburt, sicher wollte sie gleich ein Bad nehmen.

»Hast du mal kurz Zeit, Adele? Ich habe da eben etwas sehr Merkwürdiges erlebt«, begann Hiske. Kein Wort davon, dass sie nach heißem Wasser oder dem Waschzuber verlangte.

Adele knetete den Teig noch etwas heftiger. »Was denn?«

»Als ich im Kräutergarten war, stand plötzlich ein großer, sehr kräftiger Junge vor mir.« Hiske schluckte. »Er sah verwahrlost aus, konnte nicht sprechen, verstand aber recht schnell die Begriffe, die ich ihm hingeworfen habe. Er hat sie aufgenommen wie ein Verhungernder das Brot. Ich habe ihm aus der Speisekammer etwas zu essen gegeben.«

Adele schwieg. Hiske war also dem Irren begegnet.

»Der Junge scheint eine Art Wilder zu sein, ich habe ihn den Wortsammler genannt, weil er nur ganze Begriffe versteht. Wer ist das, Adele, kennst du ihn?«

»Vergiss ihn. Er ist gefährlich. Wäre besser, wenn er nicht auf der Welt wäre, er bringt Unglück über alle Menschen.«

Hiske fixierte Adele, schien sie mit ihrem Blick an den Bodendielen festzunageln. »Nun raus mit der Sprache, Adele. Der Junge ist nur ein kleiner Teil eures ganz großen Geheimnisses.«

Adele presste die Lippen aufeinander. »Es gab schon einen Toten, reicht dir das nicht, Hebamme?«

»Ich will wissen, warum von Ascheburg sterben musste. Ich will wissen, was es mit dem armen Jungen auf sich hat. Und ich will wissen, was ihr nachts auf der Burg macht.«

Adele schüttelte ihren Kopf, die Hände hatte sie so ineinanderverkrampft, dass das Weiße an den Knöcheln sichtbar wurde.

»Ihr seid Täufer, nicht wahr?«, flüsterte Hiske. »Ihr seid Täufer aus Münster und haltet euch in der Herrlichkeit versteckt.«

Adele schob die Kumme mit dem Brotteig nach hinten und verließ wortlos die Küche.

Magda Dudernixen war heute zum ersten Mal wieder aufgestanden. Es ging ihr zwar nicht wirklich besser, doch sie konnte sich nicht länger dem Tagesgeschäft entziehen. Melchior hatte am letzten Abend ein Machtwort gesprochen. »Es ist bald so weit, Weib! Lange kann es nicht mehr bis zur Ankunft Rothmanns dauern. Werde jetzt rasch gesund, du musst heute Abend dabei sein. Krechting hat eine wichtige Neuigkeit, ich bestehe darauf, dass du mitkommst. Vergrab dich nicht länger, das macht von Ascheburg auch nicht wieder lebendig«, hatte er zu ihr gesagt. In Magda war eine Welle der Angst hochgekrochen. Was wusste Melchior?

»Ich steh auf«, hatte sie gesagt, und nun saß sie vor ihrem Teller Haferschleim und rührte ihn seit Minuten um. Cornelius war präsenter als je zuvor, es war fast, als säße er ihr gegenüber und lache sie mit seinen tiefblauen Augen die ganze Zeit aus. Das passte gar nicht zu seinem Abgang, der dramatischer wirklich nicht hätte sein können. »Geh weg, Cornelius!«, sagte sie zu dem Schattenbild, das aber einfach nur ein Stück weiterhuschte.

»Mit wem sprichst du?« Melchior war unbemerkt neben sie getreten.

»Mit mir selbst«, sagte Magda. »Ist nichts.«

Melchior griff ihr fest unters Kinn und zog ihren Kopf mit einem Ruck zu sich herüber. »Ich habe aber eben den Namen unseres alten Freundes gehört!«

Magda glitt die Holzschale mit dem Brei auf den Boden, und ihr Mann zerrte sie in den Wagen. »Meinst du wirklich, ich hätte nicht mitbekommen, dass du ihm ständig schöne Augen gemacht hast? Dass er allen Röcken hier nachgestellt hat?«

Melchior blies seiner Frau seinen fauligen Atem entgegen. Er näherte sich mit seiner großporigen wulstigen Nase und bohrte seinen Blick in ihr Gesicht, konnte aber Magdas Augen nicht erreichen, weil sie sie niederschlug. Sie war nicht in der Lage, ihren Mann anzusehen, es war, als stünde ihr die Wahrheit mitten ins Gesicht geschrieben. Die Wahrheit, dass sie von Ascheburg geliebt und gleichzeitig gehasst hatte. Dass sie seiner Liebe hörig gewesen war, dass sie sich noch immer nach seinen Lippen und seinem Gemächt sehnte. Und das wiederum in einer Form, die einer verheirateten Frau wahrlich nicht angemessen war.

»Wenn ich herausbekomme, dass du es mit ihm getrieben hast, dann gnade dir Gott!«, ranzte Melchior sie an. Er spuckte ihr vor die Füße. »Ich brenne dir die Haut eigenhändig vom Körper! Und mit ihm hätte ich es auch gemacht, damit ihr zusammen in der Hölle schmoren könnt.«

Magda zuckte unter jedem seiner Worte zusammen.

Er warf sie aufs Lager, schob ihren Rock hoch, spreizte ihre Beine und zerrte seine Beinkleider nach unten. »Nun ist er weg, kannst ihn nicht mehr anhimmeln. Dafür wirst du es in Zukunft so oft mit mir tun, wie ich es will!«

Magda ließ alles über sich ergehen, und während ihr Mann sich rücksichtslos an ihr befriedigte, sagte sie laut und deutlich: »Ich hasse ihn«, wusste aber in dem Augenblick selbst nicht, ob sie von Melchior oder Cornelius sprach.

Der Knabe war unruhig, seit er von der jungen Frau das Essen und einen Namen erhalten hatte. Immer wieder piekte er sich mit dem Zeigefinger in den Bauch und sagte: »Wortsammler.«

Danach dachte er an die anderen beiden Worte, die sie ihm geschenkt hatte. »Bauchfreude« mochte er besonders gern. Er würde wieder zu ihr gehen, vielleicht hatte sie noch ein paar Worte für ihn. Und noch mehr Bauchfreude. Das andere Weib von dem großen Hof hatte ihn vergessen, schien gar nicht mehr dort zu wohnen. Alles war still. Doch er konnte nicht weit in die Zukunft denken, das gelang ihm nicht. Es gab immer nur ein Jetzt und ein Morgen und ein bisschen ein Gestern, doch damit hielt sich der Junge nicht lange auf, denn davon konnte er nicht satt werden. Er musste sich nur merken, wo er schon einmal etwas zu essen gefunden hatte.

Letzte Nacht hatte er sich nur kurz am Meer herumgetrieben. Es war verschwunden, kam aber ein bisschen eher zurück als am Vortag. Da war also alles in Ordnung. Seltsam, dass das Meer sich nicht wehrte, obwohl sie es bezwingen wollten.

Der Wortsammler machte sich auf zu der Frau, vielleicht würde sie ja wieder in ihrem kleinen Garten arbeiten.

Alles lag jedoch verwaist da. Er schlich sich an das Haus heran, spähte durch die Fenster in die Räume. Es schien niemand zu Hause zu sein, auch wenn es nach der jungen Frau und ihrem leichten Kräuterduft roch. In dem Knaben rührte sich ein Gefühl, das ihm bis dahin fremd war. Wenn er an diese Frau dachte, wurde ihm warm, er bekam Sehnsucht und überlegte, wie es wohl sein würde, wenn er ihre Hand berührte. Er hatte nur selten menschliche Haut gefühlt. Da waren ihm die Zungen der Hunde, welche er mit ein paar Resten seines mageren Essens gelockt hatte, damit sie ihn mochten, vertrauter. Er liebte das Gefühl der feuchten Zungen, er brauchte es für sein Überleben und nahm es an, wann immer sie es ihm schenkten. Kein noch so bissiger Hund hatte je nach ihm geschnappt oder ihn angeknurrt. Aber er mochte auch das weiche Fell der Katzen, die sich an seinem Bein rieben, wenn er ihnen etwas Milch abgegeben hatte. Alle Tiere hatten ihn immer als ihresgleichen anerkannt.

Jetzt war er jedoch so stolz über den Namen, den die junge Frau ihm gegeben hatte, dass es ihm so vorkam, als gäbe es ihn erst jetzt wirklich. Er fühlte das Leben, er spürte sich selbst. Sogar die schrecklichen Bilder jener Nacht verblassten, er hatte heute noch nicht zu seinem Messer gegriffen, sich nicht daran erinnern müssen, was er nicht hatte sehen wollen.

»Was machst du hier, weg!«, keifte eine Weiberstimme. Der Wortsammler drehte sich um, sah einen Besenstiel, der seinen Kopf nur knapp verfehlte, und hörte die ihm entgegengeschleuderten Worte: »Mörder, ich weiß, dass du es warst! Du Bastard, du! «

Der Wortsammler wusste nicht, was diese Worte bedeuteten, aber sie klangen so anders als die, die die Frau zu ihm gesagt hatte.

Kapitel 7

Jan Valkensteyn wanderte nun schon zum wiederholten Mal über den Kai am Emder Hafen, suchte nach einem Schiffsführer, der sein Boot in Richtung Jade klarmachte. Man hatte ihm gesagt, dass heute Kaspar van Ee mit Menschen und einem Wagentross Richtung Schwarzes Brack in See stechen wollte. Jan spähte also den Hafen ab, konnte jedoch keine Knorr entdecken.

Mit einem Mal gab es einen Menschenauflauf. Jan wurde von Wachen zur Seite gestoßen, kurz darauf kam eine berittene Vorhut, der eine große Kutsche mit sechs schwarzen Pferden folgte.

»Wer ist das?«, fragte Jan einen der Umstehenden.

»Darin sitzt Gräfin Anna. Sie trifft sich heute mit a Lasco. Sie hat eine neue Polizeiordnung erlassen.«

Jan sah sein Gegenüber fragend an. »Was heißt das?«

»Das wisst Ihr nicht? Ihr müsst Holländer sein.« Der Mann neben ihm lachte, verschränkte die Hände vor seinem Wams. Er trug einen Hut und wirkte wohlhabend. »Ganz Emden spricht darüber.«

»Ich bin nur auf der Durchreise«, sagte Jan. »Will weiter in die Herrlichkeit Gödens, ich suche den Meester van Ee, der heute dorthin in See stechen will.«

Der Mann reckte seinen Hals, als die Kutsche an ihnen vorbeidonnerte. Sie bekamen allenfalls die spitze Nase der Gräfin zu sehen. »Jasper van Ee? Die Knorr liegt da hinten. Kommt, ich bringe Euch hin.«

Die Menge begann sich zu zerstreuen, doch bildeten sich immer wieder kleine Grüppchen. Jan schnappte Wortfetzen auf. Es war so, dass die Beschlüsse der Gräfin zwar Sorge und Argwohn auslösten, aber dennoch meist mit Zustimmung aufgenommen wurden. Jan folgte dem Mann, der ihn zur Knorr des Meesters brachte. Das Schiff war zwar nicht klein, wirkte aber so unscheinbar, dass Jan es tatsächlich nicht beachtet hatte. Doch ihm blieb ja keine Wahl. An Deck befanden sich schon ein paar Wagen und Waren sowie Reisende, die sich eine Ecke erkämpften, wo sie sich während der Fahrt aufhalten wollten.

»Ich will in die Herrlichkeit Gödens, ans Schwarze Brack. Mit einer Begleitung«, hob Jan an, als er den Meester entdeckte. Der nickte und bedeutete Jan, aufs Schiff zu kommen. Jan bedankte sich mit einem Kopfnicken bei dem Mann, der ihn hergeführt hatte, doch der wich nicht von der Stelle. »Ihr solltet dort gleich von den Ereignissen hier in Emden berichten! Das hat Auswirkungen auf ganz Ostfriesland und wird die Jeveraner wütend machen.«

Nun wurde Jan doch neugierig, kehrte um und sah den Mann fragend an. »Hat sich Gräfin Anna denn mit Karl V. überworfen?«

»Nein, nicht direkt«, hob der Mann an. Er schien froh zu sein, mit seinem Wissen glänzen zu können. »Sie erkennt seine Autorität an, aber sie gibt den Lutheranern und Reformierten eine Akzeptanz, die dem Kaiser nicht gefällt. Johannes a Lasco hat schließlich mit der katholischen Kirche gebrochen, und er ist vor drei Jahren als Superintendent in die oberste Kirchenleitung des Landes berufen worden. Er steht Zwingli nah und will die Aktivitäten der Papisten einschränken, das kann Karl V. nicht gutheißen.«

Jan nickte. Das war für ihn natürlich von Vorteil, denn die Reformierten würden den Täufern immer größeren Spielraum lassen, als es die katholische Kirche je tun würde. Noch gewährte Gräfin Anna ihnen hier Schutz und erlaubte ihnen, ihren Glauben auszuüben. »Was steht sonst in dem Erlass?«, fragte er weiter.

Der Mann schien gut informiert, woher auch immer er sein Wissen hatte. »Sie hat außerdem Verfügungen über den Bierausschank erstellt, das Armenwesen neu strukturiert, das Schulwesen … Alles. Sie hat ganze Arbeit geleistet.«

»Und die Täufer?« Jan wagte es jetzt, diese Frage zu stellen. In dem Zusammenhang erschien es ihm nun unverfänglich. »Die Mennoniten hatten doch bislang in Ostfriesland ein Aufenthaltsrecht. Sie werden mit ihrem Einfluss das wirtschaftliche und kulturelle Leben hier nachhaltig prägen. Was ist mit den Täufern?«

Der Mann kratzte sich am Kopf. »Johannes a Lasco möchte auch sie verbannen, aber Gräfin Anna geht vorsichtig vor. Wenn Ihr mich fragt: Sie sympathisiert mit ihnen, aber sie wird nicht den Fehler machen, eindeutig Position zu beziehen, weil sie das Erbe ihrer Kinder wahren möchte. Sie windet sich. Immerhin sagt sie: Wenn jemand, der nur wegen seines Bekenntnisses zum Evangelium vertrieben ist, um Aufnahme bittet, soll man ihm diese nicht verweigern, damit Stadt und Land sich an Einwohnern mehre. Deshalb werden die Mennoniten bleiben und auch weiterhin kommen dürfen. Vorerst.«

Jan atmete auf, hakte dann aber nach. »Warum vorerst? Woraus schließt Ihr das?«

Der Mann wiegte den Kopf. »Weil es nur eine Frage der Zeit ist. Kaiser Karl V. hat nicht gerade positiv auf die Gesetze reagiert. Er droht mit Krieg gegen die protestantischen Landesfürsten. Wir sind alle sehr unruhig.«

Krieg also, dachte Jan. Wieder Blutvergießen für den Glauben, obwohl über ihnen doch eigentlich der gleiche Gott wachte. Jan hätte sich gern weiter mit dem Mann unterhalten, das, was er eben gehört hatte, war mehr als brisant. Es würde Auswirkungen auf das Leben der Menschen auch in der Herrlichkeit haben, konnte ihre Ziele vielleicht zunichtemachen. Nun wusste er, warum die Ankunft des Mannes aus Amsterdam vielleicht so ausschlaggebend war.

Aber jetzt sagte ihm ein Blick auf den Schiffer, dass er sich sputen musste, denn Garbrand wartete noch in der Herberge auf ihn. Der hatte sich am Morgen elend gefühlt. In der Nacht hatte er zu husten begonnen, und das klang nicht gut. »Ich danke Euch für die Auskunft!« Jan nickte dem Mann nachdenklich zu.

»Eine gute Reise!«, sagte der Mann.

Der Arzt wandte sich wieder dem Schiffer zu und handelte einen Preis für die Mitnahme aus. Dann machte er sich auf, Garbrand zu holen. Es war nach dem Erlass für ihn als katholischen Mönch besser, sich nicht offen in den Straßen Emdens zu zeigen.

Garbrand saß schon auf den geschnürten Bündeln, war kalkweiß im Gesicht und hustete vor sich hin. Jan betrachtete seinen Freund, legte ihm die Hand auf die Schultern. »Am besten wäre, wenn wir hierblieben. Doch Emden ist im Augenblick kein Pflaster für uns. Vor allem nicht für dich.«

Garbrand sah den Arzt an, schwieg aber.

»Die Reise kann dein Tod sein«, begann Jan wieder. Er schien ernsthaft zu überlegen, ob sie die Fahrt aufschieben sollten.

Der Mönch schüttelte den Kopf. »Wir fahren. Wenn Gott bescheidet, dass er mich zu sich ruft, dann ist es so und würde auch in dieser Stadt passieren.« Er stand auf, griff nach seinem Bündel und folgte dem Arzt mit schleppendem Schritt.

Tyde wusste, dass Krechting ihr Erscheinen erwartete, ja, verlangte. Sie war Cornelius' Witwe, hatte Verpflichtungen. Doch ihr fehlte der Glaube an das neue Bekenntnis, sie zweifelte nicht daran, dass ihr Gatte genau deswegen hatte sterben müssen. Sie alle mussten sich hier verstecken oder wie Krechting, Schemering und auch ihr eigener Mann einen anderen Glauben annehmen, damit sie überhaupt existieren konnten. Wie sollte so etwas funktionieren?

Cornelius hatte ihr von den vielen Frauen erzählt, die sie in Münster gehabt hatten. Hier war es wieder verpönt, und doch hatte sich ihr Mann nicht daran gehalten, weil seine Triebe zu stark gewesen waren. Sie war damit nur schwer klargekommen, hatte aber von frühester Kindheit an gelernt, dem Mann zu gehorchen und ihm eine treu sorgende Ehefrau zu sein, sodass sie nicht dagegen aufbegehrt hatte. Zumal sie Cornelius auch achtete. Er war, neben Krechting, für die meisten hier der Erretter gewesen, der Mann, dem man vertrauen konnte. Der, der die Geschicke der Herrlichkeit mit großer Umsicht lenkte und auch zu den Arbeitern gerecht gewesen war. Das hatte sie immer wieder gehört.

Doch nun sah ihr Leben anders aus. Sie war in die Kleidung einer Zofe gesteckt worden und diente der Häuptlingswitwe. Die war allerdings eine umgängliche und keine launische Herrin, außerdem hatte Tyde eine eigene Kammer und wirklich gutes Essen, wo Hebrich das auch immer auftreiben ließ. Auch Krechting schien es besser zu haben als die anderen hier. Seinem Bauch nach darbte er nicht und musste sich nicht mit gestreckter Suppe oder Dünnbier zufriedengeben.

Tyde warf einen Blick auf den Burghof. Sie würde heute nicht an der Zusammenkunft teilnehmen, wollte mit alldem nichts mehr zu tun haben. Sie hatte nur noch eine Aufgabe im

Leben, und die bestand darin, dieses kleine Wesen, das sie unter dem Herzen trug, gesund auf die Welt zu bringen, es zu beschützen gegen alle Einflüsse, die es das Leben kosten konnten. Das Treiben der Täufer in den Katakomben aber war, egal, welchen Glauben sie nach außen auf der Stirn trugen, gefährlich. Noch war es weder den Mennoniten noch den Münsteraner Täufern verboten, ihren Glauben zu leben, doch Tyde hatte in Gesprächen zwischen ihrem Mann und Krechting Gerüchte gehört, dass der Wind aus Emden bald schärfer wehen würde, dass der Kaiser dem Ganzen Einhalt gebieten wolle. Sie aber würde nichts tun, was das Leben ihres Kindes gefährdete. Tyde musste es schützen, koste es, was es wolle. Sie wollte keine heimliche Täuferin mehr sein. Sie gehörte dem reformierten Glauben an, genau wie Hebrich, und sie besuchte die Gottesdienste in Dykhusen, die sie viel mehr erfüllten als das Geschwätz bei den Zusammenkünften der Täufer. Warum sollte sie eine Glaubensgemeinschaft unterstützen, die das Leben ihres Mannes auf dem Gewissen hatte? Eine Gemeinschaft, die sich nicht um einen Jungen sorgte, der durch die Wälder stromerte und wie sie eine verlorene Seele war. Ein Knabe, den sie versorgt hatte, es aber geheim halten musste. Tyde fragte sich, was nun aus ihm werden würde. Er war ganz allein. Er, ihr großes Geheimnis.

Würde ihr Mann noch leben, hätte sie für den Rest ihres Lebens ausgesorgt, hätte sich um den Jungen kümmern können, ohne dass es jemand bemerkt hätte. Nun war sie die Zofe der Häuptlingswitwe. Was für ein Abstieg. In ihr begann sich etwas zu regen, und das fühlte sich nicht gut an. Es war eine unbestimmte Wut. Zunächst richtete sie sich gegen die Situation, dann aber forcierte sie sich immer stärker auf einen bestimmten Mann.

Seine Stimme wurde lauter und lauter, dann sah sie ihn tatsächlich in seiner vollen Gestalt auf dem Burghof stehen, umringt von Mennoniten und heimlichen Täufern aus Münster. Alle hingen gefesselt an seinen Lippen. Er geleitete seine Anhänger heute nicht in die Katakomben, er ließ alle auf dem Hof um sich versammeln. Was er dann verkündete, war für Tyde so unglaublich, dass sie sich am Fenstersims festhalten musste. Krechting verkündete, dass er von dem heutigen Tag an als Kirchen- und Armenvorsteher der reformierten Kirche tätig sein würde und sich selbstverständlich weiter auch für die Leute im Lager verantwortlich fühlte. Seine Stimme wackelte kein bisschen, er stand wie ein Baum im Sturm und gab seinen Umschwung bekannt, als sei es das Normalste der Welt.

Die Leute senkten die Köpfe, Tyde konnte nicht ausmachen, ob sie das guthießen oder nicht. Vielleicht verstanden viele diese Aussage nicht bis in ihren Kern, denn eines war damit klar: Krechting rettete seine Haut, denn so war er zumindest von der Herrin geschützt und konnte auch auf den Beistand der Gräfin Anna hoffen, wenn der Kaiser dem wilden Glaubenstreiben in Ostfriesland ein Ende setzen wollte.

»Du hast meinen Mann auf dem Gewissen, Hinrich Krechting«, flüsterte Tyde. »Ich könnte dich umbringen, du Sohn einer räudigen Hündin!« Nun wusste sie, was für ein Gefühl sich in ihr breitgemacht hatte: Es war der blanke Hass.

Hiske erreichte den Burghof etwas später als die anderen, da sie abgewartet hatte, ob man sie nicht bemerkt hatte. Sie war Adele gefolgt, nachdem sie spät am Abend eine Tür hatte knarren hören. Sie hatte einen Augenblick überlegt, was sie tun sollte. Wenn sie herausfinden wollte, was die Menschen in der Nacht taten, hatte sie keine andere Wahl, als ihnen zu folgen. Sie wollte, musste mit den Menschen hier leben, und wie sollte sie sie verstehen, wenn man ihr die Grundlagen des Zusammenlebens vorenthielt? Sie war sich mittlerweile sicher, dass sie auf die *vogelfreyen* Täufer aus Münster gestoßen war, die sich in der Herrlichkeit mit den aus Holland geflohenen Mennoniten verbrüdert hatten und heimlich ihrem Glauben frönten. Zu viele Dinge sprachen dafür, sie hatte in den letzten Tagen ihre Ohren und Augen weit geöffnet. Aber sie wollte die Gewissheit haben, nicht nur eine Ahnung.

Auf dem Weg zur Burg hatte Hiske eine große, schemenhafte Gestalt erkannt, die immer mal auftauchte und dann verschwand wie ein Schatten, der nicht recht wusste, zu welchem Körper er gehörte. Der Wortsammler hielt sich also ständig in der Nähe der Wagenburg auf, vermutlich stahl er dort Kleidung und etwas zu essen. Er war ein armer Wicht, in jeder Hinsicht völlig zurückgeblieben. Obwohl Hiske ihn nicht für verrückt hielt, sondern einzig für eine verwahrloste Seele.

Der Wortsammler und seine Herkunft waren das nächste Rätsel, das Hiske zu lösen hatte. An den Mord von Cornelius von Ascheburg mochte sie gar nicht denken, und sie wollte damit auch nichts zu tun haben. Sie hatte ihn weder gekannt noch war sie schon im Lager gewesen, als man ihn umgebracht hatte. Na ja, nicht ganz, mahnte sie eine innere Stimme. Du bist genau zu dem Zeitpunkt hier angekommen, als er ermordet wurde. Pass bloß auf, dass das nicht allzu vielen einfällt, wenn sie den wahren Mörder nicht finden. Wie schnell man in Zeiten wie diesen dabei war, ein Menschenleben nach Gutdünken auszulöschen, hatte sie mehr als einmal erfahren. Es wurde ausgelöscht wie die Glut der Feuerstellen, wenn es der Obrigkeit gefiel.

Sie war zu spät auf den Burghof gekommen, so hatte sie nur das Ende von Krechtings Worten gehört. Es musste jedoch eine flammende Rede gewesen sein.

Jetzt stand der Mann inmitten einer großen Schar Menschen, hob immer wieder die Hand und gebot der Menge zu schweigen. Sein Bart leuchtete im Schein der Fackeln, die an den Burgmauern angebracht waren und deren Flammen wild im Wind zuckten und ein gespenstisches Licht über den Hof warfen. Krechting sah auf die Menschen hinab, wirkte dabei wie ein König, dem die Untertanen bedingungslos gehorchten. Alle standen ehrfürchtig und dicht gedrängt vor ihm, warteten geduldig auf das, was gleich geschehen würde. Krechting öffnete schließlich die Tür zu einem Seitengang der Burg, worin die Menschen so schnell verschwanden, als würden sie hineingesogen.

Hiske war unschlüssig, ob sie ihnen heimlich folgen sollte, mit ihrem dunklen Umhang würde sie wahrscheinlich unauffällig sein, wenn sie die Kapuze tief genug ins Gesicht zog. Doch nach kurzer Überlegung erschien ihr dieses Unterfangen zu riskant. Sie war eben keine von ihnen.

Hiske fragte sich, ob Hebrich von Knyphausen wusste, was in den Katakomben der Burg vor sich ging. Vermutlich nicht, sie würde ein solches Risiko nicht eingehen. Es sei denn, sie gehörte heimlich auch dazu. Soweit Hiske wusste, war Krechting Mitglied der reformierten Kirche und traf sich dennoch mit den Täufern, ja, schien sogar deren Anführer zu sein. Und jetzt war einer aus ihrer Mitte, sein bester Freund, bestialisch getötet worden. In Hiske war es, als habe man eine Kerze angezündet, so klar sah sie die Dinge plötzlich vor sich. »Es war einer von ihnen, ein Wolf im Schafsgewand«, flüsterte sie. Bei dieser Erkenntnis durchlief die junge Frau ein kalter Schauer. Sie ertappte sich dabei, ständig den Blick nach hinten zu werfen, und es reute sie, keinen kleinen Dolch mit sich zu führen. Sie war von einer Höhle des Löwen in die nächste geraten.

Adele hatte ihr einige Dinge erzählt, die sie in diesem Glauben bestärkten.

»Ein neuer Flecken, den man die Neustadt nennen will. Neustadt Gödens. Das wird doch nichts. Zu uns war noch nie jemand gut, noch nie hat uns jemand etwas gegeben, und Hebrich von Knyphausen wird es auch nicht tun. Die macht dem Krechting doch was vor. Für die Deicharbeiten, da sind wir gut genug, und auch, um ihr mieses Bier zu trinken und es mit dem Käse der Holländer schmackhafter zu machen. Aber ob sie uns deshalb Land schenkt, damit wir hier siedeln und womöglich unsere Waren in alle Welt verschiffen können?«

Adele war ein bitteres Lachen über die Lippen gekrochen. »Wer weiß, wie hoch ihr Preis dafür ist. Ich traue kaum noch einem Menschen, Hiske. Nie mehr.« Beim letzten Satz hatte sich der Tonfall verändert. Adele klang verletzt, ängstlich. Hiske wollte erst nachfragen, aber ein Blick in die Augen ihrer Gastgeberin hielt sie davon ab. Sicher würde sie ihr eines Tages erzählen, was in Münster vorgefallen war. Jetzt war nicht der rechte Zeitpunkt. Daher hatte sie nur gefragt: »Gibt es eigentlich Menschen auf der Welt, denen du vertraust?«

Adeles Antwort war ein kurzes, heftiges Kopfschütteln gewesen. »Es gibt nur sehr wenige, das glaube mir.«

Hiske beschloss, zunächst abzuwarten und auszuharren, bis die Menschen wieder aus dem Keller kamen. Mit etwas Glück konnte sie ein paar Gesprächsbrocken aufschnappen und ihre Theorie bestätigt sehen. Sie fragte sich zum wiederholten Mal, ob es wirklich eine gute Idee gewesen war, genau hierhergeflohen zu sein. In Jever galt sie als Toversche, da war sie zwar die Zauberin, aber auch eine angesehene Hebamme gewesen, für die vielleicht auch jemand ein zweites Mal eine Bürgschaft übernommen hätte, damit sie freikam. Vielleicht hätte sie es darauf ankommen lassen sollen. Mach dir nichts vor, Hiske Aalken, schalt sie sich dann jedoch selbst. Dich hätte keiner mehr freigekauft. Niemand hätte den Mut aufgebracht.

Hier in der Fremde war sie eine Außenseiterin, der kaum einer über den Weg traute und die von vorneherein von der Sache ausgeschlossen wurde, die diese ganze Gemeinschaft zusammenhielt. Dieses Band ließ die Menschen den Dreck und die Widrigkeiten der Lebensumstände hier aushalten.

Hiske fror, sehnte sich tatsächlich in ihre Kammer nach Jever zurück, nach ihrer geregelten Arbeit, nach dem alten Leben, bevor das Unheil der Anklagen über sie hereingebrochen war. Sie war so entsetzlich allein, auch zu Adele hatte sich in der kurzen Zeit nicht so schnell ein Band spinnen können. In der Stadt waren zumindest ein paar Frauen gewesen, die ihr wohlgesonnen waren. Am meisten vermisste sie Gesche, die einen so grausamen Tod hatte erleiden müssen. Sie musste sich eingestehen, dass das anfängliche Wohlgefühl, das sie in der neuen Kammer bei Adele empfunden hatte, schon jetzt einer großen Leere gewichen war. In fast jedem Gespräch, egal mit wem sie es führte, kam der- oder diejenige auf den Mord zu sprechen, und jeder von ihnen schien Angst zu haben. Es war, als habe sich mit dem Tod von Ascheburgs eine Schlange in das Leben eingenistet und warte nun versteckt darauf, erneut ihre Zähne in das nächste Opfer schlagen zu können. Sie suchten nach ihr, doch fanden sie sie nicht. Wer von ihnen hatte sich so sehr der Gemeinschaft entzogen, dass er tötete? Welchen Hass, welche

Beweggründe gab es, wo sie doch scheinbar alle so fest miteinander verschworen waren?

Hiske sah in den Himmel, der sich düster und mit schweren Wolken verhangen über dem Land wölbte. Aus dem Keller drang kein Laut. Es wirkte wirklich beinahe so, als wären sie in eine andere Welt verschwunden. Hiske drückte sich an den Wänden des Burghofes herum, nahm den Geruch der vor sich hinkokelnden Feuerstellen wahr, roch den Unrat, der noch vom Abend herumlag, und betrachtete den Abort, der in der hintersten Ecke des Hofes lag. Gerade, als sie sich entschlossen hatte, doch nach Hause zu gehen, hörte sie eine Frauenstimme. »Was tust du hier?«

Hiske schreckte zusammen, sie hatte nicht erwartet, dass sie beobachtet wurde. Ihr lief es eiskalt den Rücken herunter, als sie der Frau des Baders Dudernixen gegenüberstand. Ihr Blick war kalt, irgendwie leblos und alles andere als freundlich.

»Warum bist du auf dem Burghof?« Die schneidende Stimme passte zu ihrem Auftreten.

»Ich warte«, sagte Hiske.

»Du brauchst auf gar nichts zu warten, Hebamme! Es kommt kein Kind, und ansonsten hast du um diese Zeit an der Burg nichts verloren.«

Hiske überlegte, wie sie ihre Anwesenheit hier mitten in der Nacht erklären sollte. »Es hat jemand an mein Fenster geklopft und gesagt, Maria ginge es schlecht. Da bin ich hergekommen. Das ist meine Arbeit, Badersfrau, auch wenn es Euch nicht gefällt. Krechting hat es so bestimmt!«

Magda Dudernixen kniff die Augen zusammen. »Du lügst doch, wenn du den Mund aufmachst! Kein Mensch hat an dein Fenster geklopft. Was auch immer du hier willst … wir wollen dich hier nicht, geh dahin zurück, wo du hergekommen bist.« Sie machte eine kurze Pause. »Oder kannst du das nicht?«

Hiske spürte einen dicken Kloß im Hals. Die Worte der Badersfrau gefielen ihr nicht. Es lagen zu viel Doppelsinnigkeit und Anspielung darin.

»Mach, dass du verschwindest!«, hob Magda Dudernixen wieder an. »Du hast hier nichts verloren!« Sie deutete mit dem Kopf in Richtung Burgtor.

Hiske machte auf dem Absatz kehrt und verschwand in die Dunkelheit. Über dem Moor verharrten wieder leichte Nebelschwaden, hin und wieder hörte es sich an, als seufzte der nasse Boden. Wo zum Teufel bin ich nur hingeraten, dachte Hiske.

Kapitel 8

Jan Valkensteyn hatte schlecht geschlafen. Sie hatten Emden am Vortag verlassen, die Winde standen gut, und sie kamen voran. Dennoch dauerte die Reise seinem Gefühl nach viel zu lange, denn wenn alle zwölf Stunden die Ebbe einsetzte, fielen sie trocken. Stundenlang verharrten sie dann auf dem Schlick, bis das Boot bei Flut wieder genug Wasser hatte. So verging eine nutzlose Stunde nach der anderen.

Auch jetzt lag das Wattenmeer in der Dämmerung vor ihm, zwang die Mannschaft zur Pause. Alle nutzten die Zeit, um zu schlafen, damit sie beizeiten wieder bei Kräften waren, doch Jan gelang es nicht.

Vorhin hatte es heftig geregnet, und sie waren allesamt bis auf die Haut durchnässt worden. Garbrands Husten hatte sich massiv verschlechtert, und er lag mit Fieber in einer Ecke des Schiffes. Jan war in Sorge um den Mönch. Er war blass und verschwitzt, antwortete nur schwach und war froh, wenn man ihn nicht ansprach. Jan hoffte, dass er diese beschwerliche Reise überleben würde, denn es war feucht, ungemütlich und viel zu kalt. Der herannahende Frühsommer hatte sich in der ostfriesischen Weite noch nicht durchgesetzt.

Jan hatte Garbrand in die hinterste Ecke des Schiffes verbannt, ihn mit Decken zugedeckt und die Ritzen in den Planken gegen den kalten Wind abgedichtet. Der alte Mönch war ihm in der kurzen Zeit ihres Zusammenseins sehr ans Herz gewachsen. Als er ihn völlig betrunken und verwahrlost in Amsterdam aufgelesen hatte, hatte er geglaubt, sich einen völligen Nichtsnutz ans Bein gebunden zu haben. Aber dann war ihm doch schnell klar geworden, was für ein feiner Mensch Garbrand war. Für nichts war er sich zu schade, und Jan war sich sicher, dass er für ihn durchs Feuer gehen würde. Einzig mit seiner Vorliebe für guten Wein und Bier war nicht immer einfach umzugehen.

Jan starrte in den Morgenhimmel, an dem sich ein leichtes Rosa abzeichnete und auf den anbrechenden Tag hinwies. Jan überlegte, wie lange die Reise noch dauern würde. Van Ee hatte ihm darüber keine Auskunft gegeben, weil auch er es nicht vorhersagen konnte. »Kommt auf den Wind an«, hatte er in seinen Bart gebrummt und weiter auf die Nordsee gestarrt.

Je näher sie aber ihrem Ziel kamen, desto mehr schien der Brief unter Jans Hemd zu brennen. Es war, als wolle er ihn warnen, dass er sein Leben riskierte. Die Dinge, die er in Emden gehört hatte, machten es nicht besser. Als Jan jetzt in den Himmel starrte, war er nicht mehr sicher, ob er auf der richtigen Seite war. Vielleicht sollte er sich besser auf seine Medizinstudien konzentrieren, als für etwas sein Leben zu riskieren, wovon er selbst nicht wusste, wie er wirklich dazu stand. Es gab gerade in der Medizin so viel, was er hinterfragen und erforschen musste. Die Viersäftelehre war falsch, Vesalius und die anderen hatten andere Ansätze, denen er nachgehen musste, die er beweisen und für sich und seine Arbeit anwenden wollte. Stattdessen floh er vor einem Leben, das er selbst zerstört hatte, und stürzte sich in einen Glaubenskampf, der eigentlich gar nicht seiner war. Aber es betäubte seine Schuld, lenkte von dem ab, was er getan hatte.

Er bohrte seinen Blick in den Horizont, der nun schon in hellen Farben erstrahlte. Wieder griff er nach der Botschaft und überlegte kurz, ob er sie einfach in den Nordseefluten versenken sollte, wenn das Wasser das Boot wieder umspülte. Er konnte weiterfahren nach Bremen, denn dorthin wollte der Kapitän, nachdem er die Herrlichkeit wieder verlassen hatte. Dort konnte er neu beginnen. Niemand kannte seine Vergangenheit, und er musste nicht für eine Sache kämpfen, die nicht die seine war. Doch dazu müsste er sich selbst verzeihen, und das war im Augenblick noch ein Ding der Unmöglichkeit.

Jans Herz zog sich zusammen. Immer, wenn er diese Gedanken zuließ, schob sich ein Gesicht vor sein inneres Auge. Er hatte versagt, auf ganzer Linie. Nicht als Arzt, sondern als Mensch und als Freund hatte er gesündigt, sodass es egal war, welcher Religion er fortan diente. Er würde sein Seelenheil nicht wiederfinden, es war ihm nie wieder vergönnt, glücklich zu sein. Keine Ablenkung der Welt hatte es bis jetzt vermocht, seine Ruhelosigkeit zu bändigen, ihm seinen Frieden zurückzugeben. Das war sein Schicksal, unabdingbar und in Stein gemeißelt. Er musste den Brief überbringen, durfte ihn nicht der See übergeben, denn das würde weitere Menschen ins Unglück stürzen. Die, die sich auf ihn verließen.

Er würde sich sein Leben lang in Gefahr begeben, weil er nie einen Grund finden würde, es nicht zu tun. Auf ihn wartete niemand, und so konnte er auch Krechting und seinen Leuten helfen. Sie waren in Jans Augen die ehrlichsten Gläubigen, wenn es so etwas überhaupt gab. Er hatte von Ascheburg einmal persönlich kennengelernt, war von seiner charismatischen Art, seiner Überzeugung, die von innen her brannte, fasziniert gewesen. Krechting sollte noch imposanter sein, noch beeindruckender. Er hatte ebenfalls an der Seite Jan van Leydens in Münster gelebt und vermutlich eine Menge von seiner Energie mitbekommen.

Jan war von Ascheburg kurz nach dem Tod der Frau begegnet, die ihn bis heute an einem zufriedenen Leben hinderte. An Glück mochte er ohnehin nicht mehr glauben, das stand ihm nach seinem Verhalten nicht mehr zu. Er, der diese Schuld auf sich geladen hatte und sich von jetzt an selbst als *vogelfrey* betrachtete.

Von dem Zeitpunkt an war es Jan wichtig gewesen, sich zu beweisen. Er hatte sich auf Dinge eingelassen, die er besser hätte nicht tun sollen, denn nun klebte auch an seinen Händen das Blut Unschuldiger. Erst mit Garbrands Auftauchen war ihm das bewusst geworden, doch nun war es zu spät. Er steckte so tief in der Sache, dass er nicht wieder herauskam, obwohl ihm in Augenblicken wie diesem klar wurde, dass sich die Schlinge um seinen Hals immer fester zog und er vielleicht schon bald den Kopf für immer in die moorige Erde tauchen würde. Jan fand es selbst erschreckend, wie egal ihm das war.

Garbrand hustete erneut, es war überall an Deck zu hören. Der Husten klang schauderhaft, nur waren dem Arzt die Hände gebunden. Es gab kein heißes Wasser, mit dem er dem Mönch hätte Kräuterwickel machen können, seine ihm verabreichte Medizin hatte kaum Linderung gebracht. Jan hoffte, dass Garbrand das feuchte Klima Ostfrieslands gut vertragen würde, schließlich war ja auch England nicht mit Trockenheit gesegnet. Im Augenblick wäre es am besten für ihn gewesen, wenn er irgendwo in den Süden hätte reisen können, zum Beispiel nach Rom in die Heilige Stadt oder wenigstens nach Pisa. Doch ohne Jan wollte er das nicht. Sie waren aneinandergekettet, zwei Ertrinkende, die sich gegenseitig über Wasser hielten, ohne den wirklichen Grund zu kennen, warum sie überhaupt dort trieben.

Jan sah hinunter zu den Planken, die leicht knirschten und zu schwanken schienen. Die Flut hatte das Schiff eben vom Watt gehoben, und sie würden ihre Reise in das abgelegene

Stück Welt fortsetzen. »Ich glaube, ich brauche wieder festen Boden unter den Füßen«, flüsterte er.

Hinrich Krechting blickte auf die angrenzenden Wiesen und ließ die letzte Zusammenkunft an sich vorüberziehen. Die Leute hatten es mit einer stoischen Ruhe hingenommen, dass er nun die neuen Ämter bekleidete. Viele hatten es sogar als Vorteil für die Täufer gesehen, weil gerade sie der Armenfürsorge besonders oft bedurften und sie nun einen von ihnen bitten konnten. Ein paar hatten jedoch enttäuscht mit dem Kopf geschüttelt, aber geschwiegen.

Krechting hatte sie danach in die Katakomben geführt, ihnen damit den Wind aus den Segeln genommen. Es war ein kluger Schachzug gewesen, den er vorher schon genau so geplant hatte. Diese Rechnung war aufgegangen, denn schnell war auch dem letzten Zweifler klar geworden, dass die Übernahme dieser Ämter ein Schutz für sie alle war und sich nichts, aber auch gar nichts änderte. Sie hatten im Keller der Opfer gedacht, für Maria van Beckum und Ursula von Werdum gebetet, die an einen Pfahl gebunden im Feuerrauch erstickt waren. Und für all die anderen, die als Ketzer ihr Leben lassen mussten. Karl V. ging erbarmungslos vor, hatte in den Niederlanden so viele von ihnen töten lassen. Die Scheiterhaufen loderten, und der Gestank von verbranntem Menschenfleisch zog durch die Städte. Jedem Einzelnen gedachten die Täufer in ihren Gemeinden, denn jeder Einzelne war einer zu viel. Sie würden es eines Tages allen zeigen, ihr Reich errichten und nach ihrem Glauben führen und verwalten. Münster war nur die Vorstufe gewesen. Egal, welchen Glauben er sich nach außen hin auf das Wams geschrieben hatte: Er war und blieb in seiner Seele ein Täufer aus Münster, und keine weltliche Macht dieser Erde würde ihn daran hindern.

Krechting blickte in die entschwindende Nacht, die mehr und mehr dem Morgen wich. Cornelius von Ascheburg hatten sie beigesetzt, doch sie waren dem Täter keinen Schritt nähergekommen. Krechting vermisste seinen alten Freund und Weggefährten. Sie hatte eine tiefe und enge Freundschaft verbunden. Cornelius hatte immer ein offenes Ohr gehabt, und mit keinem hatte er über den Glauben so tiefgründig und ehrlich diskutieren können wie mit ihm. Auch Wolter als sein Neffe war ihm nie so nahegekommen. Der war ehrgeizig, wollte vorankommen, doch Cornelius und er hatten Visionen gehabt. Sie hatten zusammen die neue Stadt am Siel geplant, sogar schon Straßen und Gassen entworfen, den Hafen nach holländischem Vorbild gezeichnet. Cornelius war eigens nach Holland gereist, um sich die Häfen anzusehen. Ihre Köpfe hatten geraucht, doch schließlich gab es diesen neuen Flecken, zumindest auf dem Papier. Die Neustadt oder wie Hebrich es lieber wollte: Neustadt Gödens. Nun stand er allein vor der Aufgabe, sie zu bauen, das Ganze zu organisieren. Wolter war mit seinen Aufgaben als Landrichter genug beschäftigt, und er hatte auch nur wenig Interesse, sich dort einzubringen. Hinrich hatte lange überlegt, wen er nun nach von Ascheburgs Tod einbinden sollte, doch es gab einfach niemanden mit der Weitsicht und Zuverlässigkeit seines alten Freundes. Er hieb mit der Faust gegen die andere. Wer hatte es gewagt, Cornelius zu töten?

Hinrich verstieg sich immer mehr zu der Annahme, dass es keiner aus den eigenen Reihen gewesen sein konnte. Alle kamen sie zu den heimlichen Gottesdiensten, ein Teil aber auch zu denen in der reformierten Kirche, die erlaubt und sogar gewünscht waren. Keiner hatte heute aufbegehrt, und alle Augen waren wie immer ehrfurchtsvoll auf ihn gerichtet gewesen. Es war richtig, was er tat, er sollte nicht zweifeln.

Und doch lief es nicht so, wie es sollte. Sein bester Freund war ermordet worden. Was nur lief ohne sein Wissen aus dem Ruder?

Krechting vernahm Schritte, und als er sich umdrehte, betrat Dudernixen seinen Garten.

»Die Hebamme war in der Nacht im Burghof.« Der Bader blies Krechting seinen fauligen Atem in den Nacken. Der wich zurück, er wollte in seinen Gedanken nicht gestört werden, er wollte schon gar nicht mit Dudernixen am frühen Morgen über diese Dinge reden. Er wollte einfach seine Ruhe und endlich auch trauern dürfen.

»Sie ist uns gefolgt, hat gesehen, wo wir hingegangen sind. Sie ist zu neugierig.«

Krechting zuckte zusammen. Es wäre besser, die Hebamme würde so etwas nicht tun, sie war keine von ihnen, er hatte ihr lediglich Schutz gewährt. Sie sollte nicht zu neugierig sein, das wäre ihr Verderben. Ein Kopf war rasch von den Schultern gefegt, ein Dolch schnell zwischen die Rippen gestoßen. Cornelius' Tod war das beste Beispiel.

»Sie ist in der Nacht, als Cornelius ermordet worden ist, hier aufgetaucht«, stichelte Dudernixen weiter. »Und jetzt schnüffelt die hier herum. Sagtet Ihr nicht, sie kommt aus Jever?«

Schon die Erwähnung Jevers ließ alle Menschen in der Wagenburg hellhörig werden, denn Täufer war dort das schlimmste Schimpfwort, das man sich vorstellen konnte. In Jever gab es keinen mehr von ihnen, selbst die gemäßigteren Mennoniten waren dort nicht geduldet.

»Sie kommt aus Jever«, hob Krechting an, »als Flüchtling. Wie wir alle hier.« Er wählte seine Worte bewusst, denn wenn er Dudernixen jetzt die Wahrheit sagte, wäre das Wasser auf seine Mühlen. Auch wenn er recht hatte, dass Hiske Aalken unmittelbar nach dem Mord in der Herrlichkeit aufgekreuzt war, so wollte er dem Verdacht doch erst gezielt selbst nachgehen, bevor er verriet, warum sie geflohen war. »Sagt mal«, fragte er den Bader, »woher wisst Ihr denn, dass sie während des Gottesdienstes auf der Burg war?« Krechting hatte Dudernixen währenddessen die ganze Zeit im Blick gehabt. Der Bader konnte Hiske also nicht gesehen haben. Dudernixen wand sich. Er schien nicht damit gerechnet zu haben, dass Krechting nachfragte.

»Und?«

»Magda hat sie gesehen.«

»Euer Weib war also nicht mit unten? Warum nicht?« In Krechting begannen alle Alarmglocken zu läuten. Wenn Magda Dudernixen einfach dem Gottesdienst fernblieb, konnte er nicht ausschließen, dass sie abtrünnig wurde. Das war gefährlich. Denn für alle Täufer waren diese Begegnungen das Elixier, mit dem sie das Warten überbrückten und ihre Hoffnung stärkten.

»Es ging ihr nicht gut«, stammelte Dudernixen, der merkte, dass er sich selbst eine Falle gestellt und seine eigene Frau verraten hatte. Das Weib, das ihn mit von Ascheburg so schändlich hintergangen hatte.

»Euer Weib war also nicht dabei«, wiederholte Krechting und ließ den Bader einfach so stehen.

Die Leute hatten sich in der Nacht wieder auf dem Burghof versammelt. Die Frau, die so gut roch, war ihnen gefolgt. Sie hatte ihn aber nicht gesehen. Er war in die Wagenburg geschlichen und hatte sich etwas Brot und Dünnbier besorgt. Danach war ihm die Idee gekommen, die komischen Dinger mit den langen Stielen und den Eisenteilen am Ende einzusammeln und in die Graft zu werfen. Sie sollten diesen Wall nicht weiterbauen, der Wortsammler hatte kein gutes Gefühl dabei. Er wollte nicht, dass sie das Meer ärgerten, denn wenn es erst böse mit den Menschen war, gäbe es keine Fische und keine Muscheln mehr, weil es sie mit hinausnehmen würde bis an den Strich, der das Meer vom Himmel trennte. Der Wortsammler hatte die Fischer beobachtet, die den Bau dieses Walles mit Argwohn betrachteten. Sie waren am Fuß entlanggelaufen, hatten später die Steinanlagen genau betrachtet und danach ihre Schiffe dort festgemacht. Warum wollten die Menschen diesen Wall? Der Wortsammler war böse deswegen und hatte dann wirklich diese Eisenstiele eingesammelt. Nun konnten sie nicht weitermachen.

Er hatte gesehen, dass die Frau vom Weib des großnasigen Mannes beschimpft wurde. Das Weib hatte auch schon nach ihm, dem Wortsammler, geschlagen. Sie war ein böses Weib. Der Wortsammler hatte damals sofort nach dem Messer in seinem Strumpf gegriffen. Hätte sie nicht aufgehört, dann hätte er es ihr gezeigt. Alle waren böse zu ihm, sogar die, die er kannte. Er mochte nur die Frau, die so gut roch.

Hiske hatte sich nach ihrem nächtlichen Ausflug in ihre Kammer zurückgezogen. Nun wurde sie von einem einfallenden Sonnenstrahl wachgekitzelt. Sie war nach dem Zusammentreffen mit Magda Dudernixen in Windeseile zurück nach Hause gelaufen, hatte weder nach rechts noch nach links geschaut. Der unverhohlene Hass der Frau hatte sie tief getroffen. Wenn solche Blicke sie trafen, war nie etwas Gutes daraus erwachsen.

Mittlerweile war Hiske aber nicht mehr bereit, alles einfach hinzunehmen und ständig wie ein Opferlamm zum Altar geführt zu werden, damit sich alle Welt an ihren Qualen ergötzen konnte. Irgendwann, als sie in der Burg Jever auf dem kahlen Zellenboden angekettet war und sich eine Eisenschelle tief in ihr Fleisch gefressen hatte, hatte Hiske geschworen, von jetzt an nie mehr am Boden liegen zu wollen, sondern für sich zu kämpfen. In ihr war etwas zerbrochen, ein Stück Glauben an die Welt zerstört. Sie wusste nicht, ob sie je den Mut finden würde, sich wieder als einen Teil von ihr zu sehen. Jeden Menschen betrachtete sie mit einem Argwohn, der ihr schon selbst fast unheimlich war. Nie wagte sie es, jemandem lange in die Augen zu sehen, zu groß war die Furcht, darin wieder Misstrauen und Lüge zu entdecken, zu groß die Angst, dass man sie anschließend bezichtigte, etwas Böses im Schilde zu führen.

Wie schnell ein Mensch den Stab über einen anderen brechen konnte, hatte sie zu schmerzhaft am eigenen Leib erfahren müssen. »Eigentlich haben sie mich erst in den sechs Tagen im Kerker zu der bösen Frau, zu der Hexe gemacht«, sagte Hiske zu sich. Qual und Hass veränderten einen Menschen stärker, als sie vorher zu glauben gewagt hatte. Ihr Herz schien zu Stein erstarrt, ihre Gefühle im tiefsten Moor vergraben.

Sie hatte aber gelernt, diese tief in ihr wohnende Furcht zu verbergen, sodass sie nach außen Ruhe, Sicherheit und Wärme ausstrahlte. Niemand sollte wissen, wie es tief in ihr aussah. Sie holte die Kinder auf die Welt und konnte sich doch an der Schönheit und dem Wunder nicht mehr erfreuen. Hiske erlaubte sich nur selten gute Gedanken, zu groß war die Angst, dass sie für ihre Lebensfreude erneut gestraft werden konnte. Hiske nahm das Leben, wie es kam, plante nicht mehr weit voraus, denn sie hatte gelernt, wie schnell es kippen konnte und auf welch wackligen Beinen die Hoffnung stand. Einzig der Junge, der zu groß für sein Alter und gleichzeitig so verloren in dieser Welt war, hatte ihr Herz gerührt. Für einen Moment war es weich geworden, als sie ihm in die Augen gesehen hatte, die ebenso allein und leer dreinblickten wie ihre.

Magdas Worte, ihr ganzes Auftreten in der letzten Nacht aber hatten Hiske Angst gemacht, sie überstürzt fliehen lassen und der Frau so Oberwasser gegeben. Erst als sie den Burghof weit hinter sich gelassen hatte, war Hiske klar geworden, dass ihr rasches Verschwinden Magda Dudernixen in ihrer Ansicht bestärkt haben musste, Macht über die Hebamme zu haben. In der ganzen Wagenburg würde sie dieses Ereignis für sich ausschlachten und Hiske von vorneherein die Möglichkeit nehmen, hier Anerkennung zu finden. Ihr Platz würde vermutlich weiter außerhalb der Menschen sein, mit denen sie nun lebte. Mit etwas Glück würden sie sie höchstens als Hebamme akzeptieren, und sei es nur, weil Krechting es angeordnet hatte.

Es war den Menschen egal, ob sie Marias Kind gesund auf die Welt geholt, egal, ob sie die Mutter vor dem sicheren Tod gerettet hatte. All das zählte nicht, wenn Magda ihre Geschichten verbreitete. Hiske machte sich nichts vor.

Als sie vor vielen Jahren ihre Lehre zur Hebamme bei der Wangerin in Jever begonnen hatte, war sie in dem festen Glauben gewesen, von jetzt an das Glück auf ihrer Seite zu haben, war das Leben doch zuvor nicht zimperlich mit ihr umgegangen. Hiske kannte die dunklen Seiten des Daseins besser als die hellen und hatte diese Tatsache für sich schon akzeptiert. Die Wangerin jedoch brachte ihr rasch bei, wie warm die Sonne am Tag und wie schön der Mond in der Nacht sein konnte. Wie wichtig es war, den ewigen Kreislauf des Lebens und der Natur zu verinnerlichen. Trotzdem war es eine harte Schule, durch die sie die alte Kräuterfrau schickte. Sie hatte Hiske die Kunst der Kindswendung im Mutterleib gelehrt, sie in die Geheimnisse der Kräuter und Düfte eingeweiht.

»Ich werde so lange leben, bis du alles weißt, was man wissen muss, glaube bloß nicht, ich lasse mich eher vom Herrgott abrufen!« Die Wangerin war schon zu der Zeit ihres Kennenlernens alt und krank gewesen, doch sie hatte Wort gehalten und erst dann die Augen für immer geschlossen, als sie Hiske all ihr Wissen vermacht hatte. In diesem Glauben war sie friedlich in ihren Armen eingeschlafen. Nie hätte sich die Wangerin träumen lassen, dass man Hiske der Zauberei anklagen würde oder sie gar aus Jever fliehen müsste. Die Wangerin war ein Mensch, der immer nur an das Gute geglaubt hatte, und seltsamerweise war ihr auch nie etwas Schlimmes widerfahren. Es schien, als wäre jede Gefahr vor ihr abgebogen, weil man ihr einfach nichts antun konnte, was die innere Sonne der Wangerin zum Erlöschen hätte bringen können. Hiske kam es so vor, als habe selbst das Schicksal großen Respekt vor der betagten Hebamme gehabt.

Im Laufe ihrer Arbeit als Geburtshelferin aber hatte Hiske immer häufiger feststellen müssen, dass die Worte der alten Frau nicht in Stein gemeißelt waren, dass nicht alles stimmte, was sie ihr beigebracht hatte. Oft hatte Hiske in ihrer Kammer gesessen und darüber nachgedacht, wie wichtig es wäre, eine Frau wirklich einmal von innen betrachten zu können, um mehr darüber zu wissen, was in dem Körper vorging, wenn sich ein Kind auf den Weg machte. Doch solche Gedanken galten als Ketzertum, natürlich durfte man Tote nicht aufschneiden. Und als Hebamme schon gar nicht.

Mit Hiske war das Leben wirklich nicht sorgsam umgegangen. Sie musste sich ihren Platz erkämpfen, wo auch immer sie war. Schon früh hatte sie ihre Mutter verloren, ihr Vater war im Kampf gefallen. Und ihre kleine neugeborene

Schwester war der Mutter schon bald als Engel gefolgt. Wenn die Wangerin nicht gewesen wäre, Hiske hätte nicht gewusst, wie sie in der Stadt hätte überleben sollen. Für sie wäre nur das Haus in der Petersilienstraße geblieben. Freier gab es wegen des Hafens genug, und sie hätte zu essen und ein Dach über dem Kopf gehabt. Doch Hiske lernte schnell, sodass die Wangerin sie schon bald nicht mehr missen wollte und ihr gern eine Kammer und das tägliche Brot gab.

Die Hebamme spürte einen Kloß im Hals, hoffte auf die erlösenden Tränen, die Erleichterung verschafft hätten, doch nichts geschah. Sie war ausgetrocknet wie ein See, nachdem es zu lange nicht geregnet hatte. Immer wieder rieb Hiske mit dem Zeigefinger über die Wange, wollte so gern das salzige Nass erspüren, drückte mit der Hand auf den Tränenkanal, als könne sie so die Tropfen zwingen, sich ihren Weg zu bahnen.

Als nichts geschah, schluckte Hiske den Kloß im Hals herunter, atmete tief ein. Sie wollte stark sein, nicht klein beigeben, und sie würde es allen zeigen. Kein toter Cornelius von Ascheburg würde sie davon abhalten, hier Fuß zu fassen und schon gar kein Klatschweib wie Magda Dudernixen, deren Sprache noch immer stark von ihrem holländischen Akzent geprägt war.

Es klopfte an Hiskes Tür, und Adele steckte ihren Kopf herein. »Schon auf? In der Wagenburg braucht man dich. Die Frau vom Schmied liegt in den Wehen.«

»Ich komme. Danke, Adele.« Hiske sprang aus der Bettstatt und ordnete das Strohkissen. Der Sonne nach zu urteilen, war es schon Mittagszeit, sie hatte viel zu lange geschlafen.

»Ich habe dir Leinen zurechtgelegt, das ich gewaschen habe, dann hast du alles beisammen.« In Adeles Stimme schwang viel Wärme mit, die Hiske nach Magda Dudernixens Angriff genoss.

Während die Hebamme in ihr Kleid schlüpfte und Adele es hinten schloss, sagte sie: »Jemand hat den Deicharbeitern alle Geräte geklaut. Es ist alles so unheimlich.«

Hiske zupfte ihr Haar zurecht, schob eine Spange hinein. »Man hat die Geräte gestohlen? Was für Geräte?«

»Na, die Schaufeln und Hacken. Die sind weg. Das war bestimmt der Bastard, nach dem du mich kürzlich gefragt hast. Und wenn du es genau wissen willst: Ich bin davon überzeugt, dass er auch von Ascheburg aufgeschlitzt hat.«

Hiske hielt kurz inne, während sie ihre Sachen zusammenraffte und sich suchend umsah. »Wie kommst du denn darauf?«

»Der ist nicht ganz normal. Weiß nicht, was er tut. Jedem ist er unheimlich. Der wird sich den von Ascheburg geschnappt und getötet haben.«

»Es kann aber auch ganz anders gewesen sein, Adele. Nur weil er zurückgeblieben ist, muss er ja nicht gleich Menschen töten. Wo gehört er überhaupt hin?«

Adele zuckte mit den Schultern. »Das weiß keiner so genau. Er war plötzlich da und dann wieder auch nicht. Er ist ein Schatten«, flüsterte sie. »Ein gefährlicher Schatten, der sich durch die Dunkelheit treibt und Böses im Schilde führt. Er bringt Tod und Verderben mit sich, er ist vielleicht ein Handlanger der bösen Mächte, wer weiß.«

Hiske schüttelte den Kopf. »Ich denke, ihr glaubt nicht an den Teufel, weil er eine Erfindung der Papisten ist. Also sag so etwas nicht!«

»Er ist aber gefährlich. Allein wie groß und stämmig er ist.«

Hiske warf sich den Umhang über. »Er ist ein armer Junge, dem das Leben übel mitgespielt hat. Was redest du? Der- oder diejenige, die für ihn verantwortlich wäre, ist ein Handlanger des Bösen, bestimmt nicht umgekehrt. Ein Mensch ist immer das, zu was er gemacht wird.«

Adele schüttelte den Kopf. »Der Junge ist eine Missgeburt, glaube es mir. Und frag, wen du willst. Alle wissen es.«

Hiske hatte ihr Bündel nun fertiggeschnürt. Sie legte die Hand auf Adeles Unterarm und erkannte die Angst in ihren Augen. »Er ist ein Kind und sicher nicht gefährlich, Adele. Nicht gefährlicher als euer Treiben in der Nacht. Ich bin euch nämlich gefolgt. Du musst mir nichts mehr vormachen.« Damit verschwand Hiske aus der Tür.

Tyde kümmerte sich um Hebrichs Frisur, als sie sah, wie Hiske auf den Burghof eilte. Die Frau umgab etwas, das nicht zu beschreiben war. Tyde empfand Achtung vor dem jungen und durchaus schönen Weib. Aber auch eine gewisse Furcht, die nicht greifbar war und die sie fühlte, seit sie Hiske zum ersten Mal in die eigentümlichen Augen gesehen hatte. Sie waren von einer Färbung, die nicht eindeutig war, aber es waren klare, wache Pupillen, von der grünen Iris scharf umrandet und von der weißen Lederhaut sehr deutlich abgesetzt. In ihnen schlummerte eine Kühle, die sie ängstigte. Hiske Aalken war eine nicht zu erfassende Person.

Gestern Nacht war Tyde nicht mehr zur Versammlung gegangen, auch wenn Krechting es nicht gern sah, doch er konnte eine Schwangere wie sie nicht nötigen, wenn sie vorgab, unwohl zu sein. Kurz bevor alles vorbei gewesen war, hatte sie sich dann doch in den Burghof begeben. Sie wollte guten Willen zeigen, denn sie fürchtete Krechtings Wut. Tyde war ein wenig umhergegangen, und dann hatte es begonnen. Ihr war, als sei sie nicht allein. Egal, wohin sie sich wandte: Da war jemand. Ganz deutlich glaubte sie den Atem eines Menschen zu hören und leise Schritte, die dicht hinter ihr waren, wenn sie sich ein Stück bewegte. Tyde hatte nicht gewagt, sich umzudrehen, sondern war einmal rund um den

Burghof gelaufen, hatte sich auch ins Lager getraut, wollte sich beweisen, dass sie sich irrte und keiner sie verfolgte. Ihre Schritte waren schneller und schneller geworden, bis sie schließlich völlig außer Atem am Eingang zum Keller angelangt war. Bis die anderen aus den Katakomben zurückgekommen waren, war es Tyde aber weiterhin, als schlichen graue Schatten um sie herum, als tanzten unsichtbare Gestalten ihren Reigen. Wo immer sie auch hingesehen hatte, glaubte sie den Rest eines dunklen Umhangs, die Spitze eines Messers aufblitzen zu sehen. Sie hatte das Gefühl gehabt, von Augen durchbohrt und aufgespießt zu werden. Der Feind war ihr auf den Fersen, gab sich nicht mit dem Tod ihres Mannes zufrieden. Er war überall, sie spürte seinen kalten Atem an ihrer Seele lecken. Doch als sie es schließlich gewagt hatte, den Blick über den Hof wandern zu lassen, war nur Hiske zu sehen, die mit starrem Blick an der Burgmauer lehnte und auf irgendetwas wartete.

Selbst jetzt, wo die Sonne hoch am Himmel stand, an einem hellen und freundlichen Mittag im Mai, wo die Vögel aus vollem Halse sangen und das Grün der Bäume sich im Wettstreit mit den bunten Blüten der Büsche und Blumen befand, verschwand das Gefühl der Bedrohung nicht. Jedes Geräusch ließ Tyde zusammenzucken, jeder Windhauch schien, als bringe er Böses oder gar den Tod mit sich. Immer wieder glaubte Tyde, jemand greife nach ihr, taste in den Augenblicken, wo sie nicht aufpasste, über ihren Arm und kralle seine kalte Hand darum. Doch sie war allein mit ihrer Herrin im Ankleidezimmer. Die hatte den Kopf über einen Brief gebeugt, den sie immer wieder studierte, als könne sie dem Inhalt nicht glauben. Sie nickte ständig, räusperte sich, sagte aber keinen Ton zu dem, was sie da las. Tyde musste sich an diesem Ort nicht fürchten, sie war hier sicher.

Doch sie konnte den Gedanken an Cornelius und seine letzten Stunden einfach nicht verdrängen. Es war das schlechte Gewissen, das sie quälte. Sie trauerte nicht um ihren Ehemann, jedenfalls nicht, weil ihr seine menschliche Nähe fehlte. In der Hinsicht war sie beinahe froh, dass sie nicht mehr Teil seines Lebens war. Ihre Person war mehr ein Bruchstück seines Daseins gewesen, ein Mosaiksteinchen, das er brauchte, um sich fortzupflanzen, weil er das, neben dem Glauben, als seine Erfüllung gesehen hatte. Es war ausschließlich sein Leben, um das es die ganze Zeit gegangen war, sie hatte sich zu fügen. Das hätte Tyde nichts ausgemacht, sie konnte sich gut unterordnen, aber Cornelius schaffte es nie, sie als Person wahrzunehmen, ihr eine gewisse Anerkennung zu geben. Nicht als Frau, nicht als Geliebte. Seine Weibergeschichten waren erniedrigend und demütigend gewesen. Es war beschämend, wenn er nach der Magd roch oder nach der Seife der Marketenderin. Der brachte er sogar von dem guten Wein mit, an dem sie, Tyde, gerade mal schnuppern durfte. Es gab zu viele Frauen, die unter ihm, Cornelius, lagen. Er machte auch vor ihr keinen Hehl daraus, sah nicht, wie verletzend sein Verhalten für Tyde war. »Du bist eine Ostfriesische, die Frauen in Münster waren aus einem anderen Holz«, hatte er mal zu ihr gesagt, nachdem er sich von ihr gerollt und dieses Kind gemacht hatte, das nun unter ihrem Herzen wuchs und für das sie in irgendeiner Form aufkommen musste. Als er wusste, dass sie schwanger war, hatte er sie nicht mehr angerührt, war aber immer öfter spät nach Hause gekommen und hatte den Geruch anderer Weiber an seinen Kleidern und seiner Haut gehabt. Ob die Schwangerschaft sie empfindlicher gemacht hatte oder ob es ohnehin so gekommen wäre, Tyde vermochte es nicht zu sagen. Aber von Tag zu Tag war eine Abneigung gegen ihren Mann gewachsen, die sich zunächst darin äußerte, dass sie seinen Atem nicht mehr riechen mochte, dann ekelte sie seine Art zu essen und zu trinken, und schon bald konnte sie seine befehlende Stimme nicht mehr ertragen. Seine Art, in allem immer recht zu haben, sich ständig über ihre Bedürfnisse hinwegzusetzen, als gäbe es sie gar nicht.

Im Laufe der Monate war es zu einem schweigenden Miteinander gekommen, das aber nur ruhig schien, denn unter der geglätteten Oberfläche brodelte es. Weil sie nach außen hin funktionierte. Tyde gab sich weiter Mühe, ihrem Mann ein schmackhaftes Essen zu bereiten mit den wenigen Dingen, die ihnen hier zur Verfügung standen. Sie hielt das Haus sauber, flickte seine Kleidung. So hatte Cornelius nie bemerkt, wie sehr seine eigene Frau ihn verabscheute. Vermutlich wäre es ihm ohnehin gleich gewesen. Er war zu sehr mit sich beschäftigt, war viel zu selbstherrlich, um zu merken, dass er Widerstand hervorrief.

Es gab Nächte, da hatte Tyde mit dem Messer aus der Küche vor seinem Bett gestanden. Ein falscher Atemzug hätte die Mauer zum Einstürzen gebracht, und sie hätte erbarmungslos auf ihn eingestochen. Doch stets hatte sich das Bild des Kerkers vor Tydes Auge geschoben, in dem sie dann das Kind hätte zur Welt bringen müssen, bevor man sie enthauptete oder schlimmere Dinge mit ihr tat. Sie hatte immer gezögert, war letztlich zu feige gewesen. Sie wusste nicht, ob er das Recht gehabt hatte, sie zu schlagen. Sie war ihm einfach kein gutes Weib gewesen, denn dann hätte sie Spaß an der Art gehabt, wie er in sie eingedrungen war. Stattdessen hatte sie die Augen geschlossen und es ihn verrichten lassen wie seinen täglichen Toilettengang, denn er hatte ihr wehgetan dabei. Ein Weib, das den körperlichen Akt dermaßen verabscheute, musste sich über nichts wundern, trug schwere Schuld, denn es war Gottes Wille, sich zu fügen.

Nein, der Tod ihres Gatten berührte sie nicht, wie Tyde jetzt klar wurde. Es war eher der Abstieg von der Frau des Lokators zu Hebrichs Zofe, der sie verbitterte. Und dennoch: Sie fühlte sich auf eine bestimmte Art frei – wenn sich nicht diese Angst durch ihren Körper gefressen, sie von innen ausgehöhlt hätte. In diesen Momenten hoffte sie inständig, dass das Kind noch im Mutterleib starb und sie am besten gleich mit auf die Reise in die Unendlichkeit nahm.

Tyde konzentrierte sich wieder auf die Frisur ihrer Herrin, wollte nicht, dass die ihre Zerrissenheit bemerkte.

»Du zerrst an meinem Haar«, herrschte Hebrich sie da auch schon an. Dann sah sie zu ihrer Zofe und bemerkte das starke Zittern ihrer Hände. »Geht es dir nicht gut?«

Tyde schwieg, bekam ihre Unruhe nicht in den Griff.

»Geh in deine Kammer und leg dich hin, nicht, dass dem Kind noch etwas passiert«, wies Hebrich sie an.

Tyde fiel der Kamm aus den Händen, sie raffte ihre Röcke und stürzte aus dem Zimmer. Hebrich hatte recht: Sie musste sich hinlegen, sonst würde sie zusammenbrechen unter der Last des Lebens, die sie seit Cornelius' Tod erdrückte, ihr die Luft zum Atmen nahm und ihr vorgaukelte, dunkle Schatten seien Tag und Nacht an ihrer Seite. Kaum lag sie auf ihrem Kissen, umschloss die kalte Hand ihr Herz. Sie, Tyde von Ascheburg, hatte ein Herz aus Eis.

Anneke hatte eben Dudernixen aus ihrem Wagen gelassen und verspürte das zwingende Bedürfnis, sich überall zu waschen. Wie immer, wenn er bei ihr gelegen hatte. Er verstand es zwar, den Lagerbewohnern die schönsten Bäder zu bereiten, verwendete außergewöhnliche Seifen, die er auch ihr immer wieder zukommen ließ. Doch er selbst war sich dafür wohl nicht gut genug, denn er roch immer unangenehm, schwitzte zu stark, und hinterher glich sein Geruch dem von altem Fisch.

Dudernixen achtete peinlichst darauf, dass keiner seinen Besuch bei ihr mitbekam. Er klagte Anneke regelmäßig sein Leid, dass Magda ihn kaum mehr an sich heranließ. Anneke konnte seine Frau verstehen. Ohne den guten Wein oder Käse oder die herrlichen Seifen würde sie für ihn die Röcke auch nicht lüften. Der Bader war nicht nur hässlich, sondern von einem geradezu abstoßenden Äußeren. Seine Nase war von großen Poren durchsetzt, sein Leib zu füllig, die Lippen zu fleischig. Dazu reihte sich am ganzen Körper Warze an Warze. Er fühlte sich uneben, schmutzig an. Ein Graus für jeden Frauenkörper. Egal, was er ihr schon geboten hatte, niemals würde Anneke erlauben, dass seine Lippen die ihren berührten. Sie ertrug das Zusammensein auch nur mit geschlossenen Augen.

Gerade als sie sich Wasser in die Waschschüssel gießen wollte, hörte sie ein Weinen, das sie innehalten ließ. Anneke lupfte die Plane und schielte zum Wagen des Baders. Magda stand davor und wischte sich mit dem Handrücken immer wieder über die Augen.

»Was ist geschehen?« Anneke hüpfte von ihrem Wagen und ging auf die Badersfrau zu, die sich ängstlich umsah, als befürchte sie, gleich ihren Mann um die Ecke toben zu sehen.

»Ich bin schwanger«, flüsterte sie. »Schwanger. Bin mir ganz sicher. Schon eine Weile. Ich muss etwas unternehmen.«

Anneke sog die Luft ein. »Es ist nicht von deinem Mann?«

Magda nickte. »Ich habe zu der Zeit gar nicht bei ihm gelegen, sodass er es in mich hätte pflanzen können.« Sie schrak zusammen, als ihr klar wurde, was sie gerade der Marketenderin anvertraut hatte.

Obwohl Anneke die Badersfrau nie besonders gemocht hatte, weil ihre Zunge zu lose war, so empfand sie in dem Augenblick doch großes Mitleid mit ihr. Sie war in einer echten Notsituation. Jeder hier kannte Dudernixens Jähzorn, und egal, ob er sich mit ihr, der Duuvke, vergnügte: Seine Frau würde er in Stücke reißen, wenn er wüsste, dass sie ihm Hörner aufgesetzt hatte. Anneke konnte sich schon denken, von wem sich Magda das Balg hatte anhängen lassen, die Blicke zwischen den beiden waren mehr als eindeutig gewesen. Doch der konnte nun nicht mehr zur Verantwortung gezogen werden. Er hatte seine gerechte Strafe bereits erhalten. Anneke hielt kurz inne. Hatte Dudernixen geahnt, dass von Ascheburg seiner Frau nicht gleichgültig war? Wenn sie jetzt ein Balg erwartete, würde ihm klar sein, wer der wirkliche Vater war. Was aber, wenn Dudernixen schon zuvor davon Wind bekommen hatte? Im Lager pfiffen es ja die Spatzen von den Dächern, Anneke waren die Gerüchte oft genug zu Ohren gekommen. Der Bader war groß und kräftig, er hätte von Ascheburg nicht am Leben gelassen, egal ob der von höherem Stand war. Diese Schmach hätte der Mann nicht geduldet. Und immerhin war er es auch gewesen, der den Toten gefunden hatte, und er war es auch, der bei den Ermittlungen mitmischte und so hervorragend für die Verwischung der Spuren sorgen konnte.

Noch während die Marketenderin nachdachte, betrat die Hebamme den Hof. Magda ließ Anneke stehen, ging zu Hiske herüber und sprach sie an. Die blickte Magda an, lächelte – und schüttelte den Kopf. Anneke war klar, worum es ging. Sie sah, wie Magda sich hoch aufrichtete und ihr Gesicht erstarrte. Dass Hiske Magda die Hand auf den Arm legte und besänftigend auf sie einredete, konnte nichts mehr retten. Anneke wusste: In Magda hatte Hiske Aalken jetzt eine wirkliche Feindin, weil sie ihr die nötige Hilfe versagt hatte.

Anneke musste nicht lange überlegen, sie selbst war auch schon in Magdas Situation gewesen, und in Holland waren die Hebammen nicht alle so zimperlich wie Hiske. Sie drehte sich um, griff nach der getrockneten Petersilie und einem Behälter mit Seifensud. Gleich würde sie Magda Dudernixen zu sich holen. Sie hielten hier zusammen, auch wenn die Hebamme das noch nicht begriffen hatte.

Hiske hatte nach der Frau des Schmieds gesucht, als Magda Dudernixen zielstrebig auf sie zugeeilt kam und sie um das Unmögliche bat.

Hiske hatte einmal einer Frau diesen Gefallen getan, weil ihr Mann gedroht hatte, sie umzubringen, wenn sie ein weiteres Kind gebar, wo er schon zwölf Mäuler zu stopfen hatte. Die Frau war ausgemergelt gewesen, vermutlich hätte sie die Schwangerschaft ohnehin nicht überlebt. Hiske hatte ihr einen Sud aus Petersilie gebraut, den Muttermund geöffnet und ihr Seifenlauge eingeflößt. Dann war das Kind gekommen. Nur eine Handvoll Mensch, aber alles war daran gewesen. Kleine Finger, eine Nase, alles. Hiske hatte sich erschrocken, wie fertig es ausgesehen hatte, und das schlechte Gewissen, einen richtigen Menschen auf dem Gewissen zu haben, hatte schwer auf ihr gelastet. Damals war ihr das erste Mal die Idee gekommen, man müsse es aufschreiben, abmalen, die anderen Hebammen, die Ärzte aufklären, wie ein Kind im Mutterleib aussah, wenn die Frau etwa drei Monde nicht geblutet hatte. Es gab zwar die Abhandlung von Eucharius Rößlin, doch da ging es nur um Kindslagen und die Geburt an sich. Hiske aber wollte wissen, wie weit Kinder in den verschiedenen Stadien der Schwangerschaft im Mutterleib entwickelt waren, wie sie aussahen und was sie schon konnten. Jedenfalls wurde die junge Mutter nach dem Eingriff plötzlich von hohem Fieber befallen. Es hatte sie geschüttelt, gequält, und schließlich blieben ihre Augen für immer geschlossen.

Keiner wusste, dass Hiske die Engelmacherin gewesen war. Sie wäre in den Kerker gekommen. Diese Schuld trug sie seitdem mit sich herum, und sie würde nie wissen, ob die Frau nicht sowieso gestorben wäre. Aber sie würde so etwas niemals mehr tun. Nie wieder würde sie entscheiden wollen, ob ein Mensch leben durfte oder nicht. Und Magda Dudernixen konnte das Kind gesund auf die Welt bringen. Sie war eine starke und kräftige Frau.

»Ich mache so etwas nicht«, hatte Hiske zu ihr gesagt, und ihr war der Hass in den Augen Magdas nicht entgangen.

»Wenn du mir nicht hilfst, wirst du es dein Leben lang bereuen!«, zischte Magda. »Du glaubst nicht, was ich dir antun kann, Hiske Aalken.«

Das wusste Hiske allerdings ziemlich genau, nur war es in dem Augenblick nicht wichtig. Sie hatte in ihrem Leben zu viele Fehler gemacht, war geprügelt worden wie ein räudiger Hund, doch es wurde nicht besser, wenn man einfach so weitermachte.

Sie fragte sich nach der Frau des Schmieds durch und fand sie schließlich im Stall neben der Pferdebox. Die hygienischen Verhältnisse waren schlimm im Lager, es wurde in der Tat Zeit, dass sich etwas änderte. Doch es half nichts, sie musste sich an die Arbeit machen.

Die Geburt ging voran, und ehe der Abend das Land vollständig umschlang, gebar die Frau einen gesunden Knaben. Hiske wartete noch ab, ob sich die Blutung beruhigte und ob das Kind trank. Dann machte sie sich auf den Weg nach Hause.

Hiske eilte vom Burghof in die beginnende Dämmerung hinein. Es würde vielleicht besser sein, wenn sie die Herrlichkeit verließ, gleich morgen wollte sie mit Krechting darüber sprechen. Es gab hier keine Zukunft für sie, diese Hoffnung hatte sich mit dem Disput mit Magda Dudernixen vollends zerschlagen.

Vor den Toren atmete sie tief durch. »Es ist wie verhext«, sagte sie laut. Aus dem Augenwinkel nahm sie eine Bewegung wahr. Es war wie der Hauch eines Schattens. Hiske blieb stehen, war jetzt wesentlich unerschrockener als sonst, denn sie vermutete, dass es der Junge war, der auf sie gewartet hatte.

»Komm raus!«, forderte sie ihn auf, und tatsächlich kam er ihrer Bitte nach. Er lief gebückt wie eine Katze, die einen Buckel machte.

»Wortsammler«, sagte er, und ein Lächeln, das eine unregelmäßige Zahnreihe freilegte, glitt über sein Gesicht.

Hiske griff nach der Hand des Jungen. Sie war voller Schwielen und Blasen. »Hunger?«, fragte sie ihn, aber er verstand nicht.

»Bauchfreude?«, fragte sie dann, und nun strich er über das Hemd und hüpfte auf und ab. Er ließ Hiskes Hand nicht los. Im Gegenteil, er umklammerte sie, als fürchtete er, dass sie ihn einfach so in der Dunkelheit stehen lassen würde.

»Keine Angst«, flüsterte Hiske, auch wenn ihr klar war, dass er kein Wort verstand. »Du bist wie ich ein gefallenes Blatt im Wind. Ich trete nicht auf dir herum.«

Der Junge strich ihr mit der freien Hand über den Unterarm, freute sich, dass er sie berühren durfte, ohne davongejagt zu werden.

»Was magst du schon alles mitgemacht haben, mein Kind?«, fragte Hiske.

Sie nahm den Knaben mit in ihre Kammer und wies ihn an, sich auf einen der Hocker zu setzen. Er wirkte unsicher, seine Augen wanderten unruhig durch den Raum. Hiske bemerkte, dass er am ganzen Leibe zitterte, er schien völlig verängstigt. Erst nach einigen Minuten wagte Hiske ihn allein zu lassen und holte aus der Küche einen Becher Milch und etwas Brot. Adele war nicht da, dabei hätte sie ihr doch so gern den Jungen vorgestellt und ihr gezeigt, dass er nicht verrückt, sondern nur ein armes, verlorenes Wesen war. Er stürzte sich auf das, was Hiske ihm aufgetischt hatte. Dabei wurde er ruhiger. Sie sah ihm beim Kauen zu, selbst hatte sie keinen Appetit.

»Du bist so allein«, sagte sie und strich ihm übers Haar. Es war eine merkwürdige Freundschaft, die sie miteinander verband, aber Hiske war einfach froh, in all diesen Wirren nicht allein zu sein. Auch wenn es keine Unterhaltung war, die sie miteinander führten, so hatte sie doch das unbestimmte Gefühl, dass der Wortsammler sie in irgendeiner Weise verstand.

Als der Junge aufgegessen hatte, sah er Hiske abwartend an, als erwartete er nun von ihr, dass etwas geschah. Sie fragte ihn, ob er müde sei, doch wieder sah sie nur in ein verständnisloses Augenpaar. Sie sah sich im Raum um und erklärte dem Jungen die Gegenstände. Er war begierig, schien jedes Wort in sich aufzusaugen und wiederholte alle. Seine Aussprache wurde mit jedem Wort deutlicher, und auch als Hiske ihn ein zweites und drittes Mal abfragte, hatte er den Namen jedes Gegenstandes behalten. Schwieriger war es mit den Gefühlen, die in ihm so lange brachgelegen hatten, die er nie hatte leben dürfen. Wie sollte sie das in Worten vermitteln? Er begnügte sich damit, die Hauptwörter aneinanderzureihen, und so verständigten sie sich auf eine eigentümliche Weise miteinander. Hiske bekam Gefallen an dieser Art der Unterhaltung, und sie erfanden ein Wort nach dem anderen und schafften es, auch die Gefühle des Jungen zu beschreiben. Am Ende ihrer Lektion hängte er sogar schon Tätigkeitswörter an die Gegenstände, sein Wortschatz wuchs, als habe man einer vertrockneten Blume Wasser gegeben, und sie konnte nun in Windeseile aufblühen. Hiske erinnerte es an ein Gewächs, das ein Schausteller mal nach Jever auf den Markt mitgebracht hatte. Er nannte es »Die Rose von Jericho«. Sie sah verdorrt und unscheinbar aus, doch als der Mann sie in warmes Wasser gelegt hatte, entfaltete sie sich zu einer kleinen Schönheit. Genauso kam ihr der Wortsammler nun vor.

Sie erschlossen seine Welt, die er mehr und tiefer erfasste als jeder andere Sterbliche, und sie gab ihm damit ein ganzes Stück Leben zurück.

Es war schon spät, und Hiske fielen fast die Augen zu, während der Knabe nicht müde wurde, Worte zu suchen und zu sammeln. Nur ihren Namen sprach er nicht aus, und Hiske konnte nicht sagen, warum er sich weigerte. Wahrscheinlich wusste er es selbst nicht.

Sie deutete auf ihr Bett, legte ihren Kopf auf die Hände und zeigte ihm so, dass sie schlafen meinte. Sie nahm eine Decke, die sie immer auf dem Stuhl liegen hatte, und breitete sie auf dem Boden aus. »Wortsammler Schlafplatz«, erklärte sie. Der Knabe legte sich sofort darauf nieder und rollte sich zusammen wie ein junger Hund. Doch seine Augen wanderten erneut unstet hin und her, suchten die Kammer ab, als erwarte er das leibhaftige Unheil. Er schien es nicht gewohnt zu sein, sich in einem geschlossenen Raum aufzuhalten, wieder begann er zu zittern. Hiske holte aus der Küche eine weitere Decke und breitete sie über dem Jungen aus.

»Wenn du so schutzlos daliegst, sieht man erst, wie jung du noch bist«, flüsterte Hiske. »Wer hat sich so an dir versündigt?« Sie blies die Kerze aus und fiel augenblicklich in einen tiefen Schlaf.

Der Knabe konnte nicht schlafen, obwohl sein Herz nicht mehr so rasch schlug wie noch zu Beginn der Nacht. Er war ruhig geworden, zum ersten Mal seit langer Zeit.

Die Atemzüge der Frau, die ihm Worte schenkte, drangen an sein Ohr. Es war die erste Nacht, an die er sich erinnern konnte, die ihn nicht beunruhigte, und genau das machte ihn unruhig. Das konnte einfach nicht sein.

Etwas stimmte nicht. Er wusste nur nicht, was es war.

Er musste doch keine Angst haben, davongejagt zu werden, er musste sich nicht fürchten. Vor nichts. Die Frau passte auf ihn auf. Wenn er an sie dachte, schlug sein Herz schneller als sonst. Sie hatte liebe Augen, die nicht blitzten, wenn sie ihn sah. Sie gab ihm Bauchfreude, sodass sein Innerstes sich nicht aneinanderreiben musste, und er durfte auf einem Schlafplatz liegen. Sie hatte ihm Worte beigebracht, die denen ähnelten, die die Menschen im Lager sprachen. Er sah seine Welt um so vieles bunter. Es war, als habe er jetzt erst begonnen, als Mensch zu leben. Die Frau hatte ihm einen Namen gegeben, er war jetzt wer.

So war noch kein Weib mit ihm umgegangen. Ja, jemand hatte ihm früher zu essen und zu trinken gebracht. Er hatte auch mal eine Hütte im Moor gehabt. Bis sie zusammengestürzt war. Jeden Tag war jemand gekommen, hatte ihm auch übers Haar gestrichen, ihn kurz gewiegt. Nur ein Gesicht hatte das Weib nicht gehabt. Es war immer verhüllt gekommen, lediglich die Augen konnte der Junge erkennen. Das reichte ihm. Die Augen und der Duft ihrer Haut. Doch würde er es nie mehr wagen, zu ihr zu gehen. Sie war jetzt wie alle anderen auch. Böse.

Der Knabe aber hatte in den letzten Tagen die Stimmen gehört, die zwischen den Wagen an der Burg gefallen waren. Er hatte den Namen der Frau vernommen, und aus dem Mund der anderen hatte er nicht freundlich geklungen. Die Leute, die sein Meer einsperrten, die es abspenstig machten, waren auch auf die Frau, die sie Hebamme nannten, nicht gut zu sprechen. Er musste achtgeben, damit sie ihr nichts taten.

Trotzdem konnte er hier nicht bleiben, auf gar keinen Fall. Hier war er nicht sicher, aber das wusste die Frau nicht. Er war nirgendwo sicher, wo andere Menschen waren, und in einem Haus wie diesem schon gar nicht. Er gehörte nicht hierher, durfte keine Mauern um sich, kein Dach über dem Kopf haben. Ihm stand allenfalls eine Scheune zu, deren Tor nie ganz verschlossen war.

Der Knabe schlug die Decke zurück, sah auf die schlafende Frau und ging zur Tür. Er öffnete sie beinahe geräuschlos, schob sich in den Flur und von dort hinaus in die Mainacht. Er durfte nicht ruhen wie die anderen Menschen. Er war anders. Er war ein Wortsammler, ein Schatten, und nun hatte er jemanden gefunden, der zu ihm gehörte und den er schützen musste vor den bösen Menschen.

Er huschte den Weg entlang, stahl sich bis zu Krechtings Haus, das zwar äußerlich ruhig dalag, von dem er aber wusste, dass der Mann darin des Nachts ebenso unruhig war wie er selbst. Nicht selten hatte der Wortsammler gesehen, wie er von Fenster zu Fenster lief, in die Nacht hinaussah und oft das Haus verließ, um im Garten auf und ab zu laufen. Er besuchte seine Bienenvölker und fand immer erst gegen Morgen Ruhe. All das wusste der Wortsammler, weil er gute Augen und Ohren hatte.

Auch jetzt war der laute Mann in dem Haus wach. Er stand wie so oft an seinem Fenster und spähte hinaus. Der Knabe hielt die Luft an, versteckte sich hinter dem Zaun. Es war besser, wenn der Mann ihn nicht sah. Der Junge würde hier einfach warten. Er musste nur lange genug ausharren, dann würde sich der massige Körper des Mannes in die Nacht wälzen, wie er es immer irgendwann tat. So wie jetzt hatte er auch in jener Nacht dagestanden, als der andere Mann, dem er immer auf die Schulter geklopft hatte, im Gras gelegen hatte.

Der Mann hinter dem Fenster war der, der den Männern jetzt sagte, dass sie das Meer einsperren sollten. Man durfte aber nichts einsperren. Einsperren war böse. Einsperren tötete und machte Angst. Der Mann am Fenster wusste sicher nicht, was Angst war, sonst würde er so etwas nicht befehlen. Der böse Mann hatte es auch nicht gewusst. Bis zum Schluss nicht.

Und nun waren die anderen Menschen zu ihm gekommen, der Wortsammler hatte den Namen der Frau gehört und ihre scharfen Worte. Sie mochten die Frau nicht. Der Mann aber hatte nichts dazu gesagt. Er würde nur zusehen und hinterher klagen. Der Knabe erinnerte sich an das warme Nass, das an seinen Fingern heruntergeronnen war. Er wollte nicht, dass die junge Frau sich auch so anfühlte, denn wenn das geschah, dann lachten die Augen nicht mehr, und die Körper wurden kalt. Es war so, wie wenn er einem Huhn das Messer in den Bauch stieß. Oder einem Hasen.

Der Mann am Fenster passte nicht auf seine Leute auf, war ein Mörder. Der Knabe zog sein Messer aus dem Strumpf, umschloss es fest mit der Hand. Er würde auf die Frau aufpassen, ganz bestimmt würde er das. Er würde den einzigen Menschen schützen, der gut zu ihm war.

Jan sah zu Garbrand, der nur flach atmete, aber nicht schlief, denn seine Augen hatten sich in die sternenklare Mainacht geheftet.

»Es wird bald Sommer«, hob Jan an. »Wenn wir in der Herrlichkeit sind, wird es warm und schön sein, und du kannst endlich genesen, mein Freund.«

Der Mönch hustete zur Antwort. Jan legte seine Handfläche auf dessen Stirn. Sie war zu heiß.

»Ich werde sterben, nicht wahr?«, flüsterte Garbrand. »Ich werde dieses Land, in das wir reisen, nicht mehr sehen.«

Jan schüttelte den Kopf, doch er wusste selbst, dass es nur halbherzig war, denn sein Freund sprach die grausame Wahrheit. Es war einfach nicht gewiss, ob er es schaffen konnte. Jan benötigte andere Medizin, um Garbrand zu retten, sie brauchten ein warmes Feuer und ein richtiges Dach über dem Kopf. Nur war das auf diesem Schiff unmöglich. Die Reise schien sich endlos auszudehnen, die Menschen an Bord sprachen nur das Nötigste, was Jan darin bestärkte, dass sie Mennoniten waren, die sich Schutz in der Herrlichkeit erhofften.

Jan starrte über die Reling, als könne er so die Fahrt beschleunigen. Es herrschte guter Wind, der Skipper hatte volle Segel gesetzt und wollte die Flut ausnutzen. »Wenn es weiter so geht, können wir zwei Tage früher im Brack sein«, hatte er vorhin gesagt, und als das Boot jetzt über die See glitt, sich in den leichten Wellen hob und senkte, wollte Jan ihm gern glauben.

Er hatte den ganzen Tag überlegt, ob er das Siegel des Briefes aufbrechen sollte. Er sträubte sich von Stunde zu Stunde mehr, eine Botschaft zu überbringen, die ihn das Leben kosten konnte, deren Inhalt er aber nicht mal kannte. Er konnte gegenüber Krechting behaupten, dass jemand ihm den Brief entrissen und geöffnet habe, dass es ihm jedoch gelungen sei, sich den Brief wieder zurückzuholen, bevor der andere ihn habe lesen können. Immer wieder hatte er das Schreiben in der Hand gehabt, auf das rote Siegel gestarrt. Eine innere Stimme beschwor ihn immer mehr, es aufzubrechen, denn der Brief brannte in seinen Händen. Doch was wäre das für ein Einstand, wenn er gleich mit einer solchen Lüge dort ankam.

Jan steckte den Brief zurück. Sie befanden sich unterhalb der ostfriesischen Inseln, waren schon an den ersten beiden vorbeigeglitten.

»Du machst dir Sorgen über die Polizeiordnung von Gräfin Anna, stimmt's?«, hustete Garbrand.

»Wann hast du denn das mitbekommen?« Jan sah seinen Freund erstaunt an.

»Ganz Emden spricht davon. Und auf dem Boot schnappe ich auch einiges auf, wenn ich den ganzen Tag herumliege.«

»Ja, es wird schwierig. Wenn es wirklich zum Krieg kommt. Mit Kaiser Karl V. ist nicht zu spaßen. Ich bin ihm in Pisa begegnet. Er ist eine eindrucksvolle Persönlichkeit. Gut aussehend, stark, und er weiß, was er will. Und das ist in keinem Fall der Protestantismus, geschweige denn das Täufertum.« Er blickte zu dem Mönch. »Dass ich mich ihnen verbunden fühle, weißt du sicher längst.«

Garbrand nickte, setzte sich ein Stück auf, winkte Jan zu sich heran. »Ich kann nicht so laut sprechen. Aber wer sagt denn, dass dieser Krieg auf diesem Grund und Boden ausgetragen wird? Ich nehme an, er wird dort geführt, wo es für den Kaiser wichtig ist, wo er sich mit den Landesfürsten schon jetzt streitet. Ich denke an Süddeutschland, an Thüringen und Sachsen. Ostfriesland ist doch kein Flecken für einen Krieg des Kaisers. Du selbst sagst, es ist abgeschnitten vom

Reich, warum sollte er dorthin seine Truppen senden? Da sind andere Landstriche interessanter für ihn. Und«, Garbrand machte eine Pause, »Gräfin Anna verhält sich klug. Sie fährt gut mit ihrer Politik und steht so nicht im Mittelpunkt einer möglichen Konfrontation.« Nach der langen Rede sank der Mönch erschöpft auf sein Lager zurück.

»Woher zum Teufel hast du all dieses Wissen?«, fragte Jan, doch Garbrand war zu müde, um zu antworten. Jan stellte für sich nur fest, dass er seinen Freund auch in dieser Hinsicht arg unterschätzt hatte. Der Mönch mochte zu viel essen und Wein und Bier zu häufig zugeneigt zu sein, doch er hatte seinen Verstand weiß Gott noch behalten. Was er gesagt hatte, war keine oberflächliche Beruhigung oder einfach nur so dahingesagt; es entsprach der Wahrheit, und er hatte es auf den Punkt gebracht.

Die Konfliktparteien des Kaisers waren das Heilige Römische Reich, Ungarn, das Herzogtum Sachsen und Spanien, die in immer mehr Reichsstädten den Protestantismus zuließen. Ostfriesland war ein so kleiner Teil des Reiches, so unwegbar, nie würde der Kaiser seine Truppen in diese abgelegene Region schicken.

Jan steckte den Brief zurück, er verbrannte seine Haut nun nicht mehr. Alles würde gut werden, in der Herrlichkeit waren sie in Sicherheit!

Kapitel 9

Hiske erwachte, weil es so still in der Kammer war. Sie setzte sich auf, lauschte in die Dunkelheit und merkte, dass sie allein im Raum war. Ihr Zögling war verschwunden. Der Wortsammler hatte sich wieder auf seine Wanderung gemacht. Er war kein Mensch, den man lange in einem Zimmer halten konnte, er brauchte frische Luft um die Nase. Dennoch war Hiske ein bisschen enttäuscht, sie hatte gehofft, dem Jungen so etwas wie Nestwärme vermitteln zu können. Andererseits wäre es viel schwieriger, aus der Herrlichkeit zu verschwinden, wenn sie eine enge Beziehung zu ihm aufbauen würde. Aber solange sie noch gar nicht wusste, ob und wohin sie gehen sollte, wäre sie zumindest nicht mehr so allein. »Du denkst nur an dich«, schimpfte sie mit sich. »Eigentlich willst du weg, und eigentlich soll der Junge bei dir sein. Mitnehmen kannst du ein solches Kind wohl kaum.«

Hiske dachte daran, wie viel Wärme sie empfunden hatte, als die Wangerin sie bei sich aufgenommen hatte, wie wichtig ihr diese Beziehung geworden war. Und wie gern sie etwas von der Geborgenheit an den Jungen weitergeben würde. Ohne die Wangerin wäre sie gestrandet und verreckt. So aber zog ihr Duft von Kräutern und Essenzen bis heute durch Hiskes Nase. Was also verband sie mit der verloren gegangenen Seele des Jungen? Es war die Sehnsucht, für einen Menschen auf der Welt so wichtig zu sein, wie die Wangerin es für sie gewesen war. Diese Liebe und Nähe zu spüren, die ohne Eigennutz einfach da war.

Doch der Knabe hatte schon nach kurzer Zeit das Weite gesucht. Er liebte die Freiheit mehr als sie. Gestern Abend hatte sie für einen kurzen Moment geglaubt, diese unvoreingenommene Zuneigung in seinen Augen zu erkennen, doch das entpuppte sich nun als Irrtum. Hiske wunderte sich selbst über den Schmerz, den das in ihr auslöste. Ihre Seelen hatten sich anscheinend für einen kurzen Augenblick berührt.

Die Hebamme trat in den Flur, sie wollte sichergehen, dass sich der Wortsammler nicht mehr im Haus befand. Sie huschte zur Haustür und öffnete sie leise. All ihre Sinne waren geschärft, während sie ihre Augen in den beginnenden Morgen tauchte, ihre Ohren für jedes Geräusch schärfte. Vielleicht hielt sich der Knabe ja noch im Garten auf, wartete dort auf sie. Hiske gestand sich ein, wie sehr sie darauf hoffte. Der Mond schien noch hell. Den Morgen erahnte man nur, weil die ersten Amseln ihr Lied anstimmten. Vom Wortsammler aber fehlte jede Spur.

Hiske ging in die Küche und wollte einen Schluck Dünnbier trinken, bevor sie sich für die letzten Stunden der Nacht zur Ruhe legte. Als sie die Tür öffnete, stand Adele am Feuer und stocherte mit dem Schürhaken in der Glut. Sie sah nicht auf, als Hiske eintrat. Ihr Haar hatte sie unter eine weiße Haube gesteckt.

»Du hast ihn mit in deine Kammer genommen!« Adele richtete sich auf, dabei rutschte ihr die Haube vom Kopf. Im Haar tanzte nun der Schein des Feuers, doch das sah nicht etwa schön, sondern vielmehr bedrohlich aus, vor allem, als Adele sich zu ihrer vollen Größe aufrichtete und Hiske anblitzte. »Das ist Unzucht!«

Hiske schüttelte den Kopf, hob abwehrend die Hand. »Er ist ein Kind, Adele. Ich habe ihn doch nicht mit unter meine Decke genommen.«

»Er ist ein Kind in Mannesgestalt. Da kann eine Frau wie du schon auf dumme Gedanken kommen.« Ihre Stimme klang nun etwas versöhnlicher.

»Er ist allein, Adele. Ich habe ihm Essen gegeben und ein Lager für die Nacht. Mehr nicht. Außerdem ist er ja nun schon wieder weg.«

Adeles Gesichtszüge wurden weicher. »Es ist gut, dass er fort ist. Er ist«, sie suchte nach den richtigen Worten, »er ist gefährlich. Ich mache mir Sorgen, wenn du dich mit ihm einlässt. Er ist irre, er ist besessen. Man weiß nicht, was er im nächsten Augenblick tut.«

Hiske schüttelte den Kopf. »Das glaube ich nicht, Adele. Er ist ein armer Wurm, der viel zu viel mitgemacht hat. Er kennt keine Worte, lernt aber schnell. Er kennt keine Berührung, saugt sie aber auf wie ein Badeschwamm …«

»Dann hast du also doch mit ihm …«

»Ich habe ihn am Arm berührt, sonst nirgendwo«, beschwichtigte Hiske Adele. Die sackte förmlich in sich zusammen und ließ sich schwer auf einen Stuhl fallen. Sie schlug die Hände vors Gesicht. »Du darfst ihn nicht mehr hier hineinlassen! Ich glaube, er ist der Mörder von Cornelius von Ascheburg!«

»Wie kommst du darauf, Adele?«

»Es gibt nur einen, der nachts überall herumschleicht und gefährlich ist wie ein böser Schatten. Ach, was sage ich: wie der Drache des bösen Schattens. Er spuckt Feuer und trinkt Blut. Nimm dich vor ihm in acht, Hiske Aalken, sonst wird es dein rotes Nass sein, das er als Nächstes kosten wird!« Adele sprang auf und stürmte ohne ein weiteres Wort aus der Küche.

Hiske stand wie erstarrt da. Sollte der Wortsammler wirklich etwas mit dem Tod von Ascheburgs zu tun haben? War er tatsächlich so verrückt? Hiske setzte sich auf die Küchenbank, versuchte, ihre Gedanken zu ordnen. Warum sollte der Junge so etwas tun, er hatte doch kein Motiv. Oder mordete er wie ein Wahnsinniger allein aus der Lust am Töten? Sie musste genauer herausfinden, was Adele über den Knaben wusste. Vermutlich nur das, was man sich im Lager erzählte und entsprechend ausschmückte. Hiske nahm sich einen Becher Dünnbier, leerte ihn Schluck für Schluck.

Dann erhob sie sich und klopfte an Adeles Kammertür. »Adele, ich muss mit dir reden. Ich muss mehr über den Jungen wissen!« Es blieb still, und Hiske wagte nicht, die Klinke herunterzudrücken und die Kammer ihrer Gastgeberin zu betreten. Ihre Fragen mussten bis zum Morgengrauen warten, das sicher nicht mehr lange auf sich warten ließ. Als sie zu ihrer Kammer zurückging, umwehte sie ein süßlicher, frischer Duft, der sich durch die leicht geöffnete Haustür ins Innere des Hauses drängte. Sie musste vorhin vergessen haben, sie richtig zu schließen.

Krechting hoffte darauf, schon bald ein Segel am Horizont auftauchen zu sehen. Und mit diesem Schiff sollte auch Rothmann kommen. Er wünschte es sich so sehr. Alles wuchs ihm über den Kopf, nur durfte er das niemandem sagen. Nicht einmal seiner Frau gegenüber traute er sich zuzugeben, wie zerrissen und allein er sich wirklich fühlte. Sie ahnte es nur. Rothmann, ja, Rothmann würde er es sagen. Ihm, seinem Glaubensbruder aus alten Tagen. Wie er die Gespräche mit ihm vermisste! Keiner konnte so lebhaft und tiefsinnig diskutieren wie er. Selbst der Prediger Hardenberg, den er im Kloster Rastede getroffen und mit ihm die Glaubensgrundsätze von allen Seiten beleuchtet hatte, selbst er konnte Rothmann nicht das Wasser reichen. Wenn er nur endlich da wäre! Morgen früh würde er zum Schwarzen Brack gehen und seine Augen in Richtung Nordsee wandern lassen. Vielleicht würde das Rothmanns Auftauchen beschleunigen. »Lächerlich«, schalt er sich selbst. »Lächerlich!«

Krechting stand auf, stellte sich ans Fenster und fühlte sich in jene Nacht zurückversetzt, als Cornelius sein Leben auf so grausame Weise lassen musste. Magda Dudernixen hatte recht gehabt. In genau dieser Nacht war Hiske Aalken hier aufgetaucht. Sie kam aus Jever, und sie war eine dort angeklagte Zauberin. Es war nun nicht so, dass er an solche Dinge glaubte, nur waren die Frauen, denen man das vorwarf, meist eigentümlicher Natur. Sie konnten oft in die Zukunft sehen, hantierten mit toten Vögeln, wenn sie in den Innereien die Zukunft lasen, heilten auf seltsame Art und Weise. Man hatte ihm auch schon gesteckt, dass Hiske Aalken sich des Nachts in ihrem Kräuterbeet zu schaffen machte. Wer wusste schon, ob sie sich nicht auch mit anderen merkwürdigen Dingen beschäftigte.

Krechting sah zu Elske, die in tiefem Schlummer lag. Sie war sein nächtliches Herumgewandere schon so sehr gewöhnt, dass sie davon nur selten erwachte.

Er schlüpfte in seine Beinkleider. Der Morgen würde ohnehin nicht mehr allzu lange auf sich warten lassen. »Ich werde schon jetzt zum Brack gehen. Vielleicht entdecke ich irgendwas, das mich weiterbringt. Oder ich sehe endlich das Segel!«

Krechting raffte seine Sachen zusammen, zog das Wams und den Mantel über und ging hinaus. Kaum aber war er vor die Tür getreten, als sich in ihm eine eigentümliche Beklemmung breitmachte. Wieder glaubte er, dass Augenpaare ihn verfolgten, fühlte sich von unsichtbaren Schatten gestreift und überlegte, ob er nicht doch lieber wieder ins Haus zurückging. »Ich bin kein Narr«, schalt er sich. »Ich lasse mich doch nicht von solchen Dingen beeinflussen.«

Die Luft hatte sich merklich erwärmt und war von süßlichen Gerüchen geschwängert, ein Graureiher stieg mit lautem Krächzen auf. Krechting schritt kräftig aus. Ostfriesland würde nun für ein paar kurze Monate erblühen, bevor es erneut in den tristen, nebligen Winterschlaf verfiel.

Irgendwo begannen bereits die ersten Amseln mit ihren Liedern, ein Entenpaar schnatterte auf einem Graben. Die anderen Geräusche des herannahenden Morgens konnte er nur schwer zuordnen, aber es war ihm auch nicht wichtig. Ihm reichte der Duft, der seine Nase streifte.

Krechting wollte keinen Umweg machen, sondern direkt zum schon weit fortgeschrittenen Hafen eilen. Er hoffte, dort Antworten zu finden. Antworten auf die Qualen der letzten Monate, Antworten auf die Zweifel, Antworten auf den Tod seines besten Freundes und Weggenossen. Das Meer mit seiner Weite war immer ein guter Ratgeber, pustete den Kopf frei und gab Inspiration.

Je näher Krechting der See kam, desto schärfer blies der Wind, doch auch hier war der nahende Sommer zu spüren. Schon bald konnte Hinrich das Meer riechen, die Wellen ans Ufer schlagen hören. Sobald der Deich fertig war, würden sie mit dem Bau der neuen Siedlung beginnen. Am Hafen könnten sie anfangen. Mit einzelnen Fischerhäusern. Dann wäre es möglich, die ersten Wege zu bauen, weitere Häuser … Krechting sah den neuen Ort bereits vor sich, sah das Leben in den Gassen. Der Schmutz des Lagers würde der Vergangenheit angehören. In jedem Haus könnte eine Manufaktur untergebracht sein, die Holländer waren allesamt grandiose Handwerker. Vom Hafen könnten die Waren direkt in die ganze Welt verschifft werden. Neustadt Gödens, wie Hebrich den Flecken nennen wollte, konnte mit den Täufern zu großem Reichtum erblühen.

Krechting hatte die Hafenbaustelle erreicht und sah über die vom Wind gekräuselte Wasseroberfläche. Hier lag die Zukunft, deshalb nahm er all das in Kauf.

Hinrich glaubte ein Geräusch gehört zu haben und drehte sich um. Er verharrte still, hielt den Atem an. Vom Wasser her drang ein Flügelschlag herüber, eine Möwe war aufgeflogen. Dazwischen war nur das Klatschen der Wellen zu hören. Obgleich das Schwarze Brack geschützt lag und nur mit einem Ausläufer in der offenen Nordsee endete, waren die Wellen ungewöhnlich hoch.

In der Dunkelheit konnte Krechting nicht weit sehen und natürlich nicht ausmachen, ob ein Schiff in die Bucht gekommen war. Es war eine dumme Idee gewesen herzukommen. Er sollte die Nacht besser nutzen, um seine Kräfte zu erhalten. Gerade als er sich vom Wasser abwenden wollte, glaubte er, fremden Atem in seinem Nacken zu spüren, eine Hand an seinem Arm.

Das Letzte, was er wahrnahm, war ein heftiger Schmerz, der seinen Schädel zu sprengen schien und seine Schläfe feucht werden ließ.

Die ersten Deicharbeiter waren auf dem Weg. Allen voran schritt Dudernixen. Er hatte alles darangesetzt, dass der Schmied rasch neues Werkzeug als Ersatz für das gestohlene herstellte. Sie mussten vorankommen, mussten jeden Tag alles geben. Es wäre gut, wenn sie bis zum Winter auch die letzte Lücke zum Friedeburger Siel geschlossen und so das Meer gebändigt hatten. Es war ein Wunder, mit anzusehen, wie schnell sich trockenes und fruchtbares Land bildete, das den Menschen hier schon bald ein Überleben sicherte.

Die Menschen konnten hier ohnehin nicht mehr fort und würden sich für immer mit ihren Familien niederlassen. Hier war ihre Zukunft. Holland, Münster … alles war so weit weg.

Seit von Ascheburgs Tod fühlte er sich verantwortlich, denn Krechting schien nicht mehr in allen Belangen allmächtig. Den

Arbeitern gefiel diese Einmischung nicht, das wusste er, doch es war ihm egal. Er liebte es, Macht und Einfluss zu haben, auch über seine Tätigkeit als Bader hinaus. Die Leute mochten ihn nicht wie von Ascheburg, der souverän und mit Geduld und Wissen die Bauarbeiten vorangetrieben hatte. Er dagegen war oft unbeherrscht und jähzornig. Krechting hatte allerdings keinerlei Einwände geäußert, als Dudernixen seine Mitarbeit angekündigt hatte, und so war es dabei geblieben, dass er den Lokator ersetzte, auch wenn er noch nicht als solcher benannt worden war. Aber das konnte sich ja noch ändern.

Krechting war es letztlich doch nur wichtig, dass alles seinen Gang ging und er endlich den Ort bauen konnte, an dem sein Herz so hing. Die neue Stadt der Täufer. Eine Vision, die Dudernixen durchaus teilte, die er allerdings etwas anders umsetzen wollte, als Krechting es plante.

Dudernixen hatte ihn schon immer für schwach gehalten. Er war nur wer, wenn er alle Menschen im Rücken hatte. Wäre er wirklich stark, hätte Graf Anton ihn in Oldenburg nicht stoppen können. Er hätte sich über all das hinwegsetzen müssen und sich nicht im alten Kloster verkriechen dürfen. Was für ein feiges Verhalten. Die Glaubensbrüder aus Münster hatten ihr Leben für die Sache gelassen, Krechting dagegen hatte seine Verbindungen ausgenutzt und war mit seiner Familie und mit der Schemerings sowie von Ascheburg geflohen, während van Leyden, Krechtings Bruder Bernd und Knipperdolling das Fleisch bei lebendigem Leib aus dem Körper gerissen wurde, bevor sie in den Stahlkäfigen am Turm von Lamberti den Krähen zum Fraß vorgeworfen wurden.

Krechting war ein Schaf. Er maßte sich an, die Täufer in der Herrlichkeit einen zu können, obwohl alle Mennoniten die Gewalt der Täufer aus Münster verabscheuten. Krechting glaubte tatsächlich, dieses Ziel zu erreichen, wenn er sich nach außen hin der reformierten Kirche verschrieb und behauptete, dass Hardenberg ihn bekehrt habe.

Dudernixen schnaubte. Ihm war noch nie ein Mann begegnet, der alle Begebenheiten des Lebens so auslegte, dass für ihn das Beste dabei heraussprang. Außer ihm selbst vielleicht. Er hatte von Krechting und von Cornelius gelernt. Sich immer so verhalten, wie die Obrigkeit es erwartete. Dann konnte nichts schiefgehen, und man konnte seine Machtposition Stück für Stück ausbauen. Es war ein einfaches Spiel, das jeder beherrschte, der es wollte. Nur kannten die meisten es nicht. Am allerwenigsten diese Hebamme, die sich neuerdings im Lager herumtrieb und sich aufspielte, als habe sie die Weisheit der Medizin mit Löffeln gefressen.

Dudernixen beschleunigte seinen Schritt.

Die Menschen, die Jan und Garbrand auf der Reise begleiteten, waren sehr verschwiegen, suchten keinerlei Kontakt zu ihnen. Es waren Frauen dabei und Kinder. Männer, die stumm in den Nachthimmel starrten, immer wieder beteten. Einer war ein Gaukler, er hielt im Käfig einen Affen, der hin und wieder herzzerreißend weinte, was Jan sehr erstaunte, hätte er doch nicht erwartet, dass ein Tier so menschliche Laute ausstoßen konnte. Sie waren Holländer. Jan fragte sich, warum sie nicht in Emden geblieben waren, denn in der Stadt gab es bessere Möglichkeiten, was den Handel und auch die Versorgung anging.

Doch über die Lippen der Mitreisenden kam kein Wort. Sie begrüßten sich mit einem flüchtigen Kopfnicken, wandten sich dann demonstrativ ab und unterhielten sich ausschließlich mit ihresgleichen. Vor allem der kranke Garbrand war ihnen nicht geheuer. Hin und wieder steckten sie die Köpfe zusammen und sahen in seine Richtung. Jan vermutete, dass sie ihn als katholischen Mönch erkannten, es aber nicht wagten, ihn offen zu beschuldigen.

»Mennoniten sind friedliche Täufer, du kannst unbesorgt sein«, sagte Jan des Öfteren zu seinem Freund. »Verhalte dich ruhig.« Garbrand konnte ohnehin nicht anders. Er war zu schwach.

Einmal schaffte es Jan, einer Familie ein Gespräch aufzuzwingen. »Wohin reist Ihr?«, fragte er.

»In die Herrlichkeit Gödens, jetzt gibt es kein Zurück mehr«, sagte der Mann. Sie waren eben wieder an einer der ostfriesischen Inseln vorbeigeglitten. Je weiter sie sich von Emden entfernten, desto sicherer wurde es für die Menschen. In diesem abgelegenen Teil der Welt gab es kaum Überfälle, zumindest nicht unterhalb der Inseln. In der weiten Nordsee sollten schon hin und wieder gefährliche Übergriffe geschehen. Man sagte den Insulanern sogar nach, dass sie die Schiffe auf Grund lenkten, um sie anschließend zu plündern. Manchmal fragte sich Jan, ob auch ihnen das passieren konnte. Aber wenn schon: Was hatte er außer seinem verkorksten Leben zu verlieren? »Wollt Ihr dort leben?«, fragte Jan.

Der Mann nickte. »In Holland hatten wir keine Zukunft mehr. Die einzige Möglichkeit ist die Flucht. In Gödens braucht man uns.«

»Wer hat Euch das gesagt?«

»Ein Mann, der sich Johannes nannte, brachte uns die Botschaft von Krechting«, bekam er zur Antwort. »Hinrich Krechting. In der Herrlichkeit wird ein neuer Ort erbaut, dort können wir siedeln und werden nicht verfolgt.« Der Mann fixierte ihn. »Und Ihr?«

»Ich bin auch auf dem Weg dorthin«, gab Jan zu, denn die Menschen würden ohnehin sehen, dass er mit ihnen das

Schiff verließ. »Ich werde dort ebenfalls leben. Mit meinem Freund da.«

Die Miene des Mannes verfinsterte sich. »Das ist ein …« Er sprach es nicht aus, und Jan schwieg. Manchmal war das besser.

»Dann gehören wir wohl alle irgendwie zusammen«, lenkte der Mann nach einer Weile ein, aber Jan merkte, dass er an einem weiteren Gespräch nicht mehr interessiert war, weil er, Jan, mit einem katholischen Mönch reiste. Jan hoffte, dass es zu keinen Schwierigkeiten kommen würde.

Krechting hielt sich den Kopf. Er wusste kaum, wie er nach Hause gekommen war, wusste nur, dass er den Deicharbeitern ausgewichen war. Sein Schädel fühlte sich an, als ob ein Ochsengespann darübergerattert sei. Er konnte sich kaum erinnern, wie es geschehen war. Nur an einen furchtbaren Schmerz und die darauffolgende Schwärze.

Warum der Täter nicht ein weiteres Mal zugeschlagen hatte, war ihm noch immer ein Rätsel. Es wäre ein Leichtes gewesen, ihn nun einfach umzubringen. Aber er hatte ihn am Leben gelassen. Zufall? Ein Versehen? Krechting konnte es nicht sagen. Aus der Wunde am Kopf floss Blut, wahrscheinlich hatte der Täter wirklich gedacht, er weile nicht mehr unter den Lebenden.

Elske erwachte und stieß einen Schrei aus, als sie ihren Mann blutüberströmt neben sich liegen sah. »Was hast du gemacht, Hinrich?«

Krechting richtete sich auf. »Hast du ein Leinentuch? Ich war heute Nacht am Hafen.«

Elske schüttelte den Kopf, erhob sich und verband die Wunde. »Die sollte sich der Bader mal ansehen. Muss vielleicht genäht werden.«

»Ich trau Dudernixen nicht«, sagte Krechting. »Er will zu viel.«

»Was du immer hast, Hinrich. Sei froh, dass er den Posten von Cornelius so rasch übernommen hat. Er hat mit seinem Badewagen und der Heilerei eigentlich genug zu tun.«

Krechting schnaubte. »Melchior Dudernixen hat nur eines zum Ziel: Er will die Mennoniten ganz nach vorn bringen, will, dass sie mehr zu sagen haben als wir Täufer, er will ...«

Elske legte ihre Hand auf seine Lippen. »Pst! Reg dich nicht auf. Warte, bis Rothmann kommt, dann geht alles seinen Gang.«

»Wenn er kommt, Weib. Wenn er wirklich kommt.« Krechting stützte seinen Kopf in die Hände. »Ich habe langsam kaum noch Hoffnung. Es ist so lange kein Schiff mehr am Friedeburger Siel angelandet. Und es dauert noch, bis unser Hafen fertig ist. Wer weiß, ob Rothmann überhaupt noch lebt. Die Zeiten sind so unsicher, das weißt du.«

Elske zog die Hände ihres Mannes vom Gesicht fort und bedeckte seine Wange mit einem leichten Kuss. Er streifte die Haut nur kurz, doch war es eine ungewohnte Nähe, die sich zwischen ihnen einstellte. Sie waren sich so lange körperlich nicht nah gewesen, ja, sogar fremd geworden. Elske hatte sich zurückgezogen, nachdem er in Münster auch die Haut anderer Frauen berührt und sie unter seine Decke gelassen hatte.

Doch nun sahen sie sich in die Augen. Alle Unbill, alle Fremdheit waren mit einem Mal wie weggeblasen. Die Einsamkeit und Furcht der letzten Zeit trieben die beiden aufeinander zu und ließen sie von einer Minute auf die andere im selben Fahrwasser und erneut in die gleiche Richtung schwimmen.

Hinrich griff nach Elske und zog sie zu sich. Er bedeckte ihren Hals mit seinen Küssen, sog ihren Duft ein und vergaß für eine ganze Weile seine Pein.

Kapitel 10

Hiske hatte tagelang nach dem Wortsammler gesucht, war in jeder freien Minute losgezogen. Er musste doch irgendwo stecken. Doch selbst in der Nacht hatte sie keinen Schatten gesehen. Sie umrundete die Burg, fragte, ob jemand den Jungen gesehen hatte, doch sie erntete nur missfällige Blicke, die ihr noch deutlicher machten, dass sie möglichst bald von hier verschwinden sollte. Aber sie konnte doch nicht gehen, ohne den Jungen wiedergefunden zu haben, ohne zu wissen, was mit ihm geschehen war.

»Was suchst du ihn?«, fragte Adele. »Er hat Krechting niedergeschlagen.« Sie war dabei, Graupen in einen Topf zu schütten. »Die ganze Burg redet davon. Ich war heute bei Anneke.«

Hiske zuckte zusammen. Sie hatte davon gehört, dass man Krechting in der Nacht, als der Wortsammler aus dem Haus geflohen war, am Hafen eins über den Schädel gezogen hatte. Aber warum nur sollte es ausgerechnet der Junge gewesen sein? Er war auch sonst Tag und Nacht unterwegs. Allein, auf sich gestellt. Warum sollte er gerade in dieser Nacht Krechting niedergeschlagen haben? Hiskes Gedanken kreisten, sprangen in ihrem Kopf hin und her. »Ich glaube einfach nicht, dass er gewalttätig ist«, sagte sie. »Er hat einen gutmütigen Blick und verlangt auch sonst eher nach Liebe denn nach Hass.«

»Es ist aber schon seltsam, dass er ausgerechnet jetzt fort ist, oder?«, fragte Adele. »Sicher stromert er durchs Moor, tanzt mit den Geistern dort und plant sein nächstes Verbrechen.« Adele rührte die Graupen um, gab ein paar Kräuter dazu.

»Im Moor, sagst du?«, fragte Hiske.

Adele winkte ab. »Was weiß denn ich! Irgendwo muss er ja stecken, und wer sich verbergen will, geht eben ins Moor. Da wird man nicht gefunden.«

Hiske nickte und dachte nach. Sie musste den Knaben einfach finden, egal wie.

Der Nebel klebte wie eine feste Schicht über dem Wasser der Nordsee. Sie waren schon viele Tage unterwegs, die Stimmung nicht die beste. Vor ein paar Stunden war die Nacht hereingebrochen. Das Schiff kam nur noch mit den Ruderschlägen der Mannschaft vorwärts. Das Wasser teilte sich vor dem Bug, um gleich, nachdem sich das Boot hindurchgepflügt hatte, wieder zu einer glatten Fläche zu verschmelzen. Es war fast aufdringlich still, die einzigen Geräusche kamen vom Aufschlagen der Ruder und vom gelegentlichen Husten Garbrands, dem es inzwischen so schlecht ging, dass Jan befürchtete, dass er die Ankunft in Ostfriesland nicht mehr erlebte.

Auch jetzt war sein Atem zu flach und zu schnell. Es war nicht mehr weit, sie befanden sich schon in der Jade und würden das Schwarze Brack bald erreicht haben. Immer wieder glitt Jans Blick auf seinen Reisegefährten, der ihm auf dieser Reise ein wirklicher Freund geworden war. Obwohl sie Welten trennten, gab es doch kaum einen Menschen, der ihm in seinem Leben so nahegekommen war wie dieser Mönch. Eigentlich war es nur diese eine Frau gewesen, der er gestattet hatte, in sein Herz zu sehen; danach wollte er das keinem mehr zugestehen, wollte nie wieder verletzt werden, weil er sein Innerstes nach außen gekehrt hatte.

Manchmal beschlich Jan die Vermutung, dass er sich Garbrand gegenüber so öffnete, weil der ihn vorbehaltlos bewunderte. Jeder Satz, der Jan über die Lippen glitt, schien den Mönch zu fesseln und wichtiger zu sein als die Episteln der Bibel, auch wenn er diese ständig auf Latein vor sich hinbrabbelte. Trotz seines Fiebers hatte Garbrand in den Augenblicken, wo er sich unbeobachtet fühlte, die Hände zum Beten zusammengepresst, dass die Knöchel weiß wurden, und flüsterte mit einer Inbrunst, die erahnen ließ, was für eine Last er trug, die er aber mit nichts und niemandem in der Welt teilen wollte. Jan war viel zu diskret, um nachzufragen, zumal er selbst genug mit sich herumschleppte.

Die Einfahrt in das Schwarze Brack rückte näher, und mit der Nähe zum Land verdünnte sich auch der Nebel. Erst wirkte er durchlässiger und dünner, dann gab er die dunkle Wasseroberfläche ganz frei. Am Himmel türmten sich keine Wolken, der Sternenhimmel zeigte sich in seiner vollen Pracht. Am Horizont konnte Jan im Mondlicht einen Streifen erkennen, er war sich sicher, dass es der Landstrich war, in dem man ungeduldig auf sein Eintreffen und die Botschaft wartete, die er mitbrachte. Oder besser auf den Mann, den er gar nicht im Schlepp hatte.

Jede Stunde griff Jan in sein Hemd, erspürte das Stück Papier, das sich wieder anfühlte, als würde es sich in seine Haut brennen. Es war gefährlich, es bei sich zu haben, so wagte Jan auch nicht, es in der Nacht vom Körper zu nehmen. Wer wusste schon, ob nicht doch jemand seinen festen Schlaf ausnutzen würde, um die Sachen zu durchwühlen.

Das Schiff wendete leicht und schob sich in südwestliche Richtung. Jan stellte sich an den Bug. Es roch nach Tang und Meer, ein leichter Fischgeruch heftete sich in seine Nase. Er hoffte, noch heute bis zur Burg Gödens zu gelangen und dort auch eingelassen zu werden. Krechting, Schemering und von Ascheburg warteten sicher schon auf ihn. Er hätte längst hier sein sollen, aber dieser Johannes hatte ihn lange hingehalten. Um ihn anschließend hängen zu lassen.

Jan wandte den Kopf, als jemand an seinem Ärmel zupfte. Es war Garbrand, der mit einer sehr ungesunden Gesichtsfarbe vor ihm stand. Selbst im Mondlicht wirkte seine Haut teigig und aufgedunsen, sein Atem war schlecht. Er war so schwach, dass er sich gegen die Reling lehnen musste. »Will doch sehen, wo wir anlanden, wo unsere neue Heimat ist«, keuchte er.

Jan zuckte zurück. Garbrand hatte eben das ausgesprochen, was er selbst die ganze Zeit zu ignorieren versucht hatte. Er hatte mit seinem Leben in Amsterdam abgeschlossen, er war auf dem Weg, neu zu beginnen. Weit weg von ... Weit weg von allem, was ihm bisher das Wertvollste auf der Welt gewesen war. Bis der Hass alles zerstört und ihn zu einem Blatt im Wind gemacht hatte, ohne Ziel, ohne Furcht und ohne Bodenhaftung. Er fuhr nach Ostfriesland, um dort neu zu beginnen, vielleicht wieder sich selbst zulassen zu können. Um dort einfach Jan Valkensteyn zu sein, wenn das überhaupt möglich war.

Nach einer ganzen Weile wurden die Segel eingeholt, die Ruderer legten sich in die Riemen. Die Fahrt des Schiffes verlangsamte sich, sie glitten an den Fangkörben der Fischer vorbei, dann steuerten die Ruderer gegen. Jan sog den Duft der neuen Welt in sich auf. Es roch süßlich, ein bisschen nach Fisch, unterschied sich kaum von den Gerüchen in Amsterdam in der Nähe des Wassers. Als er zur Küste herübersah, reckte sich ein Holzgestell bedrohlich in den frühen Morgen, zeichnete sich dunkel gegen die dahinterliegende Landschaft ab.

»Das ist ein Galgen, Jan!« Garbrand griff nach seinem Arm und umklammerte ihn mit einer solchen Kraft, dass es schmerzte. »Was für ein Empfang! Das Erste, was man sieht, ist ein Galgen. Das kann kein gutes Omen sein!«

Er war jetzt ein paar Sonnenaufgänge lang nicht mehr bei der Frau aufgetaucht, hatte sich die meiste Zeit im Moor versteckt. Wenn er da war, hatte er sich am Burghof herumgeschlichen oder das Haus der Frau beobachtet. Er vermisste sie, hatte aber Angst vor dem anderen Weib. Sie war wie die Menschen im Lager, würde ihn wegjagen, wenn er ihr zu nahe kam. Der große Mann hatte aus dem Kopf geblutet, war aber allein nach Hause gegangen. Sein Gang war schwankend und unsicher gewesen, der Knabe hatte sich immer ein Stück hinter ihm gehalten. Im Gegensatz zum Hinweg hatte der Mann seine Anwesenheit da aber nicht mehr erahnt. Der große Mann war wie benommen. Der Knabe hatte gesehen, wie er zu Boden gegangen war. Das Schicksal hatte entschieden, dass es so war. Aber es war grausam. Der Knabe mochte kein Blut, verabscheute den Geruch. Zu oft hatte er rohes Fleisch essen müssen. Es schmeckte süßlich-scharf, ein bisschen, als wenn er an der Spitze seines Messers lutschte. Aber Blut gehörte zum Tod, und wenn jemand wegsollte, musste es da sein. Das war wie bei den Tieren. Der Mensch war gar nichts anderes. Er glaubte es nur. Die Eulen der Nacht, die Frösche in der Graft und auch die Schweine im Stall unterhielten sich. Oft verstand der Knabe deren Sprache eher als die der Menschen im Lager. Nur bei der Frau hatte er erfassen können, was sie von ihm wollte. Sie hörte auch zu, sah in seine Augen und las in seiner Seele. Er wollte zu gerne zu ihr, doch war es zu gefährlich, in die Nähe des Lagers zu gehen, denn sie suchten überall nach dem, der dem großen Mann das angetan hatte. Und sie dachten, dass er es gewesen war.

Der Knabe wusste genau, dass sie ihn töten würden, wenn sie ihn in die Finger bekamen. Das hatten sie schon immer gewollt. Wenn er jetzt in die Nähe der Burg kam, verstand der Wortsammler ein paar von den Worten, die die Menschen sprachen. Es war, als habe der Abend mit der Frau in ihm einen Damm geöffnet, wie an einem See, in den nun noch mehr Worte hineinfließen konnten.

Der große starke Mann war unangreifbar, dem durfte man nichts tun. Aber er war böse, nicht gut zum Meer.

In einem großen Bogen wandte sich der Knabe zum Siel, sein täglicher Gang. Den ließ er, trotz aller Gefahren, nie aus. Er musste sich um das Wasser kümmern, er musste mit den Fluten reden, damit sie auf jeden Fall zurückkamen. Denn sonst waren alle hier verloren. Sie wussten es nur nicht. Keiner von ihnen.

Als der Knabe aufs Wasser hinaussah, erkannte er ein großes Schiff, das auf die Küste zuhielt. Nun würden noch mehr dieser Menschen in das Land fallen und noch schneller diese Dämme bauen.

Hiske wurde mitten in der Nacht von einem lauten Poltern geweckt. Es war Adele. »Schnell, du sollst zum Burghof kommen. Ein Schiff ist angelandet, und sie haben eine Schwangere dabei. Da kommt ein Kind, und es sieht nicht gut aus. Die Frau schreit wie am Spieß. Außerdem läuft ihr das Blut die Schenkel herab.« Adele schüttelte den Kopf. »Das war wohl etwas viel mit der langen Reise. Warum bleiben die Holländer nicht, wo sie waren?«

Hiske sah Adele befremdet an. »Ich denke, ihr gehört alle zusammen?«

Adele winkte ab. »Wir sind die wahren Täufer, die Mennoniten sind anders. Die haben Münster nicht erlebt.«

»Sie sind in Holland auch *vogelfrey* und werden verfolgt«, wandte Hiske ein, während sie in ihr Gewand schlüpfte. »Was macht ihr bei den heimlichen Treffen, nachts in der Burg? Haltet ihr dort gemeinsame Gottesdienste ab?«

»Bist du so weit?«, wich Adele aus. »Es schien wirklich eilig zu sein.«

Hiske griff nach ihrem Bündel mit den Utensilien und warf sich ein Tuch um die Schultern. »Ich beeile mich ja.«

Als sie über den dunklen Pfad lief, fragte sie sich zum wiederholten Mal, ob irgendwo in der Dämmerung der Wortsammler stand, hungerte und – trotz der mittlerweile schon wärmeren Nächte – fror. Es war ohnehin ein Wunder, dass der Junge so lange ohne ein Dach über dem Kopf überlebt hatte. Ob es doch jemanden gab, der ihn heimlich versorgte? Irgendwer musste sich ja auch schließlich um ihn gekümmert haben, als er noch kleiner gewesen war.

Hiske hörte die Schreie der Frau schon von Weitem. Sie lag in einem der Ställe, und um sie herum hatte sich eine neugierige Menschentraube gebildet, die ihre Kommentare abgab. Hiske bahnte sich einen Weg hindurch. »Bitte alle weg hier!«, befahl sie. Ruhig, aber sehr nachdrücklich. Das hatte sie in den Jahren ihrer Hebammentätigkeit gelernt: Nur wenn sie bestimmt auftrat, konnte sie die Kinder gesund auf die Welt holen, nur so sich die Schwätzer vom Leib halten.

Unwillkürlich wichen die Menschen zurück. Wieder spürte Hiske die Distanz zwischen sich und ihnen, die für sie unüberwindbar war. Sie war und blieb ein Fremdkörper in einer Gemeinschaft, die so fest miteinander verkettet war, dass sie es nie schaffen würde, ein Glied für sich zu öffnen, um ein Teil des Gefüges zu sein. Diese Welt war so unantastbar, dass man den Tod von Ascheburgs als gegeben hingenommen hatte. Selbst Krechting war in eine Art Starre verfallen, als ihm bewusst geworden sein musste, dass der Mörder aus den eigenen Reihen kam. Der Anschlag auf ihn vor ein paar Tagen hatte diese Lähmung noch verschlimmert. Immer lauter wurden die Mutmaßungen, dass es nur der irre

Junge, der immer mal wieder am Lager auftauchte und von dem niemand wusste, wer er war und woher er kam, gewesen sein könne. Es war so einfach, sich den Schwächsten herauszusuchen, so musste man nicht nach der Wahrheit suchen.

Und doch waren sich die Menschen nicht sicher. Es war, als klebe eine zähe Schicht über dem Lager, die die Menschen lähmte. Hiske fand es unheimlich, wie sie sich gegenseitig ansahen, so, als überlegten sie bei jedem Blickkontakt, ob ihr Gegenüber von Ascheburg das Messer in den Bauch gerammt und ihn dann so bestialisch zugerichtet hatte.

Mit Erschrecken hatte Hiske die Blicke bemerkt, mit denen man sie bedachte. Sie fürchtete den Tag, an dem einer von ihnen ihre Vergangenheit entdeckte. Von dem Augenblick an wäre sie verloren. Sie war gekommen, als von Ascheburg starb. Wenn sie ihr vielleicht auch den Mord nicht in die Schuhe schieben konnten, so doch sicher die Schuld an dem Übel, das mit ihrer Ankunft über das Lager gekommen war. Wo auch immer das Leben sie hintrieb: Der Makel der Zauberin würde an ihr haften wie Pech. Glücklicherweise war Adele bei ihr gewesen, als Krechting angegriffen worden war. Hiske zuckte zusammen. Krechting war erst am frühen Morgen überfallen worden. Und da hatten Adele und sie sich bereits getrennt.

Anneke starrte in den Nachthimmel, der sich heute von ungewöhnlicher Klarheit zeigte. Es war still im Lager, auch die Gebärende hatte sich beruhigt, seit die Hebamme zu ihr gekommen war. Hiske Aalken hatte etwas an sich, das die Leute fesselte und gleichzeitig abstieß, wobei Anneke davon ausging, dass es eher der Neid auf die Anmut und Sicherheit der jungen Frau war, der die Leute gegen sie einnahm.

Über dem Burghof lag eine große Anspannung. Schemering hatte sich, nachdem Krechting eins über den Schädel bekommen hatte, in den letzten Tagen kaum im Lager blicken lassen. Es war, als wäre die Obrigkeit in Lauerstellung gegangen, als warteteten sie auf etwas. Jeder im Lager hatte Angst, der Mörder könne ein zweites Mal zuschlagen, und die Verantwortlichen verkrochen sich.

Anneke wunderte sich, dass die Hebamme ohne Schutz durch die Nacht lief, ungeachtet der Gefahr, der sie sich aussetzte. Hiske schien unerschrocken, doch genau diese mangelnde Furcht trieb etliche Menschen dazu, ihr Böses nachzusagen. Gerade Magda Dudernixen kamen Worte über die Lippen wie: »Wenn sie sich nicht fürchtet, dann gibt es eben keinen, vor dem sie sich fürchten muss. Sie ist selbst das Böse!« Und sie wurde nicht müde, von Hiskes »kalten Augen« zu sprechen. Anneke hatte die Erfahrung gemacht, dass die Menschen immer das glaubten, was sie besonders oft hörten.

Von Adele wusste Anneke, dass Hiske den Jungen mit in ihre Kammer genommen hatte. Der Knabe, den alle als Ausgeburt des Bösen sahen, der Schatten, den alle fürchteten. Anneke wusste, was im Lager geredet wurde. Sie hatte sich schon überlegt, Hiske zu warnen, denn so würde es für die junge Frau schwer sein, hier wirklich Fuß zu fassen. Es reichte eben nicht, eine gute Hebamme zu sein. Auch der Bader schämte sich seiner Sticheleien nicht. Er erzählte überall herum, dass Maria ohne Hiske gar nicht erst in die Lage gekommen wäre, fast zu verbluten. Anneke wusste, dass es nicht stimmte, dazu hatte sie selbst zu viele Kinder auf die Welt geholt. Es konnte immer etwas geschehen. Dudernixen war unermüdlich darin, Hiske schlechtzumachen. Der Bader wollte ganz nach oben, tat alles, um von Ascheburgs Platz einzunehmen, und keiner bremste ihn. Obwohl Anneke niemanden kannte, der sein Streben guthieß.

Sie sah Hiske kurz aus dem Stall treten und nach Luft schnappen. Heute waren erneut ein paar Flüchtlinge übers Meer gekommen. Es waren nicht so viele wie mit dem letzten Schiff, aber das Lager wuchs und wuchs. Krechting und die Häuptlingsfrau mussten bald mit der neuen Siedlung beginnen. Anneke mochte nicht an den Sommer denken, wenn die Fliegen kamen und sich in der über dem Burghof gebildeten Dunstglocke richtig wohlfühlten. Sie würden überall sein: im Essen, auf dem Abtritt, in den Decken. Es war schon im vergangenen Jahr schrecklich gewesen, und nun würde es noch schlimmer werden.

Krechting hatte für die frühen Morgenstunden wieder eine Zusammenkunft einberufen. Anstatt den Mörder zu suchen, lud er nunmehr zweimal in der Woche in den Burgkeller ein, um zu beten und sich der Märtyrer zu erinnern. Die Menschen konnten so müde sein, wie sie wollten, Krechting erwartete, dass sie kamen, und Anneke wusste, dass er es auch kontrollierte.

Die Marketenderin blickte aus ihrem Wagen und sah, dass sich die Menschen schon auf dem Burghof versammelten. Anneke mochte diese Zusammenkünfte immer weniger, sie machten ihr inzwischen Angst, nur gab es keinen Weg, dem zu entgehen. Sie hätte das ganze Lager gegen sich. Nicht dabei zu sein, grenzte an Aussatz. Krechting versuchte mit allen Mitteln, sie alle hier im Glauben zu einen. Er würde scheitern, dessen war sie sich sicher.

Die Marketenderin warf sich ein Tuch über die Schultern, und als sie am Stall vorbeikam, hörte sie das erste Weinen eines Kindes. Hiske hatte wieder einer kleinen Seele auf die Welt geholfen. Manchmal dachte Anneke, wie sinnlos das alles war, wo doch so viele das erste Jahr gar nicht überlebten. Und wenn doch, wurden sie später in irgendwelchen

Kriegen oder anderen Auseinandersetzungen einfach getötet, wurde ihnen der Kopf vom Hals gesäbelt, so wie man einen Kohlkopf vom Feld schnitt.

Anneke überlegte, wie Krechting es schaffen wollte, dass die Hebamme nichts von dem Treiben hier mitbekam. Noch kümmerte sie sich um das Kind, aber schon gleich würde sie aus dem Stall kommen und alle Menschen hier versammelt sehen. Es sollte nicht Annekes Sorge sein. Wahrscheinlich wusste Hiske ohnehin längst, wohin sie geraten war. Anneke wünschte sich nichts sehnlicher, als dass Krechting aus seiner Lethargie erwachte und das Lagerleben wieder in den normalen Bahnen verlief.

Anneke sah in Richtung der Stallungen, es war ruhig, vermutlich saugte das Kind glücklich an der Brust seiner Mutter. Genau so, wie es sein sollte, wenn alles in Ordnung war. Nur war in diesem Lager nichts in Ordnung. Es war, als hinge das Schwert des Scharfrichters über ihnen und wartete nur darauf herabzufahren und ihnen allesamt mit einem Hieb den Kopf abzuschlagen. Und wie zur Bestätigung sah sie aus dem Augenwinkel den Schatten des Knaben, der sich mal wieder hier herumdrückte.

Hiske beobachtete die junge Mutter genau. Sie hatte ihr die ganze Nacht hindurch in den Wehen beigestanden, und das Kind war gesund auf die Welt gekommen. Nun war die Frau am Ende ihrer Kräfte. Die lange Reise in die Herrlichkeit war einfach zu viel gewesen. Doch trotz ihrer Schwäche richtete sie sich jetzt auf und wollte in ihren Rock schlüpfen. »Ich muss in die Katakomben. Krechting hat gesagt, es sollen alle kommen, auch die Neuankömmlinge«, sagte die Frau. Das Kind hatte die Brustwarze losgelassen und schlummerte seelenruhig im Arm der Mutter.

»Du musst dich ausruhen«, sagte Hiske und drückte die Frau auf das Strohlager zurück. »Du hast viel Blut verloren, und wenn du jetzt aufstehst, fällst du um und dann womöglich die Treppen herunter.«

»Krechting duldet nicht, dass jemand fehlt! Das hat er sehr deutlich gemacht!« In die Stimme hatte sich jetzt ein Hauch von Panik gelegt.

»Du bleibst!«, entschied Hiske, als sie sich den Blutfluss angesehen hatte, der noch zu stark war, als dass die Wöchnerin aufstehen durfte. Es würde sie umbringen. Hiske legte ihr nasse, kalte Tücher auf den Bauch, gab auch ihr von dem Hirtentäschelsud und wartete, ob die Blutung nachließ. Zusätzlich gab sie ihr verschiedene Kräuter zu kauen, die sie wieder zu Kräften kommen lassen würden. Die junge Mutter schien über das Verbot der Hebamme fast dankbar zu sein, sie legte sich ohne Gegenwehr zurück, wurde zusehends müder, bis sie schließlich in einen tiefen Schlummer fiel.

Hiske hockte sich neben sie, untersuchte sie in regelmäßigen Abständen und stellte zufrieden fest, dass sich die Blutung normalisiert hatte. Sie wartete noch eine Weile. Einerseits wollte sie in der Nähe der Frau bleiben, andererseits aber nachsehen, was sich auf dem Burghof tat. Sie würde ja hören, wenn die Wöchnerin erwachte. Hiske sah hinaus, alles lag wie ausgestorben vor ihr. Alle, auch die Neuen, waren in den Katakomben verschwunden. Sie kannten einander nicht, und doch war allen klar, was von ihnen erwartet wurde. Woher wusste Krechting, dass sie alle zusammengehörten? Sie hätte die Frau gern noch mehr über diese Zusammenkünfte ausgefragt, denn sie schien genau zu wissen, worum es ging. Doch es war besser, das Weib schlafen zu lassen. Sie war völlig erschöpft von der Reise und der Geburt.

Hiskes Blick schweifte umher. Schließlich sprang sie vom Wagen und drückte sich an den Hofmauern entlang, um nicht gesehen zu werden. Tyde war die Einzige, die sich den Treffen hin und wieder verweigerte, wie sie von Adele wusste. Auch heute war sie nicht dabei gewesen. Sie genoss in der Burg den Schutz der Häuptlingswitwe, da hatte sie mehr Freiheiten, als wenn sie Krechting direkt unterstellt war. Er war wirklich ein seltsamer Mann, faszinierte mit seiner Dominanz und seiner dunklen Stimme, verstand es, alle Menschen in seinen Bann zu ziehen. Er hatte ein ungeheures Charisma, was ihn auf der einen Seite unwiderstehlich, auf der anderen Seite aber auch gefährlich machte. Sogar mit seiner Kopfverletzung ließ er es sich nicht nehmen, alle Täufer zusammenzutrommeln. Was musste geschehen, damit dieser Mann aufgab? Hiske hätte gern mehr über Krechting erfahren, doch er hielt sich ihr gegenüber sehr bedeckt. Sie spürte seinen großen Respekt ihrer Arbeit gegenüber, aber auch die Distanz, die er wahren wollte. Hiske drückte sich in eine Nische, als sie Stimmen hörte, die nicht aus dem Eingang zum Keller, sondern vom Burgtor kamen.

Der Wächter fragte etwas, das Hiske nicht verstand, und ließ dann zwei Männer passieren, die unterschiedlicher nicht sein konnten. Einer war hochgewachsen, schlank und dabei kräftig, ohne dick zu sein, der andere war klein und sehr beleibt. Sicher waren es auch Reisende vom Schiff. Nur warum waren sie nicht mit dem übrigen Tross schon früher im Lager angekommen? Der Wächter rief dem großen Mann ein paar Worte zu, die der mit einem Schulterzucken abtat. Hiske ärgerte sich, dass sie in ihrer Ecke nur Wortfetzen verstand, auf die sie sich keinen Reim machen konnte. Es ging um Krechting, das war alles, was sie verstehen konnte. Doch offensichtlich hatte der Wächter den Befehl erhalten, die Versammlung nicht zu stören, denn er weigerte sich standhaft, die Männer zu Krechting zu bringen.

So standen die beiden etwas unschlüssig im Burghof herum. Als Hiske im Schein der Fackeln das Gesicht des größeren Mannes sah, bemerkte sie sein markantes Profil. Da er sein Gesicht nicht hinter einem Bart versteckte, fiel ihr sofort auf, wie müde und niedergeschlagen er aussah. Hiskes Blick blieb ein wenig zu lange an ihm hängen. Sie wunderte sich über sich selbst, denn sie hatte sich geschworen, nie im Leben einen Mann an sich herankommen zu lassen. Als sich die Metallschellen im Kerker von Jever in ihre Haut gefressen hatten, war dieser Entschluss gefallen, und er war unwiderruflich. Die Folterer hatten es geschafft, ihr die Liebe zu nehmen, denn sie hatte gelernt, dass von Männern nur rohe Gewalt ausging. Einzig der Wortsammler hatte es mit seiner kindlichen Naivität geschafft, in ihr einen Funken Wärme zu entzünden.

Hiske sah, dass der große Mann immer wieder unter seinen Umhang griff, so als müsse er etwas hüten. Sie hätte zu gern gewusst, was er dort verborgen hatte. In diesem Moment wandte er den Kopf und blickte in ihre Richtung. Hiske drückte sich tiefer in eine Nische. Es war besser, wenn er sie nicht sah, wer wusste schon, in welcher Mission er hier war. Nicht, dass die beiden Gesandte aus Jever waren, die auf der Suche nach ihr waren und sich nur unter den Tross der Neuangekommenen gemischt hatten, um unerkannt zu bleiben. Remmer von Seediek traute sie alles zu. Er wollte sie auf dem Scheiterhaufen sehen, hatte die Niederlage, dass sie freigekauft worden war, nie ganz verschmerzt und ihr ewige Rache geschworen. Wenn sie einen wirklichen Feind auf dieser Welt hatte, war es mit Sicherheit der Kanzler Fräulein Marias von Jever.

»Dummes Zeug«, schalt sie sich. »In dem Fall hätten die Wachen sie bestimmt nicht einfach so in der Nacht eingelassen. Sie wären misstrauisch gewesen.« Die Männer mussten einen anderen Grund haben, hier zu sein. Vermutlich hatten sie das Schiff einfach später verlassen, warum auch immer. Hiske wagte wieder einen Blick. Der Größere sah sich suchend um. Offensichtlich wollte er seine unter dem Wams verborgene Last so rasch wie möglich loswerden. Wahrscheinlich hatte er abgewartet, bis alle die Knorr verlassen hatten, und sich dann allein mit seinem Begleiter auf den Weg gemacht.

Hiske zuckte zusammen, als ein Hustenanfall den Dicken erschütterte. Sie betrachtete ihn das erste Mal genauer und erschrak. Sein Gesicht war eingefallen, seine Haut blass und teigig. Ganz offensichtlich schien er sehr krank zu sein. Das feuchte Klima dieses Landstrichs wäre Gift für seinen Husten. »Hier ist keiner, Jan«, keuchte er jetzt. Er hatte einen merkwürdigen Akzent. »Wer weiß, wo sie alle stecken.« Ein erneuter, furchtbarer Hustenanfall folgte diesen paar Worten. Wenn Hiske sich nicht sehr täuschte, hatte der Mann hohes Fieber, und, kurzatmig wie er war, musste seine Lunge entzündet sein. Der Mann, den der Kranke Jan genannt hatte, winkte ab. Er wurde von Sekunde zu Sekunde unruhiger, schritt mit großen Tritten aus, immer drei Schritte nach rechts und drei Schritte nach links. »Kann mir denken, was die alle tun, weiß aber nicht, wo«, brummte Jan, machte einen Schritt rückwärts und lehnte sich mit dem Kopf an die Burgmauer. Er war jetzt nur wenige Meter von Hiske entfernt. Ein strenger Geruch nach Schweiß und ungewaschener Haut wehte zu ihr herüber. »Bin froh, wenn wir uns hier irgendwo waschen können«, sagte er auch schon. Er nahm seine ruhelose Wanderung über den Hof wieder auf. Hiske in ihrer

Nische bemerkte er nicht, da er unablässig die Eingänge zur Burg im Auge behielt. »Die Wahrscheinlichkeit ist groß, dass es so ist, wenn doch alle verschwunden sind«, sagte er mehr zu sich selbst.

»Was ist so?«, hustete der Dicke.

»Garbrand, sag lieber nichts, das verschlimmert deinen Zustand. Sobald wir Krechting getroffen haben, bekommst du ein trockenes Lager. Ich mache Wickel auf deine geschundene Lunge, reibe dich mit meiner Salbe ein.« Den Blick, den er dem Mann zuwarf, war voller Wärme, auch seine Anspannung schien für einen Moment nachzulassen. »Jetzt haben wir es so weit geschafft, den Rest bekommen wir auch noch hin. Ganz sicher.« Als Jan aber dem Burghof erneut seine ganze Aufmerksamkeit widmete, wirkte er gleich wieder so, als sei jeder Muskel seines Körpers in Alarmbereitschaft.

Hiske hatte bei seinen Worten eben ein wenig gestutzt. Er hatte Dinge zu Garbrand gesagt, die auf medizinisches Wissen hindeuteten, der Kranke würde folglich gut versorgt sein.

»Wir müssen warten«, sagte Jan schließlich. »Ich weiß nicht, wie lange es dauert, bis sie zurück sind. Komm, Garbrand, lass uns hier rasten, einen Schluck trinken und etwas essen. Du brauchst ganz dringend eine Stärkung.« Er lächelte den Mann an. Dieser Jan war wirklich ein außergewöhnlich gut aussehender Mann mit einer warmen Stimme. Hiske wunderte sich über sich selbst. So etwas hatte sie noch nie von einem Mann gedacht. Der Aufenthalt in der Fremde schlug ja völlig andere Seiten an ihr auf.

Jan ließ sich mit Garbrand unweit von Hiske nieder. Er griff in das Bündel und zog einen Kanten Brot und etwas geräuchertes Fleisch heraus, das er brüderlich mit seinem Begleiter teilte. Der pulte aber nur ein paar Krumen vom Brot und lehnte das Fleisch ganz ab.

In dem Moment öffnete sich die Kellertür, und die Menschen strömten lautlos, wie sie gekommen waren, in den Hof. Hiske drückte sich noch enger in den Schatten der Mauernische. Es dauerte nicht lange, bis sie sich wieder in ihre Wagenburg oder ihr Lager verkrochen hatten. Die, die außerhalb der Burg wohnten, wurden ohne Schwierigkeiten herausgelassen. Binnen Minuten wirkte der Burghof, als schlafe er friedlich. Hiske befand sich nun allein mit den Neuankömmlingen auf dem Hof. In diesem Moment verließen auch Krechting und Schemering den Keller. Krechting schien die beiden Männer erwartet zu haben, denn er hatte sich wie ein witternder Hund umgesehen, bis Jan ihn ebenfalls entdeckt und ein Zeichen gemacht hatte.

»Jan Valkensteyn?«, fragte Krechting knapp. Als Jan nickte, sprach Krechting gleich weiter, ließ sogar die Begrüßung weg. »Kommt er? Hat er Euch begleitet?« Wie wichtig mochte diese Information für ihn sein, dass er sämtliche Höflichkeitsfloskeln außer acht ließ?

»Er hat mir etwas mitgegeben. Ihr sollt vorsichtig sein. Nichts ist sicher, nichts ist gewiss.«

Krechtings Stimme wackelte hörbar, als er jetzt sagte: »Er ist nicht gekommen? Ihr seid ohne Rothmann hier?«

Jan nickte. »Rothmann heißt er also mit wirklichem Namen. Ich habe ihn gar nicht zu Gesicht bekommen.«

»Aber er lebt?«, setzte Krechting mit heiserer Stimme nach.

»Ich denke doch. Habe aber nicht persönlich mit ihm gesprochen. Man hat mir diesen Brief in die Hand gedrückt. Der Bote war am nächsten Tag tot. Rothmann wird kommen, wenn die Zeit dafür reif ist.«

Krechting riss Jan den Brief aus der Hand, steckte ihn aber ungelesen in sein Wams. Er war aschfahl geworden. Unsicher griff er hinter sich und stützte sich an der Burgmauer ab.

Seinem Gesicht war anzusehen, dass sich alle Hoffnungen zerschlagen hatten. Nur mit Mühe fasste er sich wieder und schien zum ersten Mal den Mann an Jans Seite wahrzunehmen. »Wer ist das?«

»Ein Freund, den ich auf der beschwerlichen Reise kennengelernt habe. Wir wollen bald zurück nach Emden. Ein paar Tage ausruhen, dann machen wir uns auf den Weg.«

Krechting nickte, hob an, etwas zu sagen, aber nun ergriff Schemering das Wort. »Wollt Ihr meine Gäste sein? Meine Hofstelle bietet Platz und Essen für alle.« Er sah zu Krechting. »Mein Onkel hatte einen bedauerlichen Unfall, er muss sich schonen und kann Euch deshalb keine Gastfreundschaft anbieten.«

Jan nickte. »Sehr freundlich. Eine Bettstatt und eine warme Suppe morgen früh würden uns guttun.« Er warf einen Blick auf den Mönch »Und heißes Wasser. Mein Begleiter ist sehr krank, er braucht Hilfe.«

»Ich lass Dudernixen kommen, der kann ihn zur Ader lassen«, brummte Krechting, aber Jan winkte ab. »Bin selbst Arzt. Ich habe Medizin für ihn dabei.«

Krechting nickte. Er hatte von dem Boten mehr erwartet als einen Brief, auch wenn der nur unter Einsatz seines Lebens überhaupt hierhergelangt war.

Die Männer verließen den Hof, Hiske hörte, wie Hinrich Krechting Jan vom Mord an Bruder Cornelius in Kenntnis setzte. Dann verloren sich ihre Stimmen in der Nacht.

Kapitel 11

Jan Valkensteyn saß bei Wolter Schemering am Kamin und sah ins prasselnde Feuer. Sie konnten trotz der fortgeschrittenen Stunde nicht schlafen und warteten bei Bier und Käse auf die nötige Bettschwere. Jan merkte, wie die Anspannung der vergangenen Tage langsam von ihm abfiel. Was für eine Wohltat, endlich einmal wieder richtig warm, satt und vor allem sauber zu sein.

Garbrand schnarchte in seiner Kammer, Wolters Weib hatte ihm sogar ein echtes Kissen und eine Decke gegeben. Sie war es auch, die Jan heißes Wasser und alles, was er brauchte, um seinem Freund die Nacht so leicht wie möglich zu machen, gebracht hatte.

»Wie hat man Cornelius gefunden?«, fragte Jan.

»Am Lager, schlimm zugerichtet. Da war Hass im Spiel, und nicht zu knapp.« Schemering schilderte Jan die Verletzungen und schüttelte sich. »Das kann keiner von uns getan haben. Wir halten fest zusammen. Aber es gibt Menschen, die hier leben und die nicht zu uns gehören.«

Jan zog fragend die Brauen hoch.

»In Dykhusen wohnen ja genug Nichttäufer. Und seit der Nacht des Mordes treibt sich ein Weibsbild aus Jever hier herum. Sie ist dort der Zauberei angeklagt und hierhergeflohen. Krechting wollte es geheim halten, doch das gelingt bei uns nicht. Und dann gibt es noch einen Irren hier.«

»Einen Irren?« Jan war konsterniert. »Was heißt einen Irren?«

Schemering druckste merklich herum. »Ein Junge.«

»Ein Junge?«

»Groß, viel zu groß. Ein Bär von Kind und erst ungefähr zehn Lenze alt. Keiner weiß, wer er ist und woher er kommt. Treibt sich am Lager herum, ist mal da, mal nicht. Reden kann er auch nicht ...«

Jan hob die Hand, gebot Schemering zu schweigen. »Ein Kind? Ein Kind, das nicht redet?«

Wolter nickte. »Und diese Zauberin hat sich seiner angenommen, ihn sogar eine Nacht beherbergt, erzählt man sich. Genau in der Nacht ist dann Krechting zusammengeschlagen worden.«

»Was ist denn das für ein Beweis? Warum sollte ein Kind, auch wenn es von kräftiger Statur ist, versuchen, Euren Anführer zu töten? Wo liegt der Sinn?«

Schemering schürzte die Lippen. »Genau darüber habe ich mir auch den Kopf zerbrochen. Aber was ist, wenn die Zauberin es in ihrem eigenen Interesse angezettelt hat?«

»Was ist sie für ein Mensch, was genau macht sie hier?«, fragte Jan.

Schemering erzählte. Der Arzt hörte zu und fragte dann: »Warum sollte die Hebamme das tun? Krechting hat ihr doch Schutz und Wohnrecht gegeben?« Jan merkte, dass er einen wunden Punkt bei Schemering getroffen hatte, denn der hatte dafür auch keine Erklärung und stammelte nun unsicher: »Sie ist eben eine Zauberin, sie bringt das Böse.«

Jan schüttelte den Kopf über so viel Aberglauben. »Schemering, Ihr seid Jurist, Eurer Sinne mächtig. Ihr seid Täufer, und für Euch gibt es das Höllenfeuer und diesen Humbug nicht. Wie wahrscheinlich ist so etwas?«

Schemering war es sichtlich unangenehm, dass Jan ihn bloßstellte. »Ihr habt recht, Valkensteyn. Der Pöbel schreit aber nach einem Schuldigen, und es wäre fatal, jetzt jemanden aus der Täuferriege zu beschuldigen. Ich wüsste auch nicht, wen. Die ganze Sache steht auf wackligen Füßen. Wir kommen mit dem Deichbau gut voran, aber die neue Siedlung am Brack, sie zieht sich. Die Menschen im Lager werden immer unleidlicher, wollen nicht länger im Schmutz hausen. Sie wollen endlich sesshaft sein, es sind alles gut angesehene Handwerker und Kaufleute aus Holland. Wir muten ihnen sehr viel zu. Und nun der Mord an dem Lokator.«

Jan griff zu dem Becher mit dem Dünnbier. »Und da glaubt Ihr tatsächlich, mit einem oder zwei Bauernopfern wäre es getan?«

Schemering nickte. »Dann wär erst mal Ruhe. Die Leute haben große Angst.«

Jan lachte auf. »Ihr wollt eine junge unschuldige Frau und ein Kind aufknüpfen, weil sie ohnehin nicht hierherpassen?« Er sprang auf und hieb mit der Faust auf den Tisch, dass der Becher Bier umkippte. »Verdammt! Ich habe mein Leben riskiert, Schemering, um Euch eine Botschaft zu überbringen, deren Inhalt ich nicht mal kenne. Nach meinem Verschwinden bei diesem Johannes, der eigentlich Rothmann heißt, ist sein Wächter gleich ermordet worden. Ich komme hierher und finde einen getöteten Täufer, der sich unter dem Deckmantel des reformierten Glaubens versteckt.« Er sah dem Landrichter fest in die Augen. »Für was habe ich das alles getan? Um Unschuldige ans Messer zu liefern, weil sie Euch gerade im Weg sind? Es wird die beiden ihren Kopf kosten, wenn Ihr sie anklagt, Schemering! Man wird sie aufhängen oder auf den Scheiterhaufen brennen lassen! Und das wollt Ihr?«

Der Landrichter sackte in sich zusammen. »Krechting und ich dachten, es sei eine Lösung, mit der alle gut leben können.« Dann sah er den Arzt an. »Ihr seid gut bezahlt worden.«

Jan ignorierte den Einwand. »Es kann weitere Tote geben, wenn Ihr nicht den wahren Mörder findet.« Er ließ sich auf den Stuhl sinken, griff nach dem Stück gelben Käse, den Schemerings Frau auf den Tisch gestellt hatte. Sie wischte den Boden auf und füllte Jan erneut Bier in den Becher. Er trank einen Schluck. Das Gesöff war nur mit dem gleichzeitigen Genuss von Käse erträglich. »Der Anschlag auf Krechting ist das beste Zeichen dafür, wahrscheinlich hat er nur Glück gehabt, dass er noch lebt.«

Schemering war aufgestanden. Er lief vor dem Fenster auf und ab, hatte die Hände auf dem Rücken verschränkt. Seine Miene war verschlossen. Jan konnte nicht erkennen, ob seine Worte den Juristen erreicht hatten. Er hoffte es inständig. Obwohl er weder die Hebamme noch dieses arme Kind kannte, das scheinbar durch Verwahrlosung zu einem Verrückten geworden war, so war ihm doch klar, dass man hier eine Last auf deren Schultern abladen wollte, unter der beide zerbrechen würden.

»Was sollen wir tun, Valkensteyn?«

»Den wahren Mörder finden. Eine andere Lösung sehe ich nicht.«

In der Nacht waren Leute über das Meer gekommen. Mit der Flut war wieder ein großes Schiff angelandet und hatte sie ausgespuckt. Die Menschen ergossen sich in das Land wie die kleinen Ameisen, die ihn an den Füßen kitzelten. Nur verschwanden sie nicht in den Löchern und Ritzen, sondern breiteten sich immer weiter aus. Der Burghof würde bald platzen wie ein eitriges Geschwür, und die Menschen würden mit ihrer Schlechtigkeit in das Land drängen und es besudeln. Je mehr kamen, desto mehr würden sie das Meer bezwingen wollen, damit sie genug Platz hatten. So weit hatte er es schon erfasst.

Heute wollte der Knabe zu der Frau gehen, sie musste ihm ein wenig Bauchfreude bereiten. Der Bauch schmerzte so sehr. Seit der letzten Mahlzeit bei ihr hatte er nur etwas Milch zu sich genommen, die er direkt aus dem Euter einer Kuh getrunken hatte. Dazu war es ihm in der vergangenen Nacht gelungen, im Lager ein Stück gebratenes Huhn und einen Laib Brot zu stehlen. Es war aber nicht nur der Hunger, der ihn zu ihr hinzog. Es war ihr Geruch, der ihm fehlte. Es war die Stimme, die sein Ohr gestreichelt hatte, und die Augen, die voller Wärme gewesen waren. Sie war eine wichtige Frau, denn sie holte das Leben auf die Welt. Das gefiel ihm. Sie war eben eine Lebenspflückerin. Sie zupfte die Kinder aus den Bäuchen der Frauen und hauchte ihnen Leben ein, schenkte ihnen mit ihren Händen das leise Weinen, das sie auswies, nun zu den Lebenden zu gehören. Der Knabe zuckte zusammen. Er hatte eben selbst ein Wort erfunden. Zum ersten Mal in seinem Leben. Ein Wort für die Frau. Er lachte auf, sprang herum, tanzte zu einer Melodie, die er selbst erdacht hatte. Dabei streichelte er seinen Arm an der Stelle, wo sie ihn berührt hatte. Es war dort immer noch warm. Sie war eine Lebenspflückerin. Die Frau, der Mensch, der so gut, so rein, so schön war, war eine Lebenspflückerin. Der Wortsammler drehte sich immer schneller im Kreis. Er würde zurückgehen. Zurück zu ihr, wieder in der Kammer auf seiner Lagerstatt schlafen und endlich zu jemandem gehören. Sie hatte ihm die Worte geschenkt, und nun konnte er es auch schon selbst tun. Er hatte ein Wort erfunden. Sein erstes, eigenes Wort. Der Knabe japste es lauter und lauter, bis es sich zu den Wipfeln der Bäume erhob und zu den Wolken segelte. »Lebenspflückerin! Lebenspflückerin!«

Er würde auf sie aufpassen. Sein Leben lang.

Tyde starrte am frühen Morgen auf den Burghof, der von oben so lebendig wirkte. Sie dagegen saß Tag für Tag in ihrer

Kammer und wartete darauf, dass Hebrich sie mit kleineren Aufgaben betraute. Die Herrin hatte beschlossen, ihr keine schweren Arbeiten zuzumuten, weil Tydes Schwangerschaft doch schon weiter fortgeschritten und nun auch nicht mehr zu übersehen war. Ab und zu durfte Tyde mit Hebrichs Kindern in den Burggarten gehen, doch meist saß sie mit einer Stickarbeit auf den Knien und war froh, wenn der Tag sich neigte.

Wider Erwarten freute sie sich jetzt auf das Kind, würde es doch ihren tristen Alltag ein wenig erhellen und Abwechslung bringen. Immer häufiger fühlte sie die Kindsbewegungen, die ihr das werdende Leben näherbrachten. Sie würde in den nächsten Tagen auch die neue Hebamme aufsuchen, so suspekt sie ihr zu Beginn auch gewesen war. Sie hatte sie beobachtet, jetzt wo sie viel Zeit hatte, die Welt zu erkennen, und weder die Sorge um den neuen Tag noch um ihren untreuen Ehemann sie daran hinderten. Hiske Aalken war eine umsichtige Frau, die wusste, was sie tat. Tyde kam sich vor, als beobachte sie die Welt von ihrem Elfenbeinturm herab und habe so den besseren Überblick über das Geschehen. Es lief bei den Menschen im Lager so vieles schief, es war kaum einer auf dem richtigen Weg.

Erst gestern hatte sie gehört, dass man die Hebamme des Mordes an Cornelius verdächtigte. Magda und Melchior Dudernixen behaupteten das, und Krechting und Schemering schienen diese Anschuldigung dankbar aufzugreifen. Das hatte Tyde auf ihren Gesichtern wohl erkannt. Magda musste von sich ablenken, denn sie war schwanger, und das ganz sicher nicht von Dudernixen. Tyde ahnte, dass das Balg unter ihrem Herzen von Cornelius war. Dass er auch Magda beglückt hatte, war ihr schon bald klar gewesen; ihre Blicke waren ganz eindeutig gewesen. Für sie war es fast beunruhigend zu sehen, wie gelassen Dudernixen die Schwangerschaft aufgenommen hatte. Tyde fragte sich zum wiederholten Mal, ob er es wirklich nicht ahnte oder was er sonst im Schilde führte, wenn er es wusste. Tyde hasste Magda. Sie war eine schöne Frau. Zwar recht kräftig um die Hüften und das Gesicht eine Spur zu rund, doch ihre Haut war glatt und feinporig. Im Gegensatz zu ihr verunstaltete keine Sommersprosse das Gesicht, und sie hatte zumindest Brüste, keine winzigen Kirschen wie sie. Nicht einmal während der Schwangerschaft waren sie so gewachsen, dass Tyde sie als solche bezeichnen würde. Schon immer hatte sie ihren knabenhaften, blassen Körper gehasst und war erstaunt gewesen, dass der stattliche und einflussreiche Cornelius von Ascheburg gerade ihr den Hof machte. Mittlerweile wusste sie, warum. Er hatte sie als Schutzschild gebraucht. Er, der *vogelfreye* Täufer, hatte eine Andersgläubige aus der Herrlichkeit geehelicht und geriet so nicht in Verdacht, noch immer dem gefährlichen Glauben anzuhängen. So konnte er unbehelligt als Reformierter untertauchen und seine wahre Gesinnung in den gruseligen Katakomben der Burg ausleben.

Tyde hasste diesen Kellerraum, den Krechting zur Täuferkirche umfunktioniert hatte. Die Frauen mussten in der Mitte des muffigen Saals sitzen, demütig. Dann wurde der Märtyrer gedacht, ihre Qual und Pein bei den Hinrichtungen wieder und wieder erzählt, bis es kaum noch zu ertragen war. Tyde hatte es als folgsame Frau hingenommen. Bis sie dahintergekommen war, welche Betten ihr Gemahl noch aufsuchte. Da war sie schon schwanger gewesen. Von dem Zeitpunkt an hatte sie sich meist geweigert, ihn zu den Zusammenkünften zu begleiten. Ihm war nicht nur einmal die Hand ausgerutscht, ungeachtet der Tatsache, dass sie sein

Kind unter dem Herzen trug. »Du wirst meinen Stammhalter gesund auf die Welt bringen, Tyde«, waren seine Worte. »Und ich mache in der Zeit das, was mir gefällt!«

Er war einfach davongegangen. Abend für Abend, Tag für Tag. In ihr war ein Hass gegen ihn gewachsen, der immer schwerer zu bändigen war. Sie träumte davon, ihn zu quälen und zu demütigen, stellte sich vor, wie er sie, die schwache Tyde, angewinselt und ihr ewige Treue geschworen hätte, wenn ihm bewusst gewesen wäre, wie oft sie das Messer in der Hand gehabt hatte. Tyde schleuderte die Stickarbeit in die Ecke. Jetzt war er tot. Hatte zwei Blagen, das ihre und das von Magda, hinterlassen, für die es nun keinen Vater gab.

Ihr fiel Adele ein, die durch die Gnade von Ascheburgs die kleine Hofstelle behalten durfte, nachdem Stausand von den Fluten mitgerissen worden war. Sie hatte von ihrem Ehemann Nutzen gehabt, doch als Tyde in Not geraten war, hatte sie kein Bett für sie gehabt, nur diese Abseite, wo sie auf dem harten und kalten Fußboden schlafen musste. Kein Erbarmen mit einer werdenden Mutter, die eben zur Witwe geworden war. Der Tod ihres eigenen Mannes hatte Adele arg verbittert. Tyde erinnerte sich an das Gerücht, dass Adele zu Beginn der Ehe einmal ein Kind verloren hatte. Doch die Leute redeten so viel …

Ja, Tyde würde zu der Hebamme gehen und sie warnen vor der Falschheit dieser Täufer, die im Namen Gottes Frauen wild schwängerten und Köpfe rollen ließen, wo es ihnen gefiel, damit sie einfach so weitermachen konnten wie bisher. Sie machte einfach nicht mehr mit.

Dudernixen war froh, dass Magda mit den anderen Frauen zum Bleichen des Leinens auf die Wiese gegangen war. Er konnte ihren Anblick im Augenblick nur schwer ertragen.

Das Balg unter ihrem Herzen war nicht das seine, er hatte, bis vor ein paar Tagen, als er sie gewaltsam genommen hatte, seit Monaten nicht mehr neben ihr gelegen, sondern sich ausschließlich mit der Marketenderin vergnügt. Einmal hatte sie sich ihm zwischendurch angebiedert, wahrscheinlich, als sie wusste, dass ein Kind unter ihrem Herzen wuchs. Er hatte es getan, doch es war nicht der Rede wert gewesen. Er würde weiterhin zu Anneke gehen. Sie roch besser, und außerdem war sie williger, als sein Weib es je sein würde. Magda wusste aber genau, dass er das Kind annehmen, sich niemals Hörner aufsetzen lassen würde. Die Gerüchte über den wahren Vater würden bald verstummen. Und doch brodelte es in ihm. Es war, als sei das Feuer unter einem der Wasserkessel zu heiß geschürt, als schlage das Wasser Blasen über Blasen. Er hasste den Hurensohn von Ascheburg, der ihn in diese Lage gebracht hatte, weil er seine Finger nach allen Frauen ausstreckte und auch vor seiner eigenen nicht zurückgeschreckt war. Aber von Ascheburg hatte seine gerechte Strafe erhalten. Er würde seine feinen Hände nun nicht mehr über die Haut seiner Frau gleiten lassen. Sie würden bald verfaulen und abfallen. Über Dudernixens Gesicht glitt ein Grinsen. Der Mann war außer Gefecht gesetzt, er würde weder weiteren Schaden bei seiner Frau anrichten können noch sich als Lokator und Anführer beim Deichbau aufspielen. Cornelius von Ascheburg war ausgelöscht, weg. Je tiefer der Bader in sich hineinlauschte, desto besser fühlte er sich. Cornelius von Ascheburgs Tod gab ihm ein großes Stück Freiheit, die er nun für sich nutzen konnte. Und nutzen würde, denn ihm standen jetzt alle Wege nach oben offen. Sie hatten keinen mehr außer ihm, der von Ascheburgs Arbeit machen konnte.

Er würde der große Lokator sein, der alles beherrschte. Er, der es im Gegensatz zu von Ascheburg schaffen würde, die

Deichbauarbeiten voranzutreiben und den neuen Ort und Hafen zu bauen. Er würde es Krechting und Schemering schon zeigen. Das neue Täuferreich würde unter der Herrschaft der Mennoniten errichtet werden, die Täufer aus Münster würden keine Rolle mehr spielen. Sollte Krechting doch weiter seinen Träumen nachhängen. Er konnte es getrost abwarten, gute Miene zum bösen Spiel machen, und nach und nach die Herrschaft über die Herrlichkeit Gödens übernehmen. Er war der geeignete Mann dafür, alle anderen taugten nichts, wie die Vergangenheit gezeigt hatte.

Den Balg seiner Frau würde er kurz nach der Geburt verschwinden lassen. Dass ein Kind früh starb, war nicht ungewöhnlich, und es war besser, er ging so damit um, als dass er seine Frau verstieß und allen den Betrug deutlich machte. Er würde sich jetzt von seiner Frau eine gute Hafersuppe kochen lassen, sie genüsslich schlürfen und den Tag beginnen. Es gab noch viel zu tun, und ein Ding war die Suche nach dem Mörder. Oder besser nach dem Menschen, den er dafür auserkoren hatte, damit Ruhe herrschte. Nun galt es, einen Mörder aufknüpfen zu lassen, damit seinem Vorhaben nichts mehr im Weg stand. Er würde weiter die Fäden in den Händen halten und Schemerings Denken lenken. Es war eine gute Idee gewesen, Hinrich eins über den Schädel zu ziehen. Er war dadurch geschwächt, und Wolter war sowieso leichter zu beeinflussen als sein Onkel. Welch Glückes Geschick, dass die Hebamme den Jungen genau in dieser Nacht aufgenommen hatte und seine Anschuldigungen so auf fruchtbaren Boden fielen.

Das Leben meinte es gut mit ihm. So richtig gut.

»Gibt es einen weiteren, wirklichen Verdacht?« Jan saß am Tisch vor seiner Milchsuppe. Er hatte nur wenig geschlafen, war schon bald, nachdem er die Augen geschlossen hatte, vom Krähen des Hahns wieder geweckt worden. Aber er kam mit wenig Schlaf aus, er war es gewohnt.

»Wir tappen sonst im Dunkeln. Aber jeder hat große Angst, es könne bald den nächsten treffen.«

Jan presste die Lippen aufeinander. »Es kann doch wirklich jemand aus dem Lager gewesen sein«, gab er zu bedenken. »Vielleicht sind nicht alle damit einverstanden, wie es hier läuft.« Er zeigte auf das Bier, deutete dann auf das trockene Brot. »Es gibt bestimmt Menschen, die Besseres gewohnt sind. Die Zustände sind teilweise menschenunwürdig. Und von Ascheburg hatte das zusammen mit Euch zu verantworten. Jetzt der Anschlag auf Krechting. Ich sehe da einen Zusammenhang.«

Schemering winkte ab. »Die Menschen sind allesamt geflohen, wären sonst vermutlich tot oder müssten täglich um ihr Leben fürchten. Wer sollte sich das Nest kaputt machen, in dem er sitzt?«

Jan grinste. »Da gibt es genug, das wisst Ihr als Richter doch selbst. Der Mensch ist in seinem tiefsten Inneren unzufrieden, und wenn etwas nicht so läuft, wie er es gern hätte …«

»Wir Täufer halten zusammen. Immer«, sagte Schemering, aber es klang nicht wirklich überzeugt. Jan sah ihm an, dass ihn die ungeklärte Frage nach dem Mörder belastete und er daher nur zu gern die Gerüchte aufgriff, um einen, wenn auch zweifelhaften, Erfolg zu haben. »Was war von Ascheburg für ein Mann? Hatte er Feinde?«

Schemering runzelte die Stirn. »Keiner würde sich an denen vergreifen, die sie schützen.«

Jan hatte da so seine Zweifel. »Der Mensch ist nicht grundsätzlich dankbar oder friedlich«, begann er. »Es können persönliche Gründe sein, die eine Rolle spielen. Eifersucht zum

Beispiel. Oder Neid. Hat vielleicht jemand seinen Platz begehrt? Er hatte doch ziemliches Ansehen, oder?«

Schemering nickte. »Er war der Lokator und damit verantwortlich für den Bau des Siels. Krechting plante alles, und die beiden kümmerten sich dann zusammen darum, dass es geschah. Außerdem war von Ascheburg auch so etwas wie unser Prediger.« Er blickte abwartend zu dem jungen Arzt, der den Kopf nachdenklich hin und her wiegte.

»Gibt es denn jemanden auf der Burg, der gern seine Stellung gehabt hätte oder jetzt ohne ihn die Möglichkeit hat, sie zu bekommen?«

Schemering zuckte zurück. Jan Valkensteyn hatte in eine Wunde gestochen. »Der Bader. Dudernixen. Er hat seine Finger überall drin, hält sich auch oft am Siel auf. Hat Ahnung, der Mann. Bevor er Bader wurde, hat er in Holland Deiche gebaut.«

»Und dann ist er Bader geworden?« Jan konnte es nicht fassen. Kein Wunder, dass die Menschen in den Dörfern starben wie die Fliegen, wenn man Heiler auf sie losließ, die eigentlich bessere Handwerker waren. Aber das kannte er bereits zur Genüge. Irgendwer fühlte sich berufen, weil er es verstand, mit Gewalt ein paar Knochen zu richten, und wurde so zum Bader. Die Leute brauchten den Berufsstand, denn einen Arzt wie ihn konnten sich die meisten nicht leisten. Also gingen sie zum Bader, der sie im Zweifelsfall zur Ader ließ oder schröpfte. Dass es noch andere Wege gab, leuchtete vielen nicht ein, woher sollten sie es auch wissen. Er selbst hatte auf der Universität viel erfahren, aber ihm war mittlerweile auch klar, dass selbst dieses Wissen nur sehr unvollständig war. Der Arzt von Galen hatte oft geirrt. Es brauchte mehr Menschen, die es wagten, Bücher wie das von Vesalius zu schreiben. Erst vor zwei Jahren hatte er sein *De humani corporis fabrica libri septem* in Basel publiziert. Jan hatte das große Glück gehabt, es lesen zu können.

»Dudernixen wird jetzt also Lokator?«, nahm er das Thema wieder auf. Er durfte mit seinen Gedanken nicht abschweifen. Seine Forschungen zur Medizin würde er bald wieder aufnehmen können. Sowie er dieses unwirtliche Land verlassen hatte.

Schemering schürzte die Lippen. »Zumindest diskutieren Krechting und ich darüber. Dudernixen ist ein fähiger Mann. Er ist gebildet, und die Leute im Lager haben vor ihm den nötigen Respekt.«

Er hat einen großen Vorteil davon, dass von Ascheburg weg ist, dachte Jan. »Wenn Ihr aber keinen Bader mehr habt, Schemering, wer sorgt dann für die Gesundheit der Leute hier?«

Der Jurist winkte ab. Ein bisschen zu lässig, Jan empfand die Geste als unglaubwürdig. »Die Marketenderin hat viel von Dudernixen abgeschaut. Außerdem kann er die Menschen ja notfalls trotzdem zur Ader lassen, bis ein neuer Bader aus Holland eintrifft. Denn der wird kommen, da habe ich keine Sorge. Wahrscheinlich ist längst einer darunter, der Dudernixen ablösen kann.«

»Was ist mit der Hebamme? Wenn Ihr sie anklagt, kann sie nicht mehr heilen.«

Schemering überlegte einen Moment. »Sie kommt doch aus Jever«, sagte er dann.

Der Arzt verstand nicht.

»Jever ist kaisertreu, da gibt es keine Täufer. Außer als Schimpfwort. Und sie war dort der Zauberei angeklagt. Eine angeklagte Toversche hier bei uns? Wer weiß, warum sie wirklich hier ist.« Es war ganz deutlich, dass Schemering in seiner Argumentation unsicher war und sich im Kreis drehte. »Es besteht Grund zu der Annahme, dass sie eine Spionin ist und etwas mit dem Mord zu tun hat. Zwietracht säen ist ja die Spezialität dieser Frauen.«

Jan stöhnte innerlich auf. Da saß er einem gebildeten Mann wie Schemering gegenüber, und der gab Floskeln von sich, die er in jeder Dorfschänke hätte aufschnappen können. Und das nur, weil sie einen Schuldigen brauchten, damit es in der Gemeinschaft ruhig blieb.

»Da ist aber noch etwas, was Ihr nicht bedacht habt, Schemering. Sie ist eine Frau und soll einen starken Mann wie von Ascheburg erstochen und dann so zugerichtet haben?«

»Die Stichwunde kann auch von einem Weib stammen, das haben wir herausgefunden. Und diese Frau fürchtet das Blut nicht!« Schemering wand sich. »Angesichts der Umstände und der Zweckmäßigkeit neigen Krechting und ich allerdings dazu, unser Augenmerk auf den Jungen zu richten und sie zunächst in Ruhe zu lassen, bis ein neuer Bader oder eine neue Hebamme da ist.«

Jan war von dieser Erklärung schockiert. Die Hebamme wurde nur deshalb verschont, weil sie noch gebraucht wurde? Im Notfall würde sie doch ihren Kopf lassen müssen, unschuldig oder nicht. Eine solche Art der Schuldzuweisung war verdammenswert. »Ihr sucht Euch den Mörder nach Gutdünken aus, Landrichter. Wo sind da Recht und Gesetz?«

»Wir sind uns ja sicher, dass einer der beiden der Täter ist, nur verfolgen wir erst den einen und sehen dann, ob der andere auch etwas damit zu tun hat. Das ist rechtens.«

Jan wollte von einer solchen Art der Tätersuche nichts wissen. Er würde gleich zur Burg gehen und die Hebamme suchen. Er war neugierig auf die Frau geworden. Und darauf, was für ein Junge es war, der die Gestalt eines Mannes hatte und doch noch in den Kinderschuhen steckte. »Warum habt Ihr sie oder den Knaben noch nicht festgenommen?«

»Umsicht, Valkensteyn. Man muss abwägen und sorgsam vorgehen. Wir wollen unbedingte Ruhe im Lager. Koste es, was es wolle.« Schemering sah aus dem Fenster. »Es ist schon spät. Ich muss zur Burg.« Er stand auf.

Jan erhob sich ebenfalls. »Wobei Ihr mir noch immer nicht die Frage beantwortet habt, warum Ihr nicht wenigstens den Jungen verhört habt, ob er etwas gesehen hat.«

Schemering winkte ab. »Der Junge ist verrückt, kann doch nicht reden. Was sollte das bringen?« Er lachte hämisch auf. »Und außerdem: Diesen Schatten müsst Ihr erst finden!«

Jan schürzte die Lippen. »Wenn es ihn denn überhaupt gibt! Ich sehe noch mal nach meinem Freund und komme anschließend nach.«

Magda Dudernixen hatte die ganze Nacht wach gelegen und konnte sich auch jetzt am Morgen nicht durchringen, ihre Bettstatt zu verlassen. Sie hatte nach der Zusammenkunft nicht schlafen können. Es war ihr unheimlich, wie gelassen Melchior mit ihrer Schwangerschaft umging. Er wusste genau, dass dieses Kind nicht aus seinen Lenden gezeugt war. Es hatte wehgetan, als er über sie hergefallen war. Ohne Rücksicht auf ihren Zustand war er in sie eingedrungen, hatte sie gestoßen und hatte sich binnen kürzester Zeit in sie ergossen. Sein Saft hatte gebrannt, als habe er ihr Säure in den Unterleib gekippt. Es war keine Liebe, nur Macht gewesen. Sein Beweis, dass er trotz allem noch immer Herr der Lage war. Magda hatte es, wenn auch mit Abscheu, über sich ergehen lassen. Er war danach augenblicklich eingeschlafen. Magda konnte seinen Geruch nicht mehr ertragen. Der Ekel nahm überhand, sie hatte sich mehrfach übergeben müssen.

Sie schloss die Augen, und wie in allen Tag- und Nachtträumen wurde sie von Cornelius heimgesucht. Er ließ sie nicht zur Ruhe kommen. Nicht eine Sekunde des Tages. Ihre Gedanken ratterten wie ein Pferdefuhrwerk, sie sah seine begehrlichen Augen, fühlte seine Hände auf ihrer Haut. Sie träumte davon, seinen Duft zu trinken, glaubte, ihn noch immer an sich zu spüren. Er konnte auch durch seinen Tod nicht abgewischt werden, so sehr sie es sich auch gewünscht hatte. Schon der Gedanke an ihn ließ es ihr zwischen den Oberschenkeln warm werden.

Seit ihrer Flucht aus Holland war es mit ihrem Leben ständig bergab gegangen. Ihr waren keine Ruhe, kein Glück mehr beschert. Ihr Mann war immer unzufriedener geworden, da er in der Herrlichkeit nicht das sein konnte, wonach er begehrte. Er war nur durch Zufall Bader geworden, und er hasste es, die Waschzuber für die Lagerbewohner zu füllen und den Menschen ihre Rücken zu schrubben. Er hasste es, die Kranken zur Ader zu lassen oder ihnen die Geschwüre aufzuschneiden und die Wunden zu nähen. Diese Wut ließ er gern an ihr aus, indem er sie hin und wieder vergewaltigte oder sie vor den anderen Lagerbewohnern bloßstellte. Das war so lange gegangen, bis er sich auf die Marketenderin besonnen hatte, die ihm für ein Stück Seife oder einen viertel Schap gern zu Willen war.

Bei all der Schmach und Pein hatte sie, Magda, ihr Herz an einen anderen Mann verschenkt, der ihre Gefühle nicht verdient hatte, verteilte er seine doch viel zu großzügig auch an andere. Sie konnte nicht mehr glücklich sein, zu groß war die Schuld, die sie auf sich geladen hatte, denn egal wie verwerflich Melchior sich benahm: Er war ihr Mann, und sie hatte sich zu fügen und nicht unter die Decke eines anderen zu kriechen. Von Melchior war sie nie schwanger geworden, aber von Ascheburg hatte ihr eine Frucht in den Leib gesetzt. Dieses Gefühl, in ihrer Ehe auf ganzer Linie versagt zu haben, ging mit einer großen Trauer einher.

Nachts kamen die Schatten, die ihr sagten, dass seine Haut die ihre auf ewig berührte, die Schatten, die ihr seinen frischen Atem wie zum Hohn noch immer ins Gesicht pusteten. Als sie Cornelius gesagt hatte, dass sein Kind in ihr wuchs, war er lachend davongegangen, hatte ihr gesagt, dass auch sein Weib von ihm dicker wurde. Er sei eben der fruchtbarste Mann, den das Lager je gesehen hatte. Dann hatte er hinzugesetzt, ohne eine Miene zu verziehen: »Außerdem kannst du nicht wissen, ob es von mir oder deinem Mann ist. Du bist sein, Nacht für Nacht.«

»Er hat seit drei Monaten nicht mehr bei mir gelegen, er ist nicht der Vater«, hatte sie ausgestoßen, ihn angesehen, in der Hoffnung, er möge die tiefe Liebe, die sie für ihn empfand, erkennen. Doch er erkannte weder die Tiefe des Gefühls noch die Angst, die in Magda brodelte.

Er hatte nur gesagt: »Dann mach es jetzt schnell weg, damit er nicht merkt, dass es nicht von ihm ist.« Magda hatte noch immer seinen Mantel vor Augen, als er ihn sich mit Schwung über die Schultern geworfen hatte und in den Abend hinein verschwunden war.

Sie aber war allein geblieben. Mit sich, der Abscheu, sich ihrem Mann anzubiedern und hinzugeben, und einem Kind, das sie das Leben kosten konnte, denn wenn Melchior herausbekam, dass es nicht von ihm war, würde er sie erdolchen. Oder Cornelius. Oder sie beide. Noch am selben Abend hatte sie es hinter sich gebracht, das Licht gelöscht und war dicht an ihn herangekrabbelt, hatte seine Männlichkeit umfasst und war erstaunt gewesen, wie intensiv ihr Mann darauf reagierte. Es war schnell gegangen, sie hatte ihm den Rücken zugedreht, damit sie seinen fauligen Atem nicht direkt im Gesicht hatte und ihm nicht auf die große Nase sehen musste. Sie hatte die Augen geschlossen und an Cornelius gedacht. Daran, wie wissend er mit ihrem Körper umgegangen war. Sie hatte nur ein paar harte Stöße gespürt, die sich in ihren Körper rammten und ihn mit der lebensspendenden Flüssigkeit füllten, die ihr in diesem Augenblick das Leben rettete.

Danach hatte sie begonnen, von Ascheburg zu hassen. Anders als vorher, wo sie es sich nur eingeredet hatte, damit sie einen Grund fand, sich ihm zu verweigern. Jetzt steigerte sie sich in dieses Gefühl hinein, konnte ihn auch in Gedanken nicht mehr Cornelius nennen, er war zu dem Lokator von Ascheburg verkommen, der nur noch eines verdient hatte: den Tod.

Hiske war schon früh auf den Beinen, weil sie das Saatgut auf ihr Beet gebracht hatte, damit der Kräutergarten gedeihen konnte. Sie hatte glücklicherweise vorgesorgt und Samen aus Jever mitgebracht. Es war gut, alles vor Sonnenaufgang in die Erde zu bringen, die Tage wurden schon wärmer, und der Boden würde bald zu trocken sein. Die anderen Kräuter sprossen bereits und mussten verzogen werden, damit sie nicht zu dicht standen und dadurch ihr Aroma nicht entfalten konnten.

Hiske liebte die Gartenarbeit am frühen Morgen, konnte sie doch so in Ruhe ihren Gedanken nachhängen. Gestern war also der Mann eingetroffen, auf den Krechting seit langer Zeit gewartet hatte. Aber er hatte etwas anderes erwartet. Hiske war sich sicher, dass er keinen Brief, sondern den Mann höchstpersönlich hatte sehen wollen. Immerhin hatte er nach einem Rothmann gefragt. Jan Valkensteyn war allenfalls ein Schutz, eine Art Soldat, der ihn hätte herbringen sollen. Stattdessen schleppte der diesen kleinen dicken Mann an, der Hiske mit seinem Gebaren auf eigenartige Weise an einen Mönch erinnerte. Doch das konnte nicht sein. Kein katholischer Geistlicher würde sich freiwillig in eine Absprengung der überall verbotenen Täufer begeben. Und kein Bote dieser Glaubensrichtung würde sich mit einem katholischen Mönch verbrüdern, das war ihr schlimmster Feind. Soweit reichte selbst Hiskes Fantasie nicht.

Ein Husten ließ sie aufschrecken, und vor ihr stand tatsächlich der Mann, an den sie eben gedacht hatte. »Mit Kräutern kenne ich mich auch aus«, keuchte er. Sein Gesicht war noch immer von ungesunder Färbung, der Mann gehörte ins Bett.

Hiske hob kurz den Kopf, entschied aber dann, dass ihr Verhalten unhöflich war, und richtete sich auf. »Ich bin Hiske Aalken, ich habe Euch hier noch nie gesehen«, log sie.

»Bin gestern gekommen, wir wohnen bei Schemering, auf der anderen Seite der Burg.«

»Ihr seht krank aus, mir deucht, Euch würde eine bequeme Bettstatt nicht schaden.« Hiske sah den Mann an, erkannte eine gewisse Furcht in seinen Augen.

»Garbrand ist mein Name, ich komme von weither und bleibe nicht lange. Mein Freund will nach Emden, Gräfin Anna kann einen guten Arzt brauchen.«

»Euer Reisebegleiter ist Arzt und lässt Euch mit heißem Körper und der kranken Lunge hier draußen herumspazieren?« Hiske fasste es nicht. Schlimm genug, dass die Bader sich wie Scharlatane aufführten, aber dass sich auch die Ärzte so unbedarft zeigten, war wirklich fatal.

»Er weiß es nicht«, hustete Garbrand. Es klang zum Fürchten.

Hiske umrundete die Abgrenzung und winkte den Mann zu sich. »Kommt, ich glaube, ich habe da etwas, was Euch helfen kann.«

»Mir kann keiner mehr helfen. Meine Tage sind gezählt, es gibt keine Rettung. Das Leben hat mich eingeholt, und ich werde unter dem Himmel dieser Herrlichkeit sterben. Wollte ihn nur noch einmal sehen, bevor ich die Augen für immer schließe.«

Hiske nahm Garbrand bei der Hand und zerrte ihn in die Küche, wo Adele gerade dabei war, das Feuer zu schüren.

»Ich brauche gleich heißes Wasser, in das ich mein Leinen tauchen kann«, sagte Hiske.

Adele erstarrte, als sie Garbrand sah, sie hatte Mühe, ihre Gesichtszüge im Zaum zu halten. »Wer ist das?«, fragte sie schließlich.

»Er ist gestern mit einem Arzt in die Herrlichkeit gekommen, und er ist ein kranker Mann, der Medizin und Kräuter braucht. Ich benötige heißes Wasser für mein Leinen und eine kleinere Menge für einen Spezialtrunk, den ich ihm braue.« Hiske huschte in ihre Kammer, mischte ein paar Kräuter, die sie in Adeles dafür vorgesehenen irdenen Behältern aufbewahrte. Sie hatte zum Glück aus Jever etliche Zutaten mitgebracht. Sie mischte Spitzwegerich mit Thymian und Fenchel, gab etwas Hagebutte hinzu. Diese Mischung konnte der Mann mit heißem Wasser aufgebrüht trinken, aber auch einatmen, und seine Luft würde schon bald wieder frei fließen können. Aus ihrer Tasche holte sie noch eine Salbe, die sie erst vor ein paar Tagen hergestellt hatte. Mit etwas Glück würde sie dem Mann helfen oder aber zumindest den Übergang in den Tod erleichtern. Es war eine Chance, denn der Mann hatte recht: Seine Tage waren gezählt, wenn kein Wunder geschah. Die lange Reise hatte ihn geschwächt. Es gab nur wenig Hoffnung. Wenn Hiske nicht alles täuschte, war seine Lunge stark entzündet, und die Hitze wirkte nicht, als habe sie vor, den Körper zu verlassen.

Als sie zurück in die Küche kam, saß der Mann mit leicht vornübergebeugtem Oberkörper am Tisch. Er atmete schwer. Hiske bat ihn, seine Brust freizumachen, damit sie die Wickel anlegen konnte. Doch so müde Garbrand auch war, er weigerte sich, den Frauen auch nur ein Stück seiner nackten Haut zu zeigen. Hiske schüttelte den Kopf, griff resolut unter sein Hemd, salbte ihn ein und legte dann die heißen Wickel um seine Brust. Anschließend kochte sie die Kräuter auf, ließ sie ziehen, leicht abkühlen und flößte dem Mann den Sud ein. Danach hielt sie ihn an, sein Gesicht über eine Kumme zu beugen, in die sie einen Teil des Gebräus gegeben hatte, und deckte den Kopf mit einem Leinen ab. Das Atmen fiel ihm sichtlich schwer, doch er ließ es widerstandslos über sich ergehen. Hiske tauchte unter Adeles missfallendem Blick ihren Finger in das Honigglas und ließ den Mann ihren Finger abschlecken, was er dann auch wie ein kleines Kind tat. Er wurde sehr müde, sodass die Frauen ihn auf die Küchenbank vor dem Ofen bugsierten. Kaum hatte er sich darauf niedergelassen, da schlief er auch schon ein.

»Du weißt, was das für ein Mann ist?«, fragte Adele. Ihre Augen waren groß, sie hatte Angst. Gleichzeitig war ein großes Missfallen darin zu erkennen.

»Ich glaube schon, wobei es eigentlich nicht sein kann«, sagte Hiske vorsichtig.

»Sprich es aus, Hiske! Es ist, wie du vermutest!«

»Es kann nicht sein, Adele. Er ist mit einem holländischen Arzt gekommen, der für Krechting eine Botschaft unter dem Hemd versteckt hatte!«

»Er ist Katholik! Ganz sicher«, flüsterte Adele und sah immer wieder zu Garbrand, der von dem Gespräch jedoch nichts mitbekam, weil er tief und fest schlief. »Wer hat den hergebracht? Ein Arzt aus Holland?«

Hiske nickte. »Er nennt sich Jan Valkensteyn.«

»Nicht Rothmann?«

Hiske schüttelte den Kopf. »Den schien Krechting allerdings erwartet zu haben. Ich war gestern Nacht an der Burg und habe es mitbekommen.«

Adele nahm dies äußerlich eher teilnahmslos zur Kenntnis, wuselte dafür aber zu unruhig durch die Küche, räumte hier etwas weg und dort, wischte über Flächen, die eigentlich sauber waren. Sie war merklich nervös. »Ist er jung oder alt, dieser Arzt?«

»Jung, Adele. Der Mann ist jung und gut aussehend.«

»Dann ist er es sicher nicht. Du hast recht, er ist noch nicht da.« Es war, als sei sie über diese Tatsache sehr erleichtert. Hiske wollte eben nachfragen, warum es nach Adeles Meinung gut war, dass es nicht Rothmann war, als die bereits das Thema wechselte. »Aber was will dieser Mann bei uns?« Erneut putzte sie wie wild in der Küche herum.

Hiske sah sich Adeles Unruhe eine Weile an, dann zog sie sie auf den nächsten Stuhl. »Was macht dir Angst?«

»Wenn er kommt, Hiske, wenn der Mann wirklich kommt, gibt es noch mehr Tote, das sage ich dir. Von Ascheburg war nur der Beginn. Hier wird keiner überleben, der uns in dieses gottverlassene Nest gesteckt hat. Keiner. Es wird eine große Katastrophe kommen, nicht das Neue Jerusalem, was sie uns versprochen haben. Der da«, sie deutete auf Garbrand, »ist nur der Vorbote allen Übels. Ein Papist unter uns. Dass Krechting das duldet!« Sie stand auf und machte sich daran, das Haus zu fegen, die Tische mit Sand zu schrubben.

Hiske aber konnte sich keinen Reim auf all das machen.

Kapitel 12

Tyde lag auf ihrem Bett und hatte die Hand auf den Bauch gelegt. In immer kürzeren Abständen verhärtete er sich schmerzhaft. Sie überlegte, ob sie Hiske rufen sollte. Eigentlich hatte sie die Hebamme warnen wollen, war sie doch gewahr geworden, wie sich das Lügengeflecht Dudernixens und seiner Frau immer enger um Hiske Aalken schloss. Es war fast, als gäbe es kein Entrinnen mehr für sie, denn immer mehr Menschen im Lager rotteten sich zusammen, suchten nach einem Schuldigen, da sie glaubten, dass dann der Friede wiederhergestellt sei, dass sie danach einfach so weiterleben konnten. Da kam ihnen Hiske gerade recht, weil sie keine von ihnen war und man sich einredete, auch ohne die Hebamme klarzukommen. Schließlich war es mit Anneke auch gegangen. Tyde machte das Gerede wütend. Die Täufer glaubten nicht an den Teufel und sollten dann auch eine Toversche in Ruhe lassen, doch Zauberei war auch für sie etwas anderes. Der Aberglauben schlug immer wieder durch, aber vielleicht war es auch nur die Bequemlichkeit, sich um nichts mehr kümmern zu müssen, wenn endlich irgendwer zur Verantwortung gezogen worden war. Gleichgültig, ob der- oder diejenige schuldig war oder nicht.

Das Ziehen in Tydes Bauch verstärkte sich. Sie lief Gefahr, ihr Kind viel zu früh auf die Welt zu bringen. Tyde würde es verlieren, denn es war noch unreif wie ein zu früh geernteter Apfel. So sehr sie anfangs gehofft hatte, dass genau das eintraf, so verzweifelt hoffte sie nun, das kleine Wesen behalten zu können. Es half nichts, sie musste nach der Hebamme rufen lassen, nur so konnte sie das Kind vielleicht halten.

Tyde zog an der Glocke und teilte dem Dienstmädchen, das kurz darauf seinen Kopf ins Zimmer steckte, mit, dass es unverzüglich nach der Hebamme, die bei Adele Stausand wohnte, schicken lassen solle.

Während sie auf Hiske wartete, ließ sie ihre Gedanken schweifen. Sie hatte gestern Nacht am Fenster gestanden und auf den Burghof gestarrt. Die Neuankömmlinge hatten ähnlich elend ausgesehen wie alle anderen, die sich nach und nach in der Herrlichkeit einfanden. Später waren ein gut aussehender Mann und ein kleiner Dicker hinzugekommen. Der Kleine war dem Tode geweiht, das sah selbst eine Frau wie sie, die damit noch nie so nah konfrontiert worden war wie so viele andere hier. Es war merkwürdig. Seit ihr Mann ermordet worden war, schien der Tod um so vieles nähergekommen zu sein. Er war so präsent wie die Spinnen an der Wand. Erst in der letzten Nacht war ihr wieder so gewesen, als würde sie von ihm verfolgt. Und nun stand er neben ihr, war wie ein Schatten, der sich um ihr Leben gelegt hatte und der nur darauf wartete, endlich auch sie oder das Leben in ihr in sein dunkles Reich zu holen. Sie hatte keine Möglichkeit zu entkommen.

Ihr Bauch zog sich wieder zusammen, wurde hart und schmerzte. Die Hebamme musste das Kind aufhalten. Unbedingt! Sie war ihre letzte Hoffnung, dem Schicksal doch noch ein Schnippchen schlagen zu können. Hätte sie sich in der besagten Nacht doch bloß gegen Cornelius gewehrt, seinem Drängen nicht nachgegeben. Noch während er es gezeugt hatte, war ihr der Geruch einer anderen Frau in die Nase gekrochen. Erst nur unterschwellig, doch je stärker Cornelius sich bewegt hatte, desto deutlicher wurde, dass er noch vor nicht allzu langer Zeit die Haut eines anderen Weibes berührt hatte. Tyde hatte ihren Mann weggedrückt, sich gewehrt, wollte ihn nicht mehr in sich spüren, doch das hatte ihn nur noch mehr angeheizt, bis er nicht mehr aufzuhalten war. Sie war gleich aufgestanden, hatte gegähnt, mehrmals durch die Nase geschnaubt und mit lauter Stimme gerufen, dass es nicht hierhergehörte. So hatte sie es von den anderen Weibern gehört. So sollte es eine Frau machen, wenn der Samen aus dem Uterus getrieben werden sollte. Doch es war vergebens gewesen.

Als ihr ein paar Wochen später nach dem Aufstehen ständig übel wurde, war klar, was geschehen war. Sie trug seine Frucht unter dem Herzen. Sie hatte eine Weile gebraucht, ehe sie es ihm gesagt hatte. Seine Reaktion war zwar freudig, aber auch viel zu selbstverständlich gewesen. Sie war sein Weib, also war es ihre Aufgabe, auch Kinder zu bekommen. Es hatte ihn weiter nicht davon abgehalten, zu der Marketenderin zu gehen, es hatte ihn auch nicht abgehalten, anderen Röcken wie Magda Dudernixen nachzustellen. Tyde hatte sich immer gewundert, dass Krechting seinem Treiben keinen Einhalt geboten hatte. Doch der hatte Cornelius gewähren, ihn einfach machen lassen, was er wollte. Mit keinem Wort hatte er ihn zurechtgewiesen, ihn darauf aufmerksam gemacht, wie schändlich sein Verhalten war. Vielleicht hatte er auch wirklich nichts davon gewusst, doch das konnte Tyde sich nicht vorstellen. Immer wenn sie auf den Burghof gekommen war, verstummten die Gespräche einen Augenblick zu lange. Es war mehr als deutlich, dass man über sie sprach, und da Tyde selbst eine unauffällige, gottesfürchtige Frau war, war klar, dass nicht sie, sondern ihr Mann Grund für das Gerede war. Anfangs hatte sie noch versucht, mit erhobenem Kopf und einem Lächeln durch die Wagenburg zu schreiten, doch schon bald war ihr das nicht mehr gelungen, und sie war oft genug sofort wieder umgedreht und zu ihrem Hof zurückgeeilt. Ohne den Käse zu holen, den Cornelius ihr zu besorgen aufgetragen hatte, ohne das Tuch zu erstehen, das sie dringend brauchte, um ihr Kind zu kleiden, wenn es erst auf der Welt war. Nicht selten war ihrem Mann die Hand ausgerutscht, und er hatte diese über ihre nackte Haut tanzen lassen.

Tyde schob das Kleid ein Stück hoch und betrachtete den letzten Fleck am Bein, dessen Farbe nunmehr ins Gelbliche glitt. Er war kaum noch zu sehen. Wenn er ganz verschwunden war, wollte sie auch ihren Mann auf ewig vergessen.

Erneut wurde ihr Bauch hart. Es war, als melde sich sein Kind immer dann, wenn sie glaubte, ihn endlich vergessen zu haben. Er hatte es zu wild getrieben, er musste so früh sterben. Wenn nicht er, wer dann? Sie würde auch das Kind verlieren, das wurde ihr von Minute zu Minute klarer. Sie würde es in das heute bei den Neuankömmlingen erstandene Tuch wickeln und Krechting bitten, ihn zu Cornelius ins Grab zu legen. Es war sein Fleisch und Blut, nicht das ihre. Sie hatte nur stillgehalten in dieser Nacht.

Viele Nächte später war sie Cornelius gefolgt. Sie wollte wissen, mit wem er es trieb, wer ihr den Mann nahm. Es war ein Fehler gewesen. Es wäre besser für sie und ihn gewesen, einfach die Augen und Ohren geschlossen zu halten. Es gab keinen Frieden. Jetzt hatte sie nicht nur die Ahnung, sondern die Gewissheit. Sie hatte zu einem der Gerüche ein Gesicht und Laute, wie man sie beim Liebesspiel von sich gab. Es wäre besser für alle gewesen, sie wäre dem nicht nachgegangen.

Tyde legte sich auf die Seite und wartete auf die Hebamme.

Jan öffnete die Tür zu Garbrands Kammer. Bevor er sich auf die Suche nach der Hebamme machte, wollte er nachsehen, wie es seinem Freund und Wegbegleiter ging. Er klopfte an, doch es blieb zu ruhig, als dass sich jemand in dem Raum befinden konnte. Jan öffnete die Tür. Die Decke war zurückgeschlagen, lag halb auf dem Boden, das Kissen war zerwühlt und nass geschwitzt. Es gab keinen Zweifel: Garbrand musste irgendwann am frühen Morgen, während er und Schemering diskutierten, aus dem Haus verschwunden sein. Jan machte sich Sorgen. Der Mönch war schwer krank, er war alles andere als dazu in der Lage, sich zu Fuß herumzutreiben. Er musste das Bett hüten und sich von den Strapazen der langen Reise erholen. Und es war gefährlich, sich allein unter die Täufer zu wagen. Jan hatte an den Blicken einiger erkannt, dass sie wussten, was Garbrand war. Er strahlte sein Mönchsein so sehr aus, dass es fast unverantwortlich war, ihn mitgenommen zu haben. Und jetzt machte er sich auf eigene Faust auf den Weg. Jan schlug mit der Hand auf die Stuhllehne. Wie konnte sein Freund so etwas tun? Zu allem Übel trieb sich ja auch noch ein Mörder herum.

Jan trat vor die Tür, stellte fest, dass es mittlerweile für einen Umhang zu warm war, setzte sich aber das Barett auf die blonden Haare und eilte los. Schemering hatte ihm genau erklärt, wo Hiske wohnte, er würde es sicher schnell finden. Der Arzt hastete den Weg entlang, als ihm auf halber Strecke eine junge Frau entgegeneilte, die bemerkenswerter nicht sein konnte. Sie hatte es eilig, das war ihrer Körperhaltung eindeutig anzusehen. Sie nickte ihm nur kurz zu und wollte sich an ihm vorbeistehlen, doch er hielt sie auf. »Seid Ihr Hiske Aalken, die Hebamme?«

Nun verlangsamte sie ihren Schritt, hielt schließlich sogar an. »Ja, die bin ich, werter Herr.« Über ihr Gesicht schien ein Erkennen zu huschen, doch Jan war sicher, diese Frau noch nie gesehen zu haben, denn das hätte er sich gemerkt. Eine solche Frau merkte sich jeder Mann, ob er wollte oder nicht.

»Ich muss dringend mit Euch sprechen«, begann Jan, doch das Weib winkte sofort ab. »Tut mir leid, aber ich muss mich um eine Frau kümmern, sonst kommt ihr Kind zu früh. Ihr könnt mich aber gern auf dem Weg dorthin begleiten und fragen, was Ihr auf dem Herzen habt. Seid Ihr der neue Arzt, der mit der Knorr aus Emden gekommen ist?«

Jan nickte, war erstaunt über die feste und angenehme Stimme. Außerdem faszinierten ihn die unglaublichen Augen dieser Frau. Eine solche Farbe hatte er noch nie gesehen. Seit ... Jan unterdrückte den Gedanken, der sich aus den Tiefen seiner Erinnerung nach oben drängte. Es war vorbei, ihr Körper war längst mit der Erde eins geworden, und was vorher geschehen war ... er konnte und wollte nie wieder daran denken. Es war besser für sein Seelenheil, es nicht zu tun, denn wenn ein Mann sich etwas nicht verzeihen konnte, wenn er große Schuld auf sich geladen hatte, war es besser, wenn er sich in neue Aufgaben stürzte und das Gewesene verdrängte.

»Ja, ich bin der Arzt.« Er eilte neben ihr her. »Kann ich irgendwie helfen?«

Über das Gesicht der Hebamme glitt ein Lächeln, das spöttisch wirkte. »Ihr als Medicus wollt einer Hebamme bei der Arbeit helfen? Tut mir einen Gefallen: Lasst Eure Finger von den schwangeren Weibern. Das ist nicht Eure Aufgabe.«

Damit beschleunigte sie ihren Schritt noch mehr. Jan aber rannte hinter ihr her. »Hebamme, habt Ihr meinen Freund gesehen? Er ist weg und viel zu krank, um nicht die Bettstatt zu hüten.«

Die junge Frau hielt abrupt an, jetzt lag ein Blitzen in ihren Augen, das Jan durch Mark und Bein ging. Sie sah ihm direkt in die Augen. »Ihr meint den Mönch?«

Jan schluckte. Es war genauso gekommen, wie er es in seinen schlimmsten Gedanken befürchtet hatte. »Woher wisst

Ihr?« Er zupfte Hiske am Ärmel. Doch sie wischte seine Hand unwirsch weg und eilte weiter. »Dafür muss man kein Hellseher sein, Medicus. Wie ist denn Euer werter Name?«

»Jan Valkensteyn. Ich komme aus Amsterdam und habe meinen Freund, welchem Glauben er auch immer angehört, mitgebracht. Er ist schwer krank und braucht Hilfe. Wisst Ihr, wo er steckt?«

Sie waren am Burghof angekommen. »Er liegt neben dem Ofen in dem Haus, in dem ich lebe, und schläft.«

»Bitte, wie geht es ihm?« Jans Stimme war in dem Augenblick sehr eindringlich, sodass Hiske doch noch einmal anhielt. »Ich habe ihn gut versorgt, Medicus. Wenn Ihr mich jetzt bitte meine Arbeit machen lassen würdet?«

»Eins noch: Wer ist der Junge?«

Hiske stockte, schien über die Frage überrascht. »Warum interessiert Euch das?«

Jan atmete tief ein, er durfte jetzt keinen Fehler machen, dann würde ihm die Frau nicht weiter zuhören. »Es kursieren schlimme Gerüchte, Hebamme. Er ist in Gefahr. Und Ihr auch.«

Hiske wurde einen kurzen Moment blass, fing sich aber rasch wieder. »Das bin ich ja schon gewöhnt.« Ihre Stimme wurde weicher. »Aber wir können uns später treffen, und Ihr könnt mir berichten. Wenn ich das hier erledigt habe.«

Jan nickte. Das war mehr, als er erwartet hatte.

Der Knabe beobachtete das Haus, in dem die Lebenspflückerin lebte. Sie hatte einen dicken Mann mit hineingenommen. Einen, der gestern übers Meer gekommen war. Er war nicht wieder herausgekommen. Der Mann konnte nur schwer atmen, das hatte der Junge sofort gesehen, aber die Lebenspflückerin würde ihn gesund machen. Sie konnte alles. Sie hatte ihm auch einen Namen gegeben und ihm Worte geschenkt. Worte, mit denen er nun selbst welche bilden konnte.

Jetzt war sie zur Burg aufgebrochen, dabei war ihr ein anderer Mann begegnet. Der Knabe war unruhig. Es war nicht gut, wenn sie zum Burghof ging. Dort drohte Gefahr, ganz bestimmt. Überall drohte ihr Gefahr. Die Lebenspflückerin war nirgendwo mehr sicher. Genau wie er selbst. Bislang hatte er alle Gefahren hingenommen, doch seit er die Lebenspflückerin kannte, fürchtete er den Tod, wollte leben, weil es einen Menschen gab, von dem er noch so viel lernen wollte. Das Leben bestand nicht mehr einzig darin, einem Huhn oder Hasen den Hals umzudrehen, es war nicht nur dieses ewige Suchen nach etwas Essbarem oder einer Schlafstätte. Da war etwas anderes hinzugekommen. Ein Gefühl, das stärker als die Bauchfreude war, ein Gefühl, das sich warm anfühlte und sein Herz schneller klopfen ließ. Es fühlte sich schöner an als alles andere, was er bislang erlebt hatte.

Hiske trat in Tydes Gemach und fand sie unter einem Berg von Decken. Nur ihre Nase stach aus dem Gewirr hervor. Hiske nahm alles beiseite und legte ihre Hand auf Tydes Bauch. Er wurde in kurzen Abständen immer wieder hart, allerdings nur für eine kurze Zeit. Hiske untersuchte Tyde. Der Muttermund war weich, aber kaum verkürzt, das Kind lag ein bisschen zu tief, doch mit etwas Glück konnte man die Schwangerschaft wieder stabilisieren. Auf jeden Fall galt es, rasch etwas zu unternehmen. Hiske suchte in ihrem Bündel. Ganz unten hatte sie ein Öl, das sie sich zurechtgemixt hatte. Und etwas Hopfen, den es in Jever gab, in der Herrlichkeit jedoch nicht. Sie hatte ein paar der Inhaltsstoffe von einem weit gereisten Krämer auf dem Markt in Jever erstanden und seit ihrer Ankunft hier schon oft überlegt, wie sie an diese außergewöhnlicheren Zutaten herankam, denn einen Markt mit fliegenden Händlern gab es hier nicht. Das Öl enthielt Rosenholz und Majoran sowie Nachtkerzensamen und Weizenkeime. Damit rieb sie den schon deutlich gerundeten Leib der Schwangeren ein, sprach dazu tröstende Worte, bat die guten Mächte um Hilfe und um Ruhe für die werdende Mutter. »Nun bleibst du im Bett, bis der Bauch sich beruhigt hat, danach kannst du wieder aufstehen und dich bis zur Niederkunft schonen. Ich rede mit deiner Herrin, damit sie Rücksicht nimmt. Du kannst sticken und andere Handarbeiten machen, aber sonst nicht arbeiten.«

»Mache ich ohnehin. Das Kind stirbt also nicht?«

Hiske schüttelte den Kopf. »Wenn du vernünftig bist, vorerst liegen bleibst, dich dreimal am Tag mit dem Öl einreibst und den Hopfen kaust, wird deinem Kind nichts geschehen.«

»Wenn es zu früh kommt und stirbt, will ich, dass du es taufst.«

Hiske wich zurück. »Du weißt, dass man es mir verboten hat.«

»Aber du kannst es, oder?«

Hiske nickte. »Natürlich. Wo ich herkomme, war es Pflicht.«

»Ich weiß, warum du hier bist«, hauchte Tyde. »Du warst in Jever angeklagt. Als Toversche.« Über Tydes Gesicht glitt ein Lächeln. »Und doch bist du der heiligen Taufe mächtig.«

Hiske sog die Luft ein. »Und genau deshalb will ich keinen Ärger mehr. Ich habe nur dieses eine … Zuhause.«

»Alle wissen es, Hiske. Es ist kein Geheimnis. Ich möchte, dass du mein Kind taufst. Mein Mund wird verschlossen sein. Keiner wird davon erfahren, aber ich weiß, dass seine Seele bei Gott ist. Es ist mir gleich, was die Täufer sagen.«

Hiske schwieg und packte ihre Sachen zusammen.

Als sie die Klinke in der Hand hatte, richtete sich Tyde kurz auf. »Danke, Hebamme. Ich vertraue dir. Du bist seit Langem der einzige Mensch, von dem ich das sagen kann. Es gibt hier zu viele, die dir Böses wollen. Sei vorsichtig und pass auf dich auf!« Sie hielt noch einmal kurz inne. »Und bitte taufe mein Kind! Ich bin keine von ihnen, genau wie du!«

Krechting riss sich den Verband vom Kopf, als Wolter in die Amtsstube trat.

»Valkensteyn hat Rothmann nicht mitgebracht, aber dafür diesen kranken Mann, der mir wie ein katholischer Mönch anmutet«, schimpfte er, als sein Neffe sich niedergelassen hatte. »Was zum Teufel soll das alles? Kann man dem Mann wirklich trauen?«

Wolter zog die Schultern hoch. »Ich weiß es nicht, Hinrich. Jan Valkensteyn ist ein sehr kluger Mann. Er hat unseren Verdacht sofort hinterfragt.«

Hinrich zog die Brauen hoch. »Du meinst, dass die Hebamme oder der Junge Cornelius getötet haben sollen? Das ist ja auch lächerlich, das weißt du selbst. Warum sollten sie das getan haben?«

Darauf erwiderte Wolter zunächst nichts. Doch dann sagte er: »Im Lager wäre wieder Ruhe, wenn wir den Täter hätten. Selbst der Deichbau ist ins Stocken geraten, weil die Arbeiter sich im Dunkeln nur noch in großen Gruppen zum Wasser wagen. Und sie hören früher auf. Dudernixen versucht es in den Griff zu bekommen, doch gegen die Angst der Arbeiter ist er machtlos.«

»Dudernixen war früher vielleicht ein guter Deichbauer, jetzt ist er Bader, und er soll besser weiter die Wannen füllen und die Leiber mit Seife schrubben.«

»Wir haben keinen anderen, der von Ascheburgs Aufgaben übernehmen könnte«, gab Wolter zu bedenken. »Und mit ihm ist der Schulterschluss mit den Mennoniten gewährleistet. Wenn wir dazu einen Mörder haben, den wir der Gerichtsbarkeit in Emden überstellen können, sind wir ein Stück weiter.«

Hinrich kratzte sich am Bart. »Wir brauchen die Hebamme aber. Sie macht ihre Arbeit gut. Anneke konnte es nicht, ihr sind drei Kinder und zwei Mütter verreckt. Wenn wir einen Schuldigen brauchen, bleibt nur dieses Kind.«

Wolter nahm einen Schluck Bier, ließ das Gesöff im Mund kreisen. Dann erhob er sich und sah auf den Burghof hinaus, in dem emsiges Treiben herrschte. Der Spielmann hatte einen Gaukler dabei, das lenkte die Menschen ab, vor allem, wenn, wie jetzt, der Klang der Schalmeien über den Hof drang.

»Wir brauchen den wahren Mörder, Wolter. Und zwar so rasch wie möglich.«

Der Landrichter presste die Lippen aufeinander. »Ich lasse nach dem Schattenjungen suchen. Ihn wird keiner vermissen.« Wolter drehte sich nun mit dem Rücken zum Fenster, legte die Spitzen seiner Finger gegeneinander und führte sie dann zum Mund. »Der neue Arzt könnte die Kinder holen, wenn die Hebamme …«

Krechting sprang auf. »Ein Mann wird in meinem Lager keiner Gebärenden helfen. Das geht nicht!«

»Wie du meinst, Hinrich. Ich lasse die Gegend nach dem Jungen durchsuchen, dann wird der Pöbel auf ihn losgehen. Die werden ihn aufknüpfen, und kein Hahn kräht danach. Hebrich werde ich sagen, dass er der Schuldige ist und sich alles beruhigt, wenn er gefasst ist, weil dann der Deichbau vorankommt. Verdammt, Hinrich, wir haben Visionen! Dieser neue Flecken am Hafen muss gebaut werden. Wir können uns nicht länger aufhalten lassen, sonst beginnen die Menschen im Burghof zu meutern.«

Krechting schürzte nach der langen Rede seines Neffen die Lippen, sein Blick wurde traurig. »Du hast recht. Lass es geschehen!«

Es war zu laut. Der Knabe hielt sich die Ohren zu. Man hatte Männer losgeschickt, und sie wollten ihn holen. Er war ganz sicher, dass es einzig um ihn ging. Seit er ein paar ihrer Worte verstand, konnte er sich den Rest zusammenreimen. Sie waren alle böse und wütend auf ihn. Er konnte nicht sagen, warum. Sie riefen, waren zu laut, zu grell. Er mochte es nicht, wenn jemand in dieser Stimmlage sprach. Es ging so unter die Haut, stach in den Ohren und bohrte sich durch die Eingeweide.

Er duckte sich in einen Graben, als ein paar Männer mit erhobenen Lanzen an ihm vorübergingen. Sie sahen sich um, doch es war eher halbherzig, sodass der Knabe sich nicht wirklich bedroht fühlte. Als die Männer ausgeschwärmt waren, hatte es bedrohlicher geklungen. Trotzdem pochte sein Herz, trotzdem hatte er das Gefühl, ein Seil habe sich um seinen Hals gelegt und schnüre sich immer fester zu.

Er wollte doch die Lebenspflückerin vor diesen Menschen schützen, stattdessen musste er sich nun selbst verstecken. Die Männer waren vorbeigelaufen, es war wieder ruhig. Der Knabe krabbelte aus dem Graben heraus, witterte, ob sich noch andere Menschen in der Nähe befanden. Seine Sinne waren geschärft wie die eines Hundes, er hörte mehr als die anderen Menschen, er sah, was andere nicht sahen. Für ihn war eine Ameise kein Geschöpf, das wie zufällig über den Weg huschte, sie hatte eine Aufgabe, wie jedes Lebewesen auf der Welt. Er nahm das Leben um sich herum anders wahr.

Von Weitem hallten erneut Stimmen zu ihm, er hatte nicht viel Zeit, sich ein weiteres Mal zu verstecken. Kaum war er im hohen Gras untergetaucht, als die Männer auch schon auf gleicher Höhe waren, und diese waren aufmerksamer. Sie warfen ihre Blicke auch hinter die Büsche und drückten mit den Enden der Sensen und Speere immer wieder das Gras herunter. Dem Knaben brach der Schweiß aus, als das Metall direkt neben ihm auftraf und beinahe seinen Arm berührte. Er hätte an dieser Stelle des Weges keine Möglichkeit gehabt, zu entkommen. Er hatte keine Wahl, wenn er nicht entdeckt werden wollte. Er musste ins Moor. Es war gefährlich, sich dort aufzuhalten, denn was heute noch sicher war, konnte morgen bereits zur tödlichen Falle werden. Doch wenn sich jemand im Moor auskannte, dann er. Ihn störten die vielen Mücken nicht, die hungrig ihre Rüssel in seine Haut stachen, ihn störte es nicht, wenn die kleinen schwarzen Tiere sich an seinem Blut labten. Sie fielen ab, wenn sie groß genug waren. Wenn es juckte, schnippte er sie mit dem Nagel seines Zeigefingers ins Gras zurück. Er musste nur achtgeben, dass er nicht in ein Moorloch trat, denn das war der sichere Tod. Doch der Knabe besaß den Instinkt eines Wesens, das mit der Natur vertraut war.

Der Junge wandte sich von der Burg ab, sah mit wehmütigem Blick zum Haus der Lebenspflückerin. Dort hatte er seinen Namen erhalten, und doch war es gefährlich. Alles hier war gefährlich. Nun galt es abzutauchen, unsichtbar zu werden. Auch ohne die Lebenspflückerin. Die Männer mit den Stielen in der Hand trachteten nach seinem Leben. Sie würden nicht davor zurückscheuen, ihm das Eisen in die Flanken zu stoßen. Der Knabe wusste nicht, warum sie ihn wollten, warum ihnen sein Blut so wichtig war. Er wachte doch nur über das Meer. Er war ein Sternendeuter, ein Watthüter. Die Lebenspflückerin hatte es verstanden.

Er musste eine Weile laufen, ehe er das Moorgebiet erreichte, aber er war es gewohnt, sich über weite Strecken zu bewegen. Der Boden unter seinen Füßen gab bereits nach, als er den Rand des Moores berührte. Noch gab es einen Pfad, doch er würde sich schon bald in Gestrüpp und hohem Gras verlieren. Dann war er allein. Allein, wie immer in seinem kurzen Leben.

Jan wartete im Burghof auf Hiske. Sie nahm sich viel Zeit für die Schwangere. Ihm war die junge Frau sympathischer, als er es sich eingestehen wollte. Die Hebamme hatte ein Wesen, das sein Herz berührte. Doch er wollte das nicht. Er wollte sich nie wieder für ein Weib erwärmen. Er würde, sobald es Garbrand besserging, rasch verschwinden, bevor ihm die Frau zu nahe kommen konnte. In Emden würde er eine neue Praxis aufmachen, dort war ein Neubeginn möglich. In der Herrlichkeit war es zu öde, zu wenig kultiviert. Er brauchte mehr Leben um sich herum und nicht diesen Dreck, der das Lager an der Burg ausmachte. Krechting musste rasch etwas unternehmen. Die meisten Familien, die mit Jan gereist waren, waren ohne Wagen gekommen und verhandelten fast verzweifelt um eine Schlafstätte im Stall. Wenn Krechting und Schemering nicht bald eine Lösung fanden, würden die Menschen hier zu meutern beginnen. Dann genügte es nicht mehr, ihnen Gaukler und Minnesänger zu schicken und sie Tag für Tag zu vertrösten. Auch die Zusammenkünfte in der Burg würden nicht mehr ausreichen. Wenn Menschen auf zu engem Raum hausten, war das nicht nur eine Brutstätte für Krankheiten, die Leute reagierten auch wie zu eng zusammengepferchte Ratten, vergaßen jedes soziale Verhalten und gingen aufeinander los.

Der Mord an von Ascheburg war sicher nur ein Anfang. Die Menschen waren unzufrieden, wirkten größtenteils ohne

Hoffnung. Das sah man an ihren Gesichtern. Sie hatten ihre Heimat mit all ihrem Hab und Gut verlassen, um sich hier ein neues Leben aufzubauen. Doch das Einzige, was sie erlebten, war ein Lager voller Dreck und Entbehrungen. So konnte es nicht weitergehen.

Das Vorhaben, sich den Jungen zu greifen und als schuldig darzustellen, hielt er für einen großen Fehler, denn das würde den Mörder nicht davon abhalten, ein weiteres Mal zuzuschlagen. Er glaubte nicht daran, dass es eine einmalige Tat war, denn der misslungene Anschlag auf Krechting sprach eine andere Sprache. Schemering aber war so überzeugt von seiner Idee. Als Jan die Männer mit ihren Stangen loslaufen sah, war klar, dass Schemering sich Krechting gegenüber durchgesetzt hatte. Es wurmte Jan, dass er es nicht hatte verhindern können.

Er sah zum Fenster hinauf und erkannte Hiske, die ihre Sachen zusammensuchte. Er musste folglich nicht mehr lange auf sie warten, und was er mitteilen musste, würde sie nicht fröhlich stimmen.

Mittlerweile herrschte an der Burg schon ein lebhaftes Treiben. Über den Feuern hingen Töpfe, aus denen es unterschiedlich duftete. Ein Marktweib bot frischen Fisch feil, der in der Nacht im Brack gefischt worden war; der mit den Holländern neu angekommene Spielmann rüstete eben seine Bühne auf und hatte seinen Affen daran angebunden. Ein Hund verbellte ihn, Kinder liefen schreiend darum herum und streckten dem Tier die Zunge heraus. Die Weiber im Wagen dahinter keiften sich an wie immer.

Jan wurde aus seinen Beobachtungen gerissen, als Hiske in den Burghof trat. Der Tag war schon recht warm, und die Ausdünstungen der Menschen sowie der Kochstellen waberten über den Hof. Die Essensdämpfe vermischten sich mit den Gerüchen des Abtritts zu einer widerlichen Mischung. Hiske rümpfte die Nase, als sie durch die enge Gasse an den Menschen vorbeieilte, die gerade dem Gaukler zujubelten.

»Morgen schluckt er das Schwert«, hörte Jan und wunderte sich darüber, wie Menschen sich an solchen Sachen erfreuen konnten.

»Ihr habt ja tatsächlich gewartet«, sagte Hiske. Sie lächelte ihn an, eine Reaktion, mit der er nicht gerechnet hatte.

»Es ist wichtig. Können wir ungestört irgendwo miteinander reden?«

Hiskes Lächeln verschwand augenblicklich. »Ihr scherzt. Schaut Euch doch um! Hier hat jede Ecke Ohren und jeder Wagen, jeder Busch Augen. Es gibt nichts, was man nicht bemerkt.« Sie hielt kurz inne. »Außer, sie bringen jemanden um.«

Jan nickte. »Ihr habt recht. Geht Ihr zurück nach Hause? Dann möchte ich Euch sehr gern begleiten.«

Hiske warf ihr Bündel über die Schulter, lehnte ab, als Jan ihr anbot, es für sie zu tragen. Er lächelte über ihre Eigenwilligkeit, zuckte kurz mit den Schultern und lief eine Weile schweigend neben ihr her, bis sie das Lager ein Stück hinter sich gelassen hatten.

»Was gibt es denn so Wichtiges, Medicus? Ich habe mich um Euren Mönch gekümmert, er ringt mit dem Tod. Ich habe etwas probiert, was mir meine Lehrmeisterin beigebracht hat.«

Jan runzelte skeptisch die Stirn. Er hielt nicht immer viel von dem, was die Kräuterfrauen so zusammenzauberten.

»Mit ihr habe ich oft Dinge probiert. So haben wir auf eiternde Wunden schimmeliges Brot oder Lappen gelegt, und oft haben sie sich sauber wieder verschlossen.« Sie blickte Jan an und lächelte. »Keine Sorge. Dem Mönch habe ich einen Spezialsud aus Kräutern gekocht und ihn die heißen

Dämpfe atmen lassen. Das wird ihm guttun, wenn er es mehrmals macht. Das hat schon so manches Mal den schlimmsten Husten geheilt. Dazu Ruhe, viel trinken. Ich habe ihm auch Holundersaft gegen die Hitze gegeben und Wickel aus Quark und Zwiebel gemacht. Mit ein bisschen Glück ist er bald wieder wohlauf.«

Jan schluckte. Die Hebamme verfügte über mehr Wissen, als er dachte. Obwohl er dem Schimmelpilz auf Wunden nicht viel abgewinnen konnte. Er hatte allerdings schon davon gehört, hielt es aber für Humbug. Schemering und Krechting würden sich keinen Gefallen tun, wenn sie sie verhaften ließen. Vermutlich verstand der Bader nur etwas vom Aderlass, Schröpfen oder Purgieren, weiter reichte sein Wissen nicht, weshalb er es auch immer und überall einsetzte, egal, ob es sinnvoll war oder nicht.

»Ihr habt eine Menge Wissen«, sagte Jan.

Hiske nickte. »Ich halte nichts von den barbarischen Methoden mancher Wundärzte und Bader, Medicus. Was Ihr so treibt, kann ich nicht einschätzen, nur dass Ihr den Mönch sträflich vernachlässigt habt. Er spricht dem Alkohol gern zu, das sieht man ihm an, und das erleichtert die Sache nicht.«

Jan lachte. »Dafür, dass er gern Bier und Wein trinkt, kann ich nichts, Teuerste. Ich kenne ihn erst ein paar Monate.«

»Nun denn. Lasst ihn in meiner Obhut, ich versichere Euch, dass ich alles tun werde, damit er gesund wird. Ihr könnt ihn gern besuchen.« Hiske sah Jan an. »Ihr habt vorhin den Jungen erwähnt …«

Er sah auf die Erde, stieß mit der Schuhspitze einen Stein beiseite. »Ja. Ihr habt Euch um diesen Jungen gekümmert, den alle für einen Irren halten oder für einen Schatten …«

»Was ist mit ihm?« Hiske war der Unterton in Jans Stimme nicht entgangen.

»Sie suchen ihn. Als Mörder.«

Hiske wurde blass. »Warum das? Was sind das für Teufel, für Menschen, die einen Jungen als Sündenbock benutzen, um sich selbst reinzuwaschen?« Sie hatte die Lage auf Anhieb erfasst.

»Erzählt mir von ihm, ich möchte dem Kind helfen. Ich kann mir auch nicht vorstellen, dass er auch nur das Geringste mit dem Mord zu tun hat.«

Hiskes Gesichtszüge wurden tatsächlich weicher, als Jan das sagte. »Folgt mir. In meiner Kammer können wir reden. Und Ihr habt die Möglichkeit, einen Blick auf Garbrand zu werfen.«

Hiske lief so rasch los, dass Jan ihr kaum folgen konnte. Sie öffnete die Tür, sah kurz in die Küche, wo das Feuer geschürt war und der Kessel darüberhing. Garbrand lag noch immer auf der Küchenbank und schnarchte. Sein Gesicht wirkte nicht mehr ganz so blass und teigig, hatte einen leicht rötlichen Hauch.

»Sein Atem geht ruhiger«, sagte Jan.

»Er ist völlig erschöpft.« Hiske schaute sich in der Küche um. »Adele ist nicht hier.« Sie warf einen Blick in den Kessel, in dem das heiße Wasser siedete. »Kann ich Euch ein Gebräu aus Kräutern anbieten? Das ist in Ostfriesland besser zu genießen als das Bier.«

Jan nickte und sah zu, wie Hiske ein paar Blätter aus einem irdenen Gefäß nahm und in eine Kanne füllte, die sie mit heißem Wasser füllte.

»Wir können uns dort hinsetzen, dann haben wir Euren Freund auch im Blick.« Hiske wies zum Küchentisch, vor dem ein paar dreibeinige Hocker standen.

»Was wisst Ihr von dem Jungen?«, fragte Hiske, nachdem sie Jan einen Becher auf den Tisch gestellt hatte.

»Schemering braucht einen Mörder, weil die Menschen im Lager unruhig sind. Er fürchtet, dass sie aufsässig werden. Außerdem haben alle Angst.«

Hiske lachte hämisch auf. »Wenn sie ihnen eine Heimat versprechen und die Zusammenkünfte im Keller wichtiger sind als die Baumaßnahmen, sollten sie dort beginnen. Der Junge kann es gar nicht gewesen sein. Er ist eine zutiefst verstörte, aber liebe Seele.«

»Woher kennt Ihr ihn?«

»Er stand plötzlich in meinem Kräutergarten. Ich habe ihn angesprochen, aber er verstand kein Wort. Doch hat er so nach und nach Zutrauen gefasst, ich habe mit ihm sprechen geübt. Er ist nicht dumm, begreift schnell.« Jetzt lächelte die Hebamme, und ihr Gesicht wurde fast zärtlich. »Ich habe ihn den Wortsammler genannt, und es war so wichtig für ihn, dass er einen Namen hatte.« Hiske prüfte, ob die Kräuter dem Sud die richtige Stärke gegeben hatten, und schenkte Jan dann ein.

Er umschlang den Becher mit beiden Händen. Es kam ihm so vor, als müsse er sich an dem warmen Gebräu, das tatsächlich sehr wohlschmeckend war, festhalten. Es schmeckte ein wenig nach Brombeere, aber auch ein Hauch von Holunder drang durch.

»Wisst Ihr, woher der Junge stammt? Er muss doch Eltern haben.«

Hiske zuckte mit den Schultern, und jetzt war es Jan, als strecke sie wie eine Katze die Krallen heraus. »Die, die das aus ihm gemacht haben, haben sich an ihm versündigt!« Sie sprang auf. »Was sind das für Menschen, die ein Neues Jerusalem bauen wollen, eine heilige Stadt, und gleichzeitig ein Kind den Löwen zum Fraß vorwerfen? Selbst wenn der Junge keine Eltern hat, so muss in einer solchen Gemeinschaft doch jemand sein, der sich seiner annimmt. Stattdessen überlassen sie ihn in der Wildnis sich selbst, und nun wollen sie ihn abschlachten, weil es ihnen gut in den Kram passt.«

Jan zuckte bei Hiskes Ausbruch zurück, musste ihr aber tief im Innersten recht geben. Er hatte sich für eine Gruppe eingesetzt, sein Leben riskiert, die sich in ihrer Intoleranz keinen Deut von denen unterschied, die sie bekämpften.

Hiske hatte sich wieder hingesetzt und den Kopf tief in den Händen vergraben. Ihre Finger bohrten sich in die Kopfhaut, wurden weiß. »Wir müssen den Wortsammler vor ihnen finden, müssen ihn irgendwo verstecken. Wenn ich nur wüsste, wo wir ihn suchen sollen!«

Jan war gerührt von der Verletzlichkeit der Hebamme. Er war fast versucht, seine Hand auf ihren Rücken zu legen, doch er würde bei dieser Frau Gefahr laufen, dass sie ihm dann die Augen auskratzte. Es dauerte ohnehin nicht lange, bis Hiske sich wieder in der Gewalt hatte, kurz aus der Küche ging und mit einer Flüssigkeit zurückkam. Sie weckte Garbrand und flößte ihm davon ein.

»Ist das das Gebräu aus den Kräutern?«

Hiske nickte. »Mit etwas Glück ist morgen die Hitze aus seinem Körper«, sagte sie. Dann holte sie etwas Quark, mischte ihn mit Zwiebeln und bestrich ein Leinentuch damit, das sie dem Mönch auf die Brust legte. »Auch das tötet die bösen Säfte, die ihn krankmachen.« Zum Abschluss ließ sie Garbrand wieder die heißen Dämpfe atmen. Der nahm die ganze Prozedur wortlos hin und fiel danach augenblicklich in den tiefen Schlaf zurück. Hiske überprüfte nach einer Weile den Wickel. »Könnt Ihr Euch um Garbrand kümmern? Ich schreibe Euch ein paar Zeilen, damit Adele Euch nicht zum Teufel jagt.«

»Ihr könnt schreiben?« Jan war verwundert, wie gebildet die Hebamme war.

Sie nickte nur kurz. »Warum nicht? Weil ich ein Weib bin? Eine ungebildete Hebamme, ein Kräuterweib, das eher zaubert als heilt?« Sie wirkte verletzt.

»Entschuldigt, so war das nicht gemeint. Aber«, wechselte Jan das Thema, »wo wollt Ihr denn hin?«

»Ich kann mir denken, wo der Wortsammler steckt. Und ich werde ihn vor den Barbaren finden, selbst wenn es mich meinen Kopf kostet!«

Kapitel 13

Garbrand tat nur so, als schliefe er. Nach und nach kam die Erinnerung zurück, wie er in dieser einfachen Küche gelandet war. Ein Krankenlager, das lange nicht an die Bequemlichkeit im Hause Schemering heranreichte. Und doch hatte die schöne junge Frau ihm einen Trank bereitet, der ihn zwar schläfrig machte, aber zugleich das Gefühl bescherte, auf dem Weg der Genesung zu sein. Während Jan und die Hebamme redeten, hatte er immer wieder ein Auge leicht geöffnet und Jans Blicke wahrgenommen, die er der Hebamme zugeworfen hatte. In seinem Bauch fühlte es sich an, als tanze seitdem ein Messer hindurch. Ihm war immer klar gewesen, dass er Jan nicht haben konnte, das versagten ihm schon die Regeln der katholischen Kirche. Doch wie schmerzhaft es sein würde, wenn der Arzt sein Herz für eine Frau öffnete, hatte er nicht geahnt. Jan merkte es sicher selbst noch nicht einmal, doch Garbrand kannte ihn viel zu gut, als dass er die große Zuneigung, die Jan für die Hebamme empfand, nicht bemerkt hätte. In seinem Freund brodelte es. Er wehrte sich mit allen Sinnen gegen die aufkeimenden Gefühle, doch hatte Garbrand ihn noch nie so erlebt. Er spürte am eigenen Körper, wie das Herz des Arztes rascher schlug, wie seine Hände feucht wurden und er der Versuchung kaum widerstehen konnte, die Frau zu berühren. Jan hatte, seit Garbrand ihn kannte, noch nie so auf ein Weib reagiert. Und wie er jetzt am Tisch saß, den Kopf auf die Hände gestützt und den Blick gegen die schmutzige Wand über dem Feuer gerichtet, stand ihm die unverhohlene Sorge um Hiske Aalken ins Gesicht geschrieben.

Garbrand schloss die Augen wieder, überlegte, ob er sich der Krankheit, die seinen Körper auszehrte, nicht einfach hingeben sollte. Er hatte in England in seinem Kloster viele Jahre ein schönes Leben gehabt. Der Mann, der ihm dort nahegestanden hatte, war im Kampf gegen die Anglikaner gefallen. Nie hätte er es für möglich gehalten, danach noch einmal lieben zu können, und schon gar nicht mit einer solchen körperlichen Sehnsucht. Sie hatten im Kloster ihre Zuneigung stets geheim gehalten und nie ausgelebt, dazu waren sie zu gottesfürchtig. Aber sie hatten gemeinsam den Klostergarten bestellt und waren den Kranken ein guter Trost gewesen. Ihre Liebe hatten sie, ohne je ein Wort darüber verloren zu haben, gepflegt, hatten sich gegenseitig gestützt. Es war ein friedliches Leben und voller Zuneigung gewesen.

Es würde hier sicher nicht besser werden. In diesem kahlen Landstrich, in der Fremde. Wenn Jan je erkannte, was er für die Hebamme empfand, dann würde er, Garbrand, leiden wie ein Hund, den sein geschätzter Herr getreten hatte. Einen letzten Blick riskierte er noch. Jan saß, ohne sich bewegt zu haben, noch immer mit starrem Blick auf dem Hocker. Garbrand wusste, dass er verloren hatte.

Hiske hatte sich zum Schutz vor den Mücken ein Tuch um den Kopf geschlungen. Sie trug derbe Schuhe, die sie in der Abstellkammer Adeles gefunden hatte. Die würde sicher nichts dagegen haben, wenn sie sich sie borgte. Im Moor war es besser, wenn man festes Schuhwerk trug. Sie mochte den matschigen Landstrich nicht. Alle Geräusche darin wirkten, als seien sie abgefedert, jeder Laut wurde von dem feuchten Boden gedämmt. Und doch war Hiske sicher, dass der Wortsammler sich hierhergeflüchtet hatte, denn nirgendwo sonst konnte er so gut untertauchen.

Nach einer Weile hatte Hiske den Rand des Moores erreicht. Sie fühlte sich, als wäre sie vom Rest der Welt, vom Meer, von den Menschen an der Burg, völlig abgeschnitten. Es war, als würde man von der eigentümlichen Atmosphäre verschluckt und in eine fremde Welt katapultiert. Hier war das Reich der Feen und Elfen, aber auch böse Gestalten waren den Erzählungen nach im Moor zu Hause. Doch Hiske hatte keine Zeit, sich darüber Gedanken zu machen. Sie kannte nur ein Ziel: Sie musste den Knaben vor den Leuten Krechtings finden und ihn irgendwo verstecken. Wie sie das bewerkstelligen sollte, wusste Hiske allerdings nicht, doch war ihr das im Augenblick auch egal, denn die Zeit drängte, und das Wichtigste war, den Jungen überhaupt zu finden. Ihre Wut gegen die Menschen, die ihn ins gefährliche Moor getrieben hatten, wuchs mit jedem Schritt, den sie auf dem moorastigen Boden machte. Er war doch noch ein Kind. Kein Mensch kümmerte sich um ihn, jeder fürchtete sich, hielt ihn für eine Missgeburt oder einen Irren. Was für ein Irrtum!

Hiskes Gedanken schweiften zu Jan Valkensteyn ab. Er war ein gut aussehender Mann, und er hatte wider Erwarten ein sehr feinfühliges Gemüt. Etwas, das sie bei einem Mann noch nie erlebt hatte. Seine Sorge um den alten Mönch war fast rührend anzusehen. Sie verstand vieles nicht, was der Arzt tat. Denn wie sie am Abend seiner Ankunft mitbekommen hatte, war er in geheimer Mission hier, und es ging um Rothmann, der vor allem für Krechting wichtig zu sein schien. Dafür hatte Jan sein Leben riskiert, und gleichzeitig schützte er einen Mönch. Das passte nicht zusammen. Die Welt wurde immer verquerer, nichts fügte sich.

Als sie wegen des Wortsammlers so verzweifelt gewesen war, hatte sie sich für einen kurzen Moment gewünscht, Jan möge sie umarmen, ihr die Angst vor der Zukunft nehmen.

Wenn sie des Knaben nicht habhaft wurden, würde sie die nächste Schuldige sein. Tydes Worte waren eindeutig gewesen. Dennoch war sie jetzt froh, dass Jan ihr nicht nähergekommen war. Sie wollte keinen Mann nah an sich heranlassen, es war besser, wenn sie allein blieb und den Anfängen wehrte. Es war seltsam genug, dass sie in der Lage war, für den Wortsammler so viel zu empfinden. Sie musste den Jungen schützen, um jeden Preis. Es war, als sei er ihr anvertraut. Er war allein und trudelte durch sein kleines Leben wie eine Schneeflocke, der der Wind diktierte, wo sie sich niederlassen sollte, und bei der die Temperaturen bestimmten, wann sie sich aufzulösen hatte.

Wer mochte ihn geboren haben? Hiske glaubte an eine der alteingesessenen Bürgerinnen aus Dykhusen, doch sie konnte auch nicht ausschließen, dass es eine Mutter aus dem Lager war. In beiden Fällen kannten die Leute die Mutter, eine Schwangerschaft konnte nur schwer geheim gehalten werden, und der Junge musste doch zumindest eine Zeit seines Lebens irgendwo aufgezogen worden sein. Zumindest so lange, bis man es wagte, ihn seinem Schicksal zu überlassen. Nur – warum hatte man ihn nicht gleich nach der Geburt getötet? Das konnte man unauffällig tun. Wie oft war Hiske zu einem toten Säugling gerufen worden, bei dem sie den Verdacht hatte, dass die Mutter ihm ein Tuch auf die Nase gedrückt hatte, bis er nicht mehr atmete, weil schon zu viele Münder gestopft werden mussten.

Vielleicht war die Mutter auch auf der Flucht hierher verstorben und der Kleine so in seine missliche Lage gekommen. Aber auch dann wären Menschen in der Pflicht gewesen, sich seiner anzunehmen. Es gab keine Antwort, und vermutlich würde Hiske sie auch nie finden. Wer würde sich schon selbst bezichtigen? Und dass der Knabe je so gut reden konnte, um ihr sein Schicksal zu erzählen, daran zweifelte sie. Wenn er sich überhaupt daran erinnerte, was ihm widerfahren war.

Hiske kämpfte sich weiter durch das Moor, hoffte, nachher wieder hinauszufinden. Es war gefährlich, was sie tat. Ein Fehltritt genügte, um sie in den tödlichen Sumpf zu ziehen. Hiske ignorierte das hungrige Summen der Mückenschwärme und das leichte Seufzen des Moores, als trachte es danach, sie in die morastige Tiefe zu ziehen. Mehrmals blieb sie mit dem Schuh stecken, musste den Fuß ganz schnell wieder herausziehen und sich eine feste Stelle suchen, wo sie Halt fand. Immer wieder blieb sie stehen, lauschte, ob sie etwas hörte, das auf ihren Schützling hinwies. Doch er war wie ein Schatten, hieß nicht umsonst so. Der Knabe würde es verstehen, auch im Moor unsichtbar zu sein. Hiske hoffte einfach, dass er sich ihr zu erkennen geben würde, wenn er sie bemerkte. Dass sein Vertrauen ausreichte, zu ihr zu kommen.

Schließlich hielt sie es nicht mehr aus. »Wortsammler, wo bist du?«

Ein Frosch quakte, ein Vogel flog mit Flügelklatschen vom Moorsee auf. Sonst blieb es still. Die ersten Nebelschwaden waberten über dem Gras, bedeckten Hiskes Schuhe. »Wortsammler!«, rief sie erneut, doch ihre Stimme verlor sich in der endlosen Weite des Moores.

Adele trat in die Küche. Sie stutzte. Neben dem Mönch schlief ein junger Mann, der Beschreibung von Hiske nach musste es sich um den Arzt aus Amsterdam handeln. Die Hebamme musste unbedingtes Vertrauen in sie haben, sonst hätte sie ihr einen solchen Menschen nicht überlassen. Ein Katholik unter den Täufern. Über Adeles Gesicht glitt ein säuerliches Grinsen. Die Hebamme verlangte verdammt viel. Der junge Mann schlief und sah fast so erschöpft aus wie der

Kranke. Krechting hatte so sehr auf Rothmann gewartet, doch an seiner Stelle waren nur der Mönch, der sich aber nicht als ein solcher zu erkennen geben durfte, und ein junger Arzt angekommen. Der Tross, mit dem sie gestern angekommen waren, hatte die Zustände im Lager noch unhaltbarer gemacht. Dazu war die Versorgung der Kranken und Badenden nicht mehr gewährleistet, seit sich Dudernixen zu Höherem berufen fühlte. Er sollte lieber seiner Pflicht im Lager nachkommen und die Kranken versorgen, als sich als Lokator aufzuspielen. Es war nicht seine Aufgabe, sich um das Vorankommen des Deich- und Hafenbaus zu kümmern. Das musste Krechting jetzt in die Hand nehmen, wo von Ascheburg tot war. Der aber ließ sich lieber niederschlagen und verkroch sich wie ein angeschossener Hirsch. Adele vermisste seine Kraft und die schwungvollen Reden. Er wirkte seit von Ascheburgs Tod wie ein Schatten seiner selbst. Adele warf einen Blick zu den beiden Männern. Die Welt war durcheinander. Wer hätte in Münster gedacht, dass es einmal so enden würde, wo doch alles so klar erschienen war.

Als sie aus dem Fenster blickte, sah sie mehrere Männer aus dem Lager, die mit Harken und Sensen bewaffnet über den Weg zogen. »Was bedeutet das?«, fragte sie sich. Presste ihre Nase gegen die Scheibe und merkte nicht, dass Jan derweil erwacht war. Sie zuckte zusammen, als er sie von hinten antickte.

»Gott zum Gruße, ich bin Jan Valkensteyn aus Amsterdam. Ich habe hier ein Schreiben von Hiske für Euch.«

Als Adele nicht reagierte, fügte er hinzu: »Sie hat mir dieses Schreiben in die Hand gedrückt, damit Ihr mich nicht gleich zum Teufel jagt.«

Adele schnappte nach Luft. »Da schleppt Ihr mir einen katholischen Pfaffen ins Haus und erwartet, dass ich gelassen bleibe? Was glaubt Ihr, was im Lager los ist, wenn sich das herumspricht?«

Jan gab sich zerknirscht. Ihm war bewusst, was dann geschehen konnte. Adele sah, dass er ein schlechtes Gewissen hatte, weil er seinen Freund, aber auch Adele und Hiske in große Gefahr gebracht hatte. »Ich hatte keine Wahl«, sagte er schließlich. »Garbrand hat sonst keinen, und egal, welcher Glaube uns durchs Leben lenkt, so sind wir doch immer noch Menschen und vor Gott alle gleich, egal, in welche Richtung wir schwimmen.«

Jetzt glitt über Adeles Gesicht doch ein Lächeln. Der Arzt war ihr sympathisch. Er vertrat genau das, was ihr auch die letzten Jahre immer wieder durch den Kopf gegangen war und sie nie auszusprechen gewagt hätte. Alle Menschen sind gleich, keiner durfte wegen seines Glaubens sterben. Es war falsch, was in Münster geschehen war. Es war barbarisch, was ihre Glaubensbrüder mit den Männern des Bischofs getan hatten, es war barbarisch, was die Männer des Bischofs den Ihren angetan hatten. Und es war barbarisch, was nun wieder und wieder im Namen Gottes unter den Menschen angerichtet wurde. Sie wollte das alles nicht mehr. Ihr ganzes Leben war daran gescheitert, weil sie ganz tief eingetaucht und ihr am Ende die Luft weggeblieben war. Sie fragte sich Nacht für Nacht, wie Krechting überhaupt schlafen konnte mit dem vielen Blut, das an seinen Händen klebte. Doch der machte sich darüber bestimmt keinerlei Gedanken, denn er war von seiner Religion so überzeugt, dass er dafür sterben würde. Oder zumindest über Leichen gehen. Er hatte sogar seine Seele, seine innerste Überzeugung an Hebrich von Knyphausen verkauft, damit er unbeirrt und unter einem sicheren Deckmantel einfach weitermachen konnte. Nun war er auch noch Armen- und Kirchenvorsteher einer Gemeinde, der er mit dem Herzen nicht angehörte.

Jetzt huschten weitere Männer am Haus vorbei. Sie verschwanden rasch in der einsetzenden Dämmerung.

»Was tun die Männer? Wisst Ihr das?«

»Sie suchen den Jungen«, sagte Jan.

Adele konnte nicht verhindern, dass sie unter seinen Worten zusammenzuckte. »Sie suchen den Jungen? Warum?«

Jan zögerte mit der Antwort. »Sie suchen den Mörder von Ascheburgs.«

Adele nickte. »Der Junge hat Cornelius also wirklich umgebracht. Ich habe mir so etwas gedacht. Aber wer behauptet das jetzt?«

»Krechting und Schemering.«

»Krechting und Schemering«, wiederholte Adele. »Und lasst mich raten, die Hebamme ist los, um den Knaben vor der Meute zu finden.«

Jan nickte. »Sie hält ihn für unschuldig, will ihn schützen.«

Adele schürzte die Lippen. »So, tut sie das? Der Junge ist nicht klar im Kopf, weiß nicht, was gut und was böse ist. Er ist ein Tier.« Ihre Stimme hatte eine Härte angenommen, die Jan nicht nachvollziehen konnte. »Sie ist ins Moor gegangen«, fügte er hinzu.

»Dann werden sie beide nicht wiederkommen. Das Moor ist tückisch und unberechenbar. Was heute sicher ist, ist morgen tödlich.«

Adele machte einen Schritt auf einen Hocker zu, ließ sich darauf nieder und starrte ins Feuer, aus dem in diesem Augenblick eine hohe Flamme emporzüngelte.

Tyde hatte Hiskes Ratschläge befolgt. Die Wehen waren erst weniger geworden, dann ganz verschwunden. Sie ölte ihren Bauch mit der Essenz ein, die die Hebamme ihr gegeben hatte. Sie roch gut und beruhigte, ähnlich wie das heiße

Gebräu, das ihr die Magd auf Hiskes Geheiß gekocht hatte. Das versetzte sie in eine angenehme Müdigkeit, aus der sie nur aufschreckte, wenn man ihr das Essen ans Bett brachte.

Warum sie nun mitten in der Nacht erwachte, war ihr nicht klar. Es war ruhig auf der Burg, heute hatte es nicht einmal eine Versammlung gegeben. Sie würde nach der Entbindung Krechting davon in Kenntnis setzen, dass sie zum reformierten Glauben übergetreten war. Sie wollte mit den Täufern aus Münster und den Mennoniten nichts mehr zu tun haben. Am liebsten würde sie sogar Katholikin werden, doch das wagte sie nicht. Nur ihr Kind würde sie taufen lassen, wenn Gott es gefiel, es zu früh zu sich zu holen. Daran konnte sie keiner hindern, und die Hebamme würde nicht so dumm sein und es an die große Glocke hängen. Jetzt, wo Cornelius tot war, gab es für sie erst recht keinen Grund, weiter zu den Täufern zu gehören. Tyde würde keine Nachteile fürchten müssen, zumal Krechting nicht gegen Leute vorgehen konnte, deren Vorsteher er war. Das hatte Hebrich klug eingefädelt.

Tyde nahm die unter dem Bett stehende Pfanne, erleichterte sich und entdeckte auf dem Nachtschrank im Mondlicht einen Zettel, der ihr zuvor nicht aufgefallen war. Sie stand auf, entzündete ihre Kerze an der Glut des Kamins und hielt den Brief in den Schein des Lichts. Mit Mühe entzifferte sie die wenigen Worte. Ihr Mann hatte ihr die Grundzüge des Lesens und Schreibens beizubringen versucht, doch sehr weit waren sie nicht gekommen. *Liebe Tyde, du bist in Gefahr. Man hat uns belauscht. Komm zu mir! Ich werde dich und dein Kind schützen. Hiske.*

Tydes Herz schlug schneller. Sie hatte Bettruhe, durfte sich nicht aufregen, und doch bat die Hebamme sie zu ihr zu kommen. Wer in Gottes Namen hatte sie belauscht? Tyde überlegte, warum Hiske sie nicht einfach geweckt und mitgenommen hatte. Warum dieser heimliche Brief?

»Vielleicht war es zu gefährlich, wenn man uns gemeinsam sieht«, mutmaßte sie, schlug sich aber gleichzeitig auf den Mund, weil sie laut gesprochen hatte. Wer wusste schon, durch welche Schächte und Lücken man ihre Bettstatt beobachten konnte. Tyde raffte fast lautlos ihre wichtigsten Dinge zusammen und stopfte auch das Öl in das Bündel. Tyde merkte, dass sich ihr Bauch wieder vor lauter Aufregung anspannte, sich viel zu lange verhärtete. Sie musste möglichst ruhig und doch schnell zu der Hebamme gelangen, nur dann hatten sie und das Kind eine Chance zu überleben. Wie allerdings Adele auf ihre Rückkehr reagieren würde, wusste sie nicht. Tyde hatte eher den Eindruck gehabt, dass sie froh war, sie los zu sein. Sie waren einfach viel zu verschieden. Vor allem in Glaubensfragen schien Adele unerbittlich. Aber das konnte täuschen. Tyde glaubte oft, hinter den Gesichtern der Menschen eine andere Regung zu sehen als das, was sie vorgaben zu sein. Nach außen wirkte es, als säßen alle im selben Boot. Wer konnte schon erkennen, was sich hinter der Stirn der Leute abspielte.

Tyde sah sich prüfend um, überlegte, ob sie alles hatte, um eine Weile unterzutauchen. Hebrich würde nicht allzu ungehalten sein, da sie sie im Augenblick ohnehin nicht als Arbeitskraft nutzen konnte. Vielleicht war sie eher froh, einen unnützen Esser weniger zu haben. Es war klar, dass sie selbst für die Herrin ein Nichts war. Ein Wesen, dem man nicht nachtrauerte. Noch während Tyde das dachte, liefen bittere Tränen ihre Wangen herunter. Seit sie Cornelius geheiratet hatte, war sie für ihre Umwelt lästig. Ihre Eltern waren tot, ihr Mann hatte sie ständig betrogen, sogar eine andere Frau geschwängert. Nach seinem Tod waren keine

Freunde da gewesen, die sich ihrer angenommen hatten. Die so viel beschworene Glaubensgemeinschaft hatte sich keinen Deut um sie geschert. Sie gehörte eben weder zu den Holländern noch zu den Münsteranern. Sie war eine Hiesige, doch da sie einen der führenden Täufer geheiratet hatte, schlugen ihr auch in Dykhusen oft kalte Blicke entgegen, denn nicht jeder glaubte an den Geistesumschwung ihres Mannes. Lediglich diese neue Hebamme war von Beginn an freundlich, fast herzlich zu ihr gewesen. So viel Furcht sie ihr zunächst auch eingeflößt hatte, so anders war ihr Verhalten ihr gegenüber gewesen. Es war mutig und selbstlos, dass sie sie nun retten wollte. Tyde zweifelte nicht an der Richtigkeit der Warnung. Man hatte ihren Mann getötet, immer wieder hatte sie sich verfolgt gefühlt. In jeder Ecke hatte sie leise Stimmen, heiseren Atem gehört und sich von vielen Augenpaaren aufgespießt gefühlt.

Sie öffnete die Tür zum Flur, huschte den Gang hinab und schlüpfte hinaus in den spärlich beleuchteten Hof der Burg.

Der Wortsammler hatte Angst bekommen, nachdem sein Bein tief im Morast eingesackt war. Er musste wieder festen Boden unter den Füßen haben, vielleicht wäre die Nacht morgen nicht so hell, weil der Mond Verstecken spielte. Außerdem plagte ihn der Hunger, er musste essen, sonst würde er nicht überleben. Er mochte die Würmer nicht, und auch Frösche waren nicht das, was ihm schmeckte. Er hatte versucht, ein aufgescheuchtes Kaninchen zu fangen, doch dabei wäre er fast zu Tode gekommen, weil er abgerutscht und in ein Moorloch gefallen war.

Der Knabe lauschte in die Dunkelheit. Es war still geworden, nachts suchten sie nicht nach ihm. Er würde sich bis ans Meer wagen können, denn es machte ihn auch unruhig, dass er es schon eine Nacht nicht hatte besänftigen können. Es würde böse sein, denn egal ob sie ihn suchten oder nicht, sie würden den Damm weiterbauen und den Hafen. Der große laute Mann würde niemals damit aufhören. Jetzt hatte er seine Mannen losgeschickt. Sie wollten ihn, den Meerbewacher, töten.

Vorhin war er so verzweifelt gewesen, da glaubte er tatsächlich, die Stimme der Lebenspflückerin gehört zu haben. Sie hatte aufgeregt, ja, ängstlich geklungen. Nur, was sollte sie im Moor, sie musste die Kinder holen und den Frauen helfen. Er sollte bald zurückgehen und das Meer und die Lebenspflückerin schützen. Es gab nur diese beiden Dinge in seinem Leben.

Der Knabe wandte sich um, geleitet von seinem Instinkt, der ihn immer wieder an das Schwarze Brack zurückführte.

Magda Dudernixen sah Tyde mitten in der Nacht vom Burghof huschen. Sie hatte ein Bündel in der Hand, und es sah nicht so aus, als wolle sie gesehen werden. Immer wenn Magda die junge Frau sah, durchfuhr sie ein Schmerz, der einem Blitz glich. Tydes Bauch war ungleich dicker als ihrer. Bis man Magda die Schwangerschaft so weit ansah, würde eine Weile vergehen.

Hätte es Tyde mit ihrem Balg nicht gegeben, dann hätte Cornelius sie vielleicht erhört. Tyde war blass und dünn, ihr fehlte die Weiblichkeit, die einen Cornelius von Ascheburg an ihr, Magda, gefesselt hatte. Außerdem wirkte Tyde weiß Gott nicht so, als habe sie Spaß an der körperlichen Liebe. Das war bei Anneke anders, nur vor ihr hatte Magda sich nie fürchten müssen, denn sie nahm jeden aus dem Lager mit unter ihre Decke, wenn sie dafür frischen Käse oder einen Laib Brot bekam. Zwar konnte sie auch ihr nicht wirklich aufs Fell schauen, doch es war noch immer ein anderes Gefühl als bei Tyde, die Cornelius zwar betrog, aber die eben sein Weib war, zu dem er stehen musste.

Nun stahl sich dieses Weibchen also von der Burg und suchte Schutz bei der Hebamme, denn genau in diese Richtung lief sie. Warum genau Magda Hiske nicht leiden konnte, wusste sie selbst nicht, denn schon bevor diese ihr die Hilfe verweigert hatte, war dieses Gefühl da gewesen. Einmal hatte sie sich dabei ertappt, dass es Eifersucht war, denn sie hatte sich vorgestellt, wie Cornelius Hiske angesehen hätte und dass sie ihm, anmutig wie sie war, nicht gleichgültig gewesen wäre. Das war ein lächerlicher Gedanke, schließlich war Cornelius tot und konnte Hiske nicht mehr nachstellen. Und dann erst ihre Art – dieses Selbstbewusstsein, diese Klarheit. Hiske Aalken wirkte stets so, als mache sie nie einen Fehler. Sie war geradeaus und von ihrem Tun überzeugt, sonst hätte sie nie den Schneid gehabt, ihr, der angesehenen Badersfrau, die Hilfe zu verweigern. Magda hatte zwar mit Annekes Hilfe versucht, die Frucht in ihrem Leib zu töten, doch es hatte alles nichts gebracht. Cornelius' Samen saß fest, und seine Brut würde sie Zeit ihres Lebens an ihn erinnern.

Obwohl er sich zwei Jahre lang kaum mit ihr vergnügt hatte, wollte Melchior das jetzt verdammt oft. Sie wurde seinen Geruch und seine Nässe gar nicht mehr los. Magda hatte den Ekel ihm gegenüber nicht abgelegt, musste aber das alles über sich ergehen lassen. Im Lager hatte er seine Freude darüber verbreitet, dass er Vater wurde, und da er sie mehrmals täglich lautstark nahm, kamen andere Gerüchte nicht auf. Es würde ohnehin kaum einer wagen, einem Melchior Dudernixen zu widersprechen. Wenn sie wieder unter ihm lag, dachte sie oft, dass er es war, der von Ascheburg auf dem Gewissen hatte. Er hatte die ganze Zeit von ihrer Liebschaft gewusst, das merkte sie an der Art, wie er sie behandelte, und er war kein Mann, der sich ungestraft so etwas bieten ließ. Was er ihr antun wollte, wenn erst das Kind da war, wusste sie nicht. Sie schob die Angst davor weit weg. Für ihn hatte sich jetzt, nach dem Tode von Ascheburgs, jedenfalls alles zum Guten gewendet. Er würde der Lokator sein, sein Nebenbuhler war aus dem Weg geräumt. Bald würden sie auch bestimmt ein Haus haben und nicht mehr in diesem Wagen hausen müssen. Seiner Macht stand nichts mehr im Weg.

Magda blickte auf die Bettstatt, Melchior schnarchte. Sie holte sich ein großes Tuch heraus, das sie sich um die Schultern legte. Es konnte nicht schaden, wenn sie Tyde folgte und ihr auf die Finger sah. Da klebten zwei Hexen aneinander, die beide Schuld daran hatten, wie grausam sich ihr eigenes Schicksal gewandelt hatte. Ihre ganze Zukunft hätte ohne Tyde oder mit Hiskes Eingreifen besser ausgesehen. Sie würde beide schon drankriegen, den Irren suchten sie ja bereits, und auch er gehörte zu diesem Gesindel.

Hinrich Krechting stand im Garten seines Hauses und hatte den Blick auf die Sterne gerichtet, die heute Nacht besonders hell blinkten. Er war mit Wolters Vorgehen nicht einverstanden. Er hätte dem Einhalt gebieten sollen. Es war nicht richtig, einen Jungen zu opfern, damit Ruhe herrschte. Sie hatten den falschen Weg eingeschlagen und mussten umkehren, sich auf die wichtigen Dinge besinnen. Auch ohne Rothmann. Sein Brief war vage gewesen. Er hatte sie alle im Stich gelassen und verraten, Hinrich wollte nicht mehr hoffen, dass er im nächsten Sommer kommen würde. Krechting fühlte sich seiner Hoffnungen auf das Übelste beraubt. Es war, als habe man den Lebenssaft aus ihm herausgesogen. Die ganze Zukunft war dunkel und trüb, er wusste einfach nicht, wie es weitergehen sollte. Nie hätte er geglaubt, dass er einmal so verzweifelt sein würde. Seine ganze zweite Lebenshälfte lang hatte er nur ein Ziel gehabt, und das war die Errichtung des Neuen Jerusalems gewesen. All die Kämpfe in Münster, die Auseinandersetzungen mit Bischof Waldeck, die Diskussionen mit Jan van Leyden und Hinrichs Bruder Bernd, Bürgermeister Knipperdolling. Dann der Niedergang Münsters, seine Flucht nach Oldenburg und der Versuch, dort die Täufer um sich zu scharen, seine Ausweisung, weil Graf Anton sich Waldeck beugen musste. Krechting gingen die Jahre in Rastede durch den Kopf, deren einzige Lichtblicke die Gespräche mit Hardenberg gewesen waren. Er hatte ihm den reformierten Glauben nähergebracht und ihn dadurch unbewusst – und ungewollt – darin bestärkt, dass genau sein Glaube, das Täufertum, der richtige war und es daneben keinen geben konnte. Schon damals hatte er versucht, über Boten an Rothmann heranzukommen. Krechting wusste, dass sein alter Freund sich schützte, indem er keinen Menschen leben ließ, der nicht zu den Täufern gehörte und sich nach Münster in seinem unmittelbaren Dunstkreis befunden hatte. Es war seine einzige Möglichkeit, denn er gehörte, wie auch Krechting und von Ascheburg, zu den Menschen, die der Kaiser und viele seiner Bischöfe gerne aufspießen und dann mit heißen Eisen zerlegen lassen würden.

Doch nun war Rothmann nicht gekommen. Hatte sie hängen lassen, ihnen seine Unterstützung im Kampf für das Neue Jerusalem verweigert. Krechting verspürte eine gewisse Wut auf Rothmann, dem anscheinend alles andere wichtiger war als die Belange seiner alten Freunde, die in seiner

Abwesenheit um den Glauben gekämpft und sogar einen Zufluchtsort für alle aufgebaut hatten. Oder besser, aufbauen wollten.

Nun war von Ascheburg tot, und er, Krechting, stand mit seinem Neffen allein vor dieser Aufgabe. Dudernixen würde Cornelius nie ersetzen können, und doch hatten sie keine Wahl, als ihn jetzt mit den Aufgaben des Lokators zu betreuen, nur er war in der Lage, die Eindeichungsmaßnahmen ausreichend überwachen zu können. Aus der Not heraus gingen alle immer den einfachsten Weg. Anstatt den wahren Mörder zu finden und so weitere Gräueltaten zu verhindern, machten sie Jagd auf einen Knaben. Es war klar, dass sie auf den Abgrund zusteuerten, denn der Wolf im Schafspelz war noch immer unter ihnen. Er würde wieder zuschlagen, wann immer es ihm beliebte.

Hinrich stocherte mit der Schuhspitze in der Erde herum. Es ging so nicht weiter. Gleich morgen würde er Wolter aufsuchen und ihn von der Unsinnigkeit dieses Unterfangens überzeugen. Sie mussten umkehren, sich auf den Deichbau und den Bau des Hafens konzentrieren, damit sie endlich Häuser für die Menschen bauen konnten, sie eine Heimat hatten. Auch ohne Rothmann. Hinrich trug seinen Brief noch immer unter dem Wams. Er zog ihn nun hervor, zerriss ihn und ließ die einzelnen Schnipsel vom Wind davonwehen.

Es musste etwas passieren. Vielleicht würde der Mörder ewig frei herumlaufen, doch es bestand die Möglichkeit, dass er Ruhe gab, wenn er selbst mit dem Aufbau seiner Existenz beschäftigt war. Viele Menschen wurden friedlich, wenn sie erst ein Haus, eine Bleibe hatten. Sie mussten umdenken, die Menschen in den Mittelpunkt ihres Wirkens stellen, nicht den Glauben und die neue Stadt. Erst wenn alle eine Heimat hatten, wenn all das getan war, konnten sie wieder damit beginnen, den Schwerpunkt auf die Zusammenkünfte und Gottesdienste zu richten. Der Glaube allein sättigte die Menschen nicht, gab ihnen nicht das, was sie zum Leben brauchten. Sie hatten die Situation falsch eingeschätzt, alles verkehrt herum begonnen. Nur volle Bäuche und saubere Kleidung öffneten die Seelen für ihre Speisung. Die Gesichter waren in den nächtlichen Zusammenkünften immer unzufriedener geworden, der Glaube erreichte die Menschen nicht mehr. Er würde morgen nicht nur mit Wolter, sondern auch mit Hebrich reden, wie die Baumaßnahmen für die Neustadt schneller vorangebracht werden konnten. Wenn all das getan war, konnten sie wieder an das Neue Jerusalem denken und daran, wie die Mennoniten mit den Täufern endgültig zu einer Einheit verschmolzen. Seinetwegen auch mit Dudernixen an der Spitze.

Hinrich streckte den Rücken durch. Dieser Entschluss hatte ihn gestärkt, er fühlte sich nun auf dem richtigen Weg. Morgen dachte er, morgen bringe ich es in Ordnung. Er konnte weder die junge Hebamme noch den Knaben dem Pöbel oder der Gerichtsbarkeit ausliefern. Es war Unrecht, so etwas zu tun.

Eigenartigerweise hatten sich in Hinrich, seit Rothmann einfach nicht erschienen war, leise Zweifel eingeschlichen, ob es richtig war, was sie taten. Es war viel Blut geflossen in den letzten Jahren, und immer häufiger dachte er, ob es vielleicht unnütz vergossen worden war. Es kam vor, dass ihm in seinen Träumen Fratzen erschienen, die vor seinem Gesicht tanzten und aus deren Augen rote Tränen tropften. Sie bewegten ihre Münder lautlos, und doch war ihnen die Anklage darauf anzusehen. Diese Gesichter vermehrten sich, aus ihren Hälsen tropfte Blut. Bald verschmolz alles zu einer undefinierbaren Masse, die sich über seinen Schlaf ergoss und ihn halb erstickt aufschrecken ließ. Er würde etwas in seinem Leben und Tun ändern müssen, wenn diese Träume versiegen sollten. Vielleicht konnte er sein Augenmerk doch verstärkt auf die Armenfürsorge und den Kirchenvorstand legen. Das würde ihn zur Ruhe bringen. Genau das war bestimmt Hebrichs Intention gewesen, als sie ihn mit diesen Ämtern betraut hatte.

Hinrich lächelte. Er war auf dem richtigen Weg, und er würde die anderen davon überzeugen, dass es so war. Er streckte die Arme über den Kopf und sog die Luft tief in seine Lungen. »Genau so werde ich es machen!«, sagte er. »Genau so.« Dann wandte er den Kopf. Es war ihm, als habe er einen Schatten wahrgenommen.

»Gar nichts wirst du mehr in deinem Leben tun. Gar nichts!«, hörte er noch, bevor er in seinem Garten niedersank.

Kapitel 14

Hiske irrte durch das Moorgebiet, versuchte sich zu erinnern, wo sie hineingelaufen war. Es sah alles so schrecklich gleich aus. Überall waren Grassoden, überall standen kleine Sträucher und Birken, die sich kaum voneinander unterschieden. Der Mond hatte die Nacht in ein Silbergrau verwandelt, es war nicht wirklich dunkel. So war es zumindest möglich, einen Teil des Weges zu erkennen. Trotzdem hatte Hiske die Orientierung verloren, und sie merkte, dass sie immer mutloser wurde. Was war es für eine dumme Idee gewesen, sich einfach planlos ins Moor zu begeben. Je länger sie umherirrte, desto klarer wurde ihr, wie verzwickt ihre Lage war. Niemand konnte sie hier finden, keiner wusste, wo genau sie sich befand. Selbst wenn der Junge ihr im Moor über den Weg gelaufen wäre, was hätte sie gegen die Macht eines Hinrich Krechtings tun können? Er hatte seine Netze überall ausgelegt.

Hiske lauschte in die Nacht, hoffte, vielleicht das Rauschen des Meeres zu hören, doch dazu war es zu windstill und das Wasser zu weit entfernt. Es half nichts, sie musste einfach weitergehen, mit ein bisschen Glück würde sie an eine Stelle gelangen, die sie wiedererkannte. Nur nicht schwach werden, nur nicht aufgeben. Sie hatte schon andere Sachen geschafft.

»Wer das Martyrium in Jever unter Remmer von Seediek überlebt hat, der findet auch aus dem Moor hinaus!«, quetschte sie zwischen zusammengebissenen Zähnen hervor. Und noch während sie das sagte, gelangte sie an eine Weggabelung, die ihr bekannt vorkam. Der Stamm eines kleinen

Baumes zeigte ihr, vom Wind eindeutig in diese Haltung gedrückt, den rechten Weg. Sie hatte es geschafft.

Tyde spürte noch Magda Dudernixens Blicke im Rücken. Magda hatte sie fortgehen sehen, und Tyde hoffte, dass sie sie ziehen lassen würde und nicht sofort in der Burg Alarm gab. Als Zofe durfte man die Herrin ja nicht so ohne Weiteres verlassen.

Das schnelle Laufen tat ihrem Bauch nicht gut, das Ziehen hatte sofort wieder eingesetzt. Trotzdem stapfte sie weiter, beschleunigte ihren Schritt so sehr, dass sie fast ins Rennen verfiel. Es war wie immer seit dem Tod ihres Mannes: Überall sah sie Schatten, von überall her fühlte sie sich verfolgt. Tyde wurde kurzatmig und japste nach Luft. Wenn sie auf der Burg in Lebensgefahr war, dann war es hier auch nicht sicherer. Der Weg zu Hiske barg so viele Gefahren, die sie zuvor nicht bedacht hatte. Der Schatten würde ihr von der Burg her folgen, sie umschlingen und ihr die Luft nehmen. Ihre Vorahnungen, die versteckten Blicke, all das war eben nicht ihrer Fantasie entsprungen, sondern Wirklichkeit gewesen. Ihr trachtete jemand nach dem Leben, wollte sie genauso auslöschen wie ihren Mann. Tyde kannte zwar den Grund nicht, doch sie war sicher, dass Hiske mit ihrer Warnung recht hatte.

Das Ziehen in ihrem Bauch verstärkte sich immer mehr, Tyde musste innehalten, konnte vor Schmerzen nicht weitergehen. Sie beugte sich nach vorn und keuchte. Der Druck nach unten wurde fast unerträglich, das Kind bahnte sich seinen Weg hinaus. Es war nicht mehr weit bis zum Haus von Adele Stausand, wo Hiske sicher schon auf sie wartete. Sie musste sich bei der Hebamme gleich hinlegen, am besten mit dem Becken nach oben, so wie sie es ihr am Mittag angeraten hatte.

Im Mondschein sah sie die Umrisse der Höfe von Hebrichhausen vor sich liegen. Sie huschte an der *Olden Krocht* und Krechtings Haus vorbei und hoffte, dass der Mann schlafen und sie in der viel zu hellen Nacht nicht erkennen würde. Wie selten war der Himmel über Ostfriesland so klar, und ausgerechnet in der Nacht, in der sie um ihr Leben lief, gab er ihr keinerlei Deckung. Tyde blieb nichts anderes übrig, als sich dicht am Wegrand zu halten und gebückt zu laufen, so schwer das mit dem dicken Bauch auch war. Aber nur so boten ihr die niedrig gewachsenen Büsche ein wenig Schutz. Tyde musste immer wieder innehalten, der Schmerz im Bauch zerriss sie. Tyde griff mit der Hand abwechselnd dorthin und in den Rücken, der ebenfalls so wehtat, als würde sie nach unten hin aufgerissen und zerteilt.

Es gab kein Zurück. Das Leben ihres Kindes war der Preis für ihr eigenes, denn sie würde es verlieren. Das waren keine harmlosen Schmerzen mehr. Das waren Wehen, die das noch viel zu kleine Wesen aus der Höhle trieben und es schutzlos in die Welt fallen ließen. In ihrem Zustand durfte man sich weder aufregen noch anstrengen. Tyde schleppte sich unter Schmerzen weiter. Hätte Hiske das wirklich von ihr verlangt, wenn es nicht zwingend notwendig gewesen wäre?

Tyde sah nun Adeles Haus hinter der nächsten Wegbiegung auftauchen. Es lag völlig im Dunkeln, keine Kerze, kein Licht deuteten darauf hin, dass jemand sie erwartete. Tyde verlangsamte ihren Schritt, brach unter der nächsten Wehe fast zusammen. Noch während sie darauf wartete, dass der Schmerz nachließ, schoss ihr durch den Kopf, dass etwas nicht stimmte. Hiske hätte sie doch sicher selbst abgeholt oder wäre ihr entgegengelaufen, damit sie ihr Bündel nicht allein so weit schleppen musste. Zumindest aber hätte sie ein

Licht angezündet und sie erwartet. So aber lag das Haus in fast vollkommener Dunkelheit vor ihr, nur das Mondlicht brach sich in den Schindeln.

Trotzdem wollte Tyde sich noch bis dahin durchkämpfen, es war ihre einzige Möglichkeit auf Menschen zu treffen, denen sie vertraute. Adele würde ihr ein warmes Getränk bereiten und ihr Neugeborenes in warme und saubere Tücher wickeln, ihm ein Lied vorsingen, bis die Seele den kleinen, viel zu schwachen Körper verlassen hatte. Hiske würde sich um sie kümmern und ihr Beistand gewähren, denn es war nicht gewiss, ob sie all das nicht trotzdem mit dem Leben bezahlen musste. Und sie würde das Kind taufen, selbst wenn Adele dabei wäre. Ein winziges Glimmen in Hiskes Augen hatte es ihr verraten.

Tyde begann zu schluchzen. Sie war vor dem Tod davon- und ihm direkt in die Arme gelaufen.

Eine besonders heftige Wehe durchfuhr ihren Körper, sie konnte sich kaum noch auf den Beinen halten, musste sich an den Zweigen eines Busches festhalten. Als der Schmerz abebbte, stellte sie sich aufrecht hin, zuckte dann jedoch zusammen, denn ihr war wieder, als wäre der Schatten in der Nähe. Es war dieses hektische Atmen, dieses unerklärliche Gefühl, nicht allein zu sein. Tyde sah sich um, schaute nach rechts und nach links, bohrte den Blick in die mondhelle Nacht, die sie ihrem Feind schutzlos auslieferte. Sie war nicht allein, das Böse war bei ihr, hatte sie aus der Burg gelotst, um nun gnadenlos über sie herfallen zu können.

Als sie sich ein weiteres Mal umdrehte, sah sie, wer auf sie zukam. Das Messer mit beiden Händen umfasst und mit einem Ausdruck, der nicht von dieser Welt war. Er sprühte vor Hass und Ablehnung. Ihr wurde endgültig klar, dass sie in eine Falle gelockt worden war. Die Hände trieften vor Blut, und als das Messer niederfuhr, stöhnte Tyde auf, bevor ihr die Sinne schwanden.

Garbrand erwachte, und es ging ihm schon um vieles besser. Der scheußlich schmeckende Trunk der Hebamme schien zu wirken. Vielleicht waren es auch die klebrigen Wickel, die ihm das Fieber aus dem Leib gezogen hatten. In der Nacht war er mehrmals wach geworden. Einmal hatte Jan, der neben ihm auf dem Fußboden schlief, laut gestöhnt, das andere Mal war Hiske nach Hause gekommen. Sie hatte einen Blick in die Küche geworfen, gefühlt, wie hoch seine Hitze war und ihm noch einen Becher dieses Gebräus eingeflößt. Garbrand hatte es ohne Murren getrunken, etwas in ihm sagte, dass genau diese Medizin seine Rettung war. Danach fiel er in einen unruhigen Schlaf, aus dem er immer wieder hochschreckte. Im Traum hatte er eine Frau schreien gehört. Grell, grausam, doch als er richtig wach geworden war, war es so still, wie eine Nacht nur sein konnte. Daraus hatte der Mönch geschlossen, dass seine Fieberschübe noch lange nicht ausgestanden waren.

Nun nahte der Morgen, und er verspürte ein nagendes Hungergefühl. Das hatte er, seitdem sie Amsterdam verlassen hatten, nicht mehr gehabt. Über Garbrands Gesicht huschte ein Lächeln. Er war auf dem Weg der Besserung, und mit dem hereinbrechenden Tag würde alles gut werden. Er stupste Jan an, der sofort wach wurde und ihn mit weit aufgerissenen Augen musterte. »Dir geht es besser, mein Freund.« Er strahlte ihn an, stand auf und nahm Garbrand in den Arm. Doch dann fuhr er zurück und rümpfte die Nase. »Wasser und Seife täten dir nicht schaden, mein Bester. Ich lasse den Bader rufen. Deine Hitze ist vollständig gewichen, da wirst du die Reinigung gut ertragen können.«

Garbrand runzelte die Stirn. Er war sich nicht so sicher, ob ein Bad bereits das Richtige war, doch wenn Jan schon so die Nase rümpfte, musste sein Geruch unerträglich sein. Also willigte er ein.

»Hast du denn gut geschlafen?«, fragte er seinen Freund. Denn je länger er darüber nachsann, desto sicherer war er, dass die Schreie der Frau vielleicht doch nicht die Ausgeburt seiner Fieberfantasien waren. Sie hatten sich so verdammt echt, so furchtbar angehört. Es waren Todesschreie, die kannte der Mönch nur allzu gut.

Jan lachte, richtete sich auf und streckte seine Gliedmaßen, sodass sie knackten. »Ich habe fest geschlafen, allerdings merke ich jetzt jeden einzelnen Knochen.«

»Du hast also nichts gehört?«

Jan sah Garbrand verdutzt an. »Worauf willst du hinaus?«

»Nun ja, die Hebamme ist zurückgekommen«, wich der Mönch aus. »In der Nacht.« Und vor dem schrecklichen Schrei, fügte er in Gedanken hinzu.

»Hiske ist wieder da?«

Garbrand versuchte, das etwas zu freudige Aufglimmen in Jans Augen zu ignorieren.

»Ja, ist sie.«

»Aber den Jungen hat sie nicht dabeigehabt, oder?«

Garbrand zuckte mit den Schultern. »Das weiß ich nicht.« Zumindest hatte Jan keinen Frauenschrei gehört und die Hebamme wohl auch nicht, sonst wären beide bestimmt aufgestanden und hätten nachgesehen.

»Hauptsache, dir geht es besser. Ich mache mich jetzt auf den Weg zu Schemering, dann höre ich ja auch gleich, ob sie den Knaben gefasst haben, und ich sage Dudernixen, dass er vorbeikommen und sich um dich kümmern soll. Danach kann das Leben beginnen.« Jan pfiff ein Lied, er schien merklich aufgeblüht, und Garbrand konnte sich denken warum.

Doch mitten in sein Pfeifen platzte Hiske. Sie stand in der Tür, ihr Haar war strähnig, ihr Gesicht leichenblass. »In meinem Kräutergarten ...« Hiske zitterte, brachte kein weiteres Wort heraus.

Elske wachte auf und fand ihren Mann nicht neben sich liegen. Das war nicht so ungewöhnlich, denn Hinrich war ein umtriebiger Mann, der auch nachts nicht immer schlief. Elske fragte sich oft, woher Hinrich die Ausdauer nahm, mit so wenig Schlaf auszukommen. Er war dermaßen voller Kraft, warum sonst war es nur ihm, von Ascheburg, Rothmann und wenigen anderen unter seinem Schutz gelungen, aus Münster zu fliehen? Sie hatten es nur geschafft, weil Hinrich die Verbindungen zum Oberst Johann von Raesfeld zu nutzen wusste. Ihr Gatte hatte sie alle mit den Familien aus der Stadt geleiten lassen, er hatte sogar einen bischöflichen Passierschein erhalten. Sie alle verdankten Hinrich ihr Leben.

Elske hatte, nachdem sie das Gemetzel in Münster erlebt hatte, beschlossen, nie wieder darüber nachzudenken, wie erniedrigend es war, dass neben Hinrich zu dieser Zeit auch zwei weitere Frauen gelegen hatten. Elske hatte zwar eingesehen, dass diese Frauen, aus der gesellschaftlichen Not heraus, einen Mann brauchten, damit sie versorgt waren und nicht in Unterkünften leben mussten, die den Namen nicht verdienten, doch es war nur schwer zu ertragen, dass fast alle Männer diese Frauen auch als Ehefrauen in ihre Betten holten. Trauer um die Konkurrentinnen empfand sie nicht, und so manches Mal bat sie Gott dafür um Verzeihung. Wobei Hinrich immer wieder bekräftigt hatte, dass sie über allen anderen Weibern stehe. Es gab andere Ehefrauen, die daran zerbrochen waren, die mit der Situation der Vielweiberei nicht umgehen konnten. Einige waren ins Wasser gegangen, als die Nebenfrauen so nach und nach Bälger unter ihren Herzen trugen. Elske durchfuhr bei dem Gedanken ein grausamer Schmerz. Auch ihre beste Freundin Franka hatte sich das Leben genommen, als Cornelius zwei seiner Nebenfrauen kurz hintereinander geschwängert hatte. Elske lachte kurz auf, erschrak über den lauten Ton, der von Wand zu Wand zu springen schien. Es war die große Verletzlichkeit, die sich so immer wieder ihren Weg bahnte. Die Männer hatten den Frauen Gleichheit und Unabhängigkeit versprochen, und ihnen waren die Weiber scharenweise zugelaufen. Keine musste heiraten, aber ohne Ehemann wäre es kaum möglich gewesen, sich über Wasser zu halten. So hatten fast alle Münsteraner Männer, die etwas auf sich hielten und genug Geld hatten, mehrere Weiber. Allen voran Jan van Leyden, der gar nicht genug kriegen konnte. Sie zeugten Kinder und versorgten ihre Frauen, dafür mussten die des Nachts die Beine spreizen, und die meisten taten es, ohne zu murren. Ein paar legten es sogar darauf an, der Hauptfrau Konkurrenz zu machen. Als sie aber in die Herrlichkeit gekommen waren, war Ruhe eingekehrt. Die Männer hatten sich allesamt ihrer ersten Ehefrauen besonnen, zumal ein großer Teil der Weiber die Angriffe der Soldaten des Bischofs ohnehin nicht überlebt hatte.

Doch auch diese Frauen waren es gewesen, die sich den Angreifern in Münster entgegengestellt hatten. Mit einer Waffe in der Hand hatten sie auf der Mauer gestanden und mit dem Ruf in die Nacht gefeuert: »Der Feind ist überwunden!« Es hatte aber nichts genützt. Fast alle waren von Bischof Waldeck und seinen Verbündeten aus vielen Teilen Deutschlands dahingemetzelt worden. Die, die entkommen konnten, waren in das normale Leben zurückgekehrt, Elske ein wenig später, da Hinrich erst in Oldenburg versucht hatte, ein neues Täuferreich aufzubauen. Wolter hatte sie dann in die Herrlichkeit geholt, während Hinrich für ein paar Jahre in Rastede abgetaucht war.

Es gab ein paar Jahre der Ruhe und Besinnlichkeit, ein paar Jahre, in denen es aussah, als könnten sie unbehelligt leben und ihrem Glauben frönen. Was für ein Irrtum, das war ihnen allen bewusst geworden, als Cornelius umgebracht wurde. Elske hielt nichts von Wolters und Hinrichs Plänen, den Jungen zu suchen. Auch er war irgendwie ein Opfer der Geschehnisse, ein Geheimnis, das man besser im Moor und den Wiesen ließ. Er sollte weiter dort leben, ein Schatten sein und sie nicht belästigen. Die Zeit würde es ohnehin bringen, denn auch ein solches Kind wurde mal krank und würde das Leiden dann nicht überleben.

Elske war seit Münster nur noch darauf bedacht, ihre eigenen Kinder sicher durchs Leben zu bringen. Alles andere berührte ihr Herz nicht mehr. Mitleid kannte sie nicht, seit das Blut ihrer Glaubensbrüder und -schwestern an ihren Füßen geklebt hatte. Noch immer wurde sie von Träumen heimgesucht, in denen sie die Schreie und der Geruch des Todes einholten. Sie kam nur damit zurecht, wenn sie sich auf ihr eigenes Leben konzentrierte. Hinrich dagegen brauchte weiter die Herausforderung. Er konnte nicht anders, als die Täufer zusammenzuhalten. Es war sein Bestreben, sie an einen Tisch zu bringen, einen Konsens zwischen Täufern aus Münster und den Mennoniten zu finden. Bis vor Kurzem hatte es auch tatsächlich so ausgesehen, als sei es ihm gelungen, wenn auch unter dem Deckmantel einer ganz anderen Religion.

Elske setzte sich auf, stopfte sich das Kissen in den Rücken. Ihr wurde bewusst, dass Hinrich schon eine ganze Zeit weg war, vielleicht war er auf dem Weg zum Hafen. Elske stand auf, sie wollte schon mal das Feuer schüren, dann war es gleich warm, wenn Hinrich zurückkam. Sie liebte ihn noch immer. Trotz allem, was er ihr und auch ihren Kindern angetan hatte. Doch zumindest gab es keinen Bastard, der Ansprüche an ihr Leben geltend machen konnte. Das hoffte sie jedenfalls. Es gab viele Gerüchte um den Irren, und eines davon war, dass er ein Kind von Hinrich war, nur gab sich nicht eine einzige Frau als Mutter des Jungen zu erkennen. Von daher hatte sie das Gerücht eines Tages ignoriert. Hinrich hatte nur die Kinder, die er mit ihr gezeugt hatte. Punkt.

Elske stand auf, schürte das Feuer, füllte den Wasserkessel und stellte ihn auf den Herd. Sie war verwundert, dass es von der Tür her zog. Hatte Hinrich vergessen, sie zu schließen, oder war jemand unbemerkt in ihr Haus getreten? Elske griff nach dem Schürhaken und schlich sich zum Eingang. Von draußen drang der süßliche Duft des herannahenden Morgens zu ihr durch, vom Stall ertönte das durchdringende Muhen einer der Kühe, die darauf warteten, dass der Knecht sich erbarmte und sie molk. Elske trat vor die Tür. Das Morgenrot erhellte den Horizont, die ersten Amseln hatten ihr Lied angestimmt. Es war ein friedlicher Morgen, und der Tag würde mit sonnigem Wetter einhergehen. Der kurze Sommer in Ostfriesland war im Anmarsch. Es wurde Zeit, die dunklen Gedanken mit dem Winter ziehen zu lassen und sich endlich wieder am Leben zu erfreuen. Der Deichbau würde schneller vorankommen, und schon bald hätten alle Flüchtlinge ein Zuhause. Selbst wenn sie von Ascheburgs Mörder nie finden würden: Hauptsache, es war wieder Frieden in der Herrlichkeit, und sie jagten kein Kind mehr, um diese Ruhe wiederherzustellen.

Elske wollte eben zurück ins Haus gehen, als sie stutzte. Sie umklammerte den Schürhaken mit beiden Händen und schlich in gebückter Haltung auf das zu, was ihre Aufmerksamkeit erregt hatte. Hinter einem Busch lag Hinrich, und es wirkte nicht, als sei er noch am Leben.

Der Knabe saß in der Scheune und weinte. Er hatte nur selten in seinem Leben geweint, hatte es sich irgendwann abgewöhnt, denn sonst hätte er vermutlich nicht mehr aufhören können. Weinen war gefährlich, konnte ihn verraten, und so waren ihm auch lautlose Tränen schnell fremd geworden. Doch nun brach alles aus ihm heraus. Seit er der Lebenspflückerin begegnet war, war sein Herz angestoßen. Es schlug nicht nur, es gab ihm ein warmes Gefühl, es schlug für sie. Und es konnte kalt werden, sich zusammenziehen, wenn er sich bedroht sah.

Nun war der Knabe allein, einsam, sah den blauen Himmel, die Sonne, die den Tag erwärmen würde, und doch war ihm so schwer ums Herz. Er kannte das Gefühl nicht, weil sich nie irgendwer für ihn interessiert hatte. Aber die junge Frau sorgte sich um ihn. Sie hatte nach ihm gerufen, und er hatte in ihrer Stimme diese Wärme erfahren. Er hatte auch zu ihr laufen, seinen Kopf in ihre Armbeuge legen wollen, doch dann waren die bösen Stimmen gekommen. Sie hatten sich leise durchs Unterholz geschoben, waren trotzdem aufdringlich gewesen, denn sie hatten einen scharfen Klang, der durchs Ohr schnitt und die Seele verletzte. Sie hatten ihn daran gehindert, zu der Lebenspflückerin zu gelangen, er konnte sie nicht einmal warnen und hoffte, dass sie sie nicht gefunden hatten.

Als die Luft rein war und die Stimmen wieder fort, hatte er auch die Lebenspflückerin nicht wiedergefunden. Danach war er in Richtung Burg und dann zu der Scheune gelaufen, die nun leer stand, weil noch keiner wieder auf dem Hof wohnte. Er hatte Glück, dass sie tatsächlich offen stand. Auf dem Weg dorthin waren ihm der laute Mann im Garten begegnet und die Frau von dem Mann, den er vergessen wollte, dessen Blut er an seinen Händen gehabt hatte.

Er war ihnen unheimlich, deswegen hassten sie ihn. Der laute Mann und auch diese Frau waren schuld daran, dass er die Lebenspflückerin nicht mehr sehen konnte, sie waren schuld, dass man ihn suchte. Er wusste nicht, was sie von ihm wollten, doch er hatte mal gesehen, wie sie einen Menschen in das Kellerloch der Burg gesteckt hatten. Das wollte er nicht. Nie wieder wollte er eingesperrt sein, und er würde alles tun, um das zu verhindern. Der Burghof war gefährlich, die Mauern tödlich. Er wusste, warum er nie dort hineinging.

Nun hockte er versteckt in der Ecke der Scheune, wagte kaum, seine Nasenspitze zu heben, und er konnte diese Tränen nicht verhindern. Sie kullerten aus ihm heraus, es war, als liefe sein ganzes Innerstes leer. Wie konnte ein Mensch so sehr weinen? Ihm ging sein ganzes Leben oder besser das, an was er sich erinnern konnte, durch den Kopf. Es war nicht viel, und das, was kam, war immer dasselbe. Essen, trinken, Flucht. Angst, Hunger, frieren. Dann frieren, Hunger, Angst. Flucht, trinken, essen. Bis die Lebenspflückerin gekommen war. Danach war da so etwas wie Wärme, ein gutes Gefühl in der Mitte. Er hatte plötzlich Gerüche, Farben und Geräusche im Kopf, die wie ein Lied waren. Er hatte Worte, die das alles beschrieben. Und er hatte einen Namen. All das wollte der laute Mann zerstören, weil er seine Leute losgeschickt hatte, um ihn von der Burg verschlucken zu lassen. Das konnte er nun nicht mehr. Er lag in seinem Garten. Er hatte ihn dort gesehen, neben den runden Strunken, aus denen die Leute Suppe kochten.

Der Wortsammler weinte weiter. Er hatte sich erschrocken, als er den lauten Mann so gesehen hatte, wusste nicht, warum. Es war wie beim ersten Mal, als er das Blut angefasst hatte. Kaum war er dem Schrecken begegnet, kannte er ihn nicht mehr. Es war, als habe sich ein dunkles Tuch über seine Erinnerung gelegt und decke sie gnädig zu, denn was er gesehen hatte, war grausam, und er wollte keine Gedanken daran haben. Als er wieder zu sich gekommen war, hatte er eine Stimme gehört. Sie war ihm vertraut, gehörte aber nicht zur Lebenspflückerin. Er erinnerte sich an ein Summen in seinem Ohr, an Arme, die sich um ihn legten, den unterschwelligen Geruch von Schweiß, der ihm aber nicht unangenehm war. Er hatte etwas von Liebe gehabt. Doch dann war das Weib weg gewesen. Es war wie ein Nebelspiel seiner Gedanken.

Der Wortsammler erinnerte sich daran, dass er den Nebel hatte festhalten wollen und doch mit seinen Händen nur ins Leere gegriffen hatte. Das Weib war wie die Bienen, die ein weiches Äußeres hatten und doch einen Stachel bargen, mit dem sie erbarmungslos zustachen, wenn sie wollten. Sie hatte ihn verletzt, als sie ihn einfach vergessen hatte, und der Stachel saß bis heute. Nachdem sie ihn damals verlassen hatte, war er allein durch das Moor geschlichen, hatte sich immer wieder in der Nähe der Burg aufgehalten, damit er etwas zu essen bekam.

Der Kloß im Hals wurde nicht weniger, es war, als habe sich das eingesperrte Meer in ihm geöffnet und überflute den Damm, der das Wasser nicht länger halten konnte. Er wusste nun, warum er verhindern musste, dass der laute Mann mit seinen Arbeitern das Meer in seine Grenzen wies. Es konnte genauso wenig eingesperrt sein wie er. Er hatte alles richtig gemacht. Und doch saß er nun allein in dieser Scheune und war unendlich traurig.

Das Tor öffnete sich, und ein Mann trat herein. Ihm folgten ein zweiter und ein dritter, bis der Wortsammler schließlich umzingelt war. Er sah nicht auf, als sie seine Hände mit derben Seilen auf den Rücken schnürten, und er sah nicht auf, als sie ihn aus der Ecke zerrten und bis zur Burg schleppten. Als er über den Burghof stolperte, streiften ihn Worte, die wehtaten, obwohl er ihre Bedeutung nicht erfassen konnte. Die Menschen spuckten ihn an, traten nach ihm und rissen an seinem Haar. Die Kinder warfen mit Stöcken nach ihm, ein paar wählten sogar Steine. Aber der Schmerz war nicht so groß wie der, dass man ihm nun die Sonne nahm und das Wissen darüber, dass er die Lebenspflückerin in seinem Leben nicht wiedersehen, geschweige denn berühren durfte.

Jan stand auf und folgte Hiske in den Kräutergarten, der völlig verwüstet war. Alle zarten Pflänzchen waren heruntergetreten, die Beete sahen aus, als habe eine Horde Wildschweine in ihnen gewütet. Jan griff nach Hiskes Arm, doch sie streifte seine Hand ab. Es war keine Bewegung, die ihm signalisierte, dass es ihr lästig war, sondern eher eine gewisse Panik, die es ihr unmöglich machte, diese Nähe zuzulassen. Sie stolperte weiter, bis sie an die Begrenzung des Gartens gelangt war. Dort blieb sie stehen, zeigte auf den Boden und wankte leicht nach hinten, sodass Jan sie auffangen musste. Erst erkannte er nicht, was Hiske so aufregte, doch dann sah auch er Tyde.

Sie war tot, daran gab es keinen Zweifel.

»Was wollte sie hier, Jan?« Hiske war zum »Du« übergegangen. Sie wandte ihren Kopf ab und lehnte ihn nun an seine Schulter. Jan setzte für einen Augenblick das Herz aus, er war versucht, seine Hand durch das dichte schwarze Haar fahren zu lassen, doch im letzten Moment hielt er sich zurück.

»Sieh nicht hin!«, sagte er.

Tyde war in der Tat kein schöner Anblick. Ihr Kopf schwamm in einer blutigen Lache, und auch ihr Rock war völlig durchgeblutet. Vermutlich hatte noch kurz vor ihrem Tod die Geburt eingesetzt.

»Ist sie bei der Geburt gestorben oder hat jemand nachgeholfen?«, fragte Hiske, löste sich aus Jans Arm und war wieder ganz die Hebamme, die vor nichts zurückschreckte. Jan bewunderte ihre Haltung. Sie war eine ungewöhnliche Frau, so ganz anders als alle, die er kannte.

Hiske begann Tyde zu untersuchen. Sie musste wissen, ob sie bei der Geburt des Kindes gestorben war und es nur nicht mehr bis zu ihr geschafft hatte. »Sie sollte liegen bleiben, ich hatte Bettruhe angeordnet. Der Weg hierher war viel zu anstrengend. Warum zum Teufel hat sie sich nicht daran gehalten und ist hierhergekommen? Sie kannte die Gefahr.« Sie lupfte Tydes Rock und schüttelte dann den Kopf. »Die Geburt war weit fortgeschritten, ich hätte sie nicht mehr stoppen können.« Sie tastete sich mit ihren Blicken weiter nach oben, überstreckte Tydes Hals. Dann nickte sie, und auch Jan sah, was sie meinte. Tyde von Ascheburg war die Kehle durchschnitten worden, kein Zweifel.

»Noch ein Mord«, stellte Hiske fest. Ihre Augen schienen mit einem Mal in tiefen Höhlen zu liegen, das Gesicht war so weiß, als würde sie gleich zusammenbrechen. »Sie liegt in meinem Kräutergarten, Jan. Ich habe so etwas Ähnliches schon einmal erlebt. Man will mir hier einen Mord in die Schuhe schieben, damit ich aus dem Weg bin. Ich dachte, ich sei in der Herrlichkeit sicher, aber es ist hier keinen Deut besser als in Jever.« Sie spuckte aus. »Lass uns nach Krechting rufen. Ich muss meinem Schicksal ins Auge sehen. Ich bin mir ganz sicher, dass ich dieses Mal nicht mehr davonkomme.«

Hiske richtete sich auf, sah Jan in die Augen, und er erkannte für einen kurzen Augenblick eine große Traurigkeit und Schwäche darin. Nun konnte er nicht anders. Er zog Hiske zu sich her, nahm sie in den Arm und wiegte die junge Frau hin und her, bis ihr Zittern nachließ.

Dudernixen stand mit Wolter vor dem bewusstlosen Krechting, der heftig aus einer Kopfwunde blutete. Er war nicht ansprechbar, und als Dudernixen Krechtings Wams öffnete, sah er auch die tiefen Messerstiche in seinem Leib. Elske stand in der Tür und weinte, wie er noch nie ein Weib hatte weinen sehen. Dudernixen war erstaunt, denn er hatte nicht geglaubt, dass Krechtings Frau so an ihrem Mann hing. Er hatte jedoch nur wenig Zeit, sich darüber Gedanken zu machen, denn jetzt galt es, Krechtings Leben zu retten. Wobei er sich nicht ganz sicher war, ob es für die Gemeinschaft nicht ein Gewinn sein konnte, wenn es auch Krechting nicht mehr gab und Dudernixen selbst das Zepter fest in der Hand hielt. Mit Schemering allein würde er schon fertig. Er, Krechting und von Ascheburg hatten es doch bislang nicht geschafft, die Sache voranzutreiben, und auch der lang ersehnte Rothmann als Messias ließ auf sich warten.

Er selbst würde die Dinge ganz anders und viel kompromissloser angehen. Was sollte der Schulterschluss mit den Reformierten, wenn sie doch alle Täufer waren und planten, ihr Reich genau hier aufzubauen. Wenn Krechting starb, hatte er freie Bahn, und das kam ihm sehr gelegen. So ließ Dudernixen sich mehr Zeit als nötig. Es konnte ja nicht schaden, wenn er dem Schicksal ein wenig nachhalf. Er drückte zunächst ein Tuch auf die blutende Kopfwunde.

Noch während er seinen Gedanken nachhing, dröhnte ihm die Stimme Jan Valkensteyns im Ohr. »Wo ist Krechting? Wir haben eine Tote. Tyde von Ascheburg ist ermordet worden!«

Dudernixen sah auf. »Tyde von Ascheburg?«, fragte er. »Wo?«

»Im Kräutergarten der Hebamme.«

Ein Lächeln machte sich auf Dudernixens Gesicht breit, das er aber sofort wieder glättete. Er schürzte die Lippen. Manchmal spielte das Leben gerade so, als habe er die Partitur dazu verfasst. Als setzte es um, was er komponiert hatte, und gebe dem Ganzen noch eine besondere Note. »Bei der Toverschen?«

»Sie ist keine Hexe, Bader.« Valkensteyn baute sich vor ihm auf und versuchte, ihn mit seinen Augen zu bändigen.

Dudernixen antwortete nicht, sondern wandte sich wieder dem um sein Leben ringenden Krechting zu. Der Atem ging flach, die Zeit arbeitete für den Bader. Bald würde er genau die Macht haben, die man ihm in der Herrlichkeit bislang verwehrt hatte. Keiner traute ihm zu, dass er Krechtings Position genauso gut ausfüllen konnte.

»Was ist denn hier los?« Erst jetzt erkannte Jan, womit der Bader da gerade beschäftigt war.

»Sieht dieses Mal nicht gut aus!« Der Bader bemühte sich, einen Hauch von Bedauern in seine Stimme zu legen. Er wiegte mit dem Kopf, drückte das Leinen fest auf die Wunde. »Gar nicht gut ...«

Jan stieß Dudernixen zur Seite und bemerkte durchaus den hasserfüllten Blick, der ihn dabei streifte. Jetzt war keine Zeit für Intrigen, keine Zeit für Höflichkeiten und Bitten. Hier lag gerade ein Mensch im Sterben, und er musste sehen, ob er noch etwas tun konnte. Jan riss dem Verwundeten die Kleider vom Leib und betrachtete die tiefe Verletzung, die seinen Bauch klaffen ließ. Er schrie nach sauberem Leinen und einer Bettstatt für Krechting. Elske erwachte aus ihrer Erstarrung, rannte ins Haus und kam binnen kürzester Zeit mit dem gewünschten Leinen zurück. Sie kümmerte sich ebenfalls darum, dass der Knecht eine Karre holte, mit der sie ihren Mann ins Haus transportieren konnten, und ließ auf Jans Geheiß auch nach der Hebamme schicken. »Die hat mehr im Kopf als dieser Mann«, sagte Jan laut, während er auf den Bader deutete.

Dudernixen biss sich auf die Lippen, konnte dem aber nichts entgegensetzen, denn er hatte sich ja bewusst stümperhaft verhalten und konnte froh sein, wenn Jan Valkensteyn das nicht an die große Glocke hängte. »Zumindest haben wir den Mörder bereits gefasst!«, trumpfte er auf.

Jan hielt einen kurzen Augenblick in seinem Tun inne und sah Dudernixen fragend an.

»Cornelius von Ascheburgs und Tydes Mörder. Ich gehe davon aus, dass es derselbe Täter ist.«

»Ich kann mir denken, wen ihr gefangen genommen habt«, sagte Jan resigniert.

Der Mann ist nicht dumm, dachte der Bader, und doch wollte er seinen Triumph bis ins Letzte auskosten. »Natürlich der Irre. Er sitzt im Kerker. Und er hatte eine Komplizin, das werde ich beweisen.«

Jan sog die Luft scharf ein, fragte sich, wie er Hiske das alles beibringen sollte, doch da kam schon der Knecht mit der Karre, und nun galt es einzig und allein, Krechtings Leben zu retten.

Hebrich ließ eine der Zofen eintreten. Sie winkte sie mit der Hand zu sich. »Nun der Reihe nach!«, sagte sie. »Was ist mit Tyde?«

Das Mädchen brachte kaum ein Wort heraus. »Sie ist weg, Gnädigste. Obwohl die Hebamme doch gesagt hat, sie soll liegen und sich ausruhen.«

»Dann hat sie sich wohl nicht dran gehalten.« Hebrich wollte ihre Zofe gleich wieder nach draußen schicken. Sie hatte wirklich andere Sorgen als entlaufene Dienstmädchen, denen sie ein Dach über dem Kopf gewährt hatte, auch wenn es durchaus ärgerlich war.

»Da ist noch was.«

Die Häuptlingsfrau sah das Mädchen fragend an.

»Auf der Nachtkonsole lag ein Zettel. Diese Hebamme hat Tyde zu sich bestellt.«

Hebrich lachte auf. »Na, dann ist doch alles gut. Wahrscheinlich war es für sie leichter, wenn Tyde zu ihr kommt. Und nun lass mich zufrieden mit dem Tratsch. Tyde wird schon bald wieder auftauchen. Sie bekommt eine Rüge, weil sie sich unerlaubt entfernt hat, und damit muss es dann gut sein.«

Das Mädchen schob ihrer Herrin den Zettel hin. Diese würdigte ihn allerdings keines Blickes und beschloss, ihn gleich von der Magd entsorgen zu lassen.

Jemand donnerte gegen die schwere Eichentür, und der Wucht nach zu urteilen musste es sehr wichtig sein. Hebrich nickte der Zofe kurz zu. Die verließ rückwärts gehend den Raum. Kaum war sie aus der Tür, als Wolter Schemering ins Zimmer stürmte. »Dramatische Verwicklungen, Herrin.«

»Nicht das auch noch!«, sagte Hebrich. Sie sehnte sich nach einem ausgiebigen Frühstück mit frischem Brot, das der Weißbäcker heute Morgen in den Ofen geschoben hatte, nachdem mit der Knorr frisches Mehl angelandet worden war. Sie hatte weiß Gott keine Lust auf Probleme. Hebrich hatte die Köchin angewiesen, zum Brot gebratenes Huhn aufzuschneiden. Dazu gab es eine gute Milchsuppe, die bereits auf dem Herd köchelte. »Bitte macht schnell! Ich habe noch ein volles Programm am heutigen Tag«, sagte sie.

»Ich kann Euch nicht versprechen, dass meine Ausführungen schnell erledigt sind.« Wolter räusperte sich. »Es sind schlechte Nachrichten, und Ihr werdet nicht erfreut sein.« Wolter drehte nervös sein Barett in den Händen, unschlüssig, wie er anfangen sollte.

»Bitte, Schemering, kommt zu Wort!«

»Tyde von Ascheburg ist tot, und Krechting ringt mit dem Tode.«

Hebrich richtete sich auf, umklammerte mit den Händen die Lehnen ihres Sessels. »Wie ernst ist es?«

»Sehr ernst. Der neue Arzt hat sich seiner angenommen, er kämpft mit der Hebamme darum, dass Krechting es schafft. Für Tyde kam jede Hilfe zu spät! Tut mir leid.«

Hebrich lehnte sich zurück, faltete die Hände vor der Brust und tippte die Fingerkuppen gegeneinander. »Ihr habt doch heute Morgen den Mörder von Ascheburgs bereits verhaftet. Das verstehe ich nicht.«

»Er wird es zuvor getan haben«, sagte Schemering. »Tyde ist eindeutig schon länger tot, und Krechting muss auch schon lange dort liegen, er ist völlig unterkühlt.«

»Rettet Krechting, in Gottes Namen! Alles Weitere wird sich finden.«

Wolter empfahl sich, doch Hebrich hielt ihn zurück. »Und holt aus dem Jungen heraus, was er weiß. Er wird dafür büßen.« Sie hielt noch einmal inne. »Und wenn diese Hebamme ihre Pflicht und Schuldigkeit getan hat und Krechting lebt, will ich sie auch im Kerker sehen. Sie hat, wie es scheint, Tyde in eine Falle gelockt.« Hebrich griff nach dem Zettel, den die Zofe ihr hingelegt hatte, und hielt ihn Wolter unter die Nase.

Schemering nickte. »Dudernixen hat sie schon lange in Verdacht, dass sie nicht so harmlos ist, wie sie scheint. Ihr wisst schon, warum sie aus Jever geflüchtet ist?«

Hebrich verbannte jeglichen Gedanken an ein gutes Frühstück. Mit zwei weiteren Verbrechen war es in weite Ferne gerückt, sie würde all die Leckereien nur zwischendurch zu sich nehmen können. »Ich weiß es nicht, Schemering. Klärt mich bitte auf!«

»Sie galt dort als Toversche. Und seid ehrlich: Seitdem die Frau in der Herrlichkeit weilt, geschieht hier ein Unglück nach dem anderen.«

Hebrich runzelte die Stirn. Sie hatte von dem Hexenwahn in Jever und Riepe, aber auch in Aurich gehört und war keine Freundin davon. Es war menschenunwürdig. Einzig der Graf von Loquard sperrte sich gegen den Unsinn.

»Ihr glaubt es nicht?«, fragte Schemering.

»Zauberei! Wolter!«

»Und wenn doch was dran ist? Auch der Junge war vorher friedlich, und nun ist er eine Bestie! Sie ist außerdem mit ihm gesehen worden.«

»Wer behauptet das?« Hebrichs Stimme hatte sich verschärft. Sie wollte sich auf solche Verdächtigungen nicht einlassen, aber wenn ihr Landrichter diesen Thesen nachhing, kam sie nicht ohne Weiteres um eine Stellungnahme herum.

»Adele Stausand, in deren Haus sie Unterschlupf gefunden hat.«

Nun wurde Hebrich doch hellhörig. Adele Stausand war eine angesehene Witwe, die schon lange in der Herrlichkeit weilte und deren Mann ein guter Deichbauer gewesen war, bevor er vom Meer verschlungen wurde. Wenn Adele Stausand solche Dinge beschwor, musste sie es ernst nehmen.

»Was genau hat Adele gesagt?«

»Dass die Hebamme den Irren mit in ihre Kammer genommen hat«, wand sich Schemering.

»Mehr nicht?«

»Mehr nicht.«

Hebrich atmete tief ein. »Das sagt ja nun gar nichts aus.«

»Und wenn sie den Knaben lediglich beeinflusst hat, damit er die Morde beging?« Schemering schien von seiner Idee sehr überzeugt zu sein.

Hebrich zögerte noch immer. Sie war keine Anhängerin solcher Mutmaßungen. »Wenn Adele Stausand der Hebamme Unterkunft gewährt hat, wird sie kaum unlautere Motive bei ihr vermuten. Und bloß, weil sich die Frau mit dem Jungen abgegeben hat, heißt das noch lange nicht, dass sie im Pakt mit den schwarzen Mächten ist, wenn es sie überhaupt gibt.« Hebrich erkannte an Wolters Blick, dass er sich mehr Handlungsfreiheit gewünscht hätte. Doch sie wollte ihm nicht mehr zugestehen, erst musste sie mit der Hebamme sprechen.

»Lasst sie zunächst versuchen, zusammen mit dem Arzt Krechting am Leben zu halten. Dann werde ich mit ihr reden.«

Sie winkte Schemering hinaus und starrte auf den Burghof. »Es muss alles anders werden«, dachte sie müde. »Alles anders.« Nur wusste Hebrich einfach nicht wie.

Kapitel 15

Der Knabe saß in einer dunklen Ecke der Zelle, klopfte seit Stunden mit dem Finger auf die immer gleiche Stelle des Bodens. Er fürchtete sich nicht mehr. Was sollte in seinem Leben noch schlimmer kommen? Er wusste, dass er gegen den mächtigen Mann verloren hatte. Er war in der Lage, das Meer zu bezwingen, warum sollte er es dann nicht schaffen, ihn, einen Jungen, zu überwältigen? Doch die See würde sich wehren. Irgendwann würde sie sich aufbäumen, den Wall überfluten und sich mit großer Macht über das Land ergießen und sie alle vernichten. Vielleicht aber würde sie sich auch zurückziehen und nicht wiederkommen. Ohne das Meer jedoch würden die Menschen hier abgeschnitten sein, denn sie brauchten das Wasser, um das Land verlassen zu können und damit die Schiffe die vielen Kisten heranschaffen konnten, deren Inhalt die Menschen hier zum Leben brauchten.

Das, was den Jungen noch mehr quälte als die Sorge um das Meer war die grausame Sehnsucht nach der Lebenspflückerin. Es bohrte in ihm, denn er wollte ihre Arme fühlen, wollte ihren Schutz. Doch zwischen ihm und ihr waren diese dicken Mauern, die Gitter vor dem kleinen Loch, das so hoch angebracht war, dass es ihm keine Sicht nach draußen bescherte. Doch es hätte ihm ohnehin nichts genützt, denn das Loch lag nicht in Richtung Burghof, sondern zur Graft, die wegen der viel zu vielen Menschen täglich mit mehr Unrat angereichert wurde und bestialisch stank.

Der Knabe hörte auf zu klopfen. Er lauschte in die Stille, doch da waren nur das Rascheln der Mäuse und das leise Fiepen einer Ratte, die nach etwas Essbarem suchte. Der Knabe tastete auf dem kalten Boden herum. Man hatte ihm einen Haufen Stroh untergeschoben, doch es war feucht und schimmelig, roch unangenehm. Dennoch hatte er ein Dach über dem Kopf, ein ungewöhnlicher Umstand. Die Feuchtigkeit des Kerkers ließ den Knaben frösteln. Er zog die Schultern hoch, suchte nach einer Decke, aber die hatten die Wächter vergessen. So wie sie ihn vermutlich bald vergessen würden, denn er war ihnen so wichtig wie der Wassertropfen in einer Pfütze.

Der Junge fühlte eine Träne die Wange herunterrinnen, tupfte sie mit dem Zeigefinger ab. Er betrachtete sie in dem schmalen einfallenden Lichtstrahl, der sich durch das Loch zwängte. »Herzweinen«, flüsterte er. »Herzweinen.« Danach brachen wahre Sturzbäche aus ihm heraus, und so hörte er nicht die Wachen, die die Tür zu seinem Verlies öffneten.

Sie lachten, als er ihnen mit geöffnetem Mund entgegenstarrte.

Magda Dudernixen war erleichtert, es ging voran. Sie hatten auf Melchior gehört und den Irren festgenommen. Das war gut, denn Magda befürchtete, ihr Mann könne doch noch ins Visier von Krechting und Schemering geraten. Seine Befriedigung über von Ascheburgs Tod war so unübersehbar, dass sie sich sicher war, dass er etwas mit dessen Tod zu tun hatte. Er hatte so viele Vorteile vom Tod des Lokators, schon bald könnte das jemandem auffallen, vor allem, wenn sie den Täter nicht bald fanden. Nun war es nicht so, dass es ihr um Melchior als Person gegangen wäre, aber ihre Position als Frau an seiner Seite wollte sie in ihrem Zustand weiß Gott nicht verlieren. Selbst dann nicht, wenn er der Mörder des Vaters ihres Kindes war.

Magda war hin- und hergerissen. Einerseits hatte er ihr den Mann genommen, der ihr die höchsten Wonnen beschert hatte, andererseits hatte sie ja selbst oft mit dem Gedanken gespielt, von Ascheburg aus dem Weg zu räumen. Ihre Trauer war so zwiespältig wie ihre Gefühle zu ihm. Er war nun weg, und sie hatte die Wahl zwischen einem armseligen Leben allein oder einem, das auch in der Zukunft Wohlstand und Ansehen versprach, vor allem, wenn Melchior nun von Ascheburgs Aufgabe als Lokator übernehmen konnte und an Krechtings Seite die Geschicke des neuen Ortes lenkte. Magda hatte es schon immer verstanden, alle Dinge für sich zum Guten zu wenden.

Sie war letzte Nacht doch rasch wieder umgekehrt. Zu groß war die Angst gewesen, dass Melchior ihr Verschwinden bemerkte. Sie musste vorsichtig sein. Kurze Zeit später hatte dann er die Lagerstatt verlassen, mit der Begründung, dass er sich den neuen Deich ansehen und ausloten wolle, wie er den Bau des neuen Siels und der neuen Stadt vorantreiben konnte. »Krechting kommt ja nicht weiter«, hatte er beim Abendessen gesagt. »Der Mann ist zu sehr mit seinem neuen Amt als Kirchenvorstand und mit unseren Zusammenkünften beschäftigt, ich glaube, es wächst ihm alles über den Kopf.«

Melchior war erst kurz vor Morgengrauen zurückgekehrt, und dem Geruch nach war er nicht nur am neuen Deich gewesen. Magda hatte eine gute Nase, und er roch eindeutig nach einer anderen Frau. Vermutlich hatte er sein Vorhaben noch mit einem Schäferstündchen bei der Marketenderin gefeiert. Magda hörte in sich hinein, empfand aber keinerlei Eifersucht, sondern eher Erleichterung. Wenn er bei Anneke gewesen war, würde er von ihr nichts mehr wollen, was ihr gut gefiel.

Magda hatte in der letzten einsamen Nacht lange nachgedacht und war zu dem Entschluss gekommen, dass sie lieber nach vorn schauen wollte, auch wenn es bedeutete, dass sie neben einem Mann schlafen musste, der sie ekelte. Doch die Vorteile dieses Arrangements überwogen, und so hatte sie mit Erleichterung vernommen, dass man in den frühen Morgenstunden diesen Irren verhaftet und in Hebrichs Kerker geworfen hatte. Die Bewohner der Wagenburg hatten den Jungen mystifiziert, ihn zu einem Wahnsinnigen deklariert. Dass er nun auch noch Kontakt zu Hiske Aalken gehabt hatte, war eine gute Fügung des Schicksals, denn so würde Melchior hoffentlich nicht in den Kreis der Verdächtigen geraten. Ehe man in Erwägung zog, dass einer von ihnen zu einer solchen Tat fähig wäre, würde man immer zuerst das Augenmerk auf die beiden legen, die kein Teil ihrer Gemeinschaft waren. Weil nicht sein konnte, was nicht sein durfte. Sie für ihren Teil hatte alles getan, damit die Hebamme immer wieder in Schemerings Visier rückte.

Wenn Hiske und der Junge verschwunden waren, würde wieder Ruhe einkehren, sie glaubte nicht, dass Melchior ein weiteres Mal zuschlagen würde. Wenn er wirklich der Mörder war, aber Magda zweifelte nicht daran. Er hatte sein Ziel mit von Ascheburgs Tod erreicht, und Krechting zu töten würde er nicht wagen. Ihm hatte es gereicht, ihn vor einiger Zeit niederzuschlagen, als eine Art Ablenkung, um die Schuld erst recht Hiske und dem Jungen in die Schuhe schieben zu können. Er war so stolz darauf gewesen, dass er es ihr im Suff erzählt hatte.

Gerade als sie sich ans Tagwerk machen wollte, huschte Anneke um die Ecke. Ihr Haar hing strähnig herunter, man sah ihr die durchwachte Nacht an. »Tyde ist ermordet worden, und auf Krechting ist ein Anschlag verübt worden. Er ringt mit dem Tode.«

»Wann?«

»In der Nacht. Sie sagen, es war der Irre, den sie kurze Zeit später gefasst haben.«

Magda nickte, drehte sich dann wortlos um und kletterte auf ihren Wagen. Sie zog die Plane vor, setzte sich auf die Bank. Die Geräusche des Lagers drangen nur noch gedämpft zu ihr, sie fühlte sich wie in einem Kokon. Das hätte sie Melchior nicht zugetraut. Seltsamerweise stieg er durch diese Taten in ihrer Achtung. Er hatte ein Ziel, für das er sich einsetzte. Mit allen Mitteln. Tydes Tod war eine Beigabe, um eine falsche Spur zu legen und von sich abzulenken. Dieses Denken passte zu ihren Mann. Sie war fast stolz, wie sehr sie sich in die Gedankenwelt ihres Gatten einfinden konnte. Dass er es tatsächlich gewagt hatte, Krechting noch einmal anzugreifen, bewies, wie tollkühn er war. Konnte man nur hoffen, dass Krechting nicht überlebte und so nichts bezeugen konnte.

Je länger Magda Dudernixen die Situation überdachte, desto sicherer war sie sich, dass sie wirklich Nacht für Nacht neben einem Mörder schlief. Die Taten trugen seine Handschrift.

Schemering war den Wachen gefolgt, er wollte dabei sein, wenn sie den Knaben aus dem Kerker holten.

»Guckt euch den Verrückten an, dem steht der Wahn wirklich ins Gesicht geschrieben.« Die Männer schüttelten sich, als der Junge mit vor Schreck geweiteten Augen vor ihnen stand. »Besser, so einer läuft nicht frei herum«, sagte der Dickere der beiden. »Hoffentlich lässt die Häuptlingsfrau ihn aufknüpfen, so einer hätte längst an den Galgen gehört.«

Der andere schüttelte den Kopf. »Das dürfen die nicht. Sie werden ihn nach Emden schicken.«

»Dann müssen wir dafür sorgen, dass er das hier nicht überlebt«, zischte der Dicke. »Da gibt es Möglichkeiten.«

Ihm antwortete ein Lachen. »Der Pöbel will ihn leiden sehen. Und das soll er haben.« Er kitzelte den Wortsammler mit seinem Messer, ritzte ihm oberflächlich die Haut auf, sodass der Junge erschrocken zurückwich, als das warme Blut an seiner Wange herunterlief. Der Wächter lachte, stieß ihn dann vor sich her und trat nach dem Kind wie nach einem räudigen Hund, der ohnehin nichts mehr vom Leben zu erwarten hatte. Der Wortsammler stieß keinen Laut aus, war wie gelähmt, zitterte.

»Der kann nicht mal was sagen«, grunzte der dicke Wächter. »Warum gibt es solche wie diese Missgeburt auf der Welt?«

Schemering lief unbeteiligt hinterher, griff nicht ein, auch nicht, als die Wachen den Jungen immer brutaler stießen und traten, auch nicht, als der Junge mit dem Kopf gegen die Wand schlug und sich nur mühsam wieder aufrichten konnte. Danach war der Wortsammler kaum noch in der Lage, auch nur einen Schritt allein zu gehen. Wegen seiner kräftigen Statur war es auch für die stämmigen Wachleute nicht einfach, ihn durch die engen Kerkergänge zu zerren. Er ließ sich mitschleifen und gab sich keinerlei Mühe, die Männer in ihren Bemühungen zu unterstützen.

Das Sonnenlicht blendete den Jungen, als er aus dem Keller gezerrt und über den Burghof gestoßen wurde. Die Menschen hatten ihn längst abgestempelt und blickten ihn mit bösen Augen an. Ein Stein traf ihn an der Schläfe, ein anderer am Rücken. Die Wachen zerrten ihn in einen Raum, in dem Dudernixen wartete. Der Junge begann zu zittern. Die Zähne klapperten aufeinander, seine Hände vibrierten in den Fesseln.

»Du hast Cornelius und Tyde von Ascheburg getötet. Und Hinrich Krechting lebensgefährlich verletzt. Warum?«

Wolters Stimme klang scharf, aber der Junge verstand augenscheinlich nicht, was er sagte. Kein Wort kam über seine Lippen. Die Angst schien ihn zu zerfressen wie Mottenlarven ein Stück Leinen, das am Ende in seine einzelnen Bestandteile zerfiel. Er starrte die Männer weiter mit offenem Mund an.

»Sprich!«, herrschte der Bader ihn an. »Hat die Hebamme dich angestiftet?«

Der Wortsammler schüttelte den Kopf. Er zog die Schultern hoch, wollte damit seine Ohren verschließen; die Hände, mit denen er es sonst hätte tun wollen, waren zusammengebunden.

Schemering drückte sie wieder hinunter. »Schluss jetzt!« Er fixierte den Jungen, der unter dem Blick die Augen verschloss. Danach wurde das Gesicht des Knaben weicher, es war, als verließe ihn die Angst mit jeder verrinnenden Sekunde. Er lächelte, seine unregelmäßigen Zähne zeigten sich. »Le-bens-pflücker-in«, stammelte er. »Le-bens-pflück-er-in.«

Dudernixen schüttelte den Kopf. »Der ist komplett irre, wir verschwenden unsere Zeit.«

»Bauch-freu-de«, sagte der Junge jetzt und rieb sich den Bauch. Er wirkte auf eine eigenartige Weise stolz.

Wolter verstand überhaupt nicht, was der Junge sagen wollte, aber es war ganz eindeutig, dass er nicht in der Lage sein würde, sich in irgendeiner Form angemessen mit ihnen zu unterhalten und ihre Fragen zu beantworten.

»Der konnte bislang nichts sagen«, sagte der Bader. »Gar nichts. Nur so komische Ausrufe. Und nun stammelt er wirres Zeug.« Er wandte sich Wolter zu. »Ob das Weib aus Jever ihn doch verhext hat? Das ist doch Zauberei, was er da von sich gibt. Wortverzauberei!«

Wolter musste dem Bader recht geben, das Ganze war unheimlich. Dudernixen packte den Jungen am Hemd und schüttelte ihn. »Sag, was Hiske Aalken zu dir gesagt hat!«

Der Junge sah den Bader verängstigt an. »Lebenspflückerin«, sagte er wieder. »Lebenspflückerin.«

»So kommen wir nicht weiter, Dudernixen. Wir müssen uns auf seine Ebene begeben, er versteht doch gar nicht, was wir von ihm wollen.«

Der Bader blickte Wolter skeptisch an und ließ den Jungen dann los. Schemering aber sah dem Knaben in die Augen, versuchte sogar ein Lächeln. Leicht fiel ihm das nicht, denn der Knabe stank nach Urin und Exkrementen, dazu war sein Atem faulig. Doch als er so dicht vor ihm stand, erkannte er erst, wie jung er wirklich war, erkannte, dass sie es mit einem Kind zu tun hatten. Einem Kind, das vor Panik nicht mehr ein noch aus wusste und sich vielleicht schon deshalb nicht artikulieren konnte.

»Wer bist du?«, fragte er ihn. Ganz langsam, in der Hoffnung, dass er ihm etwas Vertrauen einflößen und ihm so ein paar Informationen entlocken konnte. »Ich«, er zeigte auf sich, »bin Wolter.«

Das Gesicht des Jungen entspannte sich merklich. »Ich Wortsammler«, quetschte er heraus.

»Der ist doch verrückt! Kein Mensch heißt Wortsammler!«, bauschte der Bader sich auf.

Wolter gebot Dudernixen zu schweigen. Er war der zuständige Landrichter und würde den Dingen auf den Grund gehen, denn je länger er vor diesem verstörten Kind stand, desto klarer wurde ihm, dass sie einen Fehler gemacht hatten. Dieser Junge konnte nie im Leben ein Mörder sein. Es sei denn … er hielt inne. Es sei denn, jemand anders hatte seine Kraft für die eigenen Zwecke missbraucht. Denn es war ganz eindeutig, dass er nach jedem Strohhalm griff, der ihm Zuwendung versprach.

»Du kennst Hiske?«

»Lebenspflückerin«, wiederholte der Junge. »Bauchfreude, Schlafhöhle.«

Wolter zuckte zurück. Der Junge hatte eine eigentümliche Art, sich auszudrücken, aber er versuchte, die Welt mit diesen merkwürdigen Worten zu erklären.

»Die Lebenspflückerin ... ist das Hiske, die Hebamme?«

Der Junge nickte. »Lebenspflückerin!« Er fasste Wolter an die Hand und zog ihn zur Tür. »Lebenspflückerin«, stieß er immer wieder aus. »Lebenspflückerin, Bauchfreude!«

Wolter aber zerrte ihn zurück und drückte ihn auf einen der mit rotem Samt bezogenen Stühle, ungeachtet seiner schmutzstarrenden Kleidung. »Du kannst jetzt nicht zu ihr.«

Dem Jungen lief eine Träne übers Gesicht, es war, als habe er genau verstanden. Er weinte und schluchzte immer wieder dieses eine Wort. »Lebenspflückerin.«

Wolter verspürte Mitleid. Hinrich hatte recht gehabt, es war nicht richtig, einen Menschen zu beschuldigen, nur damit im Lager Ruhe herrschte. Er war nicht der Wahnsinnige, als den die Menschen ihn immer darstellten. Wie viel wahrscheinlicher war es tatsächlich, dass die Hebamme etwas mit all diesen Dingen zu tun hatte. Es konnte ein Vorwand sein, dass sie als Verstoßene aus Jever gekommen war. Vielleicht hatten Fräulein Maria und Remmer von Seediek sie geschickt, damit sie die Führungsriege der Täufer auslöschte. Hiske Aalken konnte sich des Jungen bei den Morden und Anschlägen bedient haben, musste sich nicht selbst die Finger schmutzig machen. Wer wusste schon, wie lange sie wirklich bereits in der Herrlichkeit weilte.

Wolter überlegte weiter. Wenn sie Hiske Aalken die Morde nicht nachweisen konnten, war Dudernixens Idee, sie der Zauberei anzuklagen, gar nicht schlecht. Damit würde sie brennen und für immer aus dem Weg sein. Hiske war kein Bauernopfer, sie war vermutlich die Täterin, auch wenn man ihr nichts beweisen konnte, da blieb nur der andere Weg. Allein dass sie dem Jungen einige Wörter beigebracht hatte, machte sie verdächtig, und den einen oder anderen Schadenszauber würde man ihr schnell andichten können.

»Das Weib ist schuld. Die müssen beide an den Galgen oder auf den Scheiterhaufen«, sagte Dudernixen. »Dann ist wieder Ruhe!«

Der Junge schluchzte noch immer.

»Hiske Aalken behandelt gerade zusammen mit dem Arzt aus Amsterdam meinen Onkel«, sagte Wolter. Wenn Hiske in der Nacht zuvor diesen Anschlag in Auftrag gegeben hatte, war sein Onkel durch ihre Einmischung in größter Gefahr. »Ich muss sofort zu ihm. Schafft den Jungen zunächst zurück in den Kerker«, bestimmte er. Von dort konnte er zumindest nicht verschwinden. Dudernixen grinste, und Wolter fühlte sich mehr als unwohl dabei.

Hiske sah Jan an, der verzweifelt dabei war, die Blutung in Krechtings Bauchraum zu stillen. Hiske assistierte ihm. Sie hatte außerdem einen Kräutersud gekocht, den sie nach Jans Arbeit auf die Wunde legen wollte.

»Er hat Glück gehabt«, sagte Jan. »Die inneren Organe sind nicht verletzt, zumindest scheint es so.«

Hiske sah ihn fragend an: »Woher willst du das wissen?«

»Später«, flüsterte er ihr zu und machte sich daran, die Wundränder zu verschließen. Hiske reichte ihm die Flüssigkeit, und seltsamerweise diskutierte er nicht, sondern behandelte die Wunde kommentarlos damit. Für einen Arzt war er merkwürdig umgänglich, was die Akzeptanz ihres medizinischen Wissens anging.

»Wie geht es Garbrand?«, fragte er, nachdem sie Krechting gesäubert und in die Bettstatt verfrachtet hatten, die von der Dienstmagd neu bezogen worden war. Krechting war zwar immer noch blass, aber seine Atemzüge gingen wieder regelmäßig, und der Puls schlug nicht mehr so schnell.

»Er spricht dem Wein und Bier eine Spur zu gern zu«, sagte Hiske. »Er ist dem Tod so eben noch von der Schippe gesprungen, und ich flöße ihm auch noch ein paar Tage von meinem Gebräu ein und lasse ihn die Dämpfe einatmen. Er aber hat sofort damit begonnen, sich das Bier literweise hineinzukippen, und seine erste Frage an Adele war, ob sie einen Weinkeller habe. Er liebe den edlen Tropfen, vor allem den roten.«

Jan lachte auf, aber es klang alles andere als freundlich. »Ja, er trinkt zu viel. Er hat eine Menge mitgemacht in seinem Leben, da braucht er scheinbar immer mal wieder diese Flucht.« Er seufzte. »Aber es tut ihm nicht gut. Er wird sein Leben arg verkürzen, wenn er so weitermacht.«

Hiske wandte sich wieder Krechting zu. »Nun haben sie einen Grund, den Jungen erneut zu verdächtigen. Sie werden ihm die Schuld für Tydes Tod und auch für den Anschlag auf Krechting in die Schuhe schieben.«

Der Arzt nickte. »Das befürchte ich auch.«

»Jan, ich bete, dass Krechting das alles überlebt, damit er uns vielleicht sagen kann, wer dafür wirklich verantwortlich ist.«

»Wenn er etwas gesehen hat«, unkte Jan. »Hast du eine Ahnung?«

»Vorteile hat einzig Dudernixen, und unangenehm ist er auch. Aber ich weiß nicht so recht. Etwas in mir sagt, dass dem Ganzen ein tieferes Motiv zugrundeliegt als Macht und Ehrgeiz, von denen Dudernixen angetrieben wird. Ich glaube, ihm kommen die Ereignisse nur einfach gerade recht.«

Jan kraulte sich das Kinn. »Oder er hat niedere Motive, von denen wir gar nichts wissen.«

Hiske runzelte die Stirn. »Warum nur musste auch Tyde so grausam sterben? Von ihrem Tod hat der Bader doch nichts.«

»Ob es ein Ablenkungsversuch war? Eben, damit man ihn nicht weiter verdächtigt? Ihm ist ja schon klar, dass jeder hier weiß, wie förderlich es für ihn ist, dass von Ascheburg weg ist. Und auch Krechting steht seinem Ehrgeiz im Weg. Jetzt hat er als Anführer der Mennoniten freie Bahn.«

»Ein Ablenkungsversuch«, wiederholte Hiske. »Eine perfide Vorstellung, dass jemand einen Menschen nur deshalb umbringt, damit kein Motiv zu erkennen ist.« Sie sah auf den Schlafenden, dessen Brustkorb sich ruhig hob und senkte. »Ich weiß nicht, bin mir auch nicht sicher, aber ich glaube, es hat mit den Täufern zu tun. Es könnte eine alte Geschichte aus Münster sein.«

Jan legte die Hand auf ihren Arm. »Ich hoffe, du hast unrecht, Hiske, denn dann sind wir vielleicht noch nicht am Ende.«

Bevor die Hebamme ihm antworten konnte, wurde die Tür aufgerissen, und die Wachen standen im Raum und verteilten sich ringsum. »Hiske Aalken! Ihr seid der Anstiftung zum Mord und der Totzauberei angeklagt.«

Ehe Hiske sich versehen konnte, hatten die Männer sie gepackt. Aus dem Augenwinkel erkannte sie Jans entsetztes Gesicht, bevor sie aus dem Raum geschleift wurde. Das Einzige, was sie denken konnte, war dieses hämmernde: »Nicht schon wieder. Bitte nicht schon wieder!«

Adele Stausand hatte aus der Vorratskammer tatsächlich einen Krug Wein aus dem Bestand ihres verblichenen Mannes aufgetrieben. Er hatte ihr zwei kleine Fässer hinterlassen, die sie allein aber nie angerührt hatte. Es schadete nichts, wenn sie nun mit dem Mönch davon trank. Sie schenkte sich etwas von dem roten Tropfen in den Becher. »Ihr seid ein Mönch, stimmt's? Was tut Ihr in Ostfriesland?«

Garbrand nahm ebenfalls erst einen Schluck Wein, überlegte, ob er sich der Frau öffnen sollte. Sie machte einen vertrauenswürdigen Eindruck, doch so gut seine Menschenkenntnis war: Auch er konnte keinem ganz in die Seele blicken. Adele war mit Sicherheit tief verletzt worden, das sah er sofort, wenn er ihr in die Augen sah. Und doch strahlten sie eine Wärme aus, der er sich nicht entziehen konnte.

»Ich kenne Euch, Euer Gebaren, Euer Wesen. Immerhin habt Ihr uns in Münster auszurotten versucht.« Sie sah Garbrand in die Augen. »Bis zu den Knöcheln bin ich durch das Blut meiner Glaubensbrüder gewatet. Wo war da Euer Gott? Eure Menschlichkeit?« Adeles sonst so weiche Stimme hatte mit jedem Wort an Härte zugenommen, das warme Glimmen in den Augen war vollständig verloschen.

»Und wo war Eure Mitmenschlichkeit, als Ihr meine Glaubensbrüder aus den Klostern geworfen und die Armen und Kranken dem Siechtum überlassen habt?«

»Wir sind keine Lutheraner, keine Anglikaner, keine Reformierten«, erklärte Adele. »Wir sind Täufer!« Trotz der Überheblichkeit, die in Adeles Worten mitschwang, hörte Garbrand Zweifel heraus.

»Auch Ihr habt getötet im Namen des Herrn«, sagte Garbrand. »Immer wieder.«

Adele schwieg und griff erneut zum Becher. Nach einer Weile sah sie Garbrand an. Ihr Blick war nun eigentümlich leer. »Ein Mönch und eine Täuferin sitzen in trauter Zweisamkeit bei einem Becher Wein und stellen fest, wie verschieden ihre Welten sind. Gleichzeitig bemerken sie ihre Gemeinsamkeiten.

Die meisten bestehen aber darin, dass sie getötet und damit Gott verraten haben, weil sie gegen das wichtigste aller Gebote verstoßen haben. Und nicht nur einmal, Mönch. Wieder und wieder. Wo soll diese Welt hinführen? Manchmal weiß ich gar nicht, ob ich an all das noch glauben darf und soll.«

Garbrand betrachtete Adele. Eine gewisse Wut schwang in ihren Worten mit, doch er konnte nicht sagen, ob sie sich gegen ihn und seine Religion oder gegen die eigenen Weggefährten richtete.

»Trinken wir auf eine Welt, die sich gegenseitig zugrunderichtet, Mönch. Eine Welt, in der nur der überlebt, der stärker als die anderen ist.«

Garbrand erhob den Becher. »Eigentlich möchte ich darauf nicht trinken, aber es bleibt uns sonst nichts.«

Adeles Hand zitterte so, dass die Oberfläche des Weins in dem Gefäß vibrierte.

»Seid Ihr mit Eurem Mann aus Münster geflohen?«, fragte Garbrand.

Adele schüttelte den Kopf. »Nein. Meinen Mann habe ich erst später getroffen. Er kam aus Holland, war ein guter Deichbauer. Er hat die Geschicke mit von Ascheburg hier gelenkt, bevor die Flut ihn geholt hat. Dank Cornelius konnte ich in der Kate bleiben. Eigentlich dürfen alleinstehende Frauen so etwas nicht. Aber Hebrich denkt manchmal anders als die anderen Herrschenden.«

Garbrand sah sich um. Das Haus war klein und ziemlich armselig, doch Adele hielt es gut sauber, sodass eine gewisse Gemütlichkeit herrschte.

Sie hatte bereits den dritten Becher Wein getrunken, ihre Augen wirkten glasig. »Ihr habt mir noch immer nicht verraten, werter Mönch, warum Ihr diesem Arzt in den letzten Winkel dieser Welt gefolgt seid.«

»Ich habe sonst keinen auf der Welt. So einfach ist das. Ich musste England verlassen, und Jan hat mich aufgelesen und ins Leben zurückgeholt.«

Adele sog die Luft scharf ein. »Der Arzt sollte eine Botschaft aus Amsterdam mitbringen oder sogar den Anführer selbst. Alle hier warten auf ihn. Und anstelle von Rothmann schleppt er einen Katholiken ins Land?«

»Rothmann?«, hakte Garbrand nach.

»Rothmann ist der Prediger aus Münster. Er hat die Glaubensgeschicke der Täufer dort gelenkt. Er ist wichtig für die Menschen hier.«

»Für die Menschen hier, nicht für Euch?«

Adele zuckte zurück, und Garbrand spürte, dass er ins Schwarze getroffen hatte. Sie stand tatsächlich nicht so hinter den Täufern, wie es nach außen hin erschien. Ihre Worte von eben waren nicht einfach nur so dahingesagt. Garbrand vermutete, dass in den letzten Tagen in Münster etwas geschehen war, das die Frau so verletzt hatte, dass es sie bis heute prägte. Doch da sie keine Wahl hatte, fügte sie sich der Knechtschaft Krechtings, der noch immer sein Regiment führte, als habe es die Niederlage von Münster nicht gegeben. So war sie wenigstens nicht allein.

»Ihr seid aber Jan Valkensteyn nicht nur gefolgt, weil Ihr keine Wahl hattet. Es gibt Orte, die für Katholiken eine bessere Heimat bieten als Ostfriesland – auch ohne ihn«, lenkte Adele ab, als habe sie bemerkt, dass Garbrand ihr einen kurzen Augenblick zu tief in die Seele geblickt hatte.

»Wie meint Ihr das?«, fragte Garbrand. Er fühlte sich in die Enge gedrängt.

»Ihr seid ihm mehr als freundschaftlich verbunden«, lallte Adele und brach in ein schallendes Gelächter aus. »Mir ist nichts Menschliches fremd, werter Mönch. Gar nichts.«

Garbrand zog es vor zu schweigen. Es war gefährlich genug, dass er sich mit dem falschen Glauben unter den Täufern befand. Da wollte er das angefachte Feuer nicht weiter schüren.

Der Krug Wein neigte sich dem Ende zu. Adele goss Garbrand den letzten Schluck in den Becher, den er anschließend in einem Zug leerte. Die Welt erschien ihm nun erheblich leichter, der Alkohol zeigte Wirkung.

»Wir sind zwei Stücke Holz auf dem unsteten Meer, Werteste. Jeder mit seinen Geheimnissen, die wir nicht preisgeben werden. Weder der Welt noch uns gegenseitig, weil es besser ist, wenn wir uns schützen.«

Adele wiegte den Kopf. »Viele Dinge, Mönch, bleiben in der Tat besser ungesagt und für immer in der Seele verschlossen. Wem nützt es, alte Wunden aufzureißen und in bestehenden zu bohren? Das Leben wirft uns ohnehin an den Strand, den die Strömung vorgibt, oder zerrt uns ins Meer zurück, wenn es ihm beliebt.«

»Wie wahr, Teuerste.« Garbrand hob den leeren Becher, was Adele dazu veranlasste, einen weiteren Krug Wein zu holen, den sie ebenso ruhig und besonnen leerten, obwohl ihre Sinne bereits mehr als benebelt waren.

Garbrand war froh über die schweren Lider und die immer langsamer werdende Zunge, die bald jedes Gespräch im Keim erstickte. So lief er nicht Gefahr, sich ganz zu verraten. Adele wusste ohnehin schon genug. Er nahm die bleierne Müdigkeit, die bald von ihm Besitz ergriff, dankbar an, und so glitten beide am helllichten Tag in einen wattierenden Schlaf über.

Kapitel 16

Hiske wurde in den Kerker gestoßen, ihre Augen brauchten lange, bis sie sich an die Dunkelheit gewöhnt hatten. Als sie schließlich die ersten Umrisse ihrer Umgebung erkennen konnte, kniff sie ihre Lider gleich wieder zu. Die Erinnerungen an die Zeit im Kerker in der Burg Jever waren sehr präsent. Doch nach einer Weile hörte sie ein leichtes Wimmern, und sie realisierte, dass sie nicht allein in der Zelle war. Hiske ertastete die Kette, an die man sie mit einer Schelle um den Knöchel gefesselt hatte. Sie war länger als erhofft, und so gelang es ihr, sich dem Schluchzen zu nähern. Sie spürte Haut, und dann erkannte sie die Stimme des Wortsammlers.

»Ich bin es, Hiske«, flüsterte sie, und das Weinen hörte abrupt auf.

»Le-bens-pflü-cker-in«, hörte sie.

»Wie nennst du mich?« Hiske durchfuhr ein warmes Gefühl. Der Wortsammler hatte tatsächlich einen eigenen Namen für sie erfunden. Gebildet aus den wenigen Worten, die sie ihm in der kurzen Zeit ihres Zusammenseins beigebracht hatte. Er war nicht dumm, das allein zeigte, was alles verkümmert in ihm schlummerte.

Der Junge griff nach ihr, doch mehr als die Handflächen konnten sich nicht berühren. Aber schon das beruhigte ihn etwas. Haut an Haut, Stimme bei Stimme, das gab in diesem Verlies eine Wärme, als habe man in einem Kamin ein loderndes Feuer entfacht.

»Wo kommst du nur her, du armer Wicht?«, fragte Hiske in die Stille hinein. Darauf bekam sie natürlich keine Antwort.

Sie hatte sie auch nicht erwartet. Wie sollte der Junge ihr das auch sagen können, sicher hatte er keinerlei Erinnerung.

»Bauchfreude«, sagte er dann. »Wortsammler Bauchfreude.« Seine Worte gingen in eine Art Gesang über, dessen Bedeutung die Hebamme jedoch nicht verstand.

Der Junge hatte Hunger. Sie erinnerte sich, dass die Wärter mit ihr zusammen eine Schale in die Zelle geschoben hatten. Hiske robbte zurück, fand das Gefäß, nachdem sie mit dem Fuß dagegengestoßen und es an der Steinwand zerscheppert war. Sie tastete sich durch die Scherben und schnitt sich in den Zeigefinger, doch störte sie sich nicht daran. Sie suchte weiter, bis sie schließlich einen harten Brotkanten zwischen den Fingern hielt. Hiske drehte sich zum Wortsammler um, der Laute ausstieß, die sie nicht zuordnen konnte.

»Bauchfreude!«, lockte Hiske ihn. »Guck, Bauchfreude!«

Der Wortsammler hielt in seinem monotonen Singsang inne und wartete, bis Hiske zu ihm zurückgekrabbelt war. Dann riss er ihr den Kanten aus der Hand und nagte daran herum, bis er ihn ganz verspeist hatte. Hiske wartete ab. Der Junge war völlig verstört. Sie wurde das Gefühl nicht los, dass er ihr etwas sagen wollte und nach den richtigen Worten suchte. Worte, die ihm fremd waren, Worte, deren Bedeutung er zwar täglich mehr verstand, die er aber noch nicht aus seinem Innersten lösen und artikulieren konnte.

Als der Wortsammler aufgegessen hatte, rückte sie so nah es ging zu ihm. Tatsächlich hatte er noch so viel Spiel in seiner Kette, dass es ihnen nun möglich war, sich ganz zu berühren. Hiske nahm den Jungen in den Arm und strich beruhigend über sein Haar. Sie wusste aus eigener Erfahrung, wie sehr man sich in einer Situation wie dieser nach Nähe sehnte. In Jever war sie ganz allein gewesen, und auch jetzt rechnete sie mit keinerlei Unterstützung. Wer sollte schon seinen Kopf für sie hinhalten? Es gab in der Herrlichkeit niemanden, dem sie so nahegekommen war, dass er sich für sie verwenden würde.

Der Junge schluchzte. Es war fast lautlos, und doch war es ein Weinen, das ihn bis ins Mark erschütterte. Nach einer Weile setzte er sich auf, stieß Hiske sacht fort und sagte: »Weib – Bauchfreude.« Dabei schüttelte er den Kopf.

»Weib?«, fragte Hiske nach. »Ich, Weib?«

Der Wortsammler verneinte. »Lebenspflückerin –Bauchfreude, Weib Bauchfreude.«

Es gab also noch eine Frau, die dem Jungen zu essen gegeben hatte.

»Wer ist das Weib?«, fragte sie, doch sein Mund blieb verschlossen. Er konnte nicht sagen, wer es war, aber dennoch löste Hiskes Frage in ihm eine unverständliche Panik aus. Er schlug mit einem Mal mit den Armen um sich, weinte laut und wankte mit dem Oberkörper hin und her. Dann riss er die Augen auf, schrie »Weib!« und sackte reglos in sich zusammen.

»Ist das Weib, das dir Bauchfreude gegeben hat, deine Mutter?«, fragte Hiske, doch der Knabe gab keinen Ton mehr von sich.

Anneke hatte gesehen, wie der Junge mit angstvollem Blick über den Burghof gezerrt worden war, und sie hatte auch gesehen, wie sie die Hebamme geholt hatten. Es war nicht rechtens, was sie taten, denn die Marketenderin war sich sicher, dass beide nichts mit den Morden zu tun hatten. Es ergab keinen Sinn, warum hätten sie das tun sollen?

Anneke war eine verschwiegene Frau, wie sonst könnte sie ihre Arbeit tun? Kein Wort kam je über ihre Lippen, wenn sie einen Freier vom Wagen ließ, nie würde sie einen verraten.

Genauso hatte sie es gehalten, als sie die Kinder auf die Welt geholt hatte. Dem ersten Kind hatte sie vor etwa zehn Jahren auf die Welt geholfen, zusammen mit der alten Hebamme. Sie hatte Anneke ein paarmal mitgenommen, weil sie sich als Mädchen dafür interessiert hatte, nicht ahnend, dass sie nach dem Tod der Geburtshelferin selbst als solche fungieren musste, weil einfach kein anderes Weib dazu bereit war.

Als sie der ersten Entbindung mit ihren damals zehn Jahren beigewohnt hatte, war sie erschrocken über die Schmerzen, die eine Geburt verursachte, und Anneke war sicher, dass sie auch aus dem Grund nie geheiratet und selbst Kinder in die Welt gesetzt hatte. Sie wollte diese Pein nie am eigenen Leib erfahren.

Die Hebamme aber hatte sie das große Schweigen gelehrt. »Hör zu, Anneke, was du hier siehst und hörst, muss für immer hinter deinen Lippen versiegelt bleiben, selbst wenn Gott die Frauen längst zu sich gerufen hat. Erwischt dich eine dabei, dass du tratschst, wirst du zu keiner mehr gerufen. Eine Geburt ist eine Sache zwischen Mutter, Kind und Hebamme und sonst niemandem. Jeder Hebamme, die redet, muss die Zunge herausgeschnitten werden.«

Anneke hatte sich die Worte der weisen Frau sehr zu Herzen genommen und nie ein Wort über die Geburten, bei denen sie dabei war, verloren. Doch nun regte sich eine Stimme in ihr, die ihr sagte, dass sie dieses Schweigen brechen musste, zumindest in diesem einen Fall. Sie musste reden … Sie musste es loswerden, sonst würde sie an der Schuld ersticken, würde ihres Lebens nicht mehr froh.

Anneke schlug ihr Tuch um den Kopf, nicht weil es kalt war, sondern, damit sie nicht sofort auffiel. Sie hängte die Plane vor ihren Wagen und schlich sich vom Burghof. Es wurde Zeit, dass sich etwas änderte, sonst waren sie alle des

Todes. Mit jedem Schritt, den sie tat, war ihr, als mache sie ihn in die richtige Richtung.

Hiske rüttelte an dem Wortsammler. Er schlug die Lider auf, Hiskes Augen hatten sich mittlerweile so weit an das Dämmerlicht gewöhnt, dass sie alles erkennen konnte. Die Scherben der irdenen Schüssel hatte sie notdürftig mit den Füßen in eine Ecke geschoben, sie war froh, dass man ihr die Lederschuhe gelassen hatte. Der Wortsammler trug nichts an den nackten Füßen, aber er schien es gewohnt zu sein. Die rechte Fessel war von einer tiefen und breiten Narbe überzogen, die von einer schon vor langer Zeit erlittenen Qual zeugte.

»Wortsammler, was ist mit dem Weib?«

Sie musste einfach wissen, warum der Junge vorhin so in Panik geraten war. Die ganze Zeit hatte sie überlegt, wen der Knabe mit dem »Weib« meinen konnte. Zuerst war ihr Anneke in den Sinn gekommen. Sie schlief mit so vielen Männern, vielleicht war sie von einem schwanger geworden und hatte sich dann des Kindes entledigt? Nur warum wusste keiner davon? Wenn ein Kind auf so engem Raum das Licht der Welt erblickte, war das keine Sache, die geheim blieb.

»Es sei denn, man geht ins Moor. Ganz allein«, flüsterte sie. Anneke wusste, wie man Kinder auf die Welt holte. Woher, wenn sie kein eigenes hatte und nicht wie sie selbst in die Lehre gegangen war? Doch Anneke war jung. War das die Lösung? Dass sie als Kind, als sehr junge Frau, selbst ein Kind bekommen hatte?

Hiskes Gedanken drehten sich im Kreis, denn es war klar, dass der Junge einen Teil seines Lebens bei einem Menschen, wenn auch versteckt, verbracht haben musste, zumindest so lange, bis er sich selbst ernähren konnte.

»Wortsammler?«, hob Hiske an. »Woher kennst du dich im Moor so gut aus?«

Der Junge schwieg. Es war sinnlos, er verstand sie doch nicht. Er lebte ganz in der Welt seiner neuen Wortschöpfungen und war einfach nicht in der Lage, ihr eine vernünftige Auskunft zu geben.

»Moorwiege«, sagte er schließlich. »Rabennacht. Bauchfreude.«

Hiske horchte auf. Sie hatte auf Anhieb verstanden, was er ihr sagen wollte. Er war im Moor aufgewachsen, eingesperrt, und in der Nacht war immer jemand gekommen und hatte ihm zu essen gegeben.

»Wer?«, flüsterte Hiske. Ihr schlug das Herz bis zum Hals.

Der Junge schloss die Augen. Dann sagte er: »Weibliebe.« Schließlich öffnete er die Augen, sah Hiske an, und ihr war, als ginge ihm genau in diesem Augenblick eine Erinnerung durch den Kopf, die er lange Zeit verdrängt hatte. Er nickte immer wieder, als müsse er sich dadurch die Richtigkeit der Worte noch einmal bestätigen, und sagte: »Weibeule.«

Hiske seufzte. Der Wortsammler hatte sie wohl doch nicht verstanden. Es war sinnlos. »Ich hole uns hier raus«, sagte sie, doch ihr war selbst klar, wie hohl ihre Worte klangen.

Wer war nur so sehr daran interessiert, dass sie und der Knabe aus dem Verkehr gezogen wurden, ja, am besten sogar starben? Natürlich konnte es Dudernixen sein. Vielleicht hatte seine Frau dieses Kind geboren und, aus welchen Gründen auch immer, ausgesetzt. Den beiden traute sie so ziemlich alles zu. Doch der Wortsammler passte schon vom Aussehen her nicht zu den beiden. Er hatte liebe Augen, ein bisschen tragisch. Sie hatte diesen Blick schon einmal gesehen.

»Wortsammler«, stieß sie den Jungen an, »wer ist das Weib? Wer ist Weibeule?«

Der Junge sah ihr in die Augen, und dann erkannte sie ihn.

Jan fand Garbrand und Adele vor dem erloschenen Feuer in der Küche. Ihr Schnarchen war ihm schon auf dem Weg zum Haus lautstark entgegengeweht. Hiske hatte ihn zwar vorgewarnt, doch dass Garbrand sich in seinem geschwächten Zustand dem Alkohol so unverhohlen zuwandte, war selbst für ihn befremdlich, obwohl er von dem Mönch einiges gewohnt war. Er schüttelte ihn, kippte ihm kaltes Wasser ins Gesicht, bis er die Augen einen Spalt breit öffnete. Adele zuckte nur einmal kurz mit den Lidern, als sie den Arzt erkannte.

»Steh auf, Garbrand! Sie haben Hiske verhaftet und den Jungen dazu.«

»Wegen Krechting und Tyde?«, lallte er. So weit schien er seine Sinne noch beisammen zu haben.

»Und sie beschuldigen sie, auch an von Ascheburgs Ableben beteiligt zu sein. Hiske soll den Jungen zum Mord angestiftet haben, und außerdem bezichtigt man sie der Totzauberei.«

Jetzt war auch Adele schlagartig wach. »Das war Dudernixen.«

Jan sah sie fragend an, wich aber zurück, als ihm ihr Atem entgegenwehte, der sich zu einer Mischung aus Alkohol und Erbrochenem verbunden hatte.

»Der wollte Hiske doch von Beginn an loswerden, weil sie ihm im Weg ist.« Adeles Stimme klang schwer und in die Länge gezogen. Sie musste sich bei jedem Wort zusammenreißen. Doch sie sprach weiter, so schwer es ihr auch fiel. »Er will zwar Lokator werden, wollte er schon, als noch mein Mann mit von Ascheburg für den Deichbau zuständig war. Aber weil er noch nicht am Ziel ist, muss er auch noch darauf achten, dass er als Bader und Wundarzt hier das Sagen hat.« Wieder brauchte Adele eine Pause. »Anneke hat sich auf diesem Gebiet stets nach seinen Wünschen gerichtet, sie war für ihn keine Konkurrenz, zumal sie ja auch keine Ahnung hat.«

»Deshalb hat er Hiske jetzt als Hexe denunziert?«, fragte Jan verbittert.

Adele antwortete nicht, sondern wankte zum Herd und goss sich aus einem Krug etwas Wasser in einen Becher, den sie mit einem Schluck leerte. »Jetzt hat er freie Bahn. Krechting kann kein Anführer mehr sein, wenn er nicht wieder auf die Beine kommt«, sie hickste, »von Ascheburg ist tot, und damit ihn keiner verdächtigt, hat er Tyde gleich mit umgebracht.« Adele begann zu lachen. Es klang grell und falsch, touchierte die Wände, doch es war, als würden die Töne dort auf der Stelle verschluckt. »Was für ein Glück für Dudernixen, dass der Rothmann nicht mitgekommen ist, sonst hätte er sich die Hände noch schmutziger machen müssen.«

Dudernixen also, dachte Jan. Was Adele sagte, klang schlüssig, und doch gingen ihm auch Hiskes Gedanken nicht aus dem Kopf. Aber was für ein Relikt aus den letzten Münsteraner Tagen sollte es sein, das noch solche Auswirkungen hatte? Ein solcher Hass war krank. Wenn Hiske recht hatte, handelte es sich um einen Wahnsinnigen, der nach all den Jahren einfach nicht vergessen konnte, der sich jahrelang unter die Täufer gemischt hatte und dort seine bösartigen Pläne geschmiedet hatte. Oder ein bestimmter Auslöser war der Anlass dafür, dass der Hass erneut entfacht wurde. Je länger Jan darüber nachdachte, desto mehr glaubte er, dass sich die Hebamme geirrt hatte. Es gab das Mysterium aus Münster nicht. Es war, wie es im Leben war: Das Streben nach Macht hatte seinem Wesen freien Lauf gelassen und war dabei, sich den Weg zu ebnen. Dass gleich zwei Unschuldige als Täter zur Verfügung standen, war für den Mörder ein willkommener Wink des Schicksals. Nur – wie sollten sie Dudernixen stoppen und ihm das Handwerk legen? Er war schlau wie ein Fuchs und verstand es, alle Spuren sauber zu verwischen. Jans klarer Menschenverstand sagte ihm, dass Adele ein ganzes Stück näher an der Wahrheit war als Hiskes Theorie.

Garbrand zupfte Jan am Ärmel. Sein Blick war wesentlich klarer als eben, doch es war unübersehbar, wie schlecht es ihm ging. Jan hatte nur wenig Mitleid. »Was gibt es?«

Garbrand bedeutete Jan, ihm zu folgen. Adele war nach ihrer langen Rede ohnehin schon wieder nach hinten gefallen.

»Sie redet im Schlaf«, lallte der Mönch, als sie im Garten standen.

Jan sah ihn fragend an.

Garbrand wand sich und schien nicht schlüssig, ob er wirklich sprechen sollte. »Hab mir da so was gedacht. Hab ja viel mitbekommen, auch wenn ich im Fieber lag.«

Jan zog die Brauen hoch. »Sprich!«

»Sie redet von einem Kind«, kam es schließlich über Garbrands Lippen, und schon in dem Augenblick, in dem er es gesagt hatte, glitt ein Schatten über sein Gesicht, als reuten ihn die gesprochenen Worte.

»Sie hat aber doch keines«, sagte Jan.

»Doch.« Garbrand starrte in die Mittagssonne. Es dauerte erneut, bis er weitersprach. »Hat sie.« Die Sonne schien ihm in die Augen. Er kniff sie zu. »Ich bin lange genug geblendet durchs Leben gelaufen, werde das jetzt nicht mehr zulassen. Adele hat ein Kind, und ich bin mir sicher, dass ich weiß, wer es ist.«

Jan zuckte zurück. Ihm schwante Böses, doch er wollte es von Garbrand selbst hören. »Woher weißt du das? Und was glaubst du, wer das Kind ist?«

Garbrand erzählte weiter. »Sie redet im Schlaf, sagte ich doch schon. Ich war zwar sehr betrunken, aber du weißt auch, dass ich eine Menge vertrage. Sie hat geweint und geschrien, er solle wiederkommen und ihr verzeihen.«

Jan drehte sich um, schnappte Garbrand und zerrte ihn zurück in die Küche. Adele war fort, vermutlich hatte sie doch nicht so fest geschlafen. Weit konnte sie jedoch nicht sein, denn vor der Tür zum Garten hatten ja sie gestanden.

»Adele?«, rief er. »Ich suche sie«, erklärte er seinem Freund, der ermattet auf der Küchenbank zusammensank.

Jan tappte den kleinen Flur entlang, bis er vor ihrer Kammer stand. Die Tür war nur angelehnt, und aus dem Raum drang ein haltloses Schluchzen. Jan überlegte nicht lange, betrat die Kammer und stellte sich neben das Bett, auf das sich Adele Stausand geworfen hatte.

»Ihr habt ein Kind?«, fragte Jan behutsam.

Er nahm ein verhaltenes Nicken wahr.

Noch bevor er jedoch weiterfragen konnte, wurde die Tür aufgerissen, und die Marketenderin stand im Rahmen.

»Sie haben dein Kind, Adele! Ich weiß, dass er dein Sohn ist, und wenn du jetzt nicht endlich dein Schweigen brichst, wird er nach Emden geschafft und dort aufgeknüpft. Zusammen mit deiner Freundin, der Hebamme!«

»Der Junge ist Euer Sohn?« Jan hatte sich genau das gedacht.

»Ich war bei der Geburt vor zehn Jahren dabei. Als junge Frau, eigentlich war ich noch ein Kind«, erklärte Anneke.

Jan stieß Adele an. »Wie konntet Ihr ihn so leben lassen? Was ist geschehen, dass er zu dem wurde, was er ist?«

Adele richtete sich auf, sie wirkte verstört. »Konnte ihn nicht behalten.«

Jan verstand nicht. »Er ist ein Kind, wie lange schlägt er sich schon so allein durch?«

»Lange«, sagte Adele. »Es ist ein Wunder, dass er noch lebt.«

Jan konnte es noch immer nicht fassen. Wie konnte man sein eigenes Kind so einfach seinem Schicksal überlassen? Was passte da nicht? »Warum?«, hakte er erneut nach, doch er erhielt keine Antwort mehr. Adele hatte sich ganz in sich zurückgezogen.

Dafür redete Anneke. »Sie war schwanger, als sie aus Münster kam, und Stausand wollte sie heiraten. Er wollte das Kind aber nicht, und so haben wir es in einer Hütte im Moor geholt. Dort ist es geblieben. Alle dachten, es sei tot geboren. Adele ist dann immer wieder hin, hat es genährt und gereinigt.«

»Ihr habt als junges Mädchen den Jungen von Adele entbunden und die ganze Zeit geschwiegen? Nie erzählt, dass er am Leben ist und zu Adele gehört?«

»Die alte Hebamme hätte mir die Zunge herausgeschnitten, wenn ich meinen Mund aufgemacht hätte. Und so haben wir uns alle an dem Knaben versündigt. Aber es war Adeles einzige Möglichkeit, als Weib etwas zu gelten. Sie war jetzt die Frau des zweiten Lokators und hatte eine kleine Hofstelle. Selbst nach seinem Tod durfte sie dort wohnen bleiben.«

»Und dafür opfert man sein Fleisch und Blut?«

»Keiner hätte geglaubt, dass es überlebt, aber keiner wollte es beschleunigen.« Anneke ließ sich auf einen der umstehenden dreibeinigen Hocker sinken. »Wir sind gläubig.«

Nach diesem Satz wusste Jan nur eines: Er hätte nicht herkommen sollen.

Krechting nahm die Welt nur schemenhaft wahr. Er hatte die Hebamme gesehen und ein Gesicht, das er nicht zuordnen konnte. Es war ihm schon einmal untergekommen, doch er wusste nicht wo. War es Rothmann? Rothmann, der doch kommen wollte, Rothmann, der Retter. Warum war er nicht da? Warum?

Krechting kamen Bilder hoch. Bilder, rubinrote Bilder, die er lieber nicht sehen wollte. Sie waren schlimmer als die seiner nächtlichen Träume. Bunter, schriller und lauter. Es war das Elend, das ihn einholte. Es gab nichts mehr, wofür es sich noch zu leben lohnte. Weder Frau noch Kinder hielten ihn mehr am irdischen Leben, er hatte alles falsch gemacht und musste jetzt zahlen. Sein Leben gegen das von vielen anderen. Sein Leben, das ihm in Münster wichtiger gewesen war als das der Brüder und Schwestern. Er hatte sich aus dem Staub gemacht, seinen Bruder, Knipperdolling und Jan van Leyden bluten lassen. Zusammen mit vielen anderen tausend Glaubensbrüdern. Die Rechnung wurde nun beglichen, wie alle Rechnungen irgendwann im Leben beglichen wurden. Man konnte nicht fortlaufen, und man durfte es wohl auch nicht. Er sah Rothmann, der ihm über das Schwarze Brack hinweg zuwinkte. Er war deshalb nicht gekommen, weil er wusste, dass Krechting an der Reihe war zu zahlen. Er wollte sich nicht mit ihm töten lassen. Krechting hatte seinen Beistand nicht verdient.

Er hätte Cornelius nicht schützen dürfen, hätte seinem Treiben Einhalt gebieten müssen, dann wäre er noch am Leben und dieser irre Junge nicht Ursache all des Unglückes, das nun über die Herrlichkeit hereingebrochen war. Wäre Rothmann von Beginn an vor Ort gewesen, hätte er ihn unterstützen können. Aber Rothmann war fortgeblieben, wollte dieses ostfriesische Neue Jerusalem nicht. Ihm waren längst andere Dinge, andere Menschen wichtiger geworden als der schwache Hinrich, der sich in dieser Ödnis versteckt hatte.

Cornelius war der Beginn einer langen Reihe von Toten, die unweigerlich folgen würden, denn sie hatten eine Schlange mit ins Nest geholt, die aus der Winterstarre erwacht war und nun züngelnd aus dem ewigen Moor emporschoss und ihren Vernichtungsfeldzug angetreten hatte. Wer konnte sagen, wen sie verschonen würde, wer sicher war vor ihrem Gift?

Krechting versuchte die Augen aufzureißen, doch es gelang ihm nicht. Er wollte die wahre Welt sehen, wollte das Stück Hoffnung gewinnen, er könne so dem Tod ein letztes Mal von der Schippe springen. Aber die Bilder waren stärker und drängten ihn zurück in eine vergangene Welt, die ihn nun das Leben kostete.

Je länger er sich in diesem Dämmerzustand befand, desto sicherer war er, dass er den Mörder von Ascheburgs kannte und auch die Person, die ihn ins Jenseits befördern wollte. Er hätte sie früher erkannt, wenn er die Gedanken zugelassen hätte, wenn er es gewagt hätte, auch nur einen leisen Zweifel an seinem Tun zuzulassen. Das war ihm aber nie gelungen, er war stets davon überzeugt gewesen, das einzig Richtige zu machen. Und das musste er auch allen anderen beweisen. Nie hätte er einen Fehler, einen Irrtum oder gar Schwäche zugegeben. Ein Hinrich Krechting war stark. Und wenn es ihn Leib und Leben kostete. Mit dieser Erkenntnis übermannte ihn erneut der Schlaf, und ein selbstgefälliges Lächeln entspannte seine zuvor zusammengepressten Lippen.

Am Himmel braute sich ein schweres Frühsommergewitter zusammen. Adele hörte das Grummeln schon eine geraume Weile. Die schwarze Front rückte langsam, aber unaufhaltbar näher. Dennoch hatte sie keine Wahl und musste sich zur

Burg aufmachen. Sie konnte nicht länger schweigen, die zehn langen Jahre waren schlimm genug gewesen, hatten sie Nacht für Nacht um den Schlaf gebracht und von innen her verhärtet. Vor allem dem Jungen gegenüber, dem sie noch nicht einmal einen Namen gegeben hatte. Als er auf die Welt gekommen war, hatte sie ihn Wechselbalg geschimpft. Außer in den kurzen Augenblicken, in denen sie ihm Nahrung gegeben hatte, war es ihr gelungen, ihn aus ihrem Denken und Leben zu verbannen. Es war oft schwer gewesen, sich mehrmals am Tag ins Moor zu schleichen, doch ihrem Mann war es wegen der vielen Arbeit nie aufgefallen. Da er selbst nicht in der Lage war, bei ihr zu liegen und auch alle Wundermittel der damaligen Marketenderin keine Wirkung erzielt hatten, begehrte er sie nicht und versuchte gar nicht erst, ihr Nachthemd zu lupfen. So waren ihm der Anblick der milchgeschwollenen Brüste und auch der Wochenfluss entgangen.

Noch während Adele zur Burg lief, überlegte sie, was sie für den Jungen, der aus ihr herausgeglitten war, eigentlich empfunden hatte. Sie schüttelte den Kopf, hielt ihre Hand vor den Bauch und strich mit leichten Bewegungen darüber. Nicht der erste Tritt des Kindes hatte Muttergefühle in ihr ausgelöst, nicht der erste Schrei. Und die vollen Windeln schon gar nicht, das Stillen war ihr eher eine Last gewesen. Trotzdem hatte sie nie anders gekonnt, als das Kind immer wieder kurz zu berühren und es in der Armbeuge zu wiegen. Sogar ein leises, einsames Summen war ihr entglitten.

Die damals junge Anneke war oft ins Moor zur Hütte geschlichen und hatte mit dem Kind gespielt. Doch als er zu laufen begann, hatte Adele es ihr verboten und den Knaben mit einer Fessel am Fuß in der Hütte festgebunden. Anneke aber hatte sich nicht an ihre Anweisung gehalten. Sie hatte sich ein Tuch vors Gesicht gezogen, damit das Kind sie später nicht erkannte und damit sie nicht erkannt wurde. Schon bald hatte Adele den Knaben ganz der Marketenderin überlassen und sich nur noch selten in der Hütte blicken lassen. Zu groß war die Furcht gewesen, der Knabe würde sie eines Tages doch als seine Mutter erkennen, wenn sie die Fesseln löste und er ihr zufällig begegnete. Anneke hatte sich all die Jahre für ein paar Schap um den Jungen bemüht, soweit es ihre Zeit zuließ. Doch es hatte nicht gereicht: Ein Kind brauchte mehr als gelegentliche Besuche und etwas zu essen. Die einfachsten Regeln des menschlichen Miteinanders – etwa Gefühle und das Miteinander-Reden – hatte er nie gelernt.

Adele hatte sich oft gefragt, warum sie ihn damals nicht einfach laufen gelassen hatte, er wäre auf ewig im Moor verschollen. Später, als er alt genug war, hatte sie ihn seinem Schicksal überlassen. Doch der Junge besaß einen dermaßen feinen Instinkt, dass er wider Erwarten überlebte. Manchmal dachte Adele, Anneke habe ihn doch zwischendurch rausgelassen und ihn seine Welt erkunden lassen, denn er bewegte sich mit der Geschmeidigkeit eines Wildtieres durch sein neues Leben. Auch wusste er, wie man Tiere erlegte und Feuer machte. Sie musste es ihm gezeigt haben.

Adele hatte gewollt, dass der Junge starb, doch er tat ihr den Gefallen nicht. Bis heute. Nun war der Tag da, wo sie ihn für immer loswerden konnte, wo er endgültig aus ihrem armseligen Leben verschwinden würde, denn schon bald stünden die Wachen aus Emden in der Herrlichkeit und würden ihn zur Hinrichtung mitnehmen, ihm den Prozess als Mörder machen. Es war so weit, sie würde ihn auf ewig loswerden. Warum aber zögerte sie nun? Warum machte ihr sein bevorstehender Tod solche Angst? Ihr Herz raste, Schweiß perlte aus allen Poren, ihre Hände waren eiskalt und zitterten. Sie plagte eine Furcht, die sie noch nie in ihrem Leben empfunden hatte. Sie war verantwortlich für das Kind, sie hatte es sich machen lassen, und sie hatte es auf die Welt gebracht. Wie hatte sie je geglaubt, seinen Tod billigend in Kauf nehmen zu können?

Das Grollen des Gewitters war schon bedrohlich nähergekommen, als Adele auf den Burghof trat. Die Wachen beachteten sie gar nicht. Adele Stausand war kein Weib, dem man Beachtung schenkte, sie war eine von ihnen, unscheinbar und gehorsam. Doch noch nie hatte sie sich so ausgeschlossen gefühlt wie in diesem Augenblick. Nicht einmal, als Cornelius von Ascheburg sie mit seinen eiskalten blauen Augen angesehen hatte. »Sieh zu, was du mit dem Kind machst. Die Münsteraner Zeit ist Vergangenheit. Ich brauche hier ein anderes Weib.« Sie war eben eine von vielen gewesen. Eine von denen, die er geehelicht hatte, weil Jan van Leyden es so wollte. Lediglich die Hofstelle hatte Cornelius für sie nach dem Tod ihres Gatten erkämpft, ein magerer Ausgleich für das, was sie ihrem Kind antun musste, um abgesichert und keine ledige Frau mit Kind zu sein.

Ob von Ascheburg sich je gedacht hatte, der Schatten könne sein Sohn sein, wusste Adele nicht. Selbst als sie ihm das Messer in den Bauch gerammt und ihm bei lebendigem Leib sein Innerstes nach außen gekehrt hatte, war sein Blick verständnislos gewesen. Cornelius von Ascheburg und auch Hinrich Krechting waren keine Männer, die jemals zugeben würden, dass sie einen Fehler gemacht hatten. Dafür mussten sie zahlen, genau wie Tyde, die es gewagt hatte, ein Kind von dem Mann zu bekommen, der sie in ihrer Not alleingelassen hatte. Sie hatte kein Recht dazu. Nachdem das erste Weib von Cornelius in Münster verreckt war, hatte er nicht sie, Adele, in sein Leben gelassen, sondern später Tyde geheiratet und dort seinen Samen in werdendes Leben umgesetzt. Adele dagegen musste sich mit einem Mann zufrieden geben, dem körperliche Freuden fremd waren. Und der auch schon bald dahingeschieden war. Ihr hatte das Leben übel mitgespielt, es gab nichts mehr, was sie verlieren konnte. Auch die Hebamme hatte es nicht vermocht, ihr den nötigen Halt zu geben. Der Hass war weitergewachsen wie eine böse Geschwulst, die sich von innen her durch die Haut fraß. Als Tyde schwanger vor ihr gestanden hatte, war Adele klar geworden, dass sie durch nichts mehr aufgehalten werden konnte, bis alle Schuld der Täufer gesühnt war. Bis all die, die die Frauen in Münster für ihre Zwecke missbraucht hatten, getötet waren. Bis alle, die Cornelius nahestanden, weg waren. Sie hatte Tyde von der Burg locken müssen und eine der Zofen bestochen, damit die den angeblichen Brief der Hebamme zu Tyde brachte. Dass sie Hiske so tief ins Geschehen zog, musste sie in Kauf nehmen. Ihre Rache war ihr wichtiger gewesen als alles andere auf der Welt.

Adele griff unter ihren Rock und umschlang das Messer, das sie dort versteckt hielt. Sie würde in den Keller gelangen, und sie würde ihr Kind befreien. Endlich herausschreien, welches Unrecht man ihr angetan hatte. Danach wäre sie frei. Egal, ob tot oder lebendig.

Dudernixen sicherte seinen Wagen, als er Adele über den Burghof auf den Keller zueilen sah. Er legte den Hammer, mit dem er die Plane befestigen wollte, ab und stellte sich ihr in den Weg. Sie wirkte aufgelöst, fast panisch. Mit Adele Stausand stimmte etwas nicht, und wenn er weiter die Geschicke der Herrlichkeit unter Kontrolle halten wollte, musste er der Sache nachgehen. »Wo wollt Ihr hin?«

Adele umfasste etwas, was sie unter der groben Schürze verborgen hielt. Er wusste, dass sie ihn nicht hoch schätzte, weil er die Zeit in Münster nicht geteilt hatte, aber dennoch zusammen mit Krechting am Neuen Jerusalem baute. Sie fürchtete Dudernixen nicht und baute sich vor ihm auf. Sie schien sich sicher zu sein, dass er ihr hier, vor allen Menschen auf dem Burghof, den nötigen Respekt zollen würde.

»Meinen Sohn befreien. Das, was ich schon vor Jahren hätte tun sollen.«

Dudernixen griff sie am Ärmel. »Deinen Sohn?«

Adele lachte ihm ins Gesicht. Das Gemüt des Baders erhitzte sich. Was hatte sie eben von sich gegeben? »Deinen Sohn«, höhnte er, noch in der Hoffnung, er habe sich verhört.

»Meinen Sohn, Bader, und du weißt auch genau, wer der Vater ist.«

Melchior schluckte. Cornelius von Ascheburg war der Teufel persönlich gewesen und vor keinem Rock zurückgeschreckt. Vor gar keinem. Binnen Sekunden wurde dem Bader klar, wer hinter den Verbrechen steckte. Er würde sein Gesicht verlieren, wenn Adele das gestand, es würde all seine Pläne durchkreuzen. Er wollte Krechtings Platz. Er wollte die Täufer anführen unter der Herrschaft der Mennoniten. Um jeden Preis.

Doch da spie sie ihm ihre Worte schon entgegen. »Ich habe Cornelius und Tyde getötet und Krechting niedergestochen. Mein Sohn ist unschuldig und die Hebamme auch. Lasst mich zu ihnen!«

Dudernixen griff Adele am Handgelenk. »Du wirst gar nichts tun, Weib«, zischte er. »Du wirst dein Schandmaul halten, wieder zurück auf deinen Hof gehen und den Dingen ihren Lauf lassen.«

Adele riss an seiner Hand, versuchte sie abzuschütteln, doch der Bader war mit großer Kraft gesegnet. Er wusste, dass sie ihn töten würde, wenn er sie losließ, denn ihm war das Aufblitzen der Klinge, als die Schürze kurz verrutscht war, nicht entgangen. Sie würde ihm hier im Burghof vor aller Augen das Messer in den Hals jagen, wenn er ihr den Weg in den Kerker nicht freigab. Sie wollte zu ihrem Kind. Dem Kind, das jetzt seiner Mutter bedurfte. Einer Mutter, die es Zeit seines Lebens alleingelassen hatte und deren einzige Möglichkeit war, das genau jetzt wiedergutzumachen.

Dudernixen aber konnte das nicht dulden, er brauchte die beiden Unschuldigen im Kerker. Adele durfte ihr Geheimnis nicht preisgeben. Nie im Leben durfte ein Täufer aus solch banalen Gründen gemordet haben, es würde alle Visionen zum Wanken bringen. Die Menschen mussten vorbehaltlos an die Gemeinschaft glauben. Immer.

In diesem Moment zog Adele das Messer blitzschnell unter der Schürze hervor, doch Dudernixen riss es ihr aus der Hand, und als der erste Blitz neben der Burg zur Erde fuhr, rammte es der Bader mit einer gezielten Bewegung tief in ihren Bauch.

»Balthasar«, stöhnte sie noch, und während ihre Augen flackerten, wusste Dudernixen, was sie ihm damit sagen wollte.

Kapitel 17

»Du bist Adeles Kind, kleiner Wortsammler. Weibeule.« Hiske musste trotz ihrer hoffnungslosen Lage lächeln. Adeles Hakennase hatte der Junge mit dem Schnabel einer Eule gleichgesetzt. Erkannt aber hatte sie ihn an seinen Augen.

»Dass du ihr Kind bist, das war die Trauer in ihren Augen, die ich nicht deuten konnte.« Hiske streichelte den Jungen, der sein Gesicht vertrauensvoll an ihrer Armbeuge rieb. Zu mehr Zuneigung war er nicht fähig. Das Einzige, was das Leben ihn bislang gelehrt hatte, war Alleinsein und den Kampf ums Überleben. Nun würde er am Ende in all seinen Erfahrungen bestätigt werden. Hiske hoffte nur, dass man ihnen den Kopf vor dem Scheiterhaufen abtrennen würde, das wäre weniger schmerzhaft. Hiske dachte an die grauenvollen Schreie Gesches, als das Feuer sich durch ihren jungen Körper gefressen hatte. Sie könnte das Wehklagen dieses Kindes nicht ertragen, und doch wusste sie, dass man ihr genau das zumuten würde, damit sie merkte, wohin sie den Jungen angeblich getrieben hatte.

»Warum, Adele?«, flüsterte Hiske immer wieder, bis der Wortsammler den Kopf hob, seine Stirn runzelte und seinen ersten Satz sagte: »Weibeule Messertod großer Mann.« Dann begann der Junge zu schluchzen, wie Hiske noch nie ein Kind hatte weinen hören. Zwischendurch formte er Worte, die sie nur mühsam erkannte und die ihr doch immer klarer machten, was sich in der Nacht ihrer Ankunft am Rand des Lagers abgespielt hatte.

»Beerenrotes Warmsein«, sagte er, nachdem er sich ein wenig beruhigt hatte und nur noch hin und wieder von einzelnen Schluchzern geschüttelt wurde. Der Wortsammler zeigte auf seine Hände, die scheinbar voller Blut gewesen waren. Dann rieb er sich über beide Schultern und schüttelte sich. Für das Grauen hatte er kein Wort.

Hiske wusste nicht, ob sie all diese Nachrichten erleichterten, denn dem Jungen würde man ohnehin kein einziges Wort glauben und ihr als Toverschen schon gar nicht. Das Wissen des Kindes würde sie vor dem sicheren Tod nicht bewahren können. Es bestätigte sie nur in dem, was ihr ohnehin schon klar war: Der Junge war unschuldig. Genau wie sie selbst.

Jan stürmte mit Anneke im Schlepp auf den Burghof, sah von Weitem, wie der Bader mit Adele rang. Als sie in sich zusammensackte, war ihm klar, dass er zu spät gekommen war. Wie so oft in seinem Leben. Adele wäre die Einzige gewesen, die ihnen hätte weiterhelfen können.

»Warum habt Ihr das Weib getötet?«, schrie Jan.

Dudernixen zeigte mit einem siegessicheren Grinsen im Gesicht auf das Messer, das er noch in der Hand hielt. »Sie wollte mich töten. Ich habe mich lediglich zur Wehr gesetzt, die ist doch wahnsinnig!«

»Sie war die Mutter des Jungen«, stieß Jan hervor.

Dudernixen lachte. »Sage ich doch. Wahnsinn zu Wahnsinn.«

Jan gefiel das selbstgefällige Grinsen des Baders nicht. Er wusste oder ahnte mehr, als je über seine Lippen kommen würde, denn aus unerfindlichen Gründen schien ihm die Situation wie sie war sehr gut in den Kram zu passen. Anneke griff nach Jans Arm, sah ihn an und schaffte es, dass er ruhig blieb. Sie war eine angenehme, verständnisvolle Frau.

Es begann zu regnen, dazwischen mischten sich immer wieder Blitze und Donner. Zuerst tröpfelte es nur, dann aber schüttete es. Jan hatte keinen Mantel dabei und war binnen kurzer Zeit bis auf die Haut durchnässt. Anneke lief zu ihrem Wagen und holte ihm eine Decke. Noch während sie sie ihm um die Schulter legte, fühlte er die Wärme ihrer Hand. Er hielt kurz inne, lächelte die Marketenderin an, wandte sich dann aber in Richtung Keller. Adele war tot, konnte ihnen nicht mehr weiterhelfen. Es fiel ihm sehr schwer, Mitleid mit ihr zu haben. Diese Frau hatte so viel zerstört, es war nicht leicht, das nachzuvollziehen. Bevor er ins Dunkel verschwand, hielt Jan Valkensteyn aber noch einmal kurz inne und drehte sich zum Bader um, der noch immer die Tatwaffe in der Hand hielt und auf das Blut starrte, das langsam daran heruntertropfte.

»Was hat Euch Adele gestanden, bevor Ihr dem Weib das Messer in den Leib gerammt habt?«

»Sie wollte mich töten«, sagte Dudernixen, ließ Adeles Messer neben der Toten fallen und wendete sich ab. »Töten wollte das Weib mich!«

Jan jedoch wandte sich zu Anneke, ohne Dudernixen eines weiteren Kommentars zu würdigen. »Geh zu Schemering, er ist der Einzige, der jetzt noch helfen kann. Ich muss zu Hiske und dem Jungen in den Kerker.«

Anneke nickte und streifte im Weggehen Jans Arm. Der Arzt sah ihr nach, bevor er in den Katakomben verschwand.

Dudernixen blickte der davoneilenden Marketenderin hinterher und überlegte, wie er es dem Weib heimzahlen konnte, dass sie sich mit dem Medicus verbündet hatte und nun gegen die Glaubensgemeinschaft arbeitete. Ihnen schwammen die Felle weg, wenn die Hebamme und der Junge nicht als Schuldige herhalten konnten. Er musste die Ruhe bewahren, jetzt alles so lenken, dass es die Richtung nahm, die er vorgab. Er, der nun die Geschicke der Täufer in die Hand nahm. Er hatte keine Wahl, als alles daranzusetzen, dass die Hebamme und der Junge ihre Strafe erhielten, zumal er mit Magda die Anschuldigungen erst auf den Weg gebracht hatte. Es war wichtig, dass er glaubwürdig blieb. Er betrachtete die tote Adele und merkte gar nicht, dass sich mittlerweile eine große Menschenmenge um ihn versammelt hatte. Jemand begann zu weinen, andere kicherten verlegen.

Dudernixen ordnete seine Gedanken, denn gleich würde Schemering vor ihm stehen und Fragen stellen. Adeles Blutung war zwar versiegt, aber der Regen wusch das Rot aus der Wunde und malte einen rosafarbenen Streifen auf den Weg. Dudernixen wandte sich ab. Er hatte getötet. Saurer Mageninhalt schob sich in seinen Rachen.

Anneke schaffte es mit wenigen Worten, Wolter Schemering von den Ereignissen in Kenntnis zu setzen. Er griff nach seinem Mantel, um sich vor dem Regen, der mittlerweile mit heftigen Böen um das Haus wehte, zu schützen. Blitz wechselte sich mit Donner fast ohne Pause ab, die Luft erschien dick und grün, erschwerte das Atmen. Dennoch eilten die beiden zur Burg, als gelte es ihr eigenes Leben.

Trotz des Gewitters schien fast das ganze Lager versammelt. Schemering warf einen Blick auf die tote Adele, wies aber gleichzeitig die Wachen an, ihn und Anneke in den Kerker zu lassen. »Jan ist schon unten«, sagte Anneke und fragte sich, wie er es geschafft hatte, sich an den Wachen vorbeizuschieben. Vermutlich hatte er die Verwirrung wegen Adeles Tod genutzt, um unauffällig ins Dunkel zu verschwinden. Jan wartete vor der Zelle, als Anneke zu ihm stieß.

Hiske saß mit dem Jungen in einer Ecke, beide schliefen, dicht aneinandergekuschelt. Sie schienen von dem Unwetter, das draußen tobte, noch gar nichts bemerkt zu haben.

»Hiske!«, flüsterte Jan. Seine Stimme hallte an den feuchten Wänden wider und hinterließ ein kurzes gespenstisches Echo.

Die Hebamme blickte sich um, sie schien verwirrt, als sie so unvermutet seine Stimme vernahm. Als sie den Arzt erkannte, glitt ein Leuchten über ihr Gesicht. »Jan?«, fragte sie.

»Ja, ich bin's! Ich habe Neuigkeiten.«

»Ich auch.« Hiske näherte sich der Zellentür.

Anneke schwieg, beobachtete die beiden, die sehr vertraut miteinander umgingen. Der Arzt sah die Hebamme so an, dass es ihr einen Stich versetzte.

»Ich weiß jetzt, wer seine Mutter ist«, begann Jan.

»Ich auch. Und ich weiß, wer die Morde begangen hat. Der Junge hat es gesehen!«

»Auch sie?«, fragte Jan.

»Auch Adele«, bestätigte Hiske.

Er schluckte. Adele, die stille, liebevolle und verletzte Seele war eine Bestie. »Aber warum?«, fragte Jan. »Warum hat sie von Ascheburg und Tyde getötet und dazu Krechting fast umgebracht?«

Jetzt begann Anneke zu weinen. Ihr ganzer Körper bebte, es brach aus ihr heraus, wie Wasser, das lange hinter einem Damm gestaut war. »Ich glaube, ich weiß es. Jetzt verstehe ich es.«

Die drei verharrten still, bis sie Schritte auf der Treppe vernahmen.

Das Flackern von Fackeln erhellte erst das Ende des Ganges, dann erleuchtete es den ganzen Bereich vor der Zelle. Jan erkannte erst jetzt, in welch erbarmungswürdigen Zustand sich sowohl Hiske als auch der Junge befanden.

Wolter Schemering hatte Dudernixen im Schlepp. Er hatte die letzten Sätze vernommen, und das Unbehagen stand ihm ins Gesicht geschrieben. »Sprich!«, forderte er Anneke auf.

»Als der Knabe auf die Welt kam, hat sie geflucht, wie ich es noch nie von einer Frau gehört habe. Ich dachte die ganzen Jahre, sie meint ihr Kind, aber sie meinte von Ascheburg.«

Schemering sah Anneke fragend an.

»Sie hat das Kind im Moor in einer Hütte bekommen, und als sie unter den Schmerzen der Geburt stand, hat sie gerufen, sie wünsche ihm den Tod, und wenn Gott kein Einsehen habe, würde sie eines Tages dafür sorgen, dass es einträte.« Anneke wischte sich die Tränen mit dem Ärmel ihres Gewandes ab. »Ihre Augen waren von einem Abscheu geprägt, den ich noch nie bei einem Menschen gesehen habe. Ich meine, es war eine Mischung aus Trauer, Verletztheit und unendlichem Hass.«

»Was macht Euch so sicher, dass sie nicht das Kind meinte?«

»Ich habe sie beobachtet. Auch wenn sie so getan hat, als ob es ihr lieber sei, wenn das Kind stirbt, lag doch in ihren Augen so viel Liebe und Trauer, sie hätte dem Jungen nichts antun können. Sie wusste auch, dass ich mich ständig zu ihm geschlichen habe. So lange, bis es nicht mehr ging. Er war älter geworden, ich lief irgendwann Gefahr, dass er mich erkennt.« Sie schluchzte erneut auf. »Das hat er dann auch. Ich habe mit Steinen nach ihm geworfen, als er mich im Lager gesucht hat.«

Hiske war derweil zum Wortsammler zurückgekrochen und hielt ihn im Arm.

»Ich hatte solche Furcht«, begann Anneke wieder. »Ich habe nicht deinen Mut, Hiske. Jeder hätte mir die Hölle heiß gemacht, wenn er gewusst hätte, dass ich mich mit dem vermeintlichen Irren abgebe. Außerdem war dann ja Tyde da, die ihm Milch und Brot hingestellt hat, da konnte ich mich zurückziehen.« Anneke machte eine Pause. Sie musste ihre Gedanken kurz sortieren, damit sie die folgende Anschuldigung richtig formulierte. »Aber später, als Adeles Mann vom Meer mitgenommen wurde, da hat von Ascheburg vor ihr gestanden, und da war dieser Blick wieder da. Ich habe es genau gesehen, wollte aber die Bedrohung nicht wahrhaben. Von Ascheburg war sehr wichtig für uns alle hier.«

»Kein Beweis«, brummelte Dudernixen. »Die Frau war genauso irre wie ihr Balg. Mit dem Messer ist sie auf mich los.«

Schemering hob die Hand, war wieder ganz der Landrichter. »Hier geht es um Recht und Gerechtigkeit. Ich werde und will nicht dulden, dass Unschuldige für etwas büßen, womit sie nichts zu tun haben.« Er blickte zu Dudernixen. »Adele Stausand hatte ein Motiv, Cornelius von Ascheburg und Tyde zu töten. Neid, Rache, Eifersucht. Später hat sich ihr Hass auch auf Hinrich Krechting übertragen, weil er derjenige war, der uns Täufer hier zusammenhält. Ein Glaube, der ihr Leben zerstört hat, weil wir in Münster es Jan van Leyden gleichgetan und mehrere Frauen geehelicht und später dann verstoßen haben.«

Schemering sah zu Boden, und es schien Jan fast, als schäme er sich ein wenig.

Er sah den Landrichter an. »Mehrere Frauen? Vielweiberei?«

»Es waren mehr Frauen als Männer dort, sie mussten versorgt werden. Gefühle sollten keine Rolle spielen, aber wie wir sehen, hat es nicht immer geklappt.« Wolter Schemering räusperte sich. »Auf jeden Fall fehlt der Hebamme und auch dem Kind jedes Motiv, wir haben sie aufgegriffen ohne Beweise.«

»Sie ist in Jever als Toversche angeklagt!«, stieß Dudernixen hervor.

»Jever ist Jever, nicht die Herrlichkeit Gödens, werter Bader.«

Dudernixen schürzte die Lippen, er wirkte beinahe beleidigt, schwieg aber nun.

»Ich bin auch erst am frühen Morgen in die Herrlichkeit gekommen, von Ascheburg aber ist in der Nacht zuvor umgebracht worden. Ich kann es gar nicht gewesen sein«, schwor Hiske.

In ihrer Stimme lag so viel Hoffnung, dass es Jan körperlich schmerzte, sie so zu sehen. »Das wäre ja noch schöner, wenn wir hier unter den Täufern eine Toversche nach Emden oder Aurich zum Prozess schicken. Ich bitte Euch, Schemering: Nehmt die Anklage wegen Hexerei zurück!« Jans Stimme klang flehend. »Ihr seid Täufer! Keine Katholiken, die an den Satan glauben!«

»Der Junge ...«, begann Dudernixen in einem letzten Anlauf.

Jan war sich sicher, dass der Bader eine Menge zu verbergen hatte, er vermutete, dass der Tod Adeles nicht zwangsläufig notwendig gewesen wäre, auch wenn sie das Messer vermutlich als Erste in der Hand gehabt hatte. Der Bader war ein kräftiger Mann, es wäre ihm ein Leichtes gewesen, es ihr zu entwenden. Nur würde das niemand bezeugen können. Dudernixen war durchaus in der Lage, Fakten und Menschen ohne schlechtes Gewissen zu manipulieren.

Schemering sah zu Anneke. »Was wisst Ihr noch? So wie Ihr weint, war das noch längst nicht alles.«

»Einmal hatte sie Fieber, und da hat sie von Münster geredet.«

»Und?«

»Sie war die dritte Frau von Ascheburgs. Seine erste ist schon in Münster verstorben, so wie die andere auch. Adele kam fast zeitgleich mit mir und Euch. Sie war hochschwanger, und Ihr habt sie kurzerhand mit Stausand verehelicht.«

Wolter nickte, ihm schien die Dimension dieser Handlung erst jetzt bewusst zu werden. Nie hatte er hinterfragt, von wem Adeles Kind war, zumal es schließlich tot geboren und somit aus den Gedanken der Menschen verschwunden war.

Jeden Gedanken daran, dass der Irre, der Schatten, damit etwas zu tun haben könnte, hatte er immer wieder erfolgreich verdrängt. Ein grober Fehler, weil sie alle mit Blindheit geschlagen waren und nur ihre Sache gesehen hatten.

»Sie hat ihn gehasst, weil er sie nach Münster als Ehefrau verstoßen hatte. Weggeworfen wie die Schale eines Apfels, hat sie mal gesagt. Das war ihr Lieblingsspruch. Und als von Ascheburg dann Tyde geheiratet und sie sogar geschwängert hat, ist sie durchgedreht. Ihr Hass hatte gewonnen, alles andere war diesem einen Gefühl untergeordnet.«

»Besser hätte ich es nicht sagen können«, sagte Wolter. »Der einzige Vorteil ist: Sie kann kein weiteres Mal töten.«

»Aber sie kann auch nichts mehr erklären. Ihr solltet prüfen, ob ihr Tod wirklich notwendig gewesen wäre«, schlug Jan vor, aber Schemering ignorierte seinen Einwand. Jan war sicher, er würde die Sache nicht weiterverfolgen, denn für ihn war einzig wichtig, dass wieder Ruhe unter den Menschen hier herrschte. Um eine Fortsetzung des Gesprächs im Keim zu ersticken, schloss er die Kerkertür auf, ließ die Schellen der Gefangenen öffnen. Hiske hatte den Wortsammler noch nicht losgelassen und ging jetzt gemeinsam mit ihm in Richtung Freiheit. Jan lächelte Hiske an, und ihr Blick hatte mehr Feuer als sämtliche Blitze, die noch immer um die Burg tobten. Die einzige angeklagte Hexe in der Herrlichkeit Gödens wurde auf freien Fuß gesetzt.

»Ihr sollt ihn Balthasar nennen«, sagte Dudernixen noch, bevor er Hiske, Jan und den Wortsammler wegstieß und schon bald vom dunklen Kellergang verschluckt wurde.

Ein paar Tage später.

Es waren nur wenige Menschen zu Adeles Beerdigung gekommen. So viel Verständnis man für die Beweggründe der Frau aufbrachte, so wenig konnte man ihr den Anschlag auf Krechting, die Morde und ihr Verhalten gegenüber dem Wortsammler verzeihen. Der Junge war den Lagerbewohnern zwar nach wie vor suspekt, doch man vermied es, über ihn zu reden, zumal er wie eine Klette an der Hebamme hing und tatsächlich jeden Tag ein bisschen besser sprach. Auch seine Bewegungen waren lange nicht mehr so ungelenk wie zuvor.

Hiske aber hatte Tränen in den Augen, vor allem, als auch Krechting mit einem Krückstock an die Grabstätte gewankt kam. »Wir hätten es ahnen müssen«, sagte er nur.

Jan stand dicht hinter Hiske, sie spürte seinen Atem an ihrem Haar. Ihr war nicht entgangen, dass Anneke sich in den letzten Tagen recht auffällig für den jungen Arzt interessiert hatte, und so bemühte sie sich, seine vorsichtigen Annäherungsversuche zu missachten. Jan hatte viel für sie getan, aber sie war noch nicht so weit, einem Menschen so weit Vertrauen zu schenken. Jan war allerdings vielleicht der Mensch, der der Erste sein könnte. Die Zeit würde es bringen oder auch nicht. Wobei ihr bei dem Gedanken ›oder auch nicht‹ stets ein Seufzen über die Lippen glitt, was den Arzt dazu veranlasste, sie fragend anzusehen, wenn er es mitbekam.

Garbrand hatte Hiske erzählt, dass Jan Amsterdam wegen einer Frauengeschichte verlassen hatte. Eine nicht geklärte Sache habe ihn von Holland hierhergetrieben. Bevor sie sich Jan also annähern konnte, musste er ihr zumindest andeuten, was genau mit der Frau in Amsterdam passiert war. Und zwar von allein, sie würde ihn nie fragen. Er musste so viel Vertrauen haben, ihr wirklich alles zu erzählen.

Ursprünglich hatte Jan sofort zurück nach Emden gewollt, aber davon sprach er seit Tagen nicht mehr. Anneke hatte schon mehrfach fallen lassen, dass sie hier nichts hielt. »Eine

Stadt wie Emden würde ich gern mal kennenlernen«, hatte sie gesagt. Hiske hatte Jan genau beobachtet. Er war nie unhöflich geworden, hatte aber auch nicht eindeutig Nein gesagt. Und solange er das nicht tat, würde sie ihm nicht ein Stück entgegenkommen. Die Marketenderin war zwar älter als sie, jedoch sehr schön, und sie wusste mit dem männlichen Geschlecht sicher besser umzugehen als sie. Es würde die Hebamme nicht wundern, wenn er sich für sie entscheiden würde. Das gemeinsam Erlebte hatte zwischen Jan und Anneke ein Band gesponnen, das sie noch nicht einschätzen konnte. Ob es stärker war als das, was sie selbst mit ihm erlebt hatte, wusste sie nicht. Wenn Hiske ehrlich war: Sie würde um die Nähe zum Arzt trauern, sehr sogar, denn ihr Herz schlug eine Spur zu schnell, wenn sich ihre Blicke trafen. Aber um nichts in der Welt würde sie um ihn buhlen, wie die Marketenderin es tat. Nie im Leben.

Hiske warf einen letzten Blick auf Adeles Grab. Schemering hatte ihr die Hofstelle von Adele zugesprochen. Hier sollte sie mit dem Jungen leben und ihre Hebammentätigkeit ausüben. Sie würde ihre Chance nutzen und sich ein neues Leben in der Herrlichkeit aufbauen. Wenn erst der neue Ort entstanden war, war es wahrscheinlich, dass noch mehr Menschen ins Land kamen, und dann würde sie gebraucht. Außerdem wollte sie dem Wortsammler endlich das geben, was ihm all die Jahre gefehlt hatte. Natürlich war ihr klar, dass es in seinem Leben immer wieder Lücken geben würde, die nie mehr zu füllen waren. Doch sie wollte versuchen, ganz für ihn da zu sein. Hiske wandte sich ab und merkte, dass Jan ihr folgte.

»Garbrand und ich bleiben«, sagte er. »Auch Hebrich braucht einen Arzt. Und ich darf meinen Forschungen nachgehen.«

»Forschungen?«, hakte Hiske nach, froh, aus ihren Grübeleien gerissen zu sein.

»Die Viersäftelehre stimmt nicht. Es gibt andere Ansätze, besseres Wissen. Ich darf es hier ausleben.«

Hiske lächelte. So mochte sie den Arzt. Wenn seine Augen vor Begeisterung blitzten, wenn er von etwas überzeugt war.

»Ich freu mich, wenn du bleibst«, sagte sie.

»Es gibt genug zu tun«, erwiderte er und strich kurz über Hiskes Unterarm, zuckte aber zurück, als habe er eine Nähe zugelassen, die er selbst nicht duldete.

»Er kann hier viel erreichen!« Anneke war hinzugetreten und zwinkerte Jan so vielsagend zu, als habe sie ihn längst erobert.

ENDE

Die Personen:

Hiske Aalken:

Hebamme, in Jever als Toversche oder auch als Hexe, Zauberin, angeklagt. Sucht Zuflucht in der Herrlichkeit.

Der Knabe:

Eine vergessene Seele, die sich selbst noch nicht gefunden hat.

Adele Stausand:

Verwitwete Freundin von Hiske Aalken. Kommt als Flüchtling aus Münster.

Jan Valkensteyn:

Arzt aus Amsterdam, der mit einer wichtigen Botschaft in die Herrlichkeit Gödens reist.

Garbrand:

Katholischer Mönch, aus einem englischen Kloster geflohen und Wegbegleiter Jan Valkensteyns.

Melchior Dudernixen:

Bader in der Wagenstadt an der Burg Gödens. Mennonit aus Holland.

Magda Dudernixen:

Weib des Baders. Mennonitin aus Holland.

Anneke Hollander:

Marketenderin und Duuvke (Hure). Mennonitin aus Holland.

Tyde von Ascheburg:
Frau des Lokators von Ascheburg, stammt aus Dykhusen.

Cornelius von Ascheburg:
Lokator in der Herrlichkeit Gödens, kommt aus Münster, war dort auch an der Seite Jan van Leydens, dem Anführer der Täufer aus Münster.

Historische Persönlichkeiten

Hinrich Krechting:
Rechte Hand der Hebrich von Knyphausen, Jurist und Anführer der Menschen in der Wagenstadt an der Burg Gödens. Kommt aus Münster, war dort Kanzler von Jan van Leyden, dem großen Täuferführer.

Hebrich von Knyphausen:
Häuptlingswitwe, lenkt nach dem Tod ihres Mannes Haro von Oldersum die Geschicke in der Herrlichkeit Gödens.

Wolter Schemering:
Neffe und Sekretär von Hinrich Krechting. Später Landrichter in der Herrlichkeit Gödens, ist zusammen mit Hinrich Krechting aus Münster geflohen.

Bernd Rothmann:
Auch Bernhard Rothmann. Hauptprediger der sogenannten Wiedertäufer in Münster. Es wird vermutet, dass er nach der Erstürmung der Stadt Münster durch den belagernden katholischen Bischof Franz von Waldeck fliehen

konnte, da seine Leiche nie gefunden wurde. Über sein weiteres Wirken nach 1535 gibt es keine gesicherten Erkenntnisse.

Elske Krechting:

Frau von Hinrich Krechting, aus Münster mit den Kindern an seiner Seite geflohen.

Gräfin Anna von Oldenburg:

Gräfin von Ostfriesland, lebte in Emden, hat versucht, eine Einheit der Glaubensrichtungen zu bewirken.

Johannes a Lasco:

Superintendent, eingesetzt von Gräfin Anna, war maßgeblich an der Neugestaltung des ostfriesischen Kirchenwesens beteiligt.

Graf Anton von Oldenburg:

Gewährte Hinrich Krechting in der ersten Zeit nach der Flucht aus Münster Schutz in Oldenburg.

Dr. Albert Hardenberg:

Eine reformierter Geistlicher, der sich in vielen Gesprächen während Krechtings Zuflucht in Rastede mit dem Täufer auseinandergesetzt haben soll.

Gesche Glieders:

Angeklagte »Toversche« aus Jever, wurde 1543 in Jever verbrannt: Folgende Anschuldigungen gab sie unter der Folter zu (Auszug aus der Prozessakte):

»Sie habe dem Teufel ihre Seele verschrieben, ihr sei ein ›greulicher Mann‹ erschienen, dem Flammen aus dem

Mund geschlagen seien. Und sie sei in der Walpurgisnacht in der Morgendämmerung mit einem Krug und einem Tuch über die Weide gelaufen war und habe einen Baum gemolken.«

Maria von Jever:
Regentin der Herrschaft Jever, im Jeverland unter Fräulein Maria bekannt.

Remmer von Seediek:
Kanzler von Fräulein Maria von Jever.

Glossar

Dünnbier:	Bier, das in der damaligen Zeit aus Wasser mit eingeweichtem Brot hergestellt wurde.
Duuvke:	Hure
Knorr:	Ein Schiff, mit dem man unterhalb der Ostfriesischen Inseln von und nach Emden gelangte. Es war eine Vorstufe der heutigen Plattbodenschiffe. Die Knorr war zu der Zeit schon etwas fortschrittlicher gebaut als die Knorr der Wikinger. So gab es einen zentralen, offenen Frachtraum, der fast die Hälfte des Schiffes einnahm; vorn und achtern gab es erhöhte Plattformen, sogenannte Halbdecks. Die Knorr fuhr fast ausschließlich unter Segeln, zwei bis vier Riemenpaare dienten zum Manövrieren in engen Gewässern oder Hafeneinfahrten.
Kumme:	Ostfriesisch für Schüssel.
Lokator:	Deutsche Entsprechung: Siedlungsmeister, Organisator bei der Neuanlage von Dörfern in Rodungs- oder anderen Neusiedlungsgebieten. War in diesem Buch z. B. verantwortlich für den reibungslosen Ablauf der Eindeichungsmaßnahmen.
Marketenderin:	Händlerin, manchmal aber auch als Hure tätig.
Meester:	Seemännischer und nautischer Führer eines nordeuropäischen Schiffes. Meester ist die niederdeutsche Bezeichnung für Master; entspricht dem späteren Kapitän.

Olde Krocht: Gaststätte in der Herrlichkeit Gödens in der Nähe der Burg.

Olde Krochtwarft: Hofstelle neben der *Olden Krocht.* Dort lebte nachweislich ab 1543 Hinrich Krechting.

Silland: Ein Landstrich zwischen der Stadt Schortens und Dykhausen (ehemals Dykhusen).

Schap: Münze im damaligen Ostfriesland, auch in der Herrlichkeit Gödens.

Schwarzes Brack: Ehemalige Meeresbucht an der westlichen Seite des Jadebusens. Es hieß Schwarzes Brack, weil es die hier liegenden Hochmoore dunkel färbten.

Strunk: Verdickter Stängel beim Kohl.

Toversche: Als Toversche bezeichnete man in Ostfriesland Hexen oder Zauberinnen.

Viersäftelehre: Die Viersäftelehre stützt sich auf die Theorie, dass die vier Säfte des Körpers – Blut, Schleim, schwarze und gelbe Galle – eine Analogie zu den Elementen Feuer, Wasser, Luft und Erde bilden. Jedem Saft wird ein Organ zugeordnet, das die Säfte produzieren oder umwandeln kann. Sind die Säfte im Gleichgewicht, ist der Mensch gesund, sind sie gestört, ist er krank.

Geschichtliche Situation in Ostfriesland 1545

Ostfriesland war im 16. Jahrhundert eine Hochburg für Glaubensflüchtlinge, in erster Linie aus Holland. Es waren vornehmlich die friedlich gesonnenen Mennoniten, eine Täufergruppe, die vor allem in Emden und in der Herrlichkeit Gödens Zuflucht fanden. Es sind jedoch nachweislich auch führende militante Täufer aus Münster in die Herrlichkeit gekommen, haben sich dort niedergelassen und gewirkt.

Ostfriesland war durch die geografische Lage vom Kaiserreich abgeschnitten, konnte nur auf dem Meerweg oder etwa zwei Monate im Sommer über die Moore erreicht werden. Die Herrlichkeit Gödens war über den Wasserweg über die Jade und das Schwarze Brack zu erreichen.

In der Herrlichkeit Gödens herrschte 1545 Hebrich von Knyphausen, Witwe von Haro von Oldersum. Sie musste als amtierende Häuptlingsfrau, ähnlich wie die damalige Gräfin Anna von Oldenburg, die Ostfriesland vorstand, ihren Kindern das Erbe sichern und sich gegen äußere Einflüsse verteidigen. Hebrich hatte 1540 dem aus Münster entflohenen Hinrich Krechting (ehemaliger Kanzler des Täuferanführers Jan van Leyden aus Münster) und seinem Neffen Wolter Schemering, die überall im Reich »vogelfrey« waren, Zuflucht in der Herrlichkeit gewährt. Sie konnte von dem Wissen der beiden Männer, die als einzige Juristen in der Herrlichkeit ansässig waren, profitieren. Beide Männer sind zum reformierten Glauben gewechselt, damit sie unbehelligt wirken konnten. Man sagt den damaligen Herrschenden in Gödens aber auch nach, dass sie grundsätzlich mit den Täufergemeinden sympathisierten.

Mit dem Abschluss eines Vergleichs zwischen der Herrlichkeit Gödens und der Gräfin Anna von Oldenburg konnten 1544 die Eindeichungen am Schwarzen Brack beginnen. Hebrich von Knyphausen holte mithilfe der Kontakte von Krechting und Schemering die Mennoniten aus Holland nach Gödens. Die Herrlichkeit brauchte Infrastruktur und Arbeitskräfte, die Mennoniten eine Zuflucht, da sie durch den Erlass des Kaisers in Holland um ihr Leben fürchten mussten. Die Mennoniten brachten allesamt auch Handwerk mit in die Herrlichkeit, sodass das Land auflebte. Das neu angelegte Siel wurde die Keimzelle von Neustadtgödens, dem einzigen Ort in ganz Deutschland, der von Täufern gegründet wurde.

Die Hexenverfolgung war zu der Zeit in Ostfriesland verbreitet, in der Herrlichkeit Gödens gab es aber 1545 nur eine einzige Frau, die der Zauberei angeklagt war und wieder freigesprochen wurde, was ich mir in dem Roman zunutze gemacht habe.

Neustadtgödens erreichte in den nächsten hundert Jahren große Bedeutung als Handelsort, verarmte aber im 17. Jahrhundert, nachdem ein Damm gebaut wurde, der das Schwarze Brack vom Meer abschnitt.

Danksagungen

Dieser Roman beinhaltet eine langjährige Recherche und den Kontakt zu vielen Menschen, mit denen ich unglaublich wertvolle Gespräche hatte.

Anstoß zu dieser Romantrilogie gab mir Stefan Horschitz vom Museum im Landrichterhaus Neustadtgödens, der mich auf die Brisanz der Geschichte in der Herrlichkeit Gödens im 16. Jahrhundert hingewiesen hat. Im Laufe der folgenden drei Jahre habe ich mich durch die Zeit, durch die Religionsgeschichte Ostfrieslands, gearbeitet und bin dabei auf Dinge gestoßen, die ich nicht erwartet hatte.

Ich habe sehr viel Literatur vom Landrichterhaus erhalten, tolle Gespräche geführt, ein Dankeschön an Herrn Horschitz.

Weiter danke ich Michael Clemens. Er hat mich in vielen Mails und Gesprächen bei dem Roman begleitet, mich mit viel Insiderwissen über etliche Dinge aufgeklärt und war mir eine unschätzbare Hilfe; es gibt wohl kaum jemanden, der sich mit der Geschichte der Täufer so auskennt wie er. Ohne ihn hätte ich es nicht geschafft, viele Details der damaligen Zeit so darzustellen.

Auch Michael Steinert vom Küstenmuseum war mir wieder eine unschätzbare Hilfe, vor allem, wenn es um die Seeschifffahrt ging.

Und natürlich die Gemeindebibliothek Sande mit Ilka Schultze, die mich unermüdlich mit Recherchematerial versorgt hat und immer ein offenes Ohr hatte, wenn ich es mal brauchte.

Gitta und Udo Franken danke ich fürs Gegenlesen. Ich weiß, was für eine Heidenarbeit ihr euch gemacht habt!!!

Dem ganzen Dreebladd danke ich für die tolle musikalische Inspiration und für die schon jahrelange so vertrauensvolle Zusammenarbeit, die hoffentlich so weitergeht.

Das Gleiche gilt für Chris Laser, die mich seit Jahren grandios als tolle Freundin unterstützt.

Meiner Familie wie immer ein Extralob. Karen, die mir mit ihrem Hebammenwissen zur Seite stand, meinen anderen Kindern für die Unterstützung, wenn ich mal wieder gedanklich im 16. Jahrhundert weilte, meinen Eltern und meinem Mann Frank, der mich immer und immer wieder in jeder Hinsicht unterstützt.

Und was wäre eine Schriftstellerin ohne eine gute Lektorin: Danke an Nicola Härms für eine wieder tolle Zusammenarbeit.

KBV KRIMINALROMAN

Regine Kölpin

DIE RÜCKKEHR DER LEBENSPFLÜCKERIN

Taschenbuch, 304 Seiten
ISBN 978-3-95441-404-8
10,95 EURO

Die friesische Saga geht weiter!

Im Frühling des Jahres 1550 kehrt die schwangere »Lebenspflückerin« Hiske an der Seite ihres Mannes, des Arztes Jan Valkensteyn, nach Jever zurück. Ihre alte Freundin, die Duuvke Anneke Hollander, fürchtet um ihr Leben, weil sie Augenzeugin eines Mordes geworden ist. Kurz vor dem Eintreffen der beiden wird noch ein weiterer Mann tot aufgefunden.

Besteht am Ende ein Zusammenhang zwischen den Morden und der beständig voranschreitenden Reformation? Auf der fieberhaften Suche nach einer Verbindung zwischen den Toten gerät Hiske schließlich selbst in große Gefahr und setzt dabei sogar das Leben ihres ungeborenen Kindes aufs Spiel.

AUCH ALS HÖRBUCH!

MP3-CD, ca. 8 Stunden
ISBN 978-3-95441-406-2
10,95 EURO

KBV HISTORISCH

Jürgen Ehlers

DER SPION VON DUNVEGAN CASTLE

Taschenbuch, 416 Seiten

ISBN 978-3-942446-41-9

10,40 EURO

England 1745. Der ehrgeizige William Augustus, der Lieblingssohn des Königs, übernimmt das Oberkommando der englischen Armee; sein Freund Jan Veenstra, der deutschstämmige Sohn seines Lehrers, wird Hauslehrer beim Laird von Dunvegan auf der Insel Skye in Schottland. Aber er hat einen zusätzlichen Auftrag: Er soll als Agent der Regierung verdächtige Aktivitäten der schottischen Opposition nach London melden.

Jan ist froh, den Intrigen am Hof entronnen zu sein. Er ahnt nicht, dass sein Auftrag selbst Teil einer Intrige ist. Der ehrgeizige William Augustus will seinem Bruder die Thronfolge streitig machen. Und dabei stört Jan Veenstra; er weiß zu viel über ihn. Auf Homosexualität steht die Todesstrafe, und das gilt auch für Prinzen. In Schottland scheint Jan zwar vorerst unter Kontrolle, aber noch besser wäre es, wenn er für immer verschwände.

Als der Sohn des katholischen Thronanwärters, Charles Edward Stuart, mit nur sieben Getreuen an der schottischen Westküste landet, um das Vereinigte Königreich für seinen Vater zurückzuerobern, und als Jan in das Geschehen eingreift, ergibt sich eine Gelegenheit, das Problem endgültig zu lösen. William Augustus fasst einen teuflischen Plan...

KBV KRIMINALROMAN

Christian Hardinghaus

DIE HEXE VON NORDERNEY

Taschenbuch, 288 Seiten
ISBN 978-3-95441-408-6
10,95 EURO

Hochspannung zwischen Ebbe und Wut

Ein rothaariges Mädchen wird tot im Watt von Norderney gefunden. Es ist Merle Onken, die seit zwei Tagen vermisst wird. Wie sich herausstellt, haben Mitschüler sie in einem verlassenen Bunker eingesperrt, um sie in einem bizarren Ritual auf eine Hexenprobe zu stellen.

Alle glauben, Merle habe sich danach selbst das Leben genommen, nur ihre Mutter Gesa ist sich sicher, dass jemand ihr Kind getötet hat. Sie bittet den Bremer Kripo-Kommissar Carsten Kummer um Hilfe. Kummer ist ihr Ex-Liebhaber, und als sie ihm gesteht, dass Merle ihr gemeinsames Kind war, reist er auf die Insel und beginnt, sich in die Arbeit der dortigen Ermittler einzumischen.

Als zwei weitere Teenager brutal ermordet werden, wird klar, dass ein Serienmörder am Werk ist. Und irgendwie deuten alle Spuren auf eine sagenumwobenen Gestalt aus der Inselvergangenheit hin: eine Hexe namens Dortje, die 1544 auf Norder neye Oog gelebt haben soll, könnte der Schlüssel zu allem sein.

Ein nervenaufreibender Thriller voller Mysterien und irrer Wendungen vor schaurig maritimer Kulisse.